DISRUPTIVE IMAGINATION®

MICHAEL ANDERLE

NEWBIE

DIE CHRONIKEN VON KIERAFREYA
– BUCH 1 –

Für meine Familie, Freunde und alle diejenigen, die es lieben zu lesen. Mögen wir alle das Glück haben das Leben zu leben für das wir bestimmt sind.

Impressum

Newbie (dieses Buch) ist ein fiktives Werk.
Alle Charaktere, Organisationen, und Ereignisse, die in diesem Roman geschildert werden, sind entweder das Produkt der Fantasie des Autors oder frei erfunden. Manchmal beides.

LMBPN International ist ein Imprint von
LMBPN Publishing
PMB 196, 2540 South Maryland Pkwy
Las Vegas, NV 89109

Version 1.02 (basierend auf der englischen Version 1.02), Oktober 2020
Deutsche Erstveröffentlichung als e-Book: Oktober 2020
Deutsche Erstveröffentlichung als Paperback: Oktober 2020

Übersetzung des Originals (Newb – Chronicles of KieraFreya 01) ins Deutsche von:
4media Verlag GmbH

Verantwortlich für Übersetzungen, Lektorat und Satz der deutschen Version:
4media Verlag GmbH,
Hangweg 12, 34549 Edertal,
Deutschland

ISBN der Taschenbuchausgabe: 978-1-64971-214-1
DE20-0033-00049

Übersetzungsteam

Primäres Lektorat
Kerstin Weber

Sekundäres Lektorat
Jens Schulze

Betaleser-Team
Hendrik Dembowsky
Stefan Krüll
Sabine Marx
Jürgen Möders
Jens Piper
Natalie Roggenkamp
Volker Tesche
Thorsten Wiegand

Prolog

Demetri trat hilfsbereit zur Seite, um einer älteren Frau den Weg freizumachen, ehe er die Tür zu dem kleinen, familiengeführten Restaurant öffnete.

Der Gastraum war belebt, der süße kleine Imbiss wurde von den karierten Plastiktischdecken und einigen übergewichtigen Kellnerinnen dominiert, die mit Kaffeekannen in der Hand Essen an Tischen servierten.

Demetri schaute über die Köpfe, ein Meer von Familien, älteren Menschen und Arbeitslosen, bevor er die von ihm gesuchte Person entdeckte. Sie saß in einer Ecke und hob eine angeschmuddelte Tasse an ihre Lippen. Sie sah so schön aus wie eh und je. Er atmete langsam ein und aus, wartete darauf, dass sein Herz wieder im richtigen Takt schlug, ehe er durch die Reihen der Gäste zu ihrem Tisch ging.

»Wir müssen aufhören, uns so zu treffen«, rief Demetri, zeigte sein breitestes Grinsen und hielt seine Arme weit auseinander, als wolle er sagen: »Hier bin ich.«

Mia Denton, seine alte College-Flamme, lächelte zurück, stand auf und schlang ihre Arme um seine Schultern, so wie sie es getan hatte, als sie schon in der Highschool ein Liebespaar waren.

Schon jetzt fühlte es sich so vertraut an. Obwohl sie sich lange nicht gesehen hatten – wie viele Jahrzehnte mag es her gewesen sein? – fühlte es sich völlig richtig an, wie Puzzleteile, die ineinander griffen. Er begann sich zu fragen, warum sie sich überhaupt getrennt hatten.

»Du bist fett geworden«, scherzte Mia und tat so, als könne sie ihre Hände hinter seinem Rücken nicht berühren.

»Ich würde sagen, du bist größer geworden, aber wir beide wissen, dass das nie passieren würde.« Er zwinkerte ihr freudig zu.

Sie nahmen ihre Plätze gegenüber am Tisch ein und die Kellnerin nahm ihre Bestellung entgegen. Kaffee, schwarz und ein Rührei auf Toast für Demetri und ein weiterer Tee für Mia. Es schien, als hätte sie bereits gegessen. Sie war offenbar lange vor ihrem verabredeten Zeitpunkt angekommen und hatte zu viel Hunger gehabt, um sich bis zu ihrem Treffen zu gedulden.

Er starrte ihren Teller an, eine Augenbraue angehoben. »Du konntest noch nie warten, oder?«

Mia sah verlegen aus, ihre Wangen erröteten. »Du kennst mich. Wenn ich etwas sehe, das ich will, tue ich alles in meiner Macht Stehende, um es zu bekommen. Es stellte sich heraus, dass mein Magen Essen wollte.« Sie grinste. »Wer bin ich, dass ich so etwas verwehren kann?«

Sie lachten beide herzlich, schwelgten in alten Erinnerungen und dachten an die lustigen Zeiten zurück. Ihre Freunde in der Schule, ihre Familien, wie das Leben sie damals behandelt hatte und wie es sie jetzt behandelte.

Es war so einfach, miteinander zu sprechen, als ob keine Sekunde vergangen wäre, seit sie an Seen und durch Landschaften gemeinsam wandern gegangen waren und Händchen gehalten hatten. Demetri studierte aufmerksam ihr Gesicht, während sie sprach und bemerkte die liebenswerten Fältchen, die nun die Augen- und Mundwinkel schmückten.

Verdammt, sie ist gut gealtert, dachte er.

»Also sag mir«, sagte Demetri nach einer Pause, in der sie sich gegenseitig in die Augen starrten. Sein Verstand raste, als er sich fragte, was in ihrem Kopf vor sich ging. »Was machst du so in letzter Zeit? Immer noch Blumenarrangements für den alten Ted in der Viking Street?«

Demetri erinnerte sich an das letzte Mal, als er Mia gesehen hatte. Es war eine flüchtige Begegnung, als er sich auf den Weg zu einer weiteren Prüfung für seine Berufspraxis in Psychologie gemacht hatte.

Seine Zeit war bereits knapp gewesen und er hatte drei Minuten Zeit gehabt, um die eigentlich fünfminütige Reise zu unternehmen, als er sie gesehen hatte. Er hatte für ein kurzes Hallo angehalten, Schweiß von seiner Stirn tropfend, bevor er sich davon gemacht hatte um die Prüfung mit Ach und Krach zu absolvieren.

Sie rollte mit den Augen. »Oh, dieser alte Job. Auf keinen Fall. So viel Spaß es auch gemacht hat, sich jeden Tag die Finger mit Dornen aufzuschneiden, das habe ich aufgegeben.«

Demetri grinste. »Du klingst ein wenig verbittert darüber?«

Sie starrte auf ihren Teller, vielleicht in der Hoffnung, dass noch ein wenig von ihrem Frühstück übrig sei. »Nun, als ich erkannte, dass der alte Ted ein Perversling war, verlor der Job etwas von seinem Charme. Er brachte mich immer dazu, mich nach unten zu beugen, um die Bündel aufzuheben und Schutt vom Boden zu sammeln, nur um mir dann auf den Arsch zu starren. Nun, das und …«

Mia lehnte sich verschwörerisch vor, hielt ihre Hand an ihren Mund und wartete darauf, dass sich auch Demetri nach vorne lehnte. »Du weißt, dass Rosen kostenlos wachsen, oder? Buchstäblich *Null* Dollar, aber verliebte Jungs kaufen sie für über dreißig Dollar das Dutzend.«

Er zwinkerte, als er zurückflüsterte: »Wow, die habt ihr ja wirklich billig angeboten.«

Mia gab Demetri spielerisch eine Ohrfeige.

Demetri täuschte vor schockiert zu sein und sie schwebten für einen Moment nahe beieinander, die Spannung zwischen ihnen war spürbar.

»Nun, das ist jetzt sowieso vorbei«, sagte Mia und lehnte sich zurück. Demetri fragte sich, ob hinter diesen Worten eine doppelte Bedeutung steckte. Wahrscheinlich nicht, zumindest dem sein Hosenbein hoch streichenden Fuß nach zu urteilen. »Karrierewechsel für mich.«

»Ja?« Er winkte der Kellnerin zu und bat sie um mehr Kaffee. »Was machst du jetzt?«

»Spieleentwicklung«, sagte sie einfach und nahm einen dramatischen Schluck von ihrem Tee.

»Spieleentwicklung?«, fragte Demetri, die Augenbrauen erhoben sich skeptisch. »*Du*? Miss ›Kannst du mit mir in der realen Welt Zeit verbringen?‹ kreiert jetzt genau die Spiele, die für einige der größten Streite verantwortlich sind, die ich mit jemandem in meinem Leben hatte?« Er fügte nach einem Moment hinzu: »*Jemals.*«

Sein Vorwurf der Heuchelei wurde mit einem Achselzucken abgetan. »Ja. Ich meine, das Zeug, an dem ich gerade arbeite, ist ein *wenig* anders als damals, als ich dich Tag für Tag in derselben Jogginghose sitzen und *Relic Hunter 2* spielen sehen durfte. Wir arbeiten jetzt mehr im Virtual-Reality-Bereich und kreieren intensive Multiplayer-Erlebnisse. Etwas, in das man sich wirklich hineinsteigern kann.« Sie hob eine Augenbraue. »Nicht in den Schritt fassen während du einsam dabei zusiehst wie es Elfen miteinander treiben.«

»Nicht so laut.« Demetri sah sich die anderen Tische an und überprüfte, ob jemand Mias Worte mitgehört hatte. »Bitte! Ich habe einen Ruf zu wahren.«

»Oh, selbstverständlich«, sagte Mia spielerisch. Ihre Stimme wurde lauter, als sie ihren Kopf hin und her drehte, aber ihre Augen bewegten sich nie von seinem Gesicht weg. »Herr Chefpsychologe will nicht, dass die Leute wissen, dass er früher mit uns Sterblichen ein einfaches Leben gelebt hat. Dass er Nachos neben die Couch fallen ließ und später als Nahrung benutzte, wenn er sich nicht die Mühe machen wollte, Teller zu waschen oder seinen faulen Arsch von der Couch zu bekommen.«

Demetri fühlte sich selbst rot anlaufen an und verbarg sein Gesicht in den Händen.

Er blickte durch seine Finger und stellte fest, dass buchstäblich niemand auf sie achtete. Die Kunden des Restaurants waren allzu sehr in ihren eigenen Klatsch und Tratsch und ihr eigenes Gespräch vertieft, um einen Scheiß darauf zu geben, wie zwei High-School-Liebhaber in Erinnerungen schwelgten.

»Bist du fertig?«, zischte Demetri.

»Fürs Erste.« Mia grinste. »*Aber* da wir gerade beim Thema unserer Karrieren sind, scheint dies so gut wie jeder andere Zeitpunkt, um zu erklären, warum ich dich um dieses Treffen gebeten habe.«

»Oh Mann, kann eine hübsche Frau nicht einen hübschen Kerl zum Frühstück einladen, ohne dafür etwas zu *wollen*?« Demetri täuschte Verärgerung vor. »Ein Mann kann sich auch benutzt fühlen, weißt du.«

»Hey, wenn eine Frau *wirklich* etwas will, würde sie den Mann zum Abendessen in ein anständiges Restaurant einladen.« Sie deutete durch das Café. »Kein mieser Imbiss am frühen Morgen«, sagte Mia und biss sich verlegen auf die Zunge.

Sie griff nach dem Sitz neben sich und zog eine Zeitschrift aus ihrer Tasche. Ein verdammt gut gepflegter Mann strahlte auf dem Titelbild, eine Hand am Knoten seiner Krawatte. »Du weißt, wer das ist, oder?«

Demetri musste fast lachen. »Du weißt, dass ich das tue. Ich bin mir aber nicht ganz sicher, worauf du hinaus willst.«

Mia grinste, blätterte durch die Seiten und fand die Doppelseite mit dem gleichen Mann, der an der Spitze eines V von elegant aussehenden Männern und Frauen mit ähnlichen Gesichtszügen stand. Sie waren alle in Anzüge gekleidet. Einige hatten die Arme verschränkt, andere hatten die Hände in den Taschen, es waren acht insgesamt. Eine Überschrift am oberen Rand der Seite lautete: »Hectors Höhenflug steigt noch höher«.

Mia nahm das Magazin wieder herunter, als ob ihr Standpunkt dargelegt worden wäre. »Die Lagardes sind eine der reichsten Familien Amerikas. Wir reden über *absurd* viel Geld. Mehr Nullen, als man zählen kann. Mehr Nullen, als ich auf diese Seite schreiben kann, bevor der Platz knapp wird.« Sie hielt inne und traf Demetris Augen.

»Und was hat ihr Vermögen mit mir zu tun?«, sagte Demetri und hatte bereits das Gefühl, dass er wusste, wohin dieses Gespräch führen würde.

Sie zeigte auf einen der jüngeren Männer auf dem Bild. »Hector hat gerade 3,5 *Milliarden* in das Tesla-Programm zur Unterstützung von Elon Musk investiert und ist damit ein wichtiger Unterstützer seiner Entwicklungsprogramme. Der Wert der Aktien ist raketenhaft gestiegen – entschuldige das Wortspiel – und er hat seine Investition verdreifacht.«

Sie bewegte ihren Finger über die Seite zu einem Mann und einer Frau, etwa Anfang dreißig, die fast identisch aussahen, wenn es nicht den klaren Unterschied im Geschlecht gegeben hätte.

»Henry und Henrietta Lagarde, erst letzten Monat investierten sie eine halbe Million Dollar in Occulus und die Entwicklung einer fortschrittlichen KI-Einbettung in Augmented Reality und Virtual Reality. Die ersten Berichte aus der Forschung sind bereits zurückgekommen und sie haben daraufhin ihre Investition *verdoppelt.*«

Eine weitere Bewegung ihres Fingers.

»Mama und Papa. Hugo und Helena, eines der reichsten Paare der Welt. Ein Paar, dessen eigene Investitionen in die Entwicklung fortschrittlicher Technologien für die Menschheit die Mobilfunkgenerationen 5G und 6G brachten und dafür Stromquellen schufen, die so effizient waren, dass sie die alten Duracell-Hasen wie dehydrierte Schildkröten aussehen ließen.«

Demetri lehnte sich zurück, seufzte und griff nach seinem kalten Kaffee.

»Und, hier …« Mia blätterte die Seite um und fand ein kleines Vorschaubild, das Demetri in seinem Büro zeigte, eine edle lilafarbene Ledercouch hinter seinem strahlenden Lächeln, und eine Wand aus Büchern.

Sie fuhr fort: »Der mit im Haus lebende Psychologe der Familie, den Hector als das *versteckte Juwel* rühmt. Der Glücksbringer, der Berater, der den Lagardes geholfen hat, den Nebel zu durchschauen und ihre Investitionen der letzten zwanzig Jahre zu prägen.«

Demetri nahm seine Brille ab und polierte sie mit seinem Hemd. »Lass mich raten: Du hast eine Empfehlung für Software, die ich Hector ins Ohr flüstern soll. Er soll dein nächster Investor werden?«

Mias Lächeln wuchs, und ihre Augen funkelten.

Sie schüttelte den Kopf und blätterte die Seite zurück zum V der Lagardes und deutete zum hinteren Teil der

Familie, auf eine junge Frau. Sie stand im Schatten ihrer Brüder und Schwestern und hatte ein deutlich falsches Lächeln auf ihrem Gesicht. Während die anderen Familienmitglieder kleine Infokästen in der Nähe ihrer Köpfe hatten, in denen ihr finanzieller Wert angegeben war, gab es das bei dieser jungen Dame nicht, nur einen Titel und ihren Namen.

»Ich will *sie*. Ich will Chloe.«

Demetri nahm einen Schluck von seinem Kaffee und zuckte angewidert zusammen, als seine Lippen auf die kalte Flüssigkeit trafen. »Was ist das für ein Projekt? Ich werde nichts vorschlagen, solange ich nicht glaube, dass es eine gute Rendite für die Familie bringen wird. Du bist fantastisch, aber nicht *so* fantastisch.«

Mia lächelte. »Bitte. Ich *bin* so fantastisch, aber so etwas würde ich dir nicht antun.«

Dann erzählte sie Demetri alles.

Kapitel 1

Etwas kreischte so laut es nur konnte, ein knirschendes Geräusch, das die Knochen in Chloes riesengroßem Schädel vibrieren ließ. Sie drehte sich um, das Licht ihres Weckers ließ sie blinzeln, als sie mit einer Hand darauf schlug. Einmal … zweimal … aller guten Dinge sind drei.

»Urgh.«

Sie setzte sich langsam auf, begleitet vom hämmernden Kater. Ihr Mund schmeckte, als hätte ihn jemand während sie geschlafen hatte geöffnet und hineingeschissen. Ihr Haar stand in alle Richtungen ab. Sie schloss die Augen, legte ihren Kopf gegen die kühle Wand und versuchte, sich daran zu erinnern, was zum Teufel passiert war.

Cosmopolitan-Cocktails ohne Ende in einem der angesagtesten Hipster-Läden der Stadt. Chloe und ihre Freundinnen, tratschend umgeben von Saus und Braus. Wochenendexzesse und Einkaufsbummel. Ihre Freundinnen, die Männer abschleppten, während sie daneben saß und ihre Taschen hielt. Runde um Runde auf Chloe, der jüngsten Tochter des Lagarde-Vermächtnisses. Das war alles, was sie je gekannt hatte.

Warum fühlte es sich dann nicht mehr richtig an?

»Guten Morgen, Frau Lagarde«, sagte Tabitha, Chloes persönliche Assistentin. Chloe sprang auf. Wie lange hatte sie schon dagestanden?

»Jetzt schon? Kann ich nicht noch ein paar Stunden Zeit haben?«

»Eigentlich war ich bisher recht nachsichtig. Es ist fast Mittag und Sie müssen Termine einhalten. Ihr Vater wird nicht erfreut sein, wenn Sie diese verpassen.« Tabitha studierte ihr Tablet, tippte auf den Bildschirm und warf die Informationen auf einen Projektor, der in das Fußende von Chloes Bett eingebaut war. Ein holografisches Bild erschien einige Meter von Chloes Gesicht entfernt.

»Ich kann kaum an mich halten vor Begeisterung«, sagte Chloe und ging die Liste der Vorstandssitzungen und Projektbewertungen mit trüben, verklebten Augen durch. Alles Veranstaltungen, die sie gelernt hatte zu verabscheuen, nachdem sie erkannt hatte, dass ihre Anwesenheit den Beteiligten der Treffen keinen wirklichen Mehrwert bot. Ihre Brüder und Schwestern? Sie kamen vorbereitet, kannten die Besonderheiten, waren in den Themen drin. Chloe saß einfach ruhig in der Ecke, nickte im richtigen Moment und gab bei Bedarf ihre Stimme ab.

»Du könntest natürlich auch einfach meinem Vater sagen, er kann sich diese Meetings in den Arsch stecken. Und Mutter auch, wenn du gerade dabei bist.«

Tabitha rollte mit den Augen. »Zum millionsten Mal, Frau Lagarde, Ihre Mutter und Ihr Vater sind meine Arbeitgeber, nicht Sie. Meine Aufgabe ist es, der Familie zu dienen und dafür zu sorgen, dass *Sie* dort sind, wo Sie zur richtigen Zeit sein müssen.« Sie sah auf ihre Uhr. »Da wir gerade davon sprechen, in zehn Minuten werden Sie genau eine Minute zu spät zu Ihrem wöchentlichen Termin mit Herrn Smythe sein.«

Chloe setzte sich auf, räusperte sich und sagte in ihrer besten Version einer aufgeblasenen britischen Adeligen: »Nun, das gedenken wir natürlich zu verhindern, nicht wahr, Tabitha? Wenn du so freundlich wärst, mir etwas Ibuprofen und einen Eimer zum Übergeben zu besorgen und außerdem noch etwas, um die Brocken des gestrigen Abendessens aus meinem Haar zu kämmen, dann werde ich mich gerne auf den Weg in Richtung Meister Smythes Quartier machen.« Sie hielt inne und legte ihren Finger auf ihr Kinn, bevor sie in die Luft zeigte. »Hopplahopp!«

Tabitha rollte ein letztes Mal mit den Augen und verließ den Raum.

Chloe schaffte es genau drei Minuten zu spät ins Büro. Das Ibuprofen hatte etwas von den Kopfschmerzen genommen, aber nichts vom überwältigenden Gefühl der Scham, das nach einem Abend mit exzessiv nächtlichem Trinken üblich war. Sie klopfte dreimal an die Tür, hörte ein flüchtiges »Komm rein« und ging zu ihrem angestammten Platz auf der Couch.

»Harte Nacht?«, erkundigte sich Demetri, ohne sich überhaupt umzudrehen, um Chloe anzusehen, die zur Tür hereinkam. Er war vorbereitet, ein Bein über das andere geschlagen und einen Notizblock in der Hand, auf den er fieberhaft Notizen schrieb. Chloe hatte das immer gehasst. Bevor sie überhaupt ihren Mund geöffnet hatte, wurde sie verurteilt. Wenn es nicht eine Bedingung gewesen wäre, um ihr volles Erbe zu erhalten, hätte sie wahrscheinlich jede einzelne dieser Sitzungen abgesagt. Es war nicht so, als hätten sie ihr über die Jahre hinweg auch nur einen Deut geholfen.

»So etwas«, sagte Chloe und klopfte mit den Fingern auf ihre Brust. »Weißt du, ich habe immer gedacht, dass es Spaß machen würde, meinen eigenen Notizblock mitzubringen und meine Notizen über dich während unserer Sitzungen zu schreiben. Nur um zu schauen, wie dir das gefallen würde.«

Demetri beobachtete sie über den Rand seiner Brille. »Und wie würdest du dich dabei fühlen?«

Trotz ihrer Genervtheit kicherte Chloe. So nutzlos diese Sitzungen auch immer gewesen waren, Demetri hatte immer das Talent, sie irgendwie zum Lachen zu bringen.

»Also, was ist heute, Doc? Willst du mein Unterbewusstsein untersuchen? Eine weitere Reise in die Vergangenheit machen? Wirst Du weiter in meine tief verwurzelten Familienprobleme eintauchen und mir sagen, warum jedes meiner Geschwister ein Erfolg ist und ich nur eine Faulenzerin bin, die ihr Geld am Wochenende mit einem Haufen angeblicher Freunde verprasst, die sie nur ausnutzen?«

Chloe bemühte sich, ihren Gesichtsausdruck wieder unbeeindruckt erscheinen zu lassen. Sie hatte nicht vorgehabt, so viel zu sagen.

Demetri richtete sich in seinem Sessel auf. »So etwas in der Art.« Er grinste. »Chloe, ich kenne dich und deine Familie jetzt schon seit vielen Jahren. Und wenn es etwas gibt, worüber ich immer erstaunt war, ist es die Tatsache, wie eine so reiche, talentierte, erfolgreiche, charismatische Familie sechs Kinder großziehen kann, aber nur fünf von ihnen haben die Eigenschaften von Mutter und Vater geerbt.«

Chloe rollte die Augen und verschränkte die Arme, als wollte sie sagen ›Oh, jetzt geht's wieder los‹.

»Ich meine, es ergibt keinen Sinn. Wenn wir das in der Theorie zerlegen und uns die Debatten zu Genetik oder Umwelteinflüssen auf die Charakterbildung ansehen, gibt es keinen Grund, dass das so sein sollte.« Demetri stand auf und ging zum Bücherregal und betrachtete die Bände dort. »Wenn wir uns Freud oder Frankl oder Skinner oder Pavlov ansehen, gibt es dort nichts, was mit deinem Fall zusammenhängt oder Sinn ergibt.«

»Versuchs doch mal mit der Wahrheit, Doc. Sag mir, dass ich eine totale Versagerin bin. Sag mir, dass ich meiner unglaublich talentierten Familie Schande bereite. Sag mir, dass ich die Sterbliche unter den Göttern bin. Ich kanns verkraften. Es ist nicht so, dass ich nie versucht hätte, mit den Kardashians Schritt zu halten.«

»Kardashians?«

»Du hast nicht … Du hast die noch nie gesehen … Schon gut.«

Demetri wandte seine Aufmerksamkeit wieder auf das Regal und summte dabei ein wenig. Er blätterte durch einen Stapel Bücher und zog ein dünnes, buntes heraus. »Weißt du, was du bist?« Er drehte das Buch und zeigte einen Umschlag, der eine flauschige graue Ente zeigte, die inmitten ihrer leuchtend gelben Geschwister schwamm.

Chloe schielte auf den Einband. »Eine Ratte?«

»Nein.« Demetri lachte. »Ein hässliches Entlein.«

»Mensch, danke. Komplimente hast du drauf.«

»Ein Entlein, das nur etwas Ermutigung und Überzeugungskraft braucht, um die Größe ihrer Brüder und Schwestern zu erreichen.« Er blätterte durch die Seiten und zeigte das Entlein, wie es seine Familie verließ, nur um als schöner Schwan zurückzukehren. »Manchmal braucht es einfach die Entfernung einer Person aus ihrer natürlichen Umgebung, um herauszufinden, wer sie ist. Um zu entdecken, wo ihre Stärken liegen und was ihnen helfen kann, sich in der Welt hervorzutun.« Er schob das Buch zurück ins Regal. »Eine Blume kann nicht im Schatten wachsen.«

»Also, was schlägst du vor? Dass ich nach Ibiza fahre und einige Zeit damit verbringe, mich selbst zu entdecken? Weil ich mich damit gut abfinden könnte.« Chloes Handgelenk vibrierte. Sie sah auf ihre Uhr und nahm beiläufig die Benachrichtigung wahr, dass ihr nächstes Treffen in 20 Minuten beginnen sollte.

»Nicht ganz«, sagte Demetri und kehrte auf seinen Platz zurück. Er nahm ein Tablet auf, entsperrte den Bildschirm und gab es an Chloe weiter.

»*Endlich*! Du tauschst Stift und Papier gegen etwas Digitales. Ich habe es dir ja schon immer gesagt, Doc! Willkommen im 21. Jahrhundert, du brauchst kein Papier mehr. Dass ich das noch erleben darf.« Chloe sah auf den Bildschirm in ihren Händen. Er zeigte ein Bild von einem geschwärzten Glasstück in Form eines groben Diamanten. »Was ist *Obsidian*?«

Demetri lehnte sich nach vorn und wies Chloe an, über den Bildschirm zu streichen, während er die Informationen vortrug, die Mia ihm gegeben hatte. Er beschrieb die völlig eindringliche Erfahrung des Online-Virtual-Reality-Spiels und hob besonders hervor, dass das Spiel seinen Spielern potenzielles Wohlbefinden und gesundheitliche Vorteile bot. Es gab im Spiel Bilder, die aussahen, als wäre auf einer Mittelalter-Messe ein hochaufgelöstes Foto gemacht worden, nur mit fortschrittlichen, computeranimierten Grafiken für die Trolle, Drachen und Goblins.

»Siehst du? Damit kannst du in eine Welt eintauchen, in der du keine Lagarde mehr bist. Du kannst Kolonien und Allianzen und Gilden und Städte aufbauen und alle Probleme, die du in der realen Welt hast, hinter dir lassen. Du wirst als Niemand von Grund auf neu anfangen. Ich kann dein Leben dort überwachen, und wir können deinen Fortschritt verfolgen, während du dich entwickelst. Ein unbeschriebenes Blatt.«

»Das sieht fantastisch aus«, sagte sie und blätterte durch die Informationen. Ihre Schultern sackten zusammen, als sie eine Erkenntnis traf. »Aber du weißt, dass meine Mutter und mein Vater das nie zulassen werden, nicht bei all den

Treffen und Veranstaltungen, an denen ich teilzunehmen habe. Wann hätte ich jemals Zeit zum Spielen?«

»Das ist das Beste«, sagte Demetri und überreichte ein strahlend weißes Blatt Papier mit der gekritzelten Unterschrift ihres Vaters und ihrer Mutter darunter. »Ich habe bereits mit deinen Eltern gesprochen. Du bist offiziell für die nächsten zwei Jahre außer Dienst, auf Anordnung des Arztes.« Er zwinkerte.

»Zwei … Warte. Ich kann in den nächsten zwei Jahren machen, was ich will, ohne eine einzige Unterbrechung von meiner Familie?«

»Ganz genau«, sagte Demetri und zeigte auf das Tablet. »Solange es in *dieser* Welt ist. Du hast mich sagen hören, dass es eine *völlig eindringliche* Erfahrung ist, oder?«

Chloe wusste nicht, was sie sagen sollte. Die Vorstellung, dass sie ihr Leben buchstäblich hinter sich lassen und sehen konnte, wie ihre Welt außerhalb des Schattens ihrer Familie aussehen würde, war ein absoluter Traum. Würde sie sie vermissen? Sicher. Aber zwei Jahre waren keine Ewigkeit, und die Versprechen und Vorteile, die *Obsidian* bot, schienen unglaublich. Fast zu gut, um wahr zu sein.

Was sie zum Innehalten brachte. »Warte mal kurz. Wo ist der Haken?«

Demetri reichte ihr ein zweites Blatt Papier. Das schwarze Obsidian-Logo oben rechts, und in der Mitte der Seite ein fett gedruckter Geldbetrag. »Dieses Spiel befindet sich in der frühen Entwicklung und die Firma benötigt Kapital. Du wirst zu den ersten Spielern gehören, die in die Umgebung einsteigen und sie ausprobieren. Das könnte dein Vermächtnis sein, Chloe.« Er streckte ihr einen Stift entgegen und klickte auf das obere Ende. »Bist du bereit, deine erste echte Investition zu tätigen?«

Kapitel 2

»Bereit loszulegen?«, hörte Chloe Mia sagen, als ob die Frau direkt neben ihr stünde.

Chloe atmete tief durch und schaute sich die Kapsel an, ein riesiges eiförmiges Ding, das in einem eleganten Schwarz gestrichen worden war. Als sie es zum ersten Mal gesehen hatte, hatte sie nicht glauben können, dass es echt war, besonders zwischen dem Müll, den losen Kabeln und dem Durcheinander im Büro, in das Demetri sie gebracht hatte.

Sie waren durch die halbe Stadt gelaufen, um hierher zu gelangen und gingen schließlich durch eine rostige Hintertür im schäbigsten Teil der Stadt. Chloe musste zugeben, dass sie überrascht war, die attraktive Frau vorzufinden, die darauf wartete, sie beide hereinzulassen. Sie war sich nicht sicher, was sie erwartet hatte – vielleicht einen verrückten Wissenschaftler mit wirren Haaren und dicken Brillengläsern. Nicht dieses hübsche junge Ding, das Demetri von Kindheit an zu kennen schien.

Oh. Jetzt hatte sie allerdings so einiges verstanden.

Chloe bewegte sich etwas, um es sich bequem zu machen, die Kontakte an ihrem Kopf und die Elektroden am ganzen Körper ließen ihr jede Position merkwürdig vorkommen. »Ich glaube schon.« Sie betrachtete die Infusionen, die an ihrem Arm baumelten. Sie würden ihr Lebenselixier und ihre Lebenserhaltung für die nächsten zwei Jahre sein. »Um ehrlich zu sein, fühle ich mich im Moment wie ein verdammtes Nadelkissen. Es hilft auch nicht, dass ich hier durch dieses kleine Fenster sehen kann. Denkst du nicht, dass es den Effekt etwas ruinieren wird, wenn ich draußen alles sehen kann, während ich versuche, das Spiel zu spielen?«

Mit einem breiten Lächeln erschien Mias durch das Glas verschwommene Gesicht. »Keine Sorge, das wird abgedunkelt, sobald wir anfangen. Das ist nur, damit wir hineinschauen und überprüfen können, ob es dir gut geht. Es wird dir auch helfen, dich langsam an die reale Welt anzupassen, wenn du aus der Erfahrung zurückkehrst. Wir erwarten eine gewisse … Orientierungslosigkeit bei deiner Rückkehr.«

Chloe schluckte hart, Schweiß stand auf ihrer Stirn. »Wenigstens bist du zuversichtlich, dass ich wieder rauskommen werde.«

»Alles sollte in Ordnung sein«, versicherte Mia ihr, als sie ein paar Tasten an einem Computer drückte. Ein Timer erschien vor Chloes Augen.

»Und du bist sicher, dass es mir gut gehen wird, wenn ich wieder auftauche? Werde ich nicht austrocknen oder mich wund liegen oder so was?«

Mia lächelte. »Dafür ist gesorgt. Diese Pflaster hier sind elektrische Stimulationsgeräte, entwickelt um kleinste Muskelbewegungen auszulösen und sie für den Wiedereintritt in die Realität vorzubereiten. Wir werden auch ein paar Mal pro Woche mit deinem Körper arbeiten, um ihn … vorbeugend zu pflegen.«

Chloe wollte gerade fragen, was ›vorbeugende Pflege‹ bedeutete, als eine Stimme zu sprechen begann, begleitet von Text in einer altmodischen Schriftart.

WILLKOMMEN BEI OBSIDIAN, ABENTEURER.

»Scheiße«, sagte Mia.

Chloe lehnte sich nach vorn und versuchte zu sehen, was auf der anderen Seite ihres kleinen Fensters vor sich ging. »Was? Was ist los?«

Es war fast unmöglich zu sehen. Mit der Schrift, die buchstäblich in ihrem Blickfeld schwebte, und durch die Unschärfe des Glases, konnte sie nur eine nervöse Mia erkennen, die sich mit der Hand durch ihr Haar strich. Demetri schaute ihr über die Schulter, die Augen in Sorge weit aufgerissen.

BITTE STELLEN SIE SICHER, DASS ALLE SCHMUCKSTÜCKE UND LOSEN GEGENSTÄNDE VON IHREM KÖRPER ENTFERNT WURDEN UND DASS SIE IN EINER BEQUEMEN POSITION LIEGEN.

»Nein. Es sollte fünf Minuten dauern …«, sagte Mia aufgeregt und stieß Demetri von ihrem Bildschirm weg. »Wir haben den offiziellen Sicherheitscheck noch nicht gemacht …«

BITTE BESTÄTIGEN SIE, DASS SIE DIE SICHERHEITSHINWEISE VOR DEM ABENTEUER GELESEN HABEN.

[JA / NEIN]

»Aha!«

Chloe lehnte sich nach vorne und versuchte, die Nachrichten wegzuzwinkern. Selbst mit geschlossenen Augen konnte sie die Bilder glasklar sehen. »Was ist los?«

»Äh … nichts. Nur ein kleines Problemchen. Kinderkrankheiten. Denke einfach an ›Nein‹ und wir können es zurücksetzen und neu beginnen.«

Chloe versuchte, ihre Hände zu bewegen, um die Option für nein auszuwählen, erinnerte sich aber daran, dass sie festgeschnallt war. Sie betrachtete beide Optionen, aber ihre Augen mussten einen Moment zu lange über dem ›Ja‹ geschwebt haben, weil der Text langsam verblasste und eine weitere Nachricht erschien.

GROSSARTIG. BITTE BEACHTEN SIE, DASS PRAXIS GAMES LTD. IN FOLGENDEN FÄLLEN KEINE VERANTWORTUNG ÜBERNIMMT:

Chloe konnte kaum blinzeln, bevor eine lange Liste von Nebenwirkungen vor ihren Augen erschien. Sie schaffte es, Wörter wie Krebs, Epilepsie, chronische Blutungen und Körperdysmorphie zu erkennen, bevor ihr schwarz vor Augen wurde.

GLÜCKWUNSCH, ABENTEURER. DU BIST GELANDET. VIEL GLÜCK.

Chloe fühlte, wie sie fiel – und landete mit einem *Uff* auf etwas Weichem und Stoppeligem. Stille folgte, als die Stimme in ihrem Kopf widerhallte. Chloe hielt ihre Augen fest geschlossen, während sie das schreckliche Gefühl überkam, fehl am Platz zu sein.

»Hallo? Leute? Ha. Das war alles wirklich lustig, aber können wir bitte mit dem Quatsch aufhören und das Ganze ordentlich machen? Leute?«

Chloe zitterte, ihre Haut kribbelte. Sie spürte den kalten Wind. Instinktiv saß sie auf und verschränkte ihre Arme und wollte mit ihren Händen die Ärmel runter … Warte. Keine Ärmel. Wo waren ihre Ärmel hin? Warte mal … Wo waren die Infusionen geblieben?

Als sie ihre Augen öffnete, stockte ihr Atem. Sie war auf einer Waldlichtung, umgeben von Kiefern, die bis in den Himmel zu wachsen schienen. Sie überragten sie und warfen dunkle Schatten über den nadelbedeckten Boden. Irgendwo zu ihrer Linken ging die Sonne hinter den Bäumen unter, ihr goldener Glanz strahlte Wärme auf ihre Haut, die vom Wind schnell weggerissen wurde.

»Verdammt …«, sagte Chloe und stand auf. Es fühlte sich alles so *echt* an. Sie atmete tief durch und roch den erdigen Duft des Waldes. Sie schmeckte den Wind auf ihrer Zunge, und die Bilder vor ihr waren so hochauflösend, dass es ihr schwerfiel zu glauben, dass all das nicht real war.

»Gute Arbeit, Leute!«, schrie Chloe beeindruckt in den Himmel. »Im Ernst! Diese Grafiken sind der Knaller!« Sie erwartete, dass eine Antwort vom Himmel käme. Sie hatte gehofft, die Gesichter von Demetri und Mia als Bilder in den Wolken zu sehen, bereit zu antworten und sie zu führen. Bis sie sich an Demetris Warnung erinnerte, dass er nur zu bestimmten Zeiten mit ihr kommunizieren könne, wenn bestimmte Bedingungen erfüllt seien.

»Verdammt. Ich hätte fragen sollen, was diese Bedingungen sind.« Sie wandte sich dem Himmel zu und erhob ihre Stimme. »Keine Sorge, ich schaffe das!«

Das Lächeln wurde Chloe vom Gesicht gerissen, als sie das Brüllen einer großen Bestie irgendwo in den Bäumen hörte. »Scheiße. Richtig. Du bist in der Wildnis, *Genie*. Sprich leise. Nun, wie zum Teufel soll das funktionieren …«

Chloe betrachtete ihren Avatar. Sie trug eine grob gesponnene Tunika, Shorts und ein Paar Ledersandalen. Ihr Haar fiel in Wellen ihren Rücken hinab. Sie stellte an einer Handvoll Locken fest, dass ihr Haar nicht wie üblich brünett, sondern in einem dunklen Smaragdgrün gefärbt war, schwarz im Schatten und grün im Sonnenlicht. »Seltsam. Anscheinend geben sie dir keine Anpassungsoptionen in diesem Spiel. Vielleicht ist das ein Feature, das später eingebaut wird?«

Als sie an sich herab blickte, grinste sie und tastete mit ihren Händen ihre Brüste ab. In Wirklichkeit hatte sie eine eher bescheidene und mittelmäßige Größe gehabt (wie ihr von primitiven Ex-Freunden gesagt worden war). Aber jetzt waren sie mindestens doppelt so groß wie vorher. Ihre Taille war definitiv auch ein paar Zentimeter schlanker. *Nicht übel.* Sie hatte von männlichen Spielern gehört und wie sie ihre schmutzigen Fetische durch die Objektifizierung von Frauen in ihren Spielen auslebten, aber sie fand, dass es sie eigentlich gar nicht so sehr störte, wenn nun die üblichen Änderungen auch auf sie wirkten.

»Nun, vielleicht behalte ich *diese*, wie sie sind.« Sie blickte nach oben. »Ich sehe, wie es ist, ihr *Perverslinge*!«

Ein weiteres Brüllen – näher diesmal – und Chloe verstummte und floh von der Lichtung in den dichten Wald.

Sie wanderte ziellos durch die Bäume, bis die Sonne unterging und die Nacht hereinbrach. Die ganze Zeit über beschäftigte sie sich mit der Frage, was sie tun und wohin sie gehen sollte. Obwohl sie keine große Spielerin war, war ihr letzter Freund Blake von der ›*Relic Hunter*‹-Serie besessen gewesen, einem Einzelspieler-Rollenspiel, in dem die Spieler frei entscheiden konnten, Aufgaben anzunehmen und das Land zu erkunden. Sicherlich musste das hier ähnlich sein? Hatte Mia nicht gesagt, dass Chloe in diesem Spiel auf Aufgaben stoßen und andere Spieler treffen würde? Bis jetzt war sie nur im Wald umhergeirrt und hatte keine Interaktion mit irgendjemandem oder irgendetwas gehabt, abgesehen von ein paar Eichhörnchen, die durch die Äste oben hüpften und die gelegentlich schreiende Eule. Das Brüllen hatte sie nur noch ein einziges Mal gehört und es war weit genug weg gewesen, dass sie sich sicher genug fühlte, in die Richtung weiterzugehen, in die sie unterwegs war.

»Komm schon, Chloe, denk nach. Was passiert normalerweise in diesen Spielen? Denk nach. Denke … Nun, es gibt normalerweise eine Art Menü, oder?« Sie blickte sich in alle Richtungen um und bemerkte schließlich ein blinkendes Viereck unten rechts in ihrem Blickfeld, den sie bis dahin nur unterbewusst wahrgenommen hatte. Sie versuchte, ihren Blick darauf zu fokussieren, aber er blieb hartnäckig am Rande ihres Blickfelds. Die junge Konzernerbin fühlte sich wie ein verdammter Hund, der seinen eigenen Schwanz jagte.

»Okay, gut. Das funktioniert so nicht. Was hatte Mia gesagt, als diese Nachrichten auftauchten? ›Denke einfach an das Wort Nein.‹ Denke … Denke? Denke!«

Chloe dachte an das Erscheinen des Menüs und war überrascht, als sie feststellte, dass es buchstäblich vor ihr auftauchte. Eine Nachrichtenbox füllte ihr Blickfeld aus.

Herzlichen Glückwunsch, Du hast das Menü entdeckt! Du hast gerade den ersten Schritt gemacht, um ein funktionales Wesen in Obsidian zu werden.

Es gab eine Reihe von Symbolen und Schaltflächen zur Auswahl. Der Hintergrund war transparent, sodass Chloe die Welt dahinter weiterhin sehen konnte.

Sie konzentrierte sich auf das Charaktersymbol und ein Charakterblatt erschien vor ihr, unterbrochen von einem Nachrichtenfeld.

Herzlichen Glückwunsch! Du hast dein Charakterblatt entdeckt. Überwache deinen Fortschritt und behalte den Überblick über deine Attribute und Talente, indem du auf diesen Bildschirm zugreifst.

Chloe richtete ihre Aufmerksamkeit auf ein kleines Fragezeichen neben der Benachrichtigung.

Attribute: Deine Attribute sind das Herzblut deiner Figur in Obsidian. Für die ersten fünf Stufen werden deine Attribute gesperrt. Basierend auf deinem Spielstil für die ersten fünf Stufen verteilt Obsidian 30 Startpunkte auf fünf primäre Attribute. Du erhältst auch Boni für die Freischaltung neuer Talente. Für Grundtalente erhältst du 1-2 Fertigkeitspunkte, für mittlere Talente 3-5 Fertigkeitspunkte, während du für fortgeschrittene Talente 6-10 Punkte erhältst. Mit jeder neuen Stufe, die du gewinnst, erwirbst du ...

»Laaaaangweilig!«, sagte Chloe genervt, winkte den Text weg und ging zur nächsten Nachricht über.

Du hast eine neue Fähigkeit freigeschaltet: Kreaturenidentifikation (Stufe 1)

Du kannst nun auf nützliche Informationen über Kreaturen der Oberwelt zugreifen. Erlange einen Vorteil gegenüber Feinden und Freunden, indem du sie nackt ausziehst und mit gierigen Augen studierst. (Hinweis: Die Kreaturenidentifikation ist nicht zu verwechseln mit dem Röntgenblick und erlaubt es nicht, durch die Kleidung zu sehen. Perversling!)

Anforderungen: Suche im Menü

Boni: +1 Intelligenz

Sehr gut! Irgendwie fühlte sich Chloe, als würde sie dieses Spiel bereits beherrschen. Drei Glückwunschnotizen in schneller Folge *und* eine neue Fertigkeit, nur durch den Zugriff auf das Menü. Wenn das Spiel *so* einfach sein sollte, hatte sie offensichtlich keinen Grund zur Sorge.

Die Nachricht verschwand und zerstob in einem Mini-Feuerwerk, bevor das Charakterblatt wieder in ihrem Blickfeld auftauchte.

Biografie

Charaktername: Unbenannt (klicke hier, um einen neuen Charakternamen auszuwählen)

Stufe: 1

Klasse: Keine

Rasse: Mensch

Statistiken

Trefferpunkte: 13/15

Magiepunkte: 15/15

Ausdauerpunkte: 20/30

Aktive Effekte: Keine

Attribute (Nicht verfügbar bis Stufe 5)

Talente

Sprachen: menschlich

Verfügbare Punkte: 0

»Okay, das ist also ziemlich nützlich«, grübelte sie und betrachtete die Zahlen. »Hey, wann habe ich denn Gesundheit verloren?«

Sie konzentrierte sich auf die Schaltfläche ›Aktivitätenprotokoll‹ und durchsuchte die kleine Liste von Aktionen, die seit ihrer Landung in dieser Welt stattgefunden hatten.

Autsch! Apropos Bruchlandung. Vielleicht etwas Marmelade unter die Füße streichen und du landest beim nächsten Mal richtig?

-2 Trefferpunkte

Es schien nicht fair, zwei Trefferpunkte allein durch den Eintritt in das Spiel zu verlieren. Chloe würde das mit Mia besprechen, wenn sie das nächste Mal Kontakt miteinander hatten.

Sie blickte sich im Menü um und suchte nach einem Bereich, in dem sie eine Liste möglicher Fehler führen konnte, aber sie fand nichts. Was sie jedoch fand, war ein Inventar. Sie konzentrierte sich und zwei Kisten erschienen in ihrem Blickfeld.

Herzlichen Glückwunsch! Du hast das Inventar gefunden. In diesem Menü kannst du alle wertvollen Gegenstände, die du besitzt, an einem Ort sehen. Ich vermute aber, dass du vor allem wertlosen Plunder sammeln wirst – den wirst du hier auch vorfinden. Derzeit entspricht die Anzahl deiner Gegenstände der Anzahl der Freunde, die du hier in Obsidian gefunden hast. Also Null. Nada. Niente.

Nun, solche passiv-aggressiven Systemnachrichten waren irgendwie unnötig, fand Chloe. Sie blinzelte den Nachrichtenbildschirm weg und seufzte. Sie hatte gehofft, eine Art Waffe in ihrem Inventar zu finden. Selbst ein rostiger Dolch oder ein Beil hätten gereicht. Sie versuchte, sich zu erinnern, wie Blake seine Spiele gespielt hatte. Sie war sich sicher, dass jeder Charakter mit einer Art Waffe begonnen hatte, um die Action in Gang zu bringen.

»An diesem Punkt würde ich etwas so Einfaches wie einen Stock als Waffe nehmen.« Sie hob den erbärmlichsten Stock auf, den sie finden konnte. Ungefähr so lang wie ihre Hand, bog er sich traurig, als ob er darum bettelte, wieder auf den Boden zurückgelegt zu werden. Sie schlug mit ihm wild durch die Luft. »Nimm dies, Drache. Spüre den mächtigen Zorn meiner unglaublichen Klinge!«

Du hast eine neue Waffe: Kleiner Stock.

Hey! Gute Arbeit. Du hast genau das gefunden, vor dem alle Feinde kauern und sich verbeugen – ein kleiner Stock! Möge jeder Feind deine Macht fürchten.

Schaden: 0-1 (Hiebschaden)

Haltbarkeit: 2/5

Du hast ein neues Talent freigeschaltet: Bewaffneter Kampf (Stufe 1)

Gute Arbeit. Du kannst jetzt Dinge bekämpfen. Du weißt schon, wenn sie schwach und wehrlos sind, wie Hasen und so. Lasst die Kämpfe beginnen!

Anforderungen: Erwerb der ersten Waffe

Boni: +1 Stärke

Chloe war sich nicht sicher, ob sie lachen oder weinen sollte. Es schien, als ob die Interaktion mit *allem* in diesem Spiel von Vorteil sein konnte und wenn es nur das Aufheben eines Stockes war. Sie umfasste ihre Waffe fest und hielt sie wie ein Schwert vor sich. Sie ging auf den Stamm des nächsten Baumes zu und sagte: »Ich werde es dir zeigen, junge

Eiche. Verbeuge dich und fürchte die Zerstörerin«, bevor sie den Baum angriff und auf ihn einschlug, bis ihre Arme müde wurden. Sie war sich nicht sicher, was sie sich davon erhoffte, vielleicht würde sie ja in den Talenten, die sie erworben hatte, aufsteigen. Leider war das nicht der Fall. Stattdessen brach der Stock in zwei Teile.

»Oh, Mann«, sagte sie und nahm die kümmerlichen Hälften in je eine Hand.

Du hast eine neue Fähigkeit freigeschaltet: Kampf mit zwei Waffen (Stufe 1)

Ausgezeichnete Darstellung der Schwertkunst (oder sollten wir Stockkunst sagen?), junge Dame. Jetzt kannst du mit beiden Händen selbstbewusst niedrigstufige Waffen führen. Gib dir selbst einen Klaps auf den Rücken ... selbstverständlich nun mit beiden Händen!

Anforderungen: Halte eine kleine Waffe in jeder Hand.

Boni: +1 Geschicklichkeit

»Gut!« Sie kicherte leise und spürte irgendwie, dass sie, obwohl die Steigerungen gering waren, anfing Fortschritte zu machen. Nun, wenn sie jetzt nur noch einen warmen und sicheren Ort zum Schlafen finden könnte. Die Nacht war inzwischen hereingebrochen und bei der Betrachtung ihres Charakterblattes bemerkte sie, dass sie bereits weitere drei Trefferpunkte verloren hatte. Als sie ihr Aktivitätsprotokoll durchsah, entdeckte sie bald auch den Grund.

Autsch! Es ist eiskalt und du trägst nur diesen zarten Hauch von Nichts? Finde einen warmen Ort, bevor du unterkühlst.

-1 Trefferpunkt

Autsch! Es ist eiskalt und du trägst nur diesen zarten Hauch von Nichts? Finde einen warmen Ort, bevor du unterkühlst.

-1 Trefferpunkt

Autsch! Es ist eiskalt und du trägst nur diesen zarten Hauch von Nichts? Finde einen warmen Ort, bevor du unterkühlst.

-1 Trefferpunkt

Während sie die Botschaften durchlas, erschien eine weitere dieser Meldungen.

Autsch! Es ist eiskalt und du trägst nur diesen zarten Hauch von Nichts? Finde einen warmen Ort, bevor du unterkühlst.

-1 Trefferpunkt

»In Ordnung! Ich verstehe schon. Ich werde einen warmen Ort finden.«

Dann fühlte sie, wie ein Wassertropfen auf ihre Schulter traf. Noch einer. Ein Dritter. Innerhalb von Sekunden kam ein Sturm auf und es goss wie aus Kübeln. Chloes Kleidung war innerhalb von Sekunden völlig durchnässt, während sie in eine wahllose Richtung sprintete und dabei ihr Bestes gab, den Bäumen auszuweichen. Sie stieß und schrammte sich die Schulter an den Stämmen und bemerkte, dass die Benachrichtigung des Aktivitätsprotokolls in der Ecke ihrer Sicht blinkte. Chloe war sich nicht sicher, wie lange sie noch haben würde, bis ihr Zähler auf Null fallen würde. Sie hatte bisher noch nicht darüber nachgedacht, was das für sie bedeuten würde.

Die Schnitte und Schürfwunden begannen mit einem echten Schmerz zu brennen, den sie sich nicht ganz erklären konnte, da sie doch nur in einem verdammten Videospiel war! Wenn ein paar kleine Schürfwunden schon so schmerzten, wie würde sich dann der Tod anfühlen?

»Komm schon, Chloe.« Sie keuchte, ihre Kraft begann zu schwinden und sie wurde langsamer. Ihre Beine fühlten sich an, als wären sie aus Blei. Sie keuchte erneut, holte so viel Atem wie möglich und gerade als ihr schwindelig wurde bemerkte sie, dass ein kleines Flackern von etwas Orangenem durch die Bäume vor ihr zu sehen war.

Mit schweren Schritten lief sie auf das Feuer zu – und was für ein Feuer es war. Flackernde Flammen erleuchteten das Innere des Höhleneingangs. Chloe näherte sich so vorsichtig wie möglich und fragte sich, welche Art von Kreatur sich darin wohl aufhalten könnte.

Kapitel 3

Eine angenehme Wärme durchströmte Chloe, als sie auf Zehenspitzen in die Höhle schlich. Die Wände waren aus grobem Stein und die Höhle wirkte von innen viel größer als sie es von außen getan hatte.

Der ›Raum‹ mündete in einen Tunnel, das leuchtende Orange des Feuers flackerte sanft. Sie konnte schroffe Stimmen hören, aber ihre Sprache nicht verstehen.

Sie schmiegte sich an die Wand, ihr nasses Haar tropfte. Chloe versuchte leise zu sein, aber jeder ihrer Schritte hallte, als würde sie absichtlich aufstampfen – das gleiche Geräusch, das sie machte, wenn sie versuchte, ihren furchtbar erfolgreichen Bruder im Schlafzimmer unter ihr zu verärgern, indem sie mit ihren Füßen auf die Dielen sprang und stampfte.

Sie machte einen weiteren Schritt und hob dabei ihr Bein so vorsichtig wie möglich und versuchte ihren Fuß möglichst geräuschlos zu senken. In ihrem Kopf klappte dies reibungslos und es wurde kein bisschen Staub aufgewirbelt. In Wirklichkeit dagegen …

Ihr Fuß *klatschte* auf den Boden, das Geräusch wanderte durch den Tunnel und hallte durch seine Länge, an deren Ende die Stimmen warteten. Für einen herzzerreißenden Moment schwiegen die Stimmen. Chloe konnte spüren, wie sie ihr lauschten, bis sie anscheinend entschieden, dass nichts gewesen war und ihr lärmendes Gespräch wieder aufnahmen.

Was zum Teufel, ich kann nicht auf Zehenspitzen gehen? Was hat es damit auf sich?

Dann erinnerte sich Chloe. Blake war schon immer gerne ein Dieb in *Relic Hunter* gewesen. Eine Notwendigkeit dieser Rolle war das stundenlange Erlernen der Fähigkeit zu Schleichen.

Chloe machte einen weiteren donnernden Schritt, bevor sie sich ins Gesicht schlug. *Wie soll ich lernen zu* schleichen, *wenn ich schon beim* Gehen *in einer Höhle erwischt werde?*

Und dann fiel es ihr auf – die Art und Weise, wie Tiere, die sie in Fernsehdokumentationen gesehen hatte, sich anschlichen. Sie seufzte, senkte sich auf Hände und Knie und begann, über den Boden zu kriechen.

Das schlurfende Geräusch tönte immer noch durch die Kammer, aber es machte nicht halb so viel Lärm wie beim Gehen. Sie knirschte mit den Zähnen und tat ihr Bestes, um nicht zu schreien oder zu stöhnen, als kleine Felsbrocken die nackte Haut ihrer Knie aufschürften.

Autsch! Nur für den Fall, dass du es vergessen hast: nur Babys kriechen. Wie wäre es damit, deinen kleinen Hintern zu heben, um nicht noch mehr Schaden zu erleiden.

-1 Trefferpunkte

Och, komm schon!

Sie wusste, dass sie beim Krabbeln bleiben musste, wenn sie ihre Neugierde befriedigen wollte. Als sie sich langsam tiefer in die Höhle begab, schlug sie ihr virtuelles Charakterblatt auf.

Biografie

Charaktername: Unbenannt (***klicken Sie hier, um einen neuen Charakternamen auszuwählen***)

Stufe: 1

Klasse: Keine
Rasse: Mensch

Statistiken
Trefferpunkte: 8/15
Magiepunkte: 15/15
Ausdauerpunkte: 20/30
Aktive Effekte: Keine

Attribute (Nicht verfügbar bis Stufe 5)

Talente
Sprachen: menschlich
Kreaturen-Identifikation: Stufe 1
Bewaffneter Kampf: Stufe 1
Kampf mit zwei Waffen: Stufe 1
Verfügbare Punkte: 0

Verdammt. Sie war erst seit ein paar Stunden im Spiel und hatte bereits fast die Hälfte ihrer Gesundheit verloren, ohne überhaupt ein Monster zu treffen! Wenn die Dinge so weitergehen würden, wäre sie tot, bevor sie einen Platz zum Ausruhen am Feuer finden würde.

Sie blickte noch einmal auf die Werte und nahm sich vor, sich einen geilen Namen für ihren Charakter auszudenken, sobald sie mal nicht auf ihrem Weg zu unbekannten Stimmen über den Boden kroch. Vielleicht wäre jetzt gerade nicht der beste Zeitpunkt, sich aus Versehen als etwas Dummes zu bezeichnen.

Sie wusste nicht einmal, ob dieser Name durch die Auswahl für immer im Spiel bleiben würde. Wenn sie ihren Charakter nicht anpassen konnte, wie stünden da die Chancen, dass sie ihn umbenennen könnte?

Schließlich schaute Chloe um eine scharfe Ecke im Tunnel und fand die Feuerquelle. Eine Kurve führte zu einer offenen Kammer von der Größe eines kleinen Hauses mit einem Lagerfeuer in der Mitte. Am Lagerfeuer konnte sie die Silhouetten zweier Kreaturen sehen, die sie sofort erkannte.

Goblins.

Sie hatte sie schon einmal gesehen. Sie waren Blakes Lieblings-Klingenfutter, eine großartige Möglichkeit auf niedrigen Stufen Erfahrung zu sammeln, vor allem aufgrund ihrer Dummheit und ihrer geringen Lebenspunkte. Chloe beobachtete sie für einen Moment und schreckte fast zurück bei dem Geruch, der mit der Hitze auf sie zukam. Sie hatten lange, breite Ohren, die aus den Seiten ihrer Köpfe ragten. Ihre Haut war dunkelgrün, hier und dort mit schwarzem Fell bedeckt. Sie trugen fleckige und zerrissene Lendentücher, kaum groß genug um ihre intimen Stellen zu bedeckten.

Angeekelt atmete Chloe aus. Der Klang war viel lauter, als sie es sich gewünscht hatte.

Sie duckte sich hinter die Wand, als sich die Goblins zu ihr umdrehten.

»Hörst du das?«, quakte einer der Goblins.

Chloe hörte einen Klaps. »Nur der Wind, du Idiot. Du hast doch keine Angst vor dem Wind, oder?«

Der erste Goblin rümpfte seine Nase. »*Heeeey*, schlag mich nicht.«

Ein Kichern ertönte. »Hör auf zu jammern, Skud, oder ich gebe dir wirklich mal was zum Jammern.«

Chloe wartete einen Moment, bevor sie ihren Kopf wieder um die Ecke streckte.

Du hast eine neue Fähigkeit freigeschaltet: Schleichen (Stufe 1)

Wer ist da? Oh, es war wohl nichts ...

Mit jeder Stufe des Talents Schleichen wirst du mehr eins mit den Schatten. Mit jeder erreichten Stufe werden es Monster und Feinde schwerer haben, deine Anwesenheit zu erkennen. Werd jetzt nur nicht übermütig, Kindchen. Denke daran, du hast gerade erst die erste Stufe erreicht.

Anforderungen: Vermeide die Erkennung durch ein niedrigstufiges Monster.

Boni: +1 Geschicklichkeit

Schön! Ein weiteres erworbenes Talent. Chloe blickte auf ihre Trefferpunkte. *Verdammt, noch mal* zwei Trefferpunkte *verloren ... Und außerdem noch* zehn *Ausdauerpunkte?* Bei dieser Geschwindigkeit würde sie zu erschöpft sein sich zu bewegen, bevor sie einen sicheren Platz zum Ausruhen fand.

Chloe blinzelte ihre Benachrichtigungen weg und fragte sich, ob sie später eine Einstellung finden würde, die die Pop-ups etwas weniger aufdringlich machen könnte. Dieses hatte sie überrascht und es würde wahrscheinlich über Leben und Tod entscheiden, wenn sie in dem Moment, in dem sie gerade einen Goblin erstechen wollte, nichts sehen konnte, weil sie eine neue Fähigkeit erworben hatte.

Aber das war noch nicht alles – sie war sich auch nicht sicher, ob ihr der Tonfall dieser Benachrichtigungen gefiel. Sie glaubte sich zu erinnern, dass Blakes Botschaften viel freundlicher und geradliniger gewesen waren. Mit jeder neuen Nachricht und Benachrichtigung, die sie erhielt, fühlte sich Chloe immer mehr so, als würde sie von ihren Geschwistern veralbert.

Chloe schüttelte den Gedanken weg, durchkämmte ihr Charakterblatt und entdeckte das Talent zur Identifizierung von Kreaturen.

Richtig! Das könnte nützlich sein. Testen wir dieses *Baby mal* aus.

Chloe konzentrierte ihre Aufmerksamkeit auf den ersten Goblin, und plötzlich *wusste* sie, wie man das Talent benutzt. Ein kleines Pop-up-Fenster erschien über dem Kopf des Goblins.

Goblin.

Das war alles, was da stand. Nicht mehr. Nicht weniger.

Willst du mich verarschen? Ich weiß, dass das ein Goblin ist.

Sie verlagerte ihren Fokus auf den zweiten Goblin.

Skud (Goblin).

Großartig. Wenigstens kenne ich den Namen von diesem. Ich bin sicher, das *wird sich als nützlich erweisen.*

Chloe wich zurück und wog ihre Optionen ab. So wie sie es aussah, konnte sie eines von drei Dingen tun. Sie könnte einen Weg finden, sich an den Goblins vorbeizuschleichen, um näher an das Feuer heranzukommen und dabei ihre neue Schleichfähigkeit testen, sie könnte auf die Goblins zustürmen und ihr Glück mit ihren Stöckchen als Waffe versuchen, oder aber sie könnte die Höhle verlassen und durch den Regen gehen, um einen sichereren Ort zu finden.

Nun, der Sinn dieses Spiels war es zu lernen, selbstbewusster zu sein und die Kontrolle zu übernehmen, richtig? Kein Grund, sich zu verstecken und zu jammern wie ein Kleinkind.

Unbewusst tastete Chloe nach den Kratzern an ihren Armen und hoffte, dass im Kampf mit den Goblins die Schmerzen nicht so schlimm sein würden, wie sie sie bisher erfahren hatte. Sicherlich würde man so ein Spiel nicht so konzipieren, oder?

Chloe trat um die Ecke in den Lichtschein des Feuers. »Guten Abend, meine Herren.«

Die Goblins drehten sich um und sprangen auf, ihre Münder weit geöffnet.

Skud trat einen Schritt zurück. »Eindringling!«

»Nein, nein.« Chloe winkte mit ihren Händen. »Nein, ich bin kein Eindringling, ich suche nur nach einem Ort, an dem ich mich trocknen und aufwärmen kann.«

Der zweite Goblin griff in seine Tasche und zog einen schiefen, kruden Dolch heraus. »Eindringling! Schnapp sie dir, Skud!«

Skuds Blick wanderte von Chloe zu dem anderen Goblin, seine Lippen zitterten vor Angst. Er nickte, griff in seine eigene Tasche und zog einen Stock heraus.

»Hey!«, entgegnete Chloe strahlend. »Wir haben die gleiche Waffe.«

»Aaaargh!« Skud brüllte lauthals, als er auf Chloe zurannte. Ihr Verstand registrierte erst jetzt, dass *sein* Stock eine scharfe Spitze hatte.

Bevor Chloe registrieren konnte, was geschah, fand der Stock sein Ziel in ihrem Magen. Sie drückte ihre Hände über die Wunde und sah ungläubig nach unten. Weiß glühender Schmerz schoss durch ihr Inneres. Mit großen Augen hob sie ihren Kopf und sah einen Blitz aus rostigem Silber, als der zweite Goblin ihren Hals traf.

Es gab einen letzten elektrischen Impuls voll unglaublichem Schmerz, bevor ihr Schwarz vor Augen wurde. Der Schmerz ließ sofort nach.

Toll gemacht. Du bist tot.

Vielleicht solltest du schauen, bevor du springst. Gehen, bevor du läufst. Schwimmen, bevor du tauchst. Was wir eigentlich versuchen zu sagen ist, dass du dich vielleicht nicht feindlichen Goblins nähern solltest, wenn du nichts als einen Stock hast.

Du verlierst 50 mal n Erfahrungspunkte (wobei n der Stufe deines Charakters entspricht)

Du verlierst die Hälfte deiner Ausrüstung

Wiederbelebungszeit: 2 Stunden

»Hey! Ich hatte *zwei* Stöcke!« Chloe blinzelte, als sie ihre Augen öffnete und den weißesten Raum erblickte, den sie je gesehen hatte.

Der Raum war leer, abgesehen von dem Stuhl, auf dem sie saß, einem Schreibtisch mit einem Computer im Stil der 90er-Jahre und einem alten Telefon mit Wählscheibe. An der hinteren Wand befand sich ein Monitor mit einem Countdown darauf, der jetzt 01:59:24 anzeigte und im Sekundentakt herunterzählte.

Chloe griff instinktiv nach der Maus des Computers, bevor sie sich plötzlich daran erinnerte, was sie hierher gebracht hatte. Sie zog ihr schneeweißes T-Shirt hoch und überprüfte ihren Bauch, dann fuhr sie mit einer Hand über ihren Hals. Es gab keine Anzeichen für den Goblinangriff. Eine schnelle Untersuchung ihrer Knie und Arme ergab, dass sie blitzsauber waren.

Was für ein seltsames System das ist, dachte Chloe und versuchte, nicht zu sehr über die Schmerzen nachzudenken, die sie empfunden hatte, als der Stock des Goblins ihr Fleisch durchbohrte. Es hatte sich so dermaßen *echt* angefühlt. Sie hatte jeden einzelnen Hieb und Stoß gefühlt und als der zweite Goblin ihre Kehle durchgeschnitten hatte …

Sie schauderte und suchte nach etwas – irgendetwas – um sich von ihren Gedanken abzulenken.

Sie schaltete den alten Computer ein und grinste, als ein Modem kreischte und piepste. Als der Computer hochgefahren war, fand sie nur ein Symbol zum Erkunden des Internets.

Neugierig tippte sie die Worte ›Obsidian Spiel Hilfe‹ ein und fragte sich, ob noch jemand anderes spielte und begonnen hatte, für mögliche andere Spieler Informationen über das Spiel zu veröffentlichen. Mia hatte gesagt, dass sie das Spiel mit mehr als nur Chloe starten würden; sie brauchten sie vor allem, um die Finanzierung zu ermöglichen.

Vielleicht würde sie herausfinden, dass einige dieser Spieler bereits vor ihr gestorben waren und nützliche Tipps hochgeladen hatten.

Die Suchanfragen kamen leer zurück, nur eine rudimentäre Ankündigung auf der ›Praxis Games‹-Webseite, die auf das neue Spiel hinwies.

»Ich frage mich, ob ich eine neue Fähigkeit oder Talent erhalte, indem ich die Erste bin, die je im Spiel gestorben ist.« Sie schmollte, dann sprang sie auf, weil das Telefon auf einmal klingelte.

Chloe nahm den Hörer ab. »Guten Morgen, Haversham-Hundehütten. Wenn Sie Ihrem Hund ein neues Zuhause gönnen wollen, dann drücken Sie bitte die 1.«

Demetri war am anderen Ende. »Chloe? Bist du das?«

Chloe grinste. »Es tut mir leid, ich verstehe diesen Befehl nicht. Möchten Sie die Optionen noch einmal hören?«

Demetri atmete laut. »Ha-ha. Sehr lustig. Ich bin froh zu hören, dass das Spiel deinen Sinn für Humor nicht zerstört hat. Goblins, was? Das sah nach einem schmerzhaften Abgang aus.«

Chloe hob eine Augenbraue. »Warte, du hast das *gesehen*? Und, warte mal … ist es das, was du meintest, als du von ›Bedingungen‹ gesprochen hast? Ich muss *sterben*, um mit dir reden zu können?«

»Ja.« Demetri seufzte. »Nicht ideal, das wissen wir, aber es ist der einzige Weg, die Illusion des Spiels aufrechtzuerhalten, während man spielt. Übrigens, gute Arbeit. Wir haben jeden Schritt deiner Reise beobachtet. Mia hat das Spiel modifiziert, damit wir einen Livestream von dir im Spiel sehen können. Sehr gut gemacht, den Baum mit einem Stock anzugreifen. Diese Eiche hatte es definitiv verdient.«

Chloe errötete. »Ich habe mich mit dem Spiel vertraut gemacht, okay? Falls Mia noch da ist, könntest du ihr vielleicht vorschlagen, dass neue Spieler nicht an den Arsch der Welt geworfen werden sollten, mit buchstäblich nichts bei sich, was ihnen beim Überleben hilft. Oh, und was das betrifft, möchte sie vielleicht darüber nachdenken, die Ankunft im Spiel sanfter zu gestalten. Abgesehen von der Tatsache, dass ich in diese Welt geworfen wurde, nachdem sie in Panik geriet und vergaß, mir die Sicherheitseinweisung zu geben - aber dieser *Sturz* ging gar nicht! Ich glaube nicht, dass ich jemals den blauen Fleck auf meinem Arsch von der Landung loswerde.«

Chloe rieb ihren Hintern und bemerkte erneut, dass all die Schmerzen und Spuren verschwunden waren. »Oh. Vorhin war er noch da.«

»Siehst du?« Mias Stimme erklang, als ob sie bei ihr wäre. »Der Schmerz ist nicht echt. Es wird alles durch die völlig immersive virtuelle Realität simuliert. Auf dem neuesten Stand der Technik. Es ist fantastisch, oder?« Nach einer Pause fuhr sie fort. »Tut mir leid, dass der Einstieg in das Spiel nicht so reibungslos war, wie wir es wollten, aber jedes neue Spiel hat seine Fehler, oder?«

»Apropos Fehler, vielleicht wäre es gut, eine Möglichkeit einzuführen, seinen Charakter am Anfang anzupassen.« Chloe legte die Hand auf ihre Brust. »Du hattest Glück mit mir, da es mir nichts ausmacht, diese Dinger herumzuschleppen, aber einige Damen könnten die Standardgröße für Titten in dieser Welt etwas beleidigend finden. Ganz abgesehen davon, dass sie nicht gerade kampftauglich sind. Und *Rückenschm*erzen.«

Chloe dachte, sie könnte einen Hauch von Lächeln in Mias Worten erkennen. »Zur Kenntnis genommen.«

Chloe lehnte sich in ihrem Stuhl zurück und hielt das Telefon zwischen Schulter und Kinn. Sie legte ihre Beine auf den Schreibtisch und drehte das Telefonkabel um ihren Finger. »Also, was mache ich jetzt? Einfach hinsetzen und warten, dass der Timer herunter zählt?«

»So ziemlich«, antwortete Mia. »Du kannst den Computer dort nach allem durchsuchen, was du brauchst. Das Internet ist mit dem realen Internet verbunden, aber du hast keinen Zugang zu Live-Messaging-Systemen.«

»Was zum Teufel? Also bin ich hier drin allein?«

Mia senkte ihre Stimme. »Es ist eine Sicherheitsmaßnahme. Der Vorstand hatte verlangt, dies so einzufügen, um das Spiel so weit wie möglich unter Verschluss zu halten. Wenn du etwas brauchst, musst du dich leider an uns wenden.«

Chloe dachte darüber nach. Sie steckte in einem Videospiel fest, mit niemandem außer dem Psychologen ihrer Familie und einer übereifrigen Spieleentwicklerin, um ihre Nachrichten weiterzugeben und mit der realen Welt in Kontakt zu bleiben. Nicht die beste Situation, in der man sein kann, aber definitiv nicht die schlechteste, in der sie je gewesen war.

Schließlich ging es ihr bei diesem … ›Urlaub‹ … ja darum, eine Pause von der realen Welt zu bekommen. Vielleicht würde der Entzug von sozialen Medien und ein tiefes Eintauchen in dieses neue Leben irgendeine Art von Nutzen bringen. Nicht, dass sie Mia das sagen würde. Sie mochte es, Fehler im Spiel aufzuspüren und Mia damit aufzuziehen. Sogar tief in dieser VR-Erfahrung fühlte sie, dass sie endlich einmal etwas Macht hatte und beide beeinflussen konnte.

»Kannst du bitte wieder Demetri ans Telefon holen? Ich würde gerne mit jemandem sprechen, dem ich vertraue, dass er weiß, was er tut.«

Mia atmete laut ein, als wolle sie etwas entgegnen, bevor die Geräusche darauf hinwiesen, dass Demetri wieder an den Hörer kam. »Also, was ist der nächste Schritt, Chloe?«

»Ist das nicht offensichtlich?« Chloe setzte sich nach vorne, ein selbstbewusstes Grinsen auf ihrem Gesicht. »Ich werde mit voller Gesundheit wiederbelebt, dann stürme ich die Höhle und überrasche die Goblins.«

Demetri atmete schwer. »Bist du sicher, dass das eine gute Idee ist?«

»Schau, ich brauche Waffen, um in diesem Spiel voranzukommen. Diese Goblins haben Waffen. Ich werde sie stehlen, bevor die Goblins mich bemerken. Ich weiß, wo sie sind. Sie werden nicht wissen, dass ich komme.« Chloe gab ein leises Lachen von sich. »Was kann da schon schief gehen?«

Kapitel 4

»Oh, ihr seid einfach nur krank!« Chloe schrie ins nichts, als sie wieder im weißen Raum auftauchte. Wieder einmal untersuchte sie ihren Körper auf Schnitte und Wunden, da die Goblins sie ein zweites Mal abgeschlachtet hatten, und wieder fand sie keine.

Das Telefon klingelte.

Chloe schnaubte, als sie den Hörer abnahm. »Willst du mich verarschen?« Am anderen Ende versuchten Demetri und Mia offensichtlich ihr Bestes, um nicht lachen zu müssen.

»Es tut mir so leid«, prustete Mia. »Ich hatte keine Ahnung, wie sich das auf die unteren Stufen auswirken würde. Die Strafen für den Tod sind eingefügt worden, damit die Charaktere vorsichtig über ihr zukünftiges Handeln nachdenken.«

Chloe warf ihre Arme in die Luft. »Ich war fast *nackt!* Wie zum Teufel soll ich Goblins besiegen, wenn mir die Kleider ausgezogen werden?«

»Hey, es ist nicht unsere Schuld, dass du so wenige Gegenstände gesammelt hast, dass das System dir auch deine Kleidung genommen hat«, argumentierte Mia. »Versuche vielleicht, deine Taschen mit Pinienzapfen oder irgendetwas anderem zu füllen.«

»Was für gottverdammte Taschen? In den simplen Klamotten waren keine …« Chloe schnaufte wütend. Das ganze Erlebnis hatte weniger als zwei Minuten gedauert.

Glücklicherweise hatte das System Chloe in der Nähe des Eingangs zur Höhle wiederbelebt. Die Nacht war dunkler gewesen, die Sterne hatten über ihr geleuchtet und der Mond hatte höher am Himmel gestanden. Es schien, dass die Zeit im Spiel nicht stehen blieb, während Chloe darauf wartete, zurückzukehren.

Sie hatte sich oben ohne mit einer Sandale und einem einzigen gebrochenen Stock in der Hand wiedergefunden. Sie eilte aus dem Regen, als die vertraute Benachrichtigung blinkte, um ihr mitzuteilen, dass sie durch die Kälte an Gesundheit verlor, schlich sich zurück in die Höhle und fand ihre Tunika und die andere Hälfte ihres Stockes an der Stelle, an der sie getötet worden war. Ihre Habseligkeiten wurden von einer funkelnden Aura umhüllt, als sie in der Luft schwebten. Die Goblins schienen sie nicht zu bemerken.

»Wenigstens können die NSCs deine Gegenstände nicht stehlen, nachdem du gestorben bist«, bot Demetri optimistisch an.

Mia fügte hinzu: »Oder andere Spieler. Sie verbleiben so, dass nur *du* sie einsammeln kannst. Zumindest für eine begrenzte Zeit.«

»Das bringt mir ja mal gar nichts.« Chloe verschränkte ihre Arme und schmollte in ihrem Stuhl. »Wie soll ich die Sachen jetzt zurückbekommen?« Plötzlich richtete sie sich auf. »*Warte.* Ich werde *weniger* tragen, wenn ich das nächste Mal das Spiel betrete, oder?«

Mia grübelte am anderen Ende der Leitung: »Definitiv etwas, das wir bedenken sollten, wenn wir die Live-Übertragungen an die Öffentlichkeit bringen. Ich muss mich bei der Entwicklung melden und sehen, ob sie Filter zur Zensur von Genitalien hinzugefügt haben. Das Spiel sollte wenigstens für Spieler ab 15 Jahren geeignet sein, also bin ich immerhin sicher, dass Brüste kein Problem sein sollten.«

Chloe knurrte und ließ den Hörer zurück auf die Gabel knallen. *Man könnte ja vielleicht einfach festlegen, dass man wenig*stens etwas Kleidung anhat, aber ein Nacktfilter ist natürlich die einfachere Lösung. Noch zwei Stunden des Wartens, dann würde sie wieder im Spiel sein.

Erneut machte sie sich auf den Weg zur Höhle. Diesmal ließ sie das Schleichen ganz sein und sprintete auf ihre Ausrüstung zu. Der kalte Wind wehte um ihre entblößten Beine, Steine zwickten an ihren Füßen. Sie flitzte in die Höhle und entdeckte ihre Kleidung. Das Bündel schwebte und wartete nur darauf von ihr eingesammelt zu werden.

»Ah-uff*!*«, schrie Chloe, als die Goblins, die ihre Ankunft durch den Hall ihrer Schritte durch den Tunnel bemerkt hatten, ein weiteres Mal vor ihr auftauchten. Als Chloe fiel, streckte sie sich nach ihrer Kleidung und versuchte verzweifelt, sie zu greifen, bevor sie wieder im weißen Raum erschien.

»Ihr räudigen Schw…« Chloes Worte gingen unter, als ein seltsamer Piepton die Schimpfworte im Rest des Satzes filterte. »… ich bekomme euch noch. Was zum …« *Piep.*

Das Telefon klingelte.

Chloe schwang den Hörer an ihr Ohr. »*Was*? Konntest du meinen Arsch gut sehen, als ich auf den Boden fiel?«

Zu ihrer Überraschung klang Demetri relativ ruhig, aber das dämpfte das Kichern von Mia hinter ihm nicht wirklich. »Atme tief durch, Chloe. Denke darüber nach, was du tust. Was sind wir in unseren Sitzungen über hundertmal durchgegangen? Such nach einem anderen Weg. Lass nicht zu, dass dein Zorn deinen Verstand trübt.«

Chloe zog den Hörer weg und starrte ungläubig auf das Telefon. »Versuchst du gerade mich zu *therapieren*? Über das … *Piep* …telefon? *Argh!* Was ist das für ein Piepen?«

Nun war Mia am Apparat. »Es ist unser eingebauter Zensurmechanismus. Ziemlich cool, was? Er verwendet die neueste Sprachtechnologie, um unnötige Flüche im Spiel zu entfernen. Es behält die mäßigen Worte wie ›Bastard‹ und ›Schlampe‹ bei, verhindert aber jede Erwähnung der härteren. Das macht den Livestream etwas familienfreundlicher. Wir müssen uns sozial verantwortlich zeigen und so, wenn wir den Mainstream erreichen wollen.«

Chloe schürzte ihre Lippen. »Fluchen geht also nicht, aber eine vollständige Darstellung meiner Intimbereiche ist in Ordnung?«

»Ein kleines Versehen. Du wirst dich freuen zu hören, dass die Entwicklungsabteilung dein Filmmaterial überprüft, um die sensiblen Stellen zu finden und sicherzustellen, dass eine korrekte Filtermethode für zukünftige Spieler implementiert wird.«

»Hurra. Ich bin begeistert. Ist sicherlich auch viel einfacher, als diese beknackte Regel zu ändern, dass man die Hälfte seiner Sachen verliert«, entgegnete Chloe verständnislos mit ironischem Unterton. »Gib mir Demetri wieder ans Telefon.«

»Hey, Chloe!«

»Du hast erwähnt, dass es einen anderen Weg gäbe? Was hast du damit gemeint?«

»Ist das nicht offensichtlich?«, fragte Demetri zurück. »Du bist in einem Spiel mit unendlich vielen Möglichkeiten. Du *musst* diese Höhle nicht in Angriff nehmen. Wenn du dich oft genug töten lässt, wird die Sonne aufgehen und das Tageslicht zurückkehren, wenn das der Weg ist, den du wählst.«

Chloe erinnerte sich an das Gefühl, immer und immer wieder erstochen zu werden. Wie oft war es jetzt schon passiert? Dreimal. Sie war dreimal erstochen und aufgeschlitzt worden. Wie oft wäre sie bereit, diese Schläge hinzunehmen, bevor die Schmerzen sie wahnsinnig machen würden?

Chloe drehte ihre Finger. »Das möchte ich lieber nicht. Ich will meine Klamotten, Doc.«

»Dann such dir eine andere Route.« Demetri lachte. »Benutze deinen Kopf. Geh es langsam an. Egal, was im Leben passiert, es gibt immer einen anderen Weg.«

»Warum habe ich nur das Gefühl, dass das, was du mir da sagst, eine doppelte Bedeutung hat?«

»Im Ernst. Halt einfach den Kopf oben und schau dich um. Du schaffst das schon. Du bist schlauer, als du denkst.«

Diesmal war es Demetri, der aufgelegt hatte. Chloe legte den Hörer ebenfalls wieder zurück auf die Gabel und richtete ihre Aufmerksamkeit auf den antik anmutenden Computer. Noch einmal schaute sie online nach, um zu sehen, ob es irgendwelche Aufzeichnungen von jemand anderem gab, der das Spiel auch spielte, aber es sah immer noch so aus, als wäre sie die einzige Person, die bisher dort gestorben war.

Nicht einmal.

Nicht zweimal.

Dreimal.

»Okay, du Hurensohn.« Chloe hielt inne, überrascht. »Oh, also ist ›Hure‹ in Ordnung? Das ist gut zu wissen.« Sie drehte sich nach oben. »Das merke ich mir für dich, Mia!« Sie wandte sich wieder der Uhr zu und beobachtete, wie sie die letzten zehn Sekunden herunterzählte. Sie stählte sich selbst, bereit für die Kälte. »Los geht's.«

Chloe fiel zurück in das Spiel und bereitete sich auf ihre Landung vor, indem sie ihren Körper in der Luft drehte, sodass ihre Füße zuerst den Boden erreichten. Sie blinzelte überrascht, als die Benachrichtigungen ihr Blickfeld ausfüllten.

Du hast ein neues Talent freigeschaltet: Akrobatik (Stufe 1)

Du hast aus deinen Fehlern gelernt und es geschafft, einen ein Meter tiefen Fall zu überstehen, ohne dich selbst zu verletzen. Was für eine Heldin! Jetzt hast du ein besseres Körperbewusstsein für deinen Schwerpunkt, wenn du in der Luft bist oder springst. Versuche, von einer sechs Meter hohen Wand zu springen und zu sehen, was du mit deiner neuen Fertigkeit erreichen kannst. Los, wir fordern dich heraus.

Anforderungen: Überlebe einen Sturz, indem du auf deinen Füßen landest.

Boni: +1 Geschicklichkeit

Du hast eine neues (einzigartiges) Talent freigeschaltet: Verwegenheit (Stufe 1)

Verdammt, Mädchen. Du bist hartnäckig. Du hast keine Skrupel, in Situationen hineinzustürmen und sie in die Hand zu nehmen, Scheiß auf Strategie! Du packst diesen Minotaurus an den Hörnern und schwingst ihn im Pferch herum.

Anforderungen: Werfe alle Vorsicht beiseite und greife einen Feind an.

Boni: +5 Stärke, +2 Ausdauer

(HINWEIS: Verwegenheit ist ein einzigartiges Talent, das durch die Erfüllung versteckter Anforderungen freigeschaltet wird. Versteckte Talente bringen deinem Charakter versteckte Vorteile. Finde mehr während des Spiels, indem du abseits ausgetretener Pfade wandelst.)

Verdammt! Nicht schlecht, grinste Chloe und spürte einen leichten Schub ihrer eigenen Kraft, als sie aufstand. Es war schön zu wissen, dass es *immerhin einen kleinen* Vorteil für ihre Dummheit gegeben hatte, als sie immer wieder hereinstürmte, um zu versuchen, ihre Kleidung zu holen.

Wo ich gerade davon spreche …

Chloe sprintete erneut aus dem Regen und versuchte, elegant zu laufen, während ihre Hände ihre entblößten Teile bedeckten. Der einzige Gegenstand, der ihr nun noch verblieben war, war die mit Schlamm getränkte Sandale, die in einer Pfütze spritzte. Sie fand den Höhleneingang, schleuderte ihre Sandale weg und fragte sich, ob sie sich barfuß leiserer annähern könnte.

Instinktiv bewegte sie sich auf das Feuer zu. Sie blickte um die Ecke und sah, wie ihre Kleidung erneut schwebte, weitere Gegenstände waren hinzugekommen. Sie fragte sich, wie lange sie dort bleiben würden und wie viel Zeit sie hatte, um sich einen anderen Plan auszudenken.

Sollte sie sie noch einmal angreifen? Ihre Stärke war seit der letzten Begegnung stark gestiegen, vermutete sie, aber erkannte dann, dass sie überhaupt keine Ahnung hatte, was ihre Basiswerte waren und wie die Fertigkeitssteigerungen sich im Vergleich dazu auswirkten.

»Okay, Chloe, denk nach«, murmelte sie und schaute sich wieder im Tunnel um. Etwas fiel ihr auf – ein Spalt, den sie auf dem Weg in die Höhle bisher nicht bemerkt hatte. Er war in einer leichten Kurve versteckt, die es unmöglich machte, ihn aus der anderen Richtung zu sehen. Im Inneren schimmerte ein mattes grünes Licht.

Chloe duckte sich wieder durch den Tunnel, sie trat so leise wie möglich auf.

Das Talent wurde erhöht: Schleichen (Stufe 2)

Du hast sicherlich schon mal vom Film ›Crouching Tiger, Hidden Dragon‹ gehört, oder? Nun, würde man dein bisheriges Leben verfilmen, könnte man den Film mit ›Kauernde Muschi, zerquetschte Eidechse‹ betiteln.

Boni: +2 Geschicklichkeit

(HINWEIS: Erhöhungen des Talents ersetzen alle vorherigen Boni, die aus dem Talent gewonnen wurden).

Fein*! Der Bonus wäre aber ange*nehmer, wenn mich das System nicht auch noch mit Filmnamen ärgern würde. *Warte mal … ›Muschi‹ ist auch erlaubt?*

Chloe schüttelte den Gedanken beiseite und schlich auf Zehenspitzen weiter, wobei sie feststellte, dass die Lautstärke ihrer Schritte deutlich abgenommen hatte. Auch das Timing war perfekt, denn sie bemerkte, dass die Goblins wieder einmal verstummt waren. Einen Moment später plauderten sie wieder.

Chloe atmete erleichtert auf und fand sich bald am Spalt in der Wand wieder. Sie versuchte, hineinzuschauen, konnte aber wegen des begrenzten Winkels nichts sehen. Was sie jedoch bemerkte, war eine dünne Linie, die sich im Spalt bewegte und einen Umriss von etwas schuf, was wie eine Tür aussah.

Ohne einen Blick zurück zerrte Chloe an dem Felsen und fühlte, wie er ein wenig nachgab. Sie zog ein wenig härter und im Fels begannen sich Scharniere zu bewegen, die sie nicht sehen konnte. Ein großes, mahlendes Kreischen füllte die Höhle, als Fels auf Fels rieb.

»Was ist das?«, konnte sie Skuds Stimme aus der Tiefe in der Höhle vernehmen.

»Eindringling?«, rief der zweite Goblin.

»Eindringling!«

Chloes Herz rutschte ihr in die Hose. Sie zog und zog, bis ihre Venen heraustraten. Adrenalin durchschoss sie, als sie versuchte, nicht zu bedenken, was die Möglichkeit eines vierten Todes bedeuten würde. Sie hatte bereits ihre Kleidung verloren, und sie war sicher, dass sie *jede* Erfahrung verloren hatte, die sie unterwegs gesammelt haben könnte, aber sie wollte definitiv nicht den Schmerz spüren, wieder aufgeschlitzt zu werden.

»Fehlerbericht«, sagte Chloe mit knirschenden Zähnen und hoffte, dass Mia sie durch den Livestream hören würde. Die Tür schwang weit auf. »Vielleicht könnte man die Schmerzrezeptoren abschwächen, wenn Charaktere sterben!«

Die Goblins näherten sich durch den Tunnel und stürzten auf die Stelle zu, von der der Lärm gekommen war. Als sie die Wand erreicht hatten, war nichts zu sehen – nur ein kleiner Hauch von Schmutz, der in der Luft schwebte.

Kapitel 5

Chloe seufzte erleichtert, als sie hörte, wie sich die Stimmen der Goblins auf der anderen Seite der Tür wieder den Tunnel hinunter zurückzogen. Sie warf einen kurzen Blick durch den Spalt und wandte ihre Aufmerksamkeit dann wieder auf den engen Stollen, der nun vor ihr lag.

Dieser Gang schien sich von dem zu unterscheiden, durch den sie bisher gegangen war, um zu den Goblins zu gelangen. Es herrschte ein muffiger Geruch und während die Felswände des Hauptgangs durch jahrelange Nutzung durch Reisende und Kreaturen geglättet wurden, waren die Wände dieses Tunnels rau und der Boden war holprig und uneben. Es war, als ob seit tausend Jahren niemand hier gewesen wäre.

Nicht tausend Jahre. Denke daran, dass dies hier *ein neues Spiel ist, Chloe.*

Das Seltsamste an dem Tunnel war das schwach pulsierende grüne Licht, das von irgendwo vor ihr ausging. Es war fast hypnotisch. Chloes Bauch bebte im Rhythmus des Impulses.

Sie warf noch einen unheilvollen Blick zurück durch den Spalt und zuckte mit den Achseln. »Nun, was auch immer da unten ist, wird wahrscheinlich besser sein, als wieder das spitze Ende der Klinge eines Goblins zu treffen«, sinnierte sie und machte einen einzigen Schritt nach vorne.

Es gab einen kleinen weißen Lichtblitz und Chloe sprang zurück und tat ihr Bestes, um einen Schrei zu unterdrücken.

An dem Platz, an dem sie gerade noch gestanden hatte, schwebte nun eine Kugel aus weißem Licht. Das Licht schimmerte im Tunnel und erhellte die rauen Wände. Einen Moment später verwandelte sich die Kugel in ein Fragezeichen. Es erschien eine Benachrichtigung in ihrem Blickfeld.

TIPP: Du wirst praktische Tipps und Tricks wie diese in Obsidian verstreut finden. Tippe auf das Hilfe-Symbol, um weitere Informationen zu erhalten.

Chloe lachte und griff nach vorne, um das Fragezeichen zu berühren. Trotz der körperlosen Erscheinung traf ihre Hand auf eine feste Masse.

HILFE: Tolle Arbeit, Abenteurer! Du hast eine versteckte Höhle gefunden. Das Land Obsidian ist die Heimat von tausend Geheimnissen. Dank dir gibt es jetzt nur noch 999 zu finden! (Nur ein Scherz. Es sind mehr als tausend. Zähle nicht alle. Sogar wir können das nicht.)

Quest freigeschaltet: Den Todesweg der Götter gehen

Vor dir liegt der Todespfad der Götter, eine herkulische Prüfung, um deine Macht und deinen Mut zu testen. Überlebe den Todesweg der Götter und du wirst zum Sieger ernannt!

Schwierigkeitsgrad: 8/10

Belohnungen: 10.000 Erfahrungspunkte + Bonusgegenstände (gesperrt).

Quest annehmen: [Ja/Nein]

Chloe schlug in die Luft. »Ja! Endlich eine Aufgabe!«

Sie las die Benachrichtigung noch einmal durch.

»Der Todespfad der Götter, was?« Sie streckte ihren Kopf über das Fragezeichen und schaute in den Tunnel. Der Weg voraus erschien relativ ruhig und leer. Sie dachte an die Goblins auf der anderen Seite der Mauer zurück und erinnerte sich an den brennenden Schmerz bei jedem Tod, den sie durch ihre Waffen erlitten hatte.

Sicherlich könnte das, was auch immer in diesem Tunnel liegt, nicht viel mehr Schmerz bringen als der Tod, hervorgerufen durch den Stich einer rostigen Klinge. Chloe überdachte ihre Chancen, einfach durch den Todesweg zu laufen und zu sehen, was passieren würde. Das Schlimmste, was passieren könnte, wäre sicherlich ein schneller Tod durch ein übermächtiges Monster mit großen Zähnen oder das Schmelzen ihrer Haut in Feuer und Flammen.

Eigentlich hörte sich letzteres nicht sehr gut an.

Chloe ersparte sich einen weiteren Blick zurück, woher sie gekommen war, bevor sie sich auf die Auswahl von JA konzentrierte. Sie lief um das Hilfesymbol herum und begann den Tunnel hinunterzugehen.

Zehn Schritte später erschien ein weiteres blendendes Licht. Chloe tippte auf das Fragezeichen.

HILFE: Ein Stufe-1-Charakter, der diese Aufgabe angeht? Im Ernst? Wir empfehlen dir umzukehren. Bitte nur Spieler mit höherer Stufe. Exklusiver Club. Äh ... geschlossene Gesellschaft.

Geschlossene Gesellschaft … Das muss ich sehen.

Mit einem schelmischen Grinsen im Gesicht ging Chloe um das zweite Fragezeichen herum. Ihre Neugierde wuchs nun und sie erinnerte sich daran, als ihre Brüder und Schwestern ihr gesagt hatten, sie solle sich aus ihren Zimmern heraushalten. Sie hatte festgestellt, dass sie etwas umso mehr wollte, je mehr ihr gesagt wurde, dass sie es nicht tun sollte.

Die Worte ihrer Mutter: »Verschwende nicht dein Leben damit, jedes Wochenende mit Parties zu verbringen.«

Die Worte ihres Vaters: »Verschwende dein Geld nicht an Zeitschriften und Freunde.«

Die Worte ihrer ältesten Schwester Hilary: »Halte dich von meiner Make-up-Schublade fern und lass meine Kleider in Ruhe. Nur weil wir die gleiche Größe haben, heißt das nicht, dass du dir welche ausleihen darfst.«

Chloe hatte all diese Vorschläge ignoriert und gab zu, dass es ihr große Freude bereitet hatte, das Gegenteil zu tun. Bei ein paar Gelegenheiten hatte sie alle drei Ratschläge auf einmal ignoriert und war neben dem Alkohol auch noch von der Spannung, erwischt zu werden, berauscht gewesen.

Chloe ging weiter und ignorierte auch das dritte Fragezeichen, das erschien, diesmal war es tiefrot. Sie trat drumherum und ging weiter durch den Tunnel.

Sie fühlte sich, als wäre sie schon seit *Ewigkeiten* unterwegs, bevor der Tunnel endlich zu Ende ging. Die junge Abenteurerin konnte vor sich seltsame Geräusche hören. Das Hämmern von Stahl auf Stahl, das Prasseln des Feuers. Ein paar Schritte weiter öffnete sich der Tunnel zu einer gigantischen Höhle. Chloe trat auf eine Plattform hinaus, ihr Mund öffnete sich in Ehrfurcht.

»Heilige …«

Der Boden fiel steil vor ihr ab, eine Schlucht, die mehrere hundert Meter tief zu sein schien. Ein paar Meter vor ihr über dem Abgrund befanden sich eine Reihe von Plattformen, die von Pfeilern aus dunklem Gestein gehalten wurden. Rund um die Höhlenwände herum befanden sich große Vorsprünge im Fels, die seltsame grüne Feuer enthielten, die keine Hitze ausstrahlten, aber die ganze Höhle zum Schwingen und Schwanken zu bringen schienen. Im hinteren Bereich der Höhle befanden sich zwei riesige Felsstatuen in der Gestalt von dunklen Trollen.

Chloe lehnte sich nach vorne und versuchte, die Entfernung zwischen ihrer Position und der ersten Plattform abzuschätzen. Der ganze Aufbau sah jedenfalls großartiger aus als die primitive Höhle, in der sie die Goblins getroffen hatte. Jede Plattform war etwa drei Meter von der nächsten entfernt, sodass man Anlauf nehmen und weiter in Bewegung von Plattform zu Plattform springen müsste, um es bis zum Ende zu schaffen.

Chloe schloss ihre Augen und atmete ruhig durch, bevor sie ihr Gesicht nach oben drehte. »Wisst ihr, ihr müsst wirklich eure Aufnahmebedingungen für dieses Spiel klären. Wie zum Teufel soll ein Anfänger aufsteigen, wenn man nicht behutsam in das Spiel eingeführt wird?«

Ihre Stimme hallte durch die Höhle und schallte von Wand zu Wand, bevor sie direkt zu ihr zurückkehrte. Sie war überrascht zu hören, wie nervös sie klang. Eine Sekunde später hörte sie etwas, das ihr den Atem raubte.

Ein unerträgliches Brüllen, dann das Grunzen einer monumentalen Bestie. Chloe suchte nach der Ursache des Geräusches und ihr Herz blieb stehen, als sich die Objekte, die sie für Statuen gehalten hatte, zu bewegen begannen. Die dunkle Haut der Trolle reflektierte das grüne Licht der Feuer, als sie sich auf die Suche nach der Quelle des Lärms machten, der gerade durch die Höhle hallte.

Chloe seufzte. »Mama sagte mir immer, dass mein Mund mich eines Tages in Schwierigkeiten bringen würde. Ich dachte nur immer, es würde was mit Jungs zu tun haben.« Sie neigte ihren Kopf, als die Trolle einen Schritt auf sie zukamen. Für einen flüchtigen Moment schwang etwas Großes und Wuchtiges unter ihren Lendentüchern heraus. »Hmm. Ich schätze, ich hatte recht.«

Bei jedem ihrer Schritte zitterte der Boden, das Brüllen der riesigen Trolle war nicht zu überhören. Ohne überhaupt darüber nachzudenken, was sie tat, prüfte Chloe ihre neue Akrobatikfähigkeit, machte ein paar Schritte zurück und rannte zur ersten Plattform.

Sie sprang und fühlte sich, als müsste der Anlauf ihr Flügel geben, stellte aber fest, dass ihre Beine kaum einen Satz machten.

»Nein, nein, nein!«, schrie sie, die Plattform entfernte sich aus ihrem Blick. Sie streckte ihre Arme aus und schaffte es, die Kante zu ergreifen. Der Stein fühlte sich locker an, als sie an der Kante hing und versuchte, sich daran wieder nach oben zu ziehen.

Einer der Trolle drehte sich um und schlug gegen die Wand, wobei er einen Felsbrocken von der Größe eines kleinen Hauses herausbrach. Mit einem Grunzen schleuderte er den Felsen in Richtung Chloe, verfehlte sie aber um ein gutes Stück. Der Fels prallte von der Wand ab, Trümmer und kleinere Kieselsteine brachen von ihm ab, bevor er in Richtung Abgrund rollte.

»Ähm, Leute? Bekomme ich etwas Hilfe? Vielleicht eine direkte Wiederbelebung oder eine Option zur Selbstdetonierung?«

Chloe schloss ihre Augen und hoffte, dass sie sich, wenn sie sie öffnete, wieder im weißen Raum wiederfinden würde. Stattdessen öffnete sie sie genau im richtigen Moment, um einen Felsbrocken zu erblicken, der auf sie zukam; perfekt gezielt, aber ein wenig zu kurz geworfen.

Die Plattform vor ihr zerbröckelte und begann zu stürzen. Sie kippte und stieß an diejenige, an die sich Chloe klammerte, dabei neigte sich ihre Plattform so weit, dass sie nach oben klettern konnte. Als sie auf der Oberseite stand, spürte sie, wie die Säule ihrer eigenen Plattform unter ihr zerbröckelte. Sie versuchte sich krampfhaft daran zu erinnern, was sie an dem Tag gelernt hatte, als sie als Kind mit ihren Brüdern Skateboard gefahren war.

»Halte deine Knie gebeugt, Chloe. Es geht nur um die Knie und darum, den Schwerpunkt zu senken.«

Chloe stählte ihren Mut, die Knie gebeugt und hoffte, dass die gerade Oberfläche der Plattform eine Art Schutz bieten würde, als die Säule wegfiel. Die Trolle verschwanden aus ihrem Blickfeld und die Dunkelheit verschlang sie.

Die einzige Atempause kam in Form einer blinkenden Benachrichtigung, die Chloe darüber informierte, dass ein Trefferpunkt ihrer Gesundheit wiederhergestellt worden war.

Großartig.

Kapitel 6

»Was zum Teufel denkt sie sich dabei?« Demetri schrie den Bildschirm an und verstellte die Kamerawinkel, um einen besseren Blick auf das Bild einer zappelnden Chloe zu werfen, die verzweifelt versuchte, sich an der Plattform festzuhalten. »Jedes Mal, wenn sie wiederbelebt wird, ist es, als würde sie es darauf anlegen, sich wieder umzubringen.«

»Oh, *entspann dich*«, sagte Mia und setzte sich mit ihrem heißen Getränk auf ihren Stuhl. Sie stellte ihre Füße neben den Fernseher und grinste leicht, als Demetris Augen über ihre glatten Beine glitten.

Demetri schüttelte den Kopf und versuchte, sich auf das strampelnde Mädchen vor ihm auf dem Bildschirm zu konzentrieren. Er musste zugeben, dass er Chloe auch deshalb von dem Projekt überzeugen wollte, um Mia öfter zu sehen, doch Tatsache war, dass ihm die Sicherheit und das Wohlergehen des kleinen Mädchens der Lagardes – des kleinen Mädchens *der Lagardes* – anvertraut worden war. Aber dieses fand jede Gelegenheit im Spiel, sich umzubringen.

»Wie soll ich mich entspannen?«, fragte Demetri, warf die Hände in die Luft und stand auf. »Es gibt kein Anfängerniveau, es gibt kein Starterpaket. Wir haben das Kind einer der reichsten Familien Amerikas in ein Spiel der Selbstzerstörung geworfen. Du hast mir versprochen, dass ihr das dabei helfen würde, als Person zu wachsen. Dass es der Schlüssel wäre, um ihr Selbstvertrauen zu stärken und ihr zu helfen, eine vollwertige Lagarde zu werden. Alles, was ich bisher gesehen habe, waren Goblins, die das Innere ihres Magens herausholten, Regen, der ihre Gesundheit aufzehrte und eine Höhle von legendären Ausmaßen, in der riesige Trolle Steine auf sie warfen!«

Mia rollte mit den Augen und stellte ihr Getränk ab. Sie stand auf und blickte Demetri in die Augen. Sie trug Shorts und einen alten College-Kapuzenpulli. Er konnte ihr Parfüm riechen und es war berauschend.

Mia strich ihm über den Arm. »Kinderkrankheiten, Doc. Genau deshalb brauchten wir da drin einen Testdummy. Jemand, der *kein* Spieler ist, um das System zu testen. Was sie tut, ist *perfekt* für die Entwicklung. Es bedeutet, dass die KI des Systems mit Situationen konfrontiert wird, die wir uns ansonsten nicht hätten vorstellen können.«

»Das und die Tatsache, dass sie die gesamte Operation finanziert.« Demetri runzelte die Stirn und starrte wieder auf die Leinwand, wo die *splitterfasernackte* Chloe nun auf einem riesigen Felsbrocken zu surfen schien, der zu fallen begonnen hatte.

»Nun, das auch«, antwortete Mia neckisch und packte seinen anderen Arm.

Sie standen jetzt nur noch einen halben Meter voneinander entfernt. Er konnte ihren Atem spüren. Sie starrten sich gegenseitig für eine gefühlte Ewigkeit in die Augen, bevor Mia auf ihre Zehenspitzen stieg und ihn auf die Wange küsste.

»Das und weil ich dich vermisst habe.«

Mia zwinkerte und kehrte zu ihrem Stuhl zurück, ihre dampfende Tasse wieder in der Hand.

Demetri fiel zurück in seinen eigenen Stuhl, sein Herzschlag hatte sich verdoppelt, als der Geist von Mias Lippen seine Haut liebkost hatte. Er wandte seine Aufmerksamkeit wieder auf den Bildschirm, der nun völlig schwarz war.

Mit einem verwirrten Gesichtsausdruck lehnte er sich nach vorne und rüttelte am Bildschirms. Als nichts passierte, wandte er sich Mia zu.

Mia zuckte mit den Achseln und lehnte sich zurück in ihren Stuhl.

* * *

Ein leises Jammern ging durch Chloes Kopf. Sie schnappte nach Sauerstoff und stellte fest, dass die Luft zum Großteil aus Staub bestand. Ein Hustenanfall sandte krampfartige, rasende Schmerzen durch ihren Körper.

»Nun, ich schätze, wir sind nicht mehr in Kansas, Toto.« Sie versuchte zu lachen, aber es tat zu sehr weh. Dann versuchte sie, sich aufzurichten, stellte aber fest, dass sie dazu körperlich nicht in der Lage war. Nur einen ihrer Arme konnte sie bewegen.

Panik setzte ein.

Oh, Scheiße. Was passiert, wenn ich irgendwo gefangen bin, von wo ich nicht weg komme? Werde ich für immer hier liegen *bleiben? Ist es möglich, dass ich, wo immer ich auch bin, den Rest meines Lebens hier unten verbringen werde? Gefangen? Gelähmt? Eine einsame Kreatur mit nur einem verdammten Trefferpunkt für den Rest meines Lebens?*

Nein. Unmöglich. Nach zwei *Jahren werden Demetri und Mia mich hier rausholen, oder?*

Chloe fragte sich, wo zum Teufel sie war, was los war, wie zum Teufel sie nur hier herauskommen konnte.

Nach einem Moment erinnerte sie sich an das Menü, öffnete es und wählte ihr Charakterblatt aus:

Biografie
Charaktername: Unbenannt ***(klicken Sie hier, um einen neuen Charakternamen auszuwählen)***
Stufe: 1
Klasse: Keine
Rasse: Mensch

Statistiken
Trefferpunkte: 1/15
Magiepunkte: 15/15
Ausdauerpunkte: 0/30
Aktive Effekte: Keine

Attribute (Nicht verfügbar bis Stufe 5)

Talente
Sprachen: menschlich
Akrobatik: Stufe 1
Bewaffneter Kampf: Stufe 1
Kreaturen-Identifikation: Stufe 1
Kampf mit zwei Waffen: Stufe 1
Schleichen: Stufe 2
Verwegenheit: Stufe 2
Verfügbare Punkte: 0

Sie durchsuchte die Informationen und fand es schwierig, das, was sie sah, zu verarbeiten.

Okay, also bin *ich irgendwie auf einen Trefferpunkt heruntergekommen*, das *ist nicht gut. Ich frage mich, was mich gerettet hat.*

»Hey! Wenigstens habe ich noch mein ganzes Mana. *Das* ist verdammt nützlich! So ganz ohne Zaubersprüche …«, rief Chloe und hustete erneut, als die Worte abgehackt aus ihrem Mund kamen.

Vielleicht solltest du besser nicht schreien, du Genie. Das war es, was dich überhaupt erst in diese Situation gebracht hat.

Chloe studierte ihren Charakterbogen und bemerkte, dass ihre Ausdauerpunkte auf Null gesunken waren und tatsächlich war sie total erschöpft. Sie war so müde, wenn sie nur ihre Augen schloss, würde sie für Ewigkeiten schlafen können.

Es fühlte sich an, als ob sie …

Sie …

Chloe war sich nicht sicher, wie lange sie geschlafen hatte, aber als sie aufwachte, hörte sie klingelnde Glocken.

Vorsichtig und langsam drehte Chloe sich um, öffnete die Augen und sah nun, wie weit sie gefallen war. Die Feuer waren nicht mehr als winzige, funkelnde, grüne Lichter über ihr. Sie bewegte ihren Kopf nach links und rechts und spürte die Schmerzen in ihrem Nacken. Das Jammern in Chloes Kopf war verstummt und sie fühlte sich, als könnte sie mehr von sich bewegen als zuvor.

Chloe zog das Aktivitätsprotokoll hervor und sah eine Fülle von Nachrichten, die ihre letzten Spielinteraktionen aufzeigten, von der Flucht vor den Goblins bis zu ihrem Sturz durch die Höhle:

Hurra! Du hast es geschafft, lange genug durchzuhalten, ohne verletzt zu werden, dass du einen Trefferpunkt zurückbekommst. Mach weiter so und vielleicht kannst du irgendwann als normales Wesen in der Gesellschaft fungieren.

+1 Trefferpunkte

Autsch! Es regnet Steine! Erwäge, in Deckung zu gehen, bevor die Felsen deinen Schädel zertrümmern. So viel dazu, ein funktionales Wesen zu sein, was?

-2 Trefferpunkte

Das Talent wurde erhöht: Akrobatik (Stufe 2)

Herzlichen Glückwunsch zu einem kompletten Überschlag während des Fallens. Du hast bewiesen, dass du die Koordination einer Kinderturnerin hast. Dafür gibt es ein Fleißsternchen. Boni: +3 Geschicklichkeit (HINWEIS: Erhöhungen des Talentes ersetzen alle vorherigen Boni, die aus dem Talent gewonnen wurden).

Das Talent wurde erhöht: Akrobatik (Stufe 3)

Herzlichen Glückwunsch zu einem dreifachen Überschlag während des Fallens. Überschläge kommen beim Publikum gut an. Es gibt einige, die ehrliches Geld damit verdienen, Tricks vorzuführen. Wie Hofnarren und akrobatische Vagabunden. Willkommen in ihren Reihen. Boni: +5 Geschicklichkeit (HINWEIS: Erhöhungen des Talentes ersetzen alle vorherigen Boni, die aus dem Talent gewonnen wurden).

Das Talent wurde erhöht: Verwegenheit (Stufe 3)

Muss ich es überhaupt sagen? Du hast versucht, über einen Abgrund zu springen, um auf zwei Trolle zuzurennen. Das erfordert Mut, Kindchen oder totalen Leichtsinn ... wir werden es sehen. Boni: +10 Stärke, +5 Ausdauer (HINWEIS: Erhöhungen des Talentes ersetzen alle vorherigen Boni, die aus dem Talent gewonnen wurden).

Autsch! Du bist 71 Meter tief entlang einer massiven Felswand gefallen. Herzlichen Glückwunsch zum Surfen des größten Teiles der Strecke. Von außen zumindest sah es sehr gut aus. Unglücklicherweise bringt dich ein guter Anblick nur so ...

#ERROR404

CMD_SCRIPT_ID_595.28

BOOT.BIOS

#ERROR404

START_SEQ_RESPAWN_LV1_DEATHWALK_ID_38

LAUNCH=(DIV_INTERVENTION)_2.2

Göttliche Intervention aktiviert

Herzlichen Glückwunsch! Aus irgendeinem unbekannten Grund haben die Götter Mitleid mit dir gehabt. Nicht allzu schwer zu glauben, wirklich. Du bist ziemlich bedauernswert. Du hast eine zweite Chance bekommen.

+1 Trefferpunkte

WARNUNG: KRITISCH. Du hast nur noch einen Trefferpunkt übrig. Trinke Heiltränke oder suche dir einen Platz zum Ausruhen.

Göttliche Intervention? Was bedeutete das überhaupt? Chloe hob einen Arm, kratzte sich am Kopf und spürte etwas Klebriges, das ihr Haar verfilzte. Nichts von all dem ergab für sie Sinn. Sie konnte nicht glauben, dass das Spiel Mitleid mit ihr hatte. *Obsidian* war rücksichtslos gewesen, seit sie sich zum ersten Mal angemeldet hatte. Dreimal wurde sie von erbärmlichen Goblins getötet, aber irgendwie von den Göttern bei einem tödlichen, fast einhundert Meter tiefen Fall gerettet?

»Mann, dieses Spiel hat einfach alles«, murmelte Chloe, schloss die Augen und ließ ihren Körper wieder ruhen.

Ein kleines Lächeln huschte über ihr Gesicht, als sie sich fragte, wie die Auswirkungen ihrer Talente sein würden. Verwegenheit Stufe 3, +10 Stärke. Das *musste* einen Unterschied machen, wenn sie diesen Trollen wieder begegnen würde.

Ich schätze, an diesem Ort ist es immer lohnenswert, Risiken einzugehen …

Chloe hatte keine Ahnung, wie lange sie inzwischen da unten war oder wie lange sie sich ausgeruht hatte, aber schon bald konnte sie sich aufsetzen. Sie raffte sich auf und bemerkte zum ersten Mal, dass ihr Magen rumpelte und ihr Mund so trocken wie Trolleier war …

So stellte sie sich diese zumindest vor.

Wieder war sie erstaunt, wie detailliert dieses Spiel war. Obwohl ihrem Körper in der realen Welt Nahrung und Flüssigkeit zugeführt wurde (das hoffte sie zumindest), fühlte sich dieser Hunger und Durst so real an, als ob ihr Körper die Nahrung brauchte. Sie überprüfte noch einmal ihr Charakterblatt und betrachtete die große Null neben ihrer Ausdauer. Vielleicht würden Essen und Trinken ihre Ausdauerpunkte verbessern. Vielleicht müsste sie, um sich richtig zu erholen, Halloumi-Käse und einen Cosmopolitan finden.

Chloe keuchte und hielt sich die Hand vor den Mund. *Was, wenn Halloumis und Cosmopolitans in dieser Welt nicht existieren?* Noch ein Keuchen, diesmal mit großen Augen. *Oder Avocados oder Piña Coladas?*

Bevor Chloe weiter über den Mangel an Delikatessen der Großstädte des 21. Jahrhunderts in einem Online-Fantasy-Rollenspiel nachdenken konnte, erregte etwas ihre Aufmerksamkeit. Sie spitzte die Ohren, als sie Glocken in der Nähe klingeln hörte, leise genug, um wegen der durch den

Sturz aufgekommenen Kopfschmerzen überhört zu werden, aber laut genug, um ihre berüchtigte Neugierde zu wecken.

Chloe machte einen vorsichtigen Schritt und schwankte dabei. Jeder Schritt fühlte sich an, als ob ihre Füße zwanzig Kilogramm wiegen würden. Sie schielte in die Dunkelheit in Richtung des Lärms und hielt die Hände vor sich, um nicht in der tiefen Dunkelheit gegen eine Wand zu laufen – oder durch ein weiteres Loch zu fallen.

Sie fühlte einen Stein unter ihrem Fuß und fiel fast um. Das Geklingel wurde lauter. Irgendwo vor ihr konnte sie ein sehr mattes gelbes Leuchten erkennen. Chloe strengte sich an, zu erkennen, was sie dort sah.

Du hast eine neue Fähigkeit freigeschaltet: Nachtsicht (Stufe 1)

Indem du so lange ergebnislos in die Dunkelheit gestarrt hast, dass deine Hornhaut kurz vor dem Abblättern war, hast du es geschafft, deine Wahrnehmung dessen zu verbessern, was in der Dunkelheit liegt. Jetzt kannst du Silhouetten geringfügig in der ... ***pass auf das Loch auf***!

Chloe blieb sofort stehen und bemerkte erst dann, dass sie während des Lesens der Benachrichtigungen weitergelaufen war. Sie blickte nach unten und fühlte mit der Hand über den Boden, aber sie konnte kein Loch feststellen.

Häh?

Sie öffnete ihre Benachrichtigungen wieder.

REINGELEGT!

Ich schätze, nun möchtest du deine Boni erfahren, oder?

Anforderungen: Versuche mit aller Kraft, in die Dunkelheit zu sehen.

Boni: +1 Intelligenz, +2 ätherisches Potenzial

Großartig. Noch nachtreten, wenn ich eh schon am Boden liege.

Chloe schob die immer fieser werdenden Benachrichtigungen beiseite und ging weiter, beeindruckt, dass die KI ihr Wort hielt. Es stimmte, sie konnte nun vage erkennen, wo sie hinging. Sie ging weiter und fand eine Einbuchtung im Tunnel, wo sie eine kleine Nische entdeckte, so groß, dass sie in ihr aufrecht stehen und ihre Arme ausstrecken konnte.

Der Tunnel endete hier, an der Rückwand war ein kleiner Schrein eingebaut. Um den Schrein herum waren Kerzen angebracht, die wohl seit Äonen nicht mehr angezündet worden waren, daneben lagen tote Blumen und Glöckchen.

Davor, in einer hell leuchtenden, glitzernden Kugel, schwebte der Gegenstand, von dem das Klingeln ausging.

Chloe griff vorsichtig nach vorne und spürte eine seltsame Kraft, die von den Armschienen, denn das schienen sie zu sein, ausging. Sie konnte etwas oder jemanden im Klingeln der Glocken flüstern hören, aber sie konnte keine Worte verstehen. Ihre Fingerspitzen berührten den Gegenstand und …

Zack!

Der Gegenstand war weg. Das Licht ging aus. Das Klingeln verhallte.

Chloe hielt den Atem an und wartete darauf, dass etwas passierte.

Plötzlich ertönte Musik zusammen mit einem gleißenden Licht, das sie in Einem verschlang.

Kapitel 7

Chloe schrie überrascht auf. Es war unmöglich, etwas durch die blendenden Lichter zu sehen. Ein Ansturm der Begeisterung fuhr durch ihren Körper, als sie von ihren Füßen gehoben wurde. Ihr Haar wurde in alle Richtungen geweht, als sich ein Mini-Tornado um ihren Körper herum erhob.

Ihre Füße trafen auf festen Boden. Sie konnte kurz Gras unter ihren Füßen erkennen, bevor das Licht sie wieder umhüllte und um sie herum pulsierte. Sie wurde noch einmal angehoben, als ob sie von einer riesigen Hand getragen worden wäre.

Für einen weiteren, kurzen Moment berührten ihre Füße wieder den Boden, bevor sich der ganze Vorgang wiederholte.

Einmal.

Zweimal.

Dreimal.

Nach dem fünften Mal begann Chloe sich zu fragen, ob das Spiel fehlerhaft sei. Sie hielt es für möglich, obwohl das furchtbar ärgerlich wäre. Hatten Mia und ihr Team eine Art Notfallplan eingebaut, wenn so etwas passierte? Sowas wie einen Resetknopf? Sie fühlte sich hilflos. Hoffnungslos.

Und doch, irgendwie fühlte sich Chloe stärker als je zuvor.

Nachdem sie ein letztes Mal angehoben worden war, spürte Chloe an ihren Füßen wieder das angenehm weiche Gras. Sie öffnete vorsichtig die Augen und war überrascht, dass sie sich am Eingang der Höhle der Goblins befand.

Die Sonne schien hell und der Himmel erstrahlte in einem wolkenlosen Blau. Um sie herum konnte sie die Geräusche und Stimmen des Waldes hören.

»Was, im Namen von allem Guten und Heiligen, ist gerade passiert?«, murmelte sie, tastete ihren Körper ab und bemerkte, dass all ihre Schnitte, Kratzer und Prellungen verschwunden waren. Eine tiefe Schnittwunde am Oberschenkel, die durch ihren Sturz von der Platte entstanden sein musste, war gerade noch sichtbar. Sie blickte an ihrem Körper herunter und erinnerte sich plötzlich daran, dass sie immer noch splitterfasernackt war. Sie kreuzte instinktiv ihre Beine und verschränkte die Arme vor ihrer Brust.

»Mmmphhhmmmmhampphm …«, sagte eine gedämpfte Stimme.

Chloe drehte sich herum, sie war sich sicher, dass sie gerade beobachtet wurde. Jemand versteckte sich anscheinend im Wald, um den Anblick ihres Avatars zu genießen.

»Hmmmphghghhpppppmgh!« Diesmal war die Stimme lauter.

Chloe blickte dahin hinab, von wo aus die Stimme kam und es stellte sich heraus, dass das ihr eigener Körper war. Sie faltete ihre Arme auseinander und zuckte zurück, dann untersuchte sie die gold und grün schimmernden Armschienen, die nun ihre Unterarme schmückten. Sie glänzten im Sonnenlicht und sahen aus, als wären sie aus feinsten Edelmetallen gefertigt, aber sie schmiegten sich federleicht um ihre Arme.

»Vielen Dank dafür«, sagte die Stimme. Chloes Augen weiteten sich, als sie erkannte, dass die Stimme *von* den Armschienen kam. »Hast du eine Ahnung, wie verschwitzt du bist? Scheiße!«

Chloe hob eine Augenbraue. »Du … du kannst reden?«

»Ich weiß, ziemlich verrückt, oder? Wer hätte das gedacht, was? KieraFreya, gefangen in einem verzauberten Rüstungsteil. Es ist ein bisschen demütigend, wirklich, aber so ist es halt. Eigentlich bin ich ziemlich froh, dass du mich gefunden hast. Wer weiß, wie lange ich am Ende dieser gottverdammten Aufgabe sonst noch hätte warten müssen?«

Chloe entfuhr ein Lachen. Sie hatte nicht bemerkt, wie sehr ihr seit ihrer Ankunft in Obsidian die Gesellschaft gefehlt hatte. Auch wenn sich ihre erste Freundin als ein Stück verzauberte Rüstung herausstellte, so hatte sie doch nun zumindest *jemanden* zum Reden, der sie nicht auf den ersten Blick zu erstechen versuchte.

»*Du* bist die Belohnung für den Todespfad?«, fragte Chloe.

»Nun, *das* und eine Menge Erfahrungspunkte, anscheinend. Nicht, dass es für dich einen großen Unterschied machen dürfte, oder? 10.000 Erfahrungspunkte sollten auf deiner Charakterstufe kaum etwas ausmachen. Ich wette, du konntest kaum eine Veränderung an deinem Fortschrittsbalken feststellen.«

Chloe senkte ihre Arme und zog ihr Charakterblatt hervor.

Biografie

Charaktername: Unbenannt (klicken Sie hier, um einen neuen Charakternamen auszuwählen)

Stufe: 8

Klasse: Keine

Rasse: Mensch

Statistiken

Trefferpunkte: 220/220

Magiepunkte: 150/150

Ausdauerpunkte: 300/300
Aktive Effekte: Keine

Attribute
Stärke: 12 (+16)
Intelligenz: 6 (+2)
Geschicklichkeit: 10 (+7)
Ausdauer: 15 (+15)
Ätherisches Potenzial: 7 (+7)

Talente
Sprachen: menschlich
Akrobatik: Stufe 3
Bewaffneter Kampf: Stufe 1
Kreaturenidentifikation: Stufe 1
Nachtsicht: Stufe 1
Kampf mit zwei Waffen: Stufe 1
Schleichen: Stufe 2
Verwegenheit: Stufe 3
Verfügbare Punkte: 32

Stufe *8!* Chloe streckte eine Faust nach oben. Sie hatte es endlich geschafft über Stufe 1 hinauszukommen und nicht nur das. Sie schien einen Haufen Stufen übersprungen zu haben, nachdem sie die Aufgabe irgendwie abgeschlossen hatte.

Sie strahlte, als sie ihren Körper betrachtete und bemerkte, dass sie sich bereits viel stärker fühlte als zuvor. Sie richtete sich auf. Ihre Oberschenkel und Arme waren muskulöser, und … waren das *Bauchmuskeln*?

Endorphine schossen durch Chloes Körper, als die Sonne auf sie herab strahlte. Zum ersten Mal seit ihrer Ankunft in Obsidian war sie wirklich glücklich.

Sie wandte sich wieder ihrem Charakterblatt zu. Sie hatte nicht nur mehrere Stufen erreicht, *endlich* wurden auch ihre Attribute freigeschaltet. Chloe bemerkte ein kleines Hilfesymbol und konzentrierte sich darauf.

Attribute: Deine Attribute sind das Lebenselixier deines Charakters. Attribute bleiben die ersten fünf Spielstufen gesperrt, während das System deinen Spielstil beobachtet und die Attribute auswählt, die deinen Charakter weiter unterstützen. Maximal 30 Attribute bilden deine Basismerkmale, bei jeder weiteren erreichte Stufe erhältst du vier Attributpunkte, die jedem der fünf verfügbaren Zweige zugeordnet werden können. Zusätzliche Punkte müssen innerhalb von 24 Spielstunden vergeben werden. Alle zu diesem Zeitpunkt nicht zugewiesenen Punkte werden den verfügbaren Attributen zufällig zugewiesen.

Um weitere Informationen zu den einzelnen Attributen zu erhalten, wähle den jeweiligen Text aus.

Chloe lachte über die Zuordnung der Punkte, die sie erhalten hatte. Sie vermutete, dass es Sinn ergab, ihre höchsten Boni in Ausdauer und Stärke zu verteilen, da ihr Talent Verwegenheit diese Eigenschaften verstärkt hatte, obwohl sie nicht ganz verstand, woher die zusätzlichen Boni kamen.

Es war irgendwie ätzend, dass ihre Intelligenz wesentlich geringer war, aber es spielte wohl eine größere Rolle, dass sie sich in den Tiefen einer alten Höhle ohne Kleidung aufgehalten hatte, bis eine Gottheit Mitleid mit ihr bekam. Zumindest hatte sie nun … *32* … verfügbare Attributpunkte zum Verteilen und könnte nun einige ihrer Attribute verstärken und so ihren Charakter ausgeglichener gestalten.

Mmmmhhh … *es sei denn, bestimmte Klassen brauchen bestimmte Eigenschaften, um erfolgreich zu sein?* Sie beschloss, dass sie eine Weile warten und ihre Punkte nicht übereilt verteilen würde.

Wenigstens schien der Rest ihrer Statistiken ziemlich ausgeglichen zu sein. Das Einzige, worüber sie sich nicht so ganz im Klaren war, war, was Ätherisches Potenzial bedeutete. Sie konzentrierte sich auf den Text, aber bevor sie die Nachricht lesen konnte, begann KieraFreya zu sprechen.

»Ätherisches Potenzial ist die Fähigkeit einer Person, das Ätherische zu manipulieren, um Zauber zu wirken. Es ist das magische Reich, zu dem Magier, Zauberer und Hexenmeister Zugang haben, um die Grenzen ihrer Kräfte zu erweitern.«

Chloe blinzelte das Menü weg. »Warte mal, woher wusstest du, was ich auf meinem Bildschirm auswählen würde?«

»Eine einfache Frage. Ich bin jetzt ein Teil von dir. Ich kann alles sehen, was du sehen kannst. Mmh … Lass uns einen Blick hierauf werfen … Du hast hier ein paar gute Talente … Okay, die Basisattribute zeigen, dass da nicht viel Intellekt in deiner Birne …« Die Stimme aus den Armschienen keuchte. »Warte mal … *Du bist* Stufe *8?*«

Stolz stand Chloe auf, ihre Hände an den Hüften. »Jep! Ich habe gerade sieben Stufen erhalten, weil ich dich gefunden habe, mein kleiner Schatz aus Smaragd und Gold.« Sie brachte die Armschienen an ihre Lippen und küsste sie abwechselnd.

Das nächste, was Chloe bemerkte, war eine seltsame Kraft, die ihre Armschienen wieder an ihre Seiten herunter drückte. Sie versuchte, ihre Arme wieder zu heben, aber es fühlte sich so an, als würden sie plötzlich jeweils fünfundzwanzig Kilo wiegen.

»Okay, Tittenmaus, Regel Nummer eins. Küsse *niemals* KieraFreya. Wenn du denkst, dass ich nur eine süße Begleitung zu deiner Rüstung bin, hast du definitiv falsch verstanden, was zum Teufel hier vor sich geht.

»Zweitens sagtest du gerade, dass du Stufe *1* warst, als du den Todespfad der Götter geschafft hast? Da kann etwas nicht stimmen. Eine Störung des Ätherischen, oder eine Art Streich der Götter oder so. Warte mal eine Sekunde …«

Ohne Vorwarnung tauchte Chloes Menü auf. Ihre Augen betrachteten ihr Aktivitätenprotokoll, obwohl sie sich stark bemühte, wegzuschauen. Diese mysteriöse Stimme durchsuchte es komplett, von ihrer ersten Begegnung mit den Goblins bis hin zur letzten Benachrichtigung über den Abschluss einer Aufgabe. Da war auch eine weitere Nachricht, die Chloe bis jetzt nicht hatte lesen können.

Aufgabe abgeschlossen: Den Todesweg der Götter gehen

Du hast es geschafft! Du hast die Trolle überlistet, bist durch den unerbittlichen See geschwommen, hast es durch das Reich des Feuers geschafft und bist aus dem fraktalen Labyrinth des Todes siegreich hervorgekommen. Du hast dich wirklich selbst bewiesen …

#ERROR404

-ein Champion unter Champions-

MISSING_SEQ

RESTART_POP-UP

-Mach weiter, unbekannter Abenteurer und steige zu immer größeren Höhen auf!

Boni: 10.000 Erfahrungspunkte + Armschienen von KieraFreya

Erhaltener Gegenstand: Armschienen von KieraFreya

Du hast die verlorenen Armschienen einer gefallenen Göttin gefunden. Hergestellt aus von den Göttern geschmiedeten Metallen, sind diese Armschienen praktisch unzerstörbar, obwohl einige sagen, dass sie einen eigenen Willen haben.

Boni: +5 Stärke, +10 Ausdauer, +5 ätherisches Potenzial

Seltenheit: mythisch

Chloe strahlte.

Das nächste, was sie bemerkte, war, dass das Menü verschwand.

»Hey!«

KieraFreya sinnierte weiter: »Also *du* sagst mir, dass du *zufällig* über den Eingang zum Todesweg der Götter gestolpert bist und selbst, nachdem du, ein Stufe 1 Mensch *ohne* Rüstung, *ohne* Waffe und *ohne* Ahnung, die Trolle gesehen hast, hast du trotzdem weitergemacht und versucht, die Prüfung zu bestehen?«

Chloe zuckte mit den Schultern. »Äh … Ja.«

KieraFreya lachte leise, ein dunkles Lachen. »Nun, ich schätze, das erklärt deine Fähigkeit Verwegenheit. Also hast du das Reich des Feuers nicht gesehen?«

Chloe schüttelte den Kopf.

»Du bist nicht im unerbittlichen See geschwommen?«

Noch ein Kopfschütteln.

»Das fraktale Labyrinth?«

»Nein.«

KieraFreya seufzte, ein kleiner Hauch von Luft kitzelte Chloes Handgelenke. Ein seltsames Gefühl, da die Luft aus dem *Rüstungsteil* zu kommen schien.

Chloe kicherte. »Hey, das kitzelt.«

»Also, um es zusammenzufassen«, sagte KieraFreya und hatte es offensichtlich schwer, das Geschehene zu verarbeiten, »trotz des furchtbar schwierigen Verlieses, das allein dazu geschaffen worden war, einen Teil von mir Tausende von Jahren in den Tiefen unter der Erde gefangen zu halten …«

»Wer würde dich schon gefangen halten wollen – *Autsch*!« Chloe verstummte, als ihre eigene Hand hervorschnellte und ihr ins Gesicht schlug.

»Unterbrich mich nicht. Trotz allem wurde ein Stufe-1-Charakter mit buchstäblich keiner Erfahrung in die Welt geworfen und hat es geschafft, einen Weg zu finden, den Sturz zu überleben – mit ein wenig Hilfe von den Göttern, wie ich betonen möchte«, fuhr KieraFreya mürrisch fort, »und mich *schließlich* aus meinem Gefängnis in der Dunkelheit zu befreien?«

KieraFreya brach in Gelächter aus. Chloes Arme erhoben sich, ungebeten, und schlangen sich zu einer Umarmung um ihre Schultern. Es wäre sehr merkwürdig, dachte sie, wenn ein Fremder nun vorbeikommen und eine nackte Frau mit leuchtend grünen Armschienen sehen würde, die sich selbst umarmt.

»Aha! Vielen Dank … äh, Unbenannt, dass du mich befreit hast und es mir ermöglichst, den süßen Duft der Freiheit zu riechen. Endlich kann ich meinem ultimativen Zweck folgen und mich zu einstigem Glanz zurückführen!«

»Unbenannt?«, fragte Chloe, verblüfft über die Aufregung und dennoch beunruhigt, weil sich ihre Arme von selbst bewegten. »Mein Name ist Chloe. Du kannst mich Chloe nennen.« Sie zwang ihre Aufmerksamkeit auf ihre Armschienen und stellte fest, dass sie, obwohl es einen gewissen Widerstand gab, in der Lage war, sie wieder herabzusenken.

»Es tut mir leid. Es ist mir leider nur möglich, dich so zu nennen, wie du vom System benannt bist.«

Chloe hob eine Augenbraue. »Du kannst mich nicht bei meinem Wunschnamen nennen, aber du kannst fluchen, ohne den Zensurpiepser auszulösen?«

»Was ist der Zensurpiepser?«

Chloe atmete tief durch und rief: »Räudige …« *Pieeeeeeeep!*

Ihr Schrei ertönte auf der Lichtung, das Piepen des Sensors klang, als würde ein Alarm losgehen. Ein ganzer Schwarm Vögel erhob sich von den Baumkronen, ihre Silhouetten verdunkelten den Himmel für einen kurzen Augenblick.

Als die Echos aufgehört hatten, schnaubte KieraFreya. »*Was*? Das ist verfickt noch mal absurd!«

»Angeberin«.

»Aber ernsthaft. Warum sollte das Fluchen zensiert werden, Unbenannt? Es ist die Grundlage aller Sprachen!«

Chloe rollte mit den Augen. »Ich weiß! Jetzt hör auf, mich ›Unbenannt‹ zu nennen.«

»Dann ändere endlich deinen gottverdammten Namen!«, erwiderte KieraFreya schnippisch. »Du hast die Möglichkeit das zu tun, Tittenmaus.«

»Oh! Aber Spitznamen sind gut – Argh! In Ordnung!«

Chloe öffnete das Menü und wählte ihr Charakterblatt aus. Sie blickte auf den Namen und markierte den Text. Als kein Tastaturbild erschien, dachte sie an den Namen ›Chloe‹ und das nächste, was sie bemerkte, war, dass ihr Name im Menü aktualisiert worden war.

»So. Besser?«

»Viel besser, Unbenannt. Viel besser.« KieraFreya kicherte.

»Hey!«

»Oh, komm schon. Du willst wirklich einfach nur ›Chloe‹ nehmen? Du bist in einem Reich unendlicher Möglichkeiten, mit selbst wählbaren Namen wie ›Drake der Berserker‹, ›Helena die Allmächtige‹ und ›Zacharias der Verfluchte‹ und das Beste, womit du ankommst, ist ›Chloe‹?«.

»Es ist nun mal mein Name.«

KieraFreya seufzte. »Schön, kleines Mädchen. Wie du willst.«

Chloe ärgerte sich und versuchte, sich über die Armschienen klarer zu werden. Es war definitiv schön, *endlich* jemanden zu haben, mit dem sie reden konnte, aber bereits jetzt empfand sie manche Teile dieses Gesprächs lästig. In der einen Minute waren die Armschienen noch furchtbar freundlich zu ihr und in der nächsten verspotteten diese sie. Auch fühlte Chloe sich nicht allzu wohl bei dem Gedanken, dass es tief im Inneren eine gewisse Kraft gab, die in der Lage war, ihre Gliedmaßen zu kontrollieren und ihren Körper und Geist ohne ihren Willen zu bewegen. Sie fragte sich, ob es einen Weg gäbe, die Armschienen effizienter zu kontrollieren.

Chloe ergriff eine mit der Hand und versuchte, ihren Daumen unter die Armschienen zu schieben, um sie von ihren Handgelenken zu lösen. Sie war überrascht, als sie feststellte, dass sie die Armschienen nicht entfernen konnte. Noch mehr überrascht war sie, als sich ihr rechter Arm von ihrer linken Seite wegzog.

»Denk nicht einmal daran«, warnte KieraFreya finster.

»Ich habe sie nur angepasst.«

Ein Kichern war zu hören. »Ich weiß, was das bedeutet. Du hast bereits versucht, mich zu entfernen. Nun, viel Glück dabei, Prinzessin, ich werde dich langfristig begleiten.«

Chloes Herz schlug schneller.

»Langfristig? Was meinst du damit?«

»Wow, deine Intelligenz ist wirklich niedrig, nicht wahr? Hast du mir vorhin nicht zugehört? Ich bin *jetzt ein Teil von dir*. Das ist richtig. Kein Abschieben von den Handgelenken. Kein Entkommen. Kein in-die-Tasche-stecken. Du hast ein Stück verzauberte Rüstung gefunden, Dummchen, und du hast den Weg zu einer der epischsten Aufgaben eingeschlagen, die diese Welt zu bieten hat. Herzlichen Glückwunsch. Jetzt hast du mich am Hals.«

Es erschien eine Benachrichtigung in ihrem Blickfeld.

Quest freigeschaltet: Eine gefallene Göttin

Die Göttin der Vergeltung, KieraFreya, fiel in Ungnade. Ihre Gestalt wurde aufgeteilt und über das Land Obsidian verstreut. Seit Äonen wartet sie auf einen Abenteurer, der mutig und stark genug ist, ihre Rüstungsteile wieder zu vereinen und KieraFreya ihren einstigen Glanz zurückzugeben.

Finde alle Stücke von KieraFreya und stelle ihre Göttlichkeit wieder her.

Schwierigkeitsgrad: 10/10

Belohnungen: 100.000 Erfahrungspunkte, seltene Gegenstände (gesperrt).

Quest annehmen: [Ja/Nein]

»100.000 Erfahrungspunkte!«, rief Chloe begeistert aus, ein Schwindelgefühl überkam sie. »100.000?« Sie wählte sofort Ja.

»Das stimmt, kleines, nacktes Mädchen. Jetzt solltest du dich vielleicht darauf konzentrieren, deine Reise von 1.000 Schritten zu beginnen, indem du den ersten machst und dir ein paar verdammte Kleider besorgst. Ich meine …« Chloes Handgelenke stiegen von selbst auf und deuteten entlang ihres Körpers, »so schön du auch sein magst – man überlebt viel eher einen Einstich, wenn man etwas hat, um den Körper zu schützen. Was bist du, dass du nackt in diese Welt *geboren* wurdest?«

Chloe fasste sich an den Kopf und war sich nicht sicher, ob es sich um eine willentliche Bewegung oder eine weitere von KieraFreya handelte. Sie hatte ihre Kleidung komplett vergessen!

Blitzartig erinnerte sich Chloe an ihre Kleidung, die in der Höhle schwebte, in der die Goblins waren.

Würden sie überhaupt noch in der Höhle sein, jetzt, da es Tag war und die Sonne hoch stand? Wäre die Kleidung noch da? Was wäre, wenn es ein bestimmtes Zeitlimit gab, *um verlorene Gegenstände einzusammeln?*

Sie ging zurück zur Höhle und hielt inne. »Werde ich wirklich nur 1.000 Schritte benötigen, bis ich alle Teile deiner Rüstung gefunden habe?«

Chloes Hand schlug noch einmal auf ihre Stirn, diesmal härter, als sie es sich gewünscht hätte. »Keine weiteren Fragen mehr, Dummkopf. Lass uns erst mal daran arbeiten, deine Intelligenz zu erhöhen, bevor du deine Klappe nochmal öffnest.«

Kapitel 8

Die Sonne hatte den Zenit erreicht. Anhand dieser Position vermutete Chloe, dass es gegen Mittag sein musste.

Sie schlenderte mit neu gewonnenem Selbstvertrauen herum. Um sie herum strahlte der Wald in leuchtenden Grün- und Brauntönen, die Blätter reflektierten das Sonnenlicht. Die Tiere des Waldes hüpften und huschten um sie herum. Eichhörnchen, Kaninchen, Füchse, ein Dachs und etwas, das wie eine Kreuzung zwischen einem Kaninchen und einem Hirsch aussah, mit einem großen Geweih auf dem Kopf, sprangen umher.

Chloe fühlte sich großartig. Ein Lächeln erhellte ihr Gesicht, als sie den rauen Stoff ihrer Tunika und Shorts endlich wieder spürte. Ihre Sandalen hinderten die Kiefernnadeln erfolgreich daran, sich in ihre Füße zu bohren und sie gewöhnte sich so langsam an die Armschienen, die seit dem Verlassen der Höhle fast still geblieben waren.

Die einzigen Nachteile waren die Blutflecken auf ihrer Kleidung und der Goblingeruch, der an ihrer Haut zu kleben schien. Es war wirklich lächerlich, wie leicht Chloe die Goblins erledigt hatte. Sie hatte nicht einmal eine Waffe gebraucht. Die ultimative Waffe war an ihren Handgelenken befestigt.

Sie musste zugeben, dass es sie ein wenig überrascht hatte, als sich ihre Arme von selbst erhoben hatten. Als Skud mit seinem Messer angriff, hatte sich ihr Arm instinktiv bewegt, um den Angriff zu parieren und die Metallarmschienen wehrten die Klinge einfach ab. In der nächsten Sekunde hatte ihr rechter Arm den Dolch des Goblins gepackt und ihm damit die Kehle aufgeschlitzt.

Skud war zu Boden gefallen, während seine Hände noch krampfhaft versuchten die Blutung zu stoppen. Einen Moment später, mit einer weiteren Bewegung, hatte sie das Messer in die Brust des zweiten Goblins gestoßen. Nach einem schnellen Schlag ins Gesicht fiel auch der andere Goblin zu Boden, was Chloe bescheidene 30 Erfahrungspunkte pro Goblin brachte und ihre erste rudimentäre Waffe – einen rostigen Dolch.

Jetzt hüpfte sie voran, ohne ein Ziel vor Augen zu haben. Sie hatte versucht, von KieraFreya zu erfahren, ob die Armschienen eine bestimmte Richtung bevorzugten, aber es stellte sich heraus, dass die gefallene Göttin genauso ahnungslos war wie Chloe.

»Nein, keine Ahnung«, hatte sie gesagt, als Chloe sich am Höhleneingang den Kopf gekratzt hatte. »Denkst du, das wäre eine Herausforderung der Schwierigkeitsstufe zehn, wenn ich wüsste, wo ich den Rest von mir finden kann?«

Die Bäume wurden weniger, als sie weiterging. Sie stolperte über einen plätschernden Bach und nahm einen tiefen Schluck Wasser aus ihren Händen. Etwas weiter flussabwärts sah sie ein Reh, das das Wasser mit der Zunge schlürfte.

»Dieser Ort ist wirklich wunderschön«, sinnierte sie.

KieraFreya spottete, der erste Ton, den sie seit Stunden von sich gegeben hatte. »Du hast nicht die Orte gesehen, die ich gesehen habe, Schätzchen. Sicher, ein Rehkitz im sonnigen Wald ist süß, aber ich versichere dir, dass nichts auf dieser Welt lange anhält. Es wird nicht mehr lange dauern bis …«

Wie auf das Stichwort ertönte ein mächtiges Gebrüll. Chloe zuckte zurück, der Klang erinnerte sie an ihre Abenteuer im Dunkeln der vergangenen Nacht. Einen Moment später wichen die Bäume einem kolossalen Bären, der hinter dem Reh erschien und das arme Wesen mit einer Tatze erschlug. Das Tier flog in einem weiten Bogen davon, währenddessen Blut grotesk über die Lichtung spritzte.

»Was damit bewiesen wäre«, stellte KieraFreya sachlich fest.

Chloe musterte den Bären. Sein schwarzes Fell war zu großen Teilen ausgefallen. Eine Seite seines Körpers war mit Narben bedeckt. Seine Augen leuchteten tiefrot. Nachdem er sich den Überresten des Rehs genähert hatte, zerkaute er die Kreatur mit den Zähnen und drehte dann seinen Kopf zu Chloe.

Chloe benutzte ihre Fähigkeit zur Kreaturenidentifikation.

Schwarzbär.

»Damit ist ja alles geklärt«, scherzte KieraFreya.

»Genug Sarkasmus von dir. Was soll ich tun?« Chloe zog sich langsam zurück, als der Bär begann sich in ihre Richtung zu bewegen.

»*Lauf, du Idiot!* «

»Richtig.«

Chloe wappnete sich, drehte sich auf dem Absatz um und floh. Der Bär brüllte und sprintete ihr nach.

»Und jetzt?«, fragte sie und versuchte, sich keine Sorgen um ihren Ausdauerbalken zu machen, als sie die Erschöpfung vom Laufen spürte. Sie war jedoch angenehm überrascht, als sie bemerkte, dass sie sich definitiv energetischer fühlte als in der vergangenen Nacht.

»Lauf weiter und finde einen Ort zum Verstecken?«, schlug KieraFreya drängend vor. »Was auch immer du tust, lass dich nicht fressen. Ich habe gerade erst einen Wirt gefunden. Ich meine, einen Partner für diese Reise. Das Letzte, was ich will, ist, als Bärenscheiße herausgedrückt zu werden und im Wald wieder auf dich zu warten.«

Chloe versuchte, sich die Bezeichnung ›Wirt‹ zu merken, um sie später darauf anzusprechen, aber im Moment schien es wichtiger weiter durch den Wald zu rennen. Sie drängte sich durch Geäst und wechselte oft die Richtung, um den Bären von ihrer Spur abzulenken. Mitten in einem dichten Tannenwäldchen fand sie eine Reihe größerer Felsformationen, durch die sie sich wand, dabei bewegte sie sich so willkürlich wie möglich. Schon bald schienen sich die Schreie des Bären zu entfernen.

Als sie eine kleine Nische in der Seite eines Hügels erreichte, hielt sie inne und atmete durch. Ihr Magen rumpelte und ihr Mund war trocken. Sie öffnete ihr Menü und sah, dass sie drei Viertel ihrer Ausdauerpunkte verbraucht hatte.

Hey, zumindest habe ich noch etwas *übrig.*

Chloe wollte dort nicht zu lange warten und fragte sich, wo zum Teufel der Waldrand war. Dann erhob sie sich wieder und machte sich auf den Weg den Hügel hinauf. Sicherlich würde die erhöhte Position einen Vorteil bieten? Zum ersten Mal seit ihrer Ankunft bemerkte sie, dass das Land relativ flach war. Dies war die erste Steigung, an der sie vorbeigekommen war, das musste doch sicher etwas bedeuten?

Die Spitze des Hügels war baumlos und erinnerte Chloe an die Köpfe der langweiligen Heuchler, die in den Vorstandssitzungen ihrer Familie saßen – Führungskräfte, die Maßanzüge trugen und sich verzweifelt an ihre verblassende Jugend klammerten, indem sie silberne Haarkränze um ihre kahlen Köpfe wachsen ließen. Wie sie Chloe kopfschüttelnd betrachten würden, wenn sie sie jetzt sehen könnten.

Chloe schützte ihre Augen vor der prallen Sonne und untersuchte den Wald, Bäume, mehr Bäume und noch mehr Bäume, soweit sie sehen konnte. Von Norden nach Westen nach Süden sah sie nichts als ein grünes Blätterdach, mal höher, mal tiefer, bis die Welt am Horizont endete. Im Osten gab es eine Reihe von Bergketten, die mit Schnee und Wolken bedeckt waren.

Chloe hob ihr rechtes Handgelenk an den Mund, als würde sie in ein Walkie-Talkie sprechen. »Irgendwelche Ideen?«

»Du musst nicht so nah ran, weißt du«, antwortete KieraFreya. »Ich bin ein Teil von dir. Ich kann dich sogar hören, wenn du flüsterst.«

»Heißt das, du kannst meine Gedanken hören?«

Nach einer längeren Pause rief die Göttin: »Hey, sieh mal. Rauch!«

Chloe blickte in die Richtung, in die ihre Hand nun zeigte und sah das dünne Rauchband träge in den Himmel steigen.

Sie fragte sich, was wohl die Ursache des Rauchs sein könnte. In der vergangenen Nacht hätte sie vielleicht einfach ihr Glück versucht und wäre ohne Sorge in diese Richtung gegangen. Aber jetzt …

Nun hatte sie aus mehreren Goblin-Stichwunden im Bauchraum gelernt, dass Feuer manchmal schlechte Dinge bedeutete.

Dennoch war es die einzige Spur, die sie hatte, also ging sie mit der Vorsicht, die sie letzte Nacht benötigt hätte, in Richtung des Rauchs.

* * *

Durch ein Dickicht von Büschen blickte Chloe auf die Hütte. Es war ein verfallenes altes Ding. Die Fenster waren nichts als Löcher, die Tür hing schief an ihrem Rahmen, und Ranken umschlangen das Gebäude.

»Was für ein Drecksloch«, flüsterte KieraFreya und ließ Chloe aufspringen.

»Wirst du wohl *die Klappe halten*?«, zischte Chloe und steckte die Armschienen unter ihre Arme. »Wir wollten uns anschleichen, erinnerst du dich? Was, wenn da drin ein Monster das Feuer macht?«

Das Talent wurde erhöht: Schleichen (Stufe 3)

Unglaublich. Du bist ein Naturtalent bei dieser Klappe-halten-und-Kriechen-Sache. Bald wirst du den Elfen gleich sein, die in der Lage sind, geräuschlos zu flüstern, von jeder Kreatur unbemerkt!

Im Moment bist du aber nur etwas leiser als zuvor. Herzlichen Glückwunsch!

Boni: +3 Geschicklichkeit

(HINWEIS: Erhöhungen des Talentes ersetzen alle vorherigen Boni, die aus dem Talent gewonnen wurden).

Nun, was weißt du schon?

»Hmmpgphhhmmrgh!«

Chloe rollte mit den Augen. Sie fühlte, wie ihre Arme an ihrer Seite zappelten und ließ eine der Armschienen los. »*Was*?«

»Würdest du mich bitte *nicht* darunter legen? Ich bin die verfickte Göttin der Vergeltung und du denkst, ich gehöre in deine verschwitzten Achselhöhlen …«

Chloe kämpfte mit ihren Armen und verschränkte sie wieder fest. Sie wand und krümmte sich angestrengt, als ihre Arme zitterten und zogen, um zu entkommen. Mit all ihrer Kraft schaffte sie es, sie an Ort und Stelle zu halten, während noch mehr gedämpfte Äußerungen des Ekels aus ihren Achseln kamen.

»Das ist alles, was du tun musst. Halt einfach deinen …« Chloe dachte einen Moment lang nach. »… Mund? Ja, Mund sollte passen. Wenn du deinen Mund so lange hältst, dass ich mit dir reden kann, bekommst du deine Freiheit.«

Nach ein oder zwei Augenblicken des Kampfes entspannten sich Chloes Arme. Nach einer weiteren Sekunde kam ein gedämpftes »Hmm … gut.«

»Das ist besser«, sagte sie und brachte ihre Handgelenke näher an ihr Gesicht. Ein verschwitzter Film zierte das kunstvolle Metall. Chloe errötete. »Hoppla, ich verstehe, was du meinst. Es *ist* super heiß hier draußen …«

Chloe wartete darauf, dass KieraFreya einstimmte. Als sie es nicht tat, fuhr sie fort: »Okay, wirst du mir bei dieser Aufgabe helfen oder muss ich dich erst in die verschiedenen Öffnungen meines Körpers stecken, bis du lernst, dich zu beherrschen?«

Ein weiterer Moment der Stille.

»Und?«

»Oh, jetzt darf ich reden?«, zischte KieraFreya, ihre Stimme so leise, als würde sie mit sich selbst sprechen. »Wie kann das sein? Bei Obsidian! Ich bin *KieraFreya*, früher herrschte ich von den himmlischen Thronen aus und jetzt bin ich nur noch ein Haustier, das am Handgelenk eines Schwächlings befestigt ist, die nicht einmal ihren Körper kontrollieren kann. Was ist nur aus mir geworden?«

Zu Chloes Überraschung begann KieraFreya zu weinen – so sehr ein Rüstungsteil zu weinen in der Lage war.

Chloe setzte sich und beobachtete nervös die Hütte, aus Angst, dass etwas im Inneren sie beide hören könnte. Ein Schatten bewegte sich am Fenster vorbei.

Sie brachte ihre Armschienen näher an ihren Mund.

»Ich habe es dir bereits gesagt …«, schnappte KieraFreya und unterbrach das Schluchzen.

»Es tut mir leid«, erwiderte Chloe. »Schau, es tut mir wirklich leid. Ich werde es nicht noch einmal tun.«

»Versprochen?«

Chloe dachte darüber nach. »Nun, solange du nichts tust, was uns in Gefahr bringen könnte, dann ja. Ich verspreche es.«

KieraFreyas Schluchzen wurde weniger. Chloe wartete geduldig, ihre Augen huschten unbehaglich von ihren Handgelenken zu den Bäumen zum Himmel. Sie konnte noch nie gut mit weinenden Menschen umgehen und jeder ihrer Instinkte sagte ihr, sie solle die weinende Person trösten, umarmen und sich um sie kümmern.

Das einzige Problem war, wie zum Teufel soll man Armschienen umarmen?

Chloe legte die Armschienen an ihre Brust und fing an, sich selbst zu umarmen.

KieraFreya ergriff das Wort. »Was machst du da?«

Chloes Wangen erröteten. Sie blickte zurück in den Himmel und erinnerte sich, dass Mia und Demetri sie wahrscheinlich gerade beobachteten, die Bäuche schmerzend vor Lachen. Sie stellte sich vor, wie Popcorn-Schalen umgeworfen würden, als sie von ihren Stühlen fielen, während sie Chloe dabei beobachteten, die Metallröhren zu trösten, die mit ihrem Körper verschmolzen waren.

Das heißt, wenn sie es nicht gerade miteinander trieben.

Chloe fühlte, wie ein Lachen in ihr aufstieg. In all der Aufregung der letzten Nacht und dem Sammeln ihrer verlorenen Gegenstände hatte sie fast vergessen, dass sie in einem Spiel war und es eine Welt jenseits dieser gab. Wieder einmal staunte sie über die Fähigkeit dieses Spiels, ein Erlebnis für den Spieler zu schaffen.

Aus dem Inneren des Hauses erklang ein Klappern, gefolgt von einer kleinen Explosion. Rauchschwaden strömten aus dem Fenster, die sich dann mit der Rauchsäule aus dem Schornstein verbanden. Im Inneren der Hütte hustete jemand.

»Argh … räudige …« *Piep*, kam die Stimme aus dem Haus.

»Was soll's«, sagte Chloe. »Komm. Lass uns Detektiv spielen und sehen, was da los ist.«

»Was ist ein Detektiv?«

Kapitel 9

Es dauerte nicht lange, bis sie herausfanden, was die Geräusche im Haus verursachte.

Als Chloe durch das Fenster blickte, sah sie einen der seltsamsten Menschen, denen sie je begegnet war. Er trug ein dünnes, lila und blau glänzendes Gewand, an seinem Kinn hing ein dünnes Haarbüschel und er war so dünn, dass ihn wahrscheinlich der kleinste Windstoß umblasen würde.

»Oh, nein. Oh, nein. Oh, nein«, jammerte er, als er in der kleinen Küche herumwirbelte. Auf den Arbeitsflächen waren mehrere Töpfe, viele von ihnen kippten auf die Seite und verschütteten Flüssigkeiten verschiedener Farben. Über einem Feuer kochte ein größerer Topf, über diesem leuchtete und funkelte es, die Flüssigkeit brodelte, knisterte und knallte. Von dort quoll der Rauch hervor.

»Nein, nein, nein. Nicht schon wieder.« Der Mann fuhr mit der Hand durch sein langes, dünnes Haar. Er blickte in ein kleines Buch, nickte zur Bestätigung und warf einen kleinen, schwarzen Gegenstand ins Feuer. »Mmhmm, das scheint es zu stabilisieren …«

Eine weitere Explosion. Der Mann schrie auf. Chloe duckte sich, als er in ihre Richtung blickte, sein Gesicht war schwarz beschmutzt. Sie tat ihr Bestes, um ihr Lachen zu unterdrücken.

»Wer ist da?«, schrie der Mann.

»Das muss ich mir ansehen«, kicherte KieraFreya und hob Chloes Arm in die Höhe. Chloe versuchte ihren Arm mit ihrer anderen Hand wieder nach unten zu ziehen und die beiden rangen einen Moment lang miteinander. Chloes Bizeps spannte sich, um ihren anderen Arm zu halten und sie schaffte es, beide Arme zu senken, während Chloe erschöpft mit den Zähnen knirschte, ihre gesamte Kraft in die Bewegung legend. Sie blickte schnell auf ihre Statistiken und sah, dass das Manöver zehn Prozent ihrer Ausdauer in Anspruch genommen hatte. Glücklicherweise hatte sich auf dem Weg zum Haus der größte Teil ihrer Ausdauer bereits wieder erholt.

Chloe lächelte ihre Armschienen niederträchtig an, eine Schweißperle tropfte von ihrem Kopf, als sie hinter sich ein Hüsteln hörte.

Sie drehte sich um und sah in das geschwärzte Gesicht des Mannes, der sich aus dem Fenster lehnte.

Eine unangenehme Stille entstand zwischen den beiden, als Chloe erkannte, wie dumm sie aussehen musste. Sie kniete nieder, als würde sie beten, ihre Hände aneinander gelegt.

»Hi«, bekam sie heraus.

Der Mann blinzelte sie an, Rauch waberte hinter seinem Kopf. »Du bist kein Bär.«

»Nein. Nein. Nein, das bin ich nicht.«

»Du bist ein Mensch.«

Chloe nickte. »Ja, das bin ich.«

Eine weitere Explosion kam aus dem Inneren des Hauses. Der Mann sprang auf und warf sich die Hände über den Kopf.

»Brauchst du ein wenig Hilfe?«, fragte Chloe.

Der Mann nickte. »Ja, bitte.«

Quest freigeschaltet: We didn't start the fire.

Irgendein Idiot hat die Kontrolle über seine Flammen verloren. Hilf ihm, das Feuer zu löschen, bevor das ganze Haus zu Asche wird.

Schwierigkeitsgrad: 1/10

Belohnung: 50 Erfahrungspunkte

Quest annehmen: [Ja/Nein]

Chloe nickte dem Wort Ja zu und folgte dem Mann ins Haus, wobei sie den Rauch wegfächerte. Der ganze Raum war ein einziges Chaos. Stühle lagen kreuz und quer am Boden, der Rest der Möbel war zerstört und verfault. Sie fand eine Tür, die zu einem kleinen Keller führte und ging die Treppe hinunter, wobei sie feststellte, dass die kühle Luft ihre Kehle beruhigte. Am Ende der Treppe befand sich ein kleines Loch im Boden, aus dem Wasser floss.

Als sie es endlich geschafft hatte, einen Eimer zu finden, rief sie den Mann zu sich herunter und zusammen schafften sie es, Wasser nach oben zu bringen und auf das Feuer zu schütten. Während sie neues Wasser holten, sprang Glut aus dem Kamin und landete auf verschiedenen Oberflächen, die daraufhin in Flammen aufgingen. Eine schnelle Erstickung mit einem wassergetränkten Teppich, den Chloe im oberen Schlafzimmer gefunden hatte, brachte Feuer und Rauch bald unter Kontrolle.

Chloe legte ihre Hände auf ihre Hüften und sah sich in der Küche um, als sie wieder zu Atem kam. »Keine bleibenden Schäden?«

Der Mann lachte, hustete und lachte dann wieder. »Vielen Dank für deine Hilfe. Ich bin mir nicht sicher, ob ich noch viel länger durchgehalten hätte, geschweige denn, dass ich es geschafft hätte dieses Haus vor dem Niederbrennen zu bewahren.

Quest abgeschlossen: We didn't start the fire.

Klugheit, Schläue, Scharfsinn und Intelligenz, um ein Problem zu lösen. All das hast du nicht benutzt, als du Wasser auf das Feuer geschleudert hast und kopfüber in ein rauchdurchzogenes Gebäude gesprungen bist. Du hast es aber irgendwie dennoch geschafft. Hurra!

Schwierigkeitsgrad: 1/10

Belohnung: 50 Erfahrungspunkte

Chloe lächelte, als sie die Mitteilung über den Zuwachs an Erfahrung las.

»Wow, ich habe gerade 200 Erfahrungspunkte erhalten.« Der Mann grinste mit abwesendem Blick in den Augen.

»*Hey!* Das ist nicht fair. Ich habe nur 50 bekommen und ich habe die Hälfte der Arbeit erledigt.«

»*Du* hattest auch eine freigeschaltete Aufgabe? Was stand da drin?«

Chloe las ihr ursprüngliches Aufgabenprotokoll vor.

Der Mann machte ein langes Gesicht. »Ein Idiot? Das steht da nicht wirklich drin, oder?«

»Natürlich tut es das.« Chloe grinste. »Was stand bei dir?«

Der Mann las seine Benachrichtigung vor, eine Aufgabe mit dem Titel ›Beseitige das Chaos‹.

»Das ist ein ziemlich intelligentes System«, sagte er, fand ein relativ sauberes Handtuch und wischte sich den Ruß aus seinem Gesicht. »Es gibt uns zwei verschiedene Aufgaben mit unterschiedlichen Belohnungen für die gleiche Sache? Ich habe Bonuspunkte für die Beschaffung von Hilfe bei der Erfüllung der Aufgabe erhalten.«

»Also zwingt es uns zum kooperativen Spielen?« Chloe durchsuchte ihre Benachrichtigungen, entdeckte aber nichts über die Zusammenarbeit mit Anderen.

»Ich schätze schon. Was in diesen Wäldern lächerlich hart ist, wenn man bedenkt, dass hier kaum jemand ist und es verdammt einfach ist, sich zu verlaufen.« Der Mann trat vor und streckte seine Hand aus. »Ich bin übrigens Gideon. Gideon Fleetwood.«

»Ich bin …« Chloe hielt inne und erinnerte sich daran, wie KieraFreya über Chloes Namenswahl gespottet hatte. »Tamara die Unglaubliche.« Chloe streckte die Brust raus und nahm eine Superheldenhaltung ein.

Zu ihrem Entsetzen brach Gideon in Gelächter aus. Chloe starrte ihn entgeistert an.

»Es tut mir leid«, sagte er zwischen den Atemzügen. »Das ist einer der dümmsten Namen, die ich je gehört habe. Hast du *je* ein Online-Rollenspiel gespielt? Das ist … das ist …« Gideon hielt seinen Bauch, Tränen flossen über sein Gesicht.

»Nun, zumindest ist es besser als Gideon Eatwood«, antwortete Chloe. »Wer kommt denn auf so eine Idee?«

Gideon hörte sofort auf zu lachen. »Es heißt Fleetwood. Wie Fleetwood-Wald, wo wir uns gerade befinden? Weißt du denn gar nichts über dieses Spiel?« Gideon packte einen Topf und überprüfte sorgfältig, ob er abgekühlt war, bevor er die Hintertür öffnete und den Inhalt nach draußen schleuderte.

Chloe fühlte sich benachteiligt. Um ehrlich zu sein, sie wusste tatsächlich *nichts* über dieses Spiel. Es war ein brandneues Spiel, so war es ihr gesagt worden, aber dieser Kerl Gideon schien viel mehr darüber zu wissen als sie über die Funktionen und die Beschaffenheit des Landes. Nicht nur das, sie war sich auch sicher, dass er in diesem Haus eine Art Apotheke oder magische Kunst betrieben hatte.

Da kam Chloe eine Idee in den Sinn.

»Du scheinst eine Menge über dieses Gebiet zu wissen«, sprach Chloe mit weicher Stimme und zwirbelte schüchtern ihr Haar. »Ich nehme an, dass du eine Art Karte hast, ja? Etwas, das mir vielleicht helfen könnte, aus diesen Wäldern herauszukommen?«

Gideon kam wieder hinein und stellte den Topf zurück auf den Herd. Er schüttelte traurig den Kopf. »Nicht mehr.«

Gideons Augen senkten sich auf den Boden, als er Chloe von einer Gruppe erzählte, die mit ihm zusammen unterwegs gewesen war und wie sie sich im Wald verlaufen hatten. Gideon erzählte ihr, dass er es geschafft hatte, einen frühen VIP-Testzugang zu *Obsidian* zu erhalten, weil er ein bekannter Streamer von Spielen war, dem bei seinen Abenteuern mit seinen Freunden viele Zuschauer folgten.

»Ich musste sie nicht einmal fragen. Sie haben mich vor etwa einem Tag angerufen. Aus heiterem Himmel.« Mit seinen Händen machte er eine Explosion nach. »*Puff!* Und hier bin ich.«

Gideon erzählte Chloe, dass er mit zwei Freunden, Ben und Tag, ins Spiel gekommen war. Sie waren auf ihrer Erkundungstour von dem Schwarzbären angegriffen worden waren und jeder in eine andere Richtung geflohen war. Gideon war durch den Wald geirrt, bis er in dieser Hütte Zuflucht fand und nun nach besseren Wegen suchte, sich gegen die Elemente zu wappnen.

»Ich bin nur ein Stufe-3-Magier, siehst du?« Gideon fächerte seine Roben weit auf.

Chloe nickte deutlich. »Schön. Hattest du die von Beginn an?«

»Ja. Ich habe meine Klasse und meinen Charakter sorgfältig ausgewählt und hier bin ich nun, Magier Gideon Fleetwood.« Gideon drehte sich um und stieß etwas, das eine leere Trankflasche zu sein schien, um. »Ich gebe zu, dass meine Talente sich noch ein wenig verbessern müssen.«

»Wohl wahr«, meldete sich KieraFreya zu Wort.

»Was war das?«

Chloe errötete und verschränkte ihre Arme, um ihre Armschienen zu verstecken. Sie hatte KieraFreya für einen Moment vergessen und war sich jetzt nicht sicher, ob es die allerbeste Idee war, einem Fremden mitzuteilen, dass sie ein mythisches Relikt gefunden hatte, das eine ganz eigene Persönlichkeit und Stimme hatte.

»Nichts«, sagte Chloe. »Um ehrlich zu sein, bin ich eifersüchtig, dass du deine Klasse und deinen Charakter wählen konntest. Ich bin mit nichts als diesen Klamotten ins Spiel gestartet. Ich hatte nicht die Möglichkeit, Anpassungen vorzunehmen.«

Ungeschickt suchte Gideon nach Ausflüchten.

»Was?«, fragte Chloe.

»Es ist nichts. Nur …« Er hob die Hände. »Weißt du was? Das ist egal.«

Chloe überlegte nachzuhaken, konnte aber anhand von Gideons Verhalten erkennen, dass er über dieses spezielle Thema nicht weiterreden wollte.

»Gut.« Sie gesellte sich zu ihm an der Arbeitsfläche auf der anderen Seite der Küche. »Nun, da wir beide in diesem gottverlassenen Wald festsitzen, nehme ich an, dass du gegen ein wenig Zusammenarbeit nichts einzuwenden hast? Weißt du, ich helfe dir und du hilfst mir?«

Gideons Augen blickten zu Chloes Brust und verblieben einen Moment zu lange, bevor sie ihre Augen fanden. Er schluckte. »Was hast du vor?«

Chloe hob eine Augenbraue. »Ich denke, dass wir, um deine Freunde und auch diese Karte zu finden, damit ich aus diesen Wäldern herauskommen kann, das lokale Schädlingsproblem lösen müssen. Was hältst du davon, mit Tamara der Unglaublichen auf Bärenjagd zu gehen?«

Gideon lachte und hielt sich die Hand vor den Mund, als eine Benachrichtigung in Chloes Sichtfeld auftauchte.

Kapitel 10

Es klopfte an der Tür. Mia erwachte und wischte sich mit ihrem Ärmel den Speichel vom Mundwinkel ab. Sie rieb ihre Augen und stand auf, um zu antworten.

»Nur eine Minute.« An der Tür hielt sie inne. »Passwort?«

Eine gedämpfte Stimme sagte: »Delta, Kappa, Delta.«

Mia lachte, öffnete die Tür und ließ Demetri hinein. Es war dunkel draußen, die Verkehrsgeräusche verstummten, als sich die Tür schloss.

Demetri strich sich durchs Haar und atmete hörbar aus. Er nahm seinen Platz auf dem Ledersessel ein, wo er jeden verfügbaren Moment verbracht hatte und beobachtete Chloe auf dem Bildschirm. Heute hatte er für ein paar Stunden verschwinden müssen, um seine Zeit damit zu verbringen, die anderen Lagarde-Geschwister zu beraten und sicherzustellen, dass Ruhm, Vermögen und Erfolg ihre Egos nicht zu sehr aufblähten.

Na ja, als ob er dieses Problem hätte aufhalten können.

Demetri fand es sogar faszinierend, Chloe dabei zu beobachten, wie sie die Prüfungen durchlief, denen sie im Spiel begegnete. Im Vergleich zu ihren egoistischen Brüdern und Schwestern und deren Spott, Jammern und kleinen Problemen war er nun fast süchtig danach, Chloe dabei zuzusehen, wie diese sich in einer völlig unbekannten Welt neu entwickelte. Das musste er Mia und Praxis Games zugestehen. *Obsidian* könnte sich in Zukunft zu einem großen Erfolg entwickeln.

Mia informierte Demetri über das, was er verpasst hatte, nämlich Chloes Reise durch den Wald und den Vorfall mit dem Bären. Jetzt konnten sie beide Chloe live auf dem Bildschirm dabei zusehen wie sie mit diesem neuen Charakter, Gideon, zusammenarbeitete um etwas in einem großen Topf zuzubereiten.

»Noch ein Nicht-Spieler-Charakter?« Während Demetri den heißen Tee vor sich abkühlen ließ, betrachtete er Mia aus dem Augenwinkel. Sie hatte sich umgezogen, während er weg war.

Jetzt trug sie Leggings und ein Sweatshirt, ihr Haar hatte sie zu einem Zopf zusammengebunden. Von ihr könnte er sich eine Scheibe abschneiden, dachte er. Er trug noch immer den gleichen Anzug, den er schon getragen hatte, als Chloe ihr Abenteuer begann.

Demetri hob seinen Becher hoch. »Vielen Dank dafür.«

Mia winkte mit der Hand. »Nicht der Rede wert. Und, nein, kein NSC. Eine echte Person.« Ein Lächeln fuhr auf ihren Lippen. »Du weißt, was das bedeutet, oder?«

Demetri schüttelte den Kopf und zuckte zurück, als er sich die Zunge an seinem Getränk verbrannte.

»Wir sind offiziell im Beta-Test. Praxis hat das Spiel für eine Auswahl von Kandidaten geöffnet und jetzt treffen sie sich zum ersten Mal.«

Als Demetris Gesichtsausdruck leer blieb, erklärte Mia, dass dies ein notwendiger Bestandteil der Spieletests sei. Chloe war ihre erste Spielerin gewesen und somit eine feste Größe im Spiel. Die erste Spielerin, die sich für einen längeren Zeitraum vollständig in *Obsidian* vertiefte. In der Zwischenzeit fanden etwa tausend andere Spieler ihren Weg ins Spiel, betraten die Welt an zufälligen Orten auf Obsidians riesiger Karte und wurden in Aufgaben, Gespräche und Kämpfe verwickelt.

»Das Programmierteam sagte mir ursprünglich, dass die geschlossenen Betatests erst in einer Woche beginnen würden«, sagte Mia und schob ihre Füße unter ihrem Hintern, um sie zu wärmen, »aber ich schätze, dass sie das Spiel nach Auswertung von Chloes Spieldaten für stabil genug hielten, dass sie den Plan vorverlegt und schon jetzt alle einbezogen haben.«

Demetri beobachtete, wie etwas im Topf auf dem Bildschirm explodierte. Chloe und die andere Figur tanzten manisch umher, Gideon wedelte mit einem Handtuch, als Chloe mit einem Finger vor dem Gesicht des Mannes wedelte. »Du meinst, sie haben dir nicht gesagt, wann es weitergeht?«

Mia rollte mit den Augen. »Ich bin Spieleentwicklerin, Demetri. Ganz unten auf der Leiter, obwohl ich mich dank deiner Überzeugungskraft wahrscheinlich für eine Beförderung empfohlen habe.« Sie zwinkerte. »Und wahrscheinlich noch mehr, wenn man bedenkt, dass es deiner kleinen Lagarde bereits gelungen ist, einen ziemlich großen Fehler in der Entwicklung der Geschichte des Spiels zu nutzen. Kein Spieler der ersten Stufe sollte *jemals* in der Lage sein, diese Aufgabe zu erfüllen, besonders nicht so, wie sie es getan hat.«

»Richtig, danach wollte ich dich fragen«, erwiderte Demetri und erinnerte sich an die Frage, die in seinem Kopf herumgegangen war, als er mit Henry und Hilary Lagarde zusammengesessen und ihnen dabei zugehört hatte, wie sie eintönig davon berichteten, dass der eine das Netflix-Passwort des anderen gestohlen hatte und aus irgendeinem Grund die Internetrouter beschlossen hatten, sich in einem Moment zurückzusetzen, in dem sie dabei gewesen waren ihre Kapitalanlage zu verlieren. »Chloe wurde durch eine göttliche Intervention gerettet, oder?«

»Mmhmm.«

»Und ihre Armschienen sind ein Fragment eines Gottes, richtig?«

»Einer Gött*in*. Worauf willst du hinaus?«

Demetri rieb sich das Kinn. »Wie genau funktioniert das Göttersystem im Obsidian?«

Mia dachte einen Moment nach und suchte in einem dunklen Winkel ihrer Erinnerung. »Es wurde mir einmal in einer Besprechung über die Zusammensetzung von Obsidians Hintergrundgeschichte erklärt, aber bedauerlicherweise kann ich mich nicht mehr an viel davon erinnern. Ich bin mir ziemlich sicher, dass der Pantheon des Spiels lose von der Struktur der griechischen Götter und des Olymps inspiriert wurde. Du weißt schon, Brüder und Schwestern, Inzest und Machtkämpfe. Aber es spielt sowieso keine Rolle, an was ich mich erinnere. Die KI hätte alles nachträglich ändern können.«

»Was meinst du damit?«

Mia setzte sich auf und nahm einen Schluck von ihrem Getränk. Sie drückte eine Taste auf der Fernbedienung und schaltete den Fernseher stumm, als eine weitere Explosion losging, die dazu führte, dass der Mann mit brennenden Haaren durch die Küche lief.

»Praxis hat eine Spiel-KI entwickelt, die den Spielstil eines Spielers vorhersagen und interpretieren kann, indem sie die Welt um ihn herum manipuliert, um die Herausforderungen für die Spieler zu schaffen. Um ehrlich zu sein, nur wenige Elemente des Spiels sind vorhersehbar. Der Rest wird von einem hochmodernen Computer erzeugt, der mit genügend Informationen von Fantasy-Rollenspielen aus den letzten Jahrzehnten gefüttert wurde, um ein eigenes Spiel erstellen zu können. Das heißt, der Götterpantheon, die Flüsse, die Städte, die NSCs – sie alle sind künstlich geschaffen. Es gibt keinen einzigen Entwickler, der *alles* über Obsidian weiß. Das ist es, was den Spaß ausmacht.«

Mias Augen strahlten begeistert. Im schwach blinkenden Licht des Fernsehbildschirms konnte Demetri nicht recht glauben, dass sie noch schöner war als in seiner Erinnerung.

Er versuchte sich abzulenken, indem er noch einen weiteren Schluck seines Tees trank. Jetzt zeigte der Fernseher Chloe und den Mann, die auf Stühlen im Wohnzimmer saßen, während der Mann Essen zu sich nahm, möglicherweise um seine Gesundheit wiederherzustellen. Demetri dachte über Mias Worte nach und fragte sich, wie sicher es war, dass niemand auf dem Planeten die Kontrolle über die Handlungsstränge in diesem Spiel hatte.

»Was, wenn es gefährlich wird?«, fragte Demetri mit so leiser Stimme, dass Mia sich anstrengen musste, um ihn zu verstehen.

»Was meinst du damit? Es gibt nichts Gefährliches in diesem Spiel.«

»Du hast sie es selbst sagen hören, bevor sie durch den versteckten Spalt in der Wand rannte. Die Schmerzrezeptoren sind zu hoch und du hast gerade zugegeben, dass das Spiel empfindungsfähig ist und seine eigenen Geschichten erstellen kann. Was ist, wenn das Spiel ausflippt und plötzlich Stacheln durch Chloes Brust schickt? Wer kann garantieren, dass sie nicht von verdorbenen Toten eingesperrt oder gefoltert wird?«

Mia stand von ihrem Sitz auf, tappte zu Demetri hinüber und setzte sich auf seinen Schoß. »Oooh, du hast echt viel Vorstellungskraft. Schon mal darüber nachgedacht, für Praxis Games zu schreiben? *Obsidian* ist nicht das einzige Spiel, an dem wir gerade arbeiten«, lockte sie spielerisch.

Demetri errötete, unfähig, ihr in die Augen zu sehen. »Ich habe auch in dieses Spiel investiert, mit meinem guten Ruf bei der Familie Lagarde. Wenn sie leidet, werde ich leiden. Ich bin arbeitslos, wenn das scheitert.«

Mias Hand fand sein Kinn und drehte es zu ihr, bis ihre Augen sich trafen. »Glaub mir, auch ich habe in diese Sache investiert. Warum glaubst du, habe ich die Gelegenheit, mit dir zu reden und dich wiederzusehen, genutzt?«

Bevor Demetri antworten konnte, waren Mias Lippen auf seinen. Der Kuss war süß. Zärtlich. Sie fühlten sich gegenseitig im abgedunkelten Raum für einen Moment, der sich bis in die Ewigkeit zu erstrecken schien.

Demetri vergaß all seine Probleme und verlor sich in Mia. Auf dem Fernsehschirm gaben sich Chloe und der Mann einen Faustcheck und hoben dann ihre Fäuste in die Luft, offensichtlich aufgeregt, beendet zu haben, woran auch immer sie gearbeitet hatten.

Kapitel 11

Der Geruch des verdammten Dings war übel, eine Mischung aus verbranntem Schwefel und dem Furz ihres Bruders. Sogar von der anderen Seite der Lichtung aus waren Chloe und Gideon gezwungen, ihre Nasen gegen den Gestank des Topfinhaltes zu schützen.

Sie verblieben für eine Weile geduckt und warteten die Zeit ab. Gelegentlich hielt Chloe Ausschau und spitzte die Ohren nach Anzeichen des Bären. Sie erblickte Gideon und musste ihr Lachen unterdrücken.

Gideon rümpfte die Nase. »Wirst du darüber hinwegkommen?«, flüsterte er.

Chloe schloss ihre Augen und versuchte, das Bild zu vergessen. Gideons Haare waren nur noch stellenweise vorhanden, es gab eine große kahle Stelle, wo das Feuer sein Haar verbrannt hatte.

»Im Ernst, wirst du …«

Gideons Nachfrage wurde durch ein kolossales Gebrüll unterbrochen, das so klang, als käme es aus nächster Nähe. Als sie sich duckten und durch die Sträucher blickten, sahen sie den Bären zwischen den Bäumen auftauchen.

Er näherte sich vorsichtig, mit der Nase in der Luft. Als er den Topf entdeckte, trottete er heran, stellte sich auf seine Hinterbeine und ließ ein weiteres Brüllen los. Mehrere Vögel stiegen in den Himmel. Ein winziges Eichhörnchen, das in der Nähe von Chloe auf der Suche nach Nahrung war, rannte den Baum hoch und verschwand im Laub.

Zufrieden, dass er allein war, erreichte der Bär den Topf und steckte seinen Kopf hinein. Seine roten Augen verschwanden darin, mit seiner Zunge schleckte er die dickflüssige, bernsteinfarbene Flüssigkeit auf. Zuerst schien es, dass die Hitze noch zu groß war, aber dann nahm der Bär nach und nach weitere Happen. Nach ein paar Minuten ließ er sich auf sein Hinterteil fallen und saß auf einer Art und Weise, die seltsam menschlich wirkte.

»Uuuund drei … zwei … eins …«

Als Gideon an seinen Fingern herunterzählte, schlossen sich die Augen des Bären. Das nächste, was sie sahen, war, dass der Bär umgestürzte und laut schnarchte.

»Okay, Kriegerin«, flüsterte Gideon, dessen Körper sichtbar zitterte. »Du bist dran. Zeit, die Kreatur von ihrem Elend zu erlösen.«

Chloe lief auf die Lichtung, ihr Herz schlug doppelt so schnell wie gewöhnlich. Sie rückte langsam vor und hatte Angst, dass der Bär aufwachen würde, bevor sie es zu ihm schaffte. Sie hielt ihren Dolch vor sich und schluckte.

»Oh, beweg deinen Arsch«, zischte KieraFreya und zwang Chloes Arme nach vorne. Für Gideon sah es so aus, als hätte ein unsichtbarer Cowboy ihre Arme mit einem Lasso gefangen und sie nach vorne gezogen. Chloe joggte, um ihre Arme einzuholen.

»Hey, hör auf damit.«

Je näher sie dem Bären kam, desto größer schien er zu werden. Seine große Masse hob sich und fiel mit jedem Atemzug wieder. Chloe stand neben dem Bären und bemerkte, dass seine Tatzen so groß waren wie ihr Kopf. Sie hob ihren Dolch mit beiden Händen, bereitete sich darauf vor, zuzustechen, und …

Ein leises Wimmern kam von irgendwo im Wald. Chloe zögerte und entdeckte die drei Bärenjungen, als sie herauskrochen und auf ihre Mama zuliefen. Sogar auf allen Vieren gingen die Babys Chloe bis zur Hüfte.

Sie wandte sich wieder Gideon zu, der hinter dem Busch stand und sie mit seinen Händen nach vorne dirigierte.

Chloe zeigte auf die Jungen mit einem ›Och, die sind aber süß‹-Ausdruck auf ihrem Gesicht.

Gideon mimte das Erstechen des Tieres, bevor er beide Arme hob und einen Bären imitierte, der in voller Höhe stand und ein Tier von Glied zu Glied zerriss.

»Gut«, spuckte Chloe.

Sie hob den Dolch wieder an und hielt inne. Die Jungen hatten es zu ihrer Mama geschafft und sahen Chloe nun mit neugierigen Gesichtern an. Das Größte der drei bewegte sich auf den Topf zu und legte beide Pfoten auf den Rand des Topfes.

»Nein, nein, nein, kleines Junges. Das ist nicht für dich.« Chloe stürzte auf ihn zu und stieß das Jungtier sanft vom Topf weg. »Komm schon«, sagte sie und kämpfte gegen die Muskelkraft des Jungen. »Das ist nur für Erwachsene.«

Gideon warf seine Hände in die Luft und folgte ihr auf die Lichtung. »Tamara, beseitige einfach das Problem, damit wir die Erfahrungspunkte sammeln und unseren Weg fortsetzen können. Dieser Bär verfolgt mich, seit ich in dieses Spiel gekommen bin. Nur weil er süße, kleine, flauschige Babys hat, bedeutet das nicht, dass wir plötzlich sicher sind!«

»Er hat nicht ganz Unrecht, weißt du«, flüsterte KieraFreya.

»Es macht *mich* also zum Monster, wenn ich lieber keine drei unschuldigen Bärenjunge oder deren Mutter beseitigen möchte. Es tut mir leid, aber das ändert die Dinge, Gid. Können wir nicht einfach in den Wald laufen und deine Freunde finden?«

Gideons Nasenlöcher weiteten sich. »Nur wenn du es vorziehst, es irgendwann mit allen vier Bären auf einmal aufzunehmen?«

»Das ist mir lieber als das … *uff*!«

Während Chloe mit Gideon gestritten hatte, hatte sich der kleinste der Welpen genähert, stand nun auf seinen Hinterbeinen und langte nach ihr. Seine Krallen waren scharf und hatten kleine, blutige Spuren auf ihrer Hüfte hinterlassen.

Schlitze den kleinen Scheißer der Länge nach auf *bevor er* das mit dir tut, knurrte KieraFreya, ihre Stimme erschien in Chloes Kopf.

Chloe keuchte. »Was?«

»Was meinst du mit ›was‹?«, antwortete Gideon genervt.

Der Bär griff wieder nach ihr, seine Krallen schnitten tiefer in die vorherigen Kratzspuren. Chloe holte tief Atem. Unerwünscht kamen ihre Statistiken in ihr Blickfeld.

KieraFreya rastete aus. *Mit jedem Kratzer verlierst du Trefferpunkte, Tittenmaus. Töte die Bastarde, bevor sie sich dazu entscheiden, dich zu töten. Du weißt, dass Bären Menschen* fressen, *oder? Nimm den Dolch, schieb ihn in den Schädel des Bären und sammle die Beute!*

Chloe blinzelte die Statistiken weg und wollte KieraFreya gerade sagen, wo sie sich ihren Kommentar hinstecken soll, als das Bärenjunge ihr ins Bein biss. Sie schrie auf und trat das Jungtier weg, da bemerkte sie, dass die Augen des Jungtieres das gleiche Rot der Augen seiner Mutter hatten. Unterdessen marschierte das zweite Jungtier auf Gideon zu und das größte hatte es geschafft, einen tiefen Schluck von dem Trank zu nehmen und lag nun ohnmächtig auf dem Rücken.

Das rotäugige Bärenjunge drehte sich hungrig zu Chloe, die Zähne entblößt. Ein Knurren ertönte aus der Tiefe seiner Kehle.

Chloe schluckte hart, bevor sie erkannte, dass ihre Hände aus eigenem Antrieb handelten. Die Hand, die das Messer packte, schnellte schneidend auf den Bären zu, dabei wich sie knapp dem Gesicht des Bären aus, während Chloe gegen ihre Armschienen ankämpfte.

Im Ernst? Dafür willst du dich mit mir anlegen? Ich tue dir einen Gefallen, Mädchen.

»Nein. Ich werde keine Unschuldigen töten«, zischte Chloe mit knirschenden Zähnen.

Gideon hingegen war damit beschäftigt, seine Hände in einer Reihe von Gesten zu bewegen, die er in seinem Buch gelesen hatte. Er murmelte eine Beschwörungsformel, beendete seine Bewegungen und zielte mit seinen Handflächen auf das zweite Bärenjunge. Seine Hände leuchteten in einem furchterregenden Violett, und Rauch stieg von seinen Handflächen auf, als ein kleiner Feuerball auf das Jungtier zuraste …

In die ungefähre Richtung zumindest. Der Feuerball verfehlte das Jungtier um einen halben Meter und flog auf die Bärenmutter zu, die er am Bauch traf. Sofort ging ihr Fell in violetten Flammen auf.

Chloes Jungtier schrie verzweifelt und stürzte sich auf Chloe. Instinktiv hob sie ihre Hände vor ihr Gesicht. Die Armschienen wehrten einen Großteil des Schadens ab, aber nur eine Sekunde später fühlte Chloe die Zähne des Bären in ihrem Fleisch, dort, wo sie schon zuvor gebissen worden war. Chloes Bein sackte zusammen und abgelenkt vom Schmerz merkte sie nicht, wie das Messer von ihrer linken Hand ihn ihre rechte gewandert war und seinen Weg zur Kehle des Bären gefunden hatte. Das Jungtier brüllte und bäumte sich auf, dann stürmte es erneut auf Chloe zu. Diesmal war sie bereit. Sie wich zur Seite aus, ein Knie am Boden, und als das Jungtier durch die Luft flog, landete der Dolch mitten in seinem Rücken. Sie konzentrierte sich auf ihre Fähigkeit Kreaturenidentifikation und eine überraschende Angabe leuchtete vor ihr auf.

Schwarzbärjunges (Stufe 5)
Verbleibende Gesundheit: 21%.

Das Erscheinen einer weiteren Nachricht erinnerte Chloe daran, dass sie sich wirklich mal eine Sekunde Zeit nehmen musste, um ihre Benachrichtigungseinstellungen anzupassen, um diesen Mist im Kampf zu unterbinden.

Das Talent wurde erhöht: Kreaturenidentifikation (Stufe 2)
Tolle Sache, Heldin! Jetzt erhältst du eine größere Menge an Informationen über Monster, Feinde und sogar Freunde, denen du auf deinen Reisen begegnest. Denke jedoch daran, deine Kräfte für das Gute zu nutzen. Oder das Böse. Eigentlich ist uns das ziemlich egal.
Boni: +2 Intelligenz (HINWEIS: Erhöhungen des Talentes ersetzen alle vorherigen Boni, die aus dem Talent gewonnen wurden).

»Großartig. Eine Talenterhöhung. Nun verschwinde endlich, damit ich wieder alles sehen kann!«

»Du weißt, dass du deine Benachrichtigungseinstellungen im Hauptmenü anpassen kannst ... *Argh!*» Gideon verstummte, als das Jungtier sich auf ihn stürzte. Bevor er sich versah, jagte ihn das Jungtier im Kreis.

KieraFreya kicherte. »Dein neuer Freund ist ein höllisch guter Soldat.«

Chloe schlug noch einmal auf das Bärenjunge ein und beobachtete, wie dessen Gesundheitsanzeige auf Null fiel.

»Ruhe jetzt!« Ein Schuldgefühl breitete sich in ihrer Magengegend aus, aber als die Schmerzen in ihrem Bein pulsierten, war all diese Schuld schnell wieder vergessen.

Chloe verbrachte die nächsten Minuten damit, Gideon und dem Bärenjungen in der Lichtung hinterher zu jagen. Der Bär war schnell, aber Gideon rannte wie ein Wahnsinniger. Er ruderte mit dem Armen und seine Schreie schallten durch die Lichtung. Schließlich schaffte es Chloe, den jungen Bären mit einem Schnitt in die Seite abzulenken, was Gideon die notwendige Atempause verschaffte, die Kreatur mit einem Feuerball aus nächster Nähe zu treffen.

Nachdem der Bär zu Boden gegangen war, kniete sich Gideon vor Chloe und sah ihr Bein an. »Es ist ein einfacher Zauber, aber wir werden sehen, was er bewirken kann.«

Seine Hände leuchteten strahlend gelb, als er leise etwas murmelte. Einen Moment später sah Chloe, wie die Bisswunde in ihrem Oberschenkel zu heilen begann. Sie fühlte, wie die Schmerzen nachließen und stieß einen Seufzer der Erleichterung aus.

Als Gideon fertig war, lächelte er und stand auf. »Wow! Es scheint, als ob die Anwendung auf andere Spieler sogar eine höhere Steigerung der Fertigkeit bewirkt! Danke, Tamara.«

Chloe rollte mit den Augen. »Okay, genug mit diesem Namen. Nenn mich einfach ›Chloe‹.«

»Warum?«

»Weil das mein Name ist. Das ist der Name, den ich für meine Figur festgelegt habe. Es ist nur mein verdammter Name, okay?«

Gideon sah sie erschrocken an, bis er bemerkte, dass Chloe lächelte. »Gut. Wenn du es so willst … Chloe.«

Chloe öffnete ihren Mund, um etwas zu sagen, schloss ihn aber schnell wieder, als sie ein Geräusch hörte, das die

Haut zum Kribbeln brachte. Ein tiefes Knurren dröhnte hinten ihnen. Chloe und Gideon wurde bange ums Herz als sie sich umdrehten und sahen, dass die Bärenmutter erwacht war. Ihre roten Augen blinzelten böse, als sie sich auf die Beine erhob.

»Schnell, Gideon, bring mir deinen Zauber bei.«

Gideon sah verwirrt aus. »Was meinst du damit, beibringen?«

Chloes Arme erhoben sich und gaben Gideon einen Klaps an den Kopf. Sie entschuldigte sich und starrte dann ihre Armschienen an. »Ich meine, irgendwie hast du die Zaubersprüche gelernt. Wie kann *ich* sie lernen?«

Gideon dachte über die Frage nach, die Augen auf die Bärin gerichtet, die nun zu erkennen schien, dass ihre Kinder überwältigt worden waren. »Äh, ich schätze … man muss nur die Beschwörungsformel kennen. Kenne die Worte. Es ist … es ist kompliziert. Du bist keine Magierin. *Ich* bin ein Magier.«

Chloe spottete. »Ich habe meine Klasse noch nicht festgelegt. Wer sagt, dass ich keine Magierin sein kann? Jetzt zeigs mir.«

Hastig trug Gideon Chloe die Beschwörungsformel vor und zeigte ihr die Handbewegungen. Die ersten paar Male als sie versuchte, es ihm nachzumachen, passierte aber nichts. Dann, mit jeder Wiederholung, fühlte sie, wie die Vertrautheit des Zaubers wuchs.

Gideons Hände loderten mit violetter Flamme und schufen eine Kugel, die er in Richtung des Bären schob. Die Bärin stolperte und kämpfte noch immer gegen die Wirkung des Schlaftranks an, den Gideon zubereitet hatte. Ihre Augen weiteten sich, als Kreise der violetten Flamme jetzt auf dem Gras um sie herum loderten, da jede Kugel ihr Ziel verfehlte hatte.

»Du musst wirklich an deiner Treffsicherheit arbeiten.«

Gideon starrte sie entgeistert an. »Halt die Klappe und übe weiter. Klugscheißer hat noch keiner gemocht …«

Chloe schloss ihre Augen, dachte an die Beschwörung und bewegte ihre Arme. Sie fühlte, wie die Kraft sie durchströmte, ein Gefühl der Wärme, das ihr Innerstes bewegte. Als sie ihre Augen öffnete, lachte sie, weil zwischen ihren Händen ein beeindruckender Ball aus violettem Feuer schwebte. Sie zielte auf den Bären und warf den Ball, aber dieser löste sich, kurz bevor er ihre Hände verließ, wieder auf.

»Verdammt.«

Gideon warf einen weiteren, diesmal traf er den Fuß der Bärenmutter. Das Tier brüllte und setzte sich schwerfällig in Bewegung. »Keine Sorge, das ist mir beim ersten Mal auch passiert. Es braucht nur etwas Übung.«

»Wir haben nicht so viel Zeit dafür.«

Chloe konzentrierte sich wieder und erschuf diesmal einen Ball, der sich stabiler anfühlte. Sie warf ihn, und der Ball versengte das Gras vor der Bärin. Die Bärin trat verunsichert einen Schritt zurück, dann ging sie kurz in die Hocke, ehe sie weiter auf beide losstürzte.

Chloe fühlte, wie ihre Handgelenke zitterten. Sie betete, dass KieraFreya sich nur noch einen Moment lang beherrschen könne. Das Letzte, was sie jetzt brauchte, war ein weiterer Kampf mit der Göttin.

»Jetzt wäre ein guter Zeitpunkt dein Ziel zu treffen, Schwachkopf!«, riefen die Armschienen.

Der Schmerz war Gideons Gesicht deutlich zu entnehmen. »Ich versuche es, okay?«

Chloe und Gideon gaben sich gegenseitig einen letzten Blick, bevor sie ihre Bewegungen aneinander anpassten. Als die violette Kugel in Gideons Hand auftauchte, erschien eine weitere in Chloes. Sie konzentrierte ihre Gedanken und schob alles, was sie sonst noch wusste, beiseite, bis sie die Worte des Zaubers lebte, atmete und sogar *verkörperte* und hoffte, dass es diesmal tatsächlich funktionieren würde. Die Bärin schoss auf sie zu, ihr Gesicht verzerrt vor Wut.

Chloe beobachtete ehrfurchtsvoll, wie die Bärenmutter in Flammen aufging, ein großes violettes Feuer, das zu Boden stürzte. Die Bärin brüllte ein letztes Mal, ihr massiger Körper glitt durch den Schlamm und rutschte durch den Schwung bis auf wenige Zentimeter an Chloe und Gideon heran.

Gideon hatte bereits einen weiteren Feuerball vorbereitet, aber er ließ ihn verpuffen. Er atmete tief aus und Schweiß tropfte von seiner Stirn.

»Wir haben es geschafft«, murmelte Chloe, als die Benachrichtigungen in ihrem Blick auftauchten.

Quest abgeschlossen: Entbärlicher Wald.

Du hast die üble Bestie besiegt, die deinen Mitreisenden verfolgt hat. Vielleicht wird er sich jetzt, da die Kreatur weg ist, wieder nach draußen trauen.

Boni: 250 Erfahrungspunkte

Neuen Zauber erlernt: Lila Feuer (Stufe 1)

Herzlichen Glückwunsch zum Erlernen deines ersten Zaubers! Nun, da du deinen ersten Ausflug in das Reich des Ätherischen unternommen hast, kannst du auf das Mystische und Rätselhafte zurückgreifen, um dir in der Hitze des Gefechts zu helfen.

Anforderungen: n × 20 Magiepunkte (wobei n gleich der Anzahl der Sekunden ist, die benötigt werden, um den Zauber zu wirken)

Monster besiegt: Schwarzbärenjunges (Stufe 5)
+50 Erfahrungspunkte
Monster besiegt: Schwarzbärenjunges (Stufe 6)
+50 Erfahrungspunkte
Monster besiegt: Schwarzbär (Stufe 10)
+100 Erfahrungspunkte

Chloe blinzelte den Benachrichtigungsbildschirm weg und strahlte Gideon an, warf ihre Arme um seine Schultern und umarmte ihn.

»Wofür war jetzt das?«, fragte Gideon erstaunt und errötete ein wenig, als sie zurücktrat.

»Wir haben es geschafft, Dummerchen. Wir haben die Bedrohung beseitigt. Wir sind ein ziemlich gutes Team, du und ich.«

Gideon richtete seine Robe. »Heißt das, du hast deine Benachrichtigungen bereits überprüft?«

Chloe nickte.

»Hier«, seufzte Gideon. »Lass mich dir zeigen, wie man sie davon abhält, dich im Kampf abzulenken.« Gideon führte Chloe durch den Ablauf. Es erwies sich tatsächlich als überraschend einfach, als ob Praxis Games erwartet hätte, dass die meisten Spieler sich diese Funktion ohnehin wünschen würden, wenn sie in Aktion waren. Chloe fragte sich, warum sie sich überhaupt die Mühe gemacht hatten, die Anzeigen zunächst so einzustellen, wie es bei ihr war.

Chloe ging zu der Bärin hinüber und hielt inne. »Willst du die Ehre haben?«

Gideon schüttelte den Kopf. »Ladies first.«

Chloe führte ihren Dolch an die Haut des Bären, um den Plünderungsvorgang zu aktivieren. Als die Klinge auf die verkohlten Reste der Haut traf, begann sich die Bärin in eine feine Asche aufzulösen, die im Wind fortgeweht wurde. Chloe war erfreut zu sehen, dass es auf die gleiche Art passierte, wie bei den Goblins, die verschwanden, als sie ihre Körper in der Höhle geplündert hatte. Als die Überreste verschwunden waren, blieb nur ein kleiner Haufen Schätze auf dem Waldboden zurück.

Erhaltener Gegenstand: Verkohltes Bärenfleisch.

Fleißiges Bienchen! Das hast du schön gekocht. Am besten sofort verzehren, bevor es kalt wird. Und kratz vorher vielleicht noch die schwarzen Stellen ab, außer du stehst auf Röstaromen.

Boni: Erhalte +50 Trefferpunkte zurück

Erhaltener Gegenstand: Schwarzbärenfell.

Dieses Fell kann bei der Herstellung von Rüstungen und Waren verwendet werden.

Seltenheit: Ungewöhnlich

Chloe griff nach den Gegenständen und bot Gideon das Bärenfleisch an. »Alles deins. Bis ich *dich* heilen kann, musst du dich auf Essen verlassen.«

Gideon kicherte und zeigte Chloe seine Handflächen. »Hey, solange ich meine Hände habe, brauche ich niemanden sonst.«

Es gab eine peinliche Pause zwischen den beiden, bevor Chloe zum ersten Mal seit Tagen in ein schallendes Gelächter ausbrach und sich vor Lachen den Bauch hielt bis es schmerzte. Gideons Gesicht wechselte zu einer tiefroten Farbe, bevor auch er sich dem Gelächter hingab.

Chloe wischte sich die Tränen aus den Augen und steckte den Bärenpelz ein, da bemerkte sie eine kurze Nachricht, die sie darüber informierte, dass ihr Inventar voll war. Ein rasches Durchsuchen des Menüs teilte ihr mit, dass das Stöckchen, das sie in der Höhle eingesteckt hatte, ihren zweiten Gegenstandsplatz einnahm.

Oh. *Ich schätze, ich habe nur einen Gegenstandsplatz für jede Tasche, bis ich etwas mehr Ausrüstung bekommen kann.*

Chloe war im Begriff, Gideon nach seiner Tragfähigkeit zu fragen, als sie bemerkte, dass sich das dritte Jungtier – dasjenige, der aus dem Trank getrunken und ohnmächtig geworden war – zu bewegen begann.

Bevor Chloe überhaupt ihren Mund öffnen konnte, um Gideon zu warnen, hatte er eine leuchtend violette Kugel in der Hand. Er bewegte sich, um den Ball zu werfen, dann erstarrte er, als zwei Männer auf die Lichtung stürzten.

»Nicht Feuern!«, rief ein Mann – ganz klar ein Bogenschütze – während er seinen Bogen hob und einen Pfeil verschoss. Dieser fand sein Ziel im Hals des Jungtieres.

»Aaaargh!«, brüllte ein kleiner Mann mit einem prächtigen, braunen Bart, als er auf den Bären losstürmte, einen Holzschild in der einen Hand und eine Keule in der anderen. Er erreichte den Bären und schlug ihm die Keule auf den Schädel.

Chloe benutzte währenddessen ihr Talent Kreaturenidentifikation und sah, dass die Gesundheit des Bären auf 14% gesunken war. Mit einem letzten Blick zu Gideon, der jetzt über das ganze Gesicht lächelte, warf sie ihren eigenen Feuerball und setzte das Jungtier in Brand.

Kapitel 12

Chloe trat vorsichtig über ein Gewirr gewundener Dornen. Hinter sich hörte sie die Männer die Tierwelt aufstören und dabei einen ziemlichen Lärm machen, wie sie lachtend und scherzend durch das Unterholz krachten.

»Macht es euch etwas aus, ein wenig leiser zu sein? Als wir das letzte Mal die Aufmerksamkeit auf uns gezogen haben, hat uns anschließend eine wütende Bärin mit ihren drei Jungen verfolgt.«

»*Ooooh*«, sangen Ben Summers und Tag Murphy im Chor und brachen in noch mehr Gelächter aus.

»Da haben wir aber Angst, oder?«, fragte Ben und zwinkerte Gideon zu. Gideon erwiderte die Frage mit einem schwachen Lächeln, sah aber ansonsten so plump aus wie immer. Er wollte Chloe nicht verärgern, nun da er gesehen hatte, wozu sie fähig war. Auch war er angepisst, dass sie einen seiner Zauber viel schneller gelernt (und gemeistert) hatte, als er es sich erträumt hätte.

»Keine Sorge, Schätzchen. Wir werden dich beschützen.« Tag hielt inne und küsste seine Zwergenmuskeln. »Kein Monster kann *diesen* Waffen widerstehen, Baby!«

Ein weiteres Lachen ging durch die Runde.

Chloe rollte mit den Augen, schenkte ihnen aber keine Aufmerksamkeit. Sie hatte eine Ahnung gehabt, womit sie es zu tun haben würde, als sich der Körper des Bärenjungen auflöste und Gideon und seine Mitspieler wieder vereint waren.

Sie hatten sich mit einem strahlenden Lächeln auf dem Gesicht umarmt und dann die nächste Stunde um das lilafarbenen Feuer verbracht, während sie verkohltes Bärenfleisch aßen – das zwar zäh, aber überraschend lecker war – und von ihren Abenteuern berichtete.

Es schien, dass Ben und Tag, seit sie sich im Wald verloren hatten, ebenfalls einen Großteil ihrer Zeit damit verbracht hatten, die Bärenfamilie zu verfolgen. Als Spieler mit dem höchsten Intelligenzwert und mit all den natürlichen Affinitäten, die die Auswahl der Elfenrasse bei Spielbeginn mit sich brachte, hatte Ben den Boden untersucht, die Muster der Wälder identifiziert und die Bären verfolgt.

Anscheinend hatte er es bereits geschafft, Stufe 4 in seiner Fähigkeit Spurensuche zu erreichen und konnte nun Fährten sehen, hören und riechen, solange die Ziele keinen expliziten Versuch machten, sich zu verstecken. Nicht nur das, er hatte auch mehrere Stufen in seiner Fähigkeit Handwerk erreicht – genug, um sich einen einfachen Bogen und einfache Pfeile herzustellen.

In der Zwischenzeit hatte Tag seinen Beschützer gespielt. Während Ben seine Talente im Fernkampf geübt hatte, hatte der robuste Zwerg auf ihre Sicherheit geachtet und es geschafft, einen niedrigstufigen Waldtroll durch eine Reihe von Hieben mit einem großen Felsen zu erledigen.

Während Ben aus der Ferne geschossen hatte, war Tag der Kreatur durch die Beine gesprintet, dem Troll auf den Rücken geklettert und hatte seinen Schädel von oben eingeschlagen. Nachdem die Kreatur gefallen war, hatte er dessen enorme Keule an sich genommen und trug das Ding nun voller Stolz.

Sie verbrachten einige Zeit damit, Chloes Reise zu bereden und staunten über ihren Fortschritt auf Stufe 8, den sie bereits nach so kurzer Zeit im Spiel erreicht hatte. Sie hielt sich bei der Beschreibung ihrer Reise durch den Todesweg zurück und wollte nicht zu viel verraten – zumindest bis sie sich sicher war, dass sie ihnen vertrauen konnte.

Als Ben und Tag auf ihre Armschienen zeigten und sie gierig ansahen, versteckte Chloe sie hinter ihrem Rücken. Dabei bemerkte sie Gideons neugierigen Blick, während er stumm am Feuer saß und seine Hände wärmte.

Als die Dunkelheit einbrach, erreichten sie Gideons Haus, um die Nacht über dort zu rasten. Ben, Tag und Gideon meldeten sich vom Spiel ab, Chloe schlief in einer bequemen Ecke des Raumes ein. Am Morgen hatten sie dann gemeinsam einen Blick auf Bens Karte geworfen und machten sich auf den Weg zu einem Ort, der aussah, als böte er die beste Chance auf eine Art Zivilisation. Sie waren übereingekommen, dass sie, wenn sie vorankommen wollten, zumindest Vorräte und bessere Ausrüstung beschaffen mussten.

Auf ihrem Weg durch den Fleetwood-Wald bekam Chloe einen viel umfassenderen Eindruck von der Tierwelt und den Lebewesen, die es hier gab. Kaninchen gab es im Überfluss (was, wie Chloe herausfand, Bens und Tags Lieblingsspeise und auch der Grund war, warum sie es in den vergangenen Nächten geschafft hatten in der Wildnis zu überleben), Hirsche rannten durch den Wald und gelegentlich kam ein verärgerter Dachs oder Fuchs mit gebleckten Zähnen auf sie zu, den sie dann gemeinsam erlegten.

Ein paar Mal hörten sie, wie Goblins durch das Unterholz pirschten und mussten sich entscheiden, sie zu umgehen oder niederzumachen. Als sie eine Gruppe von drei Goblins entdeckten, arbeiteten sie zusammen, um sie abzufertigen, dabei sammelten sie eine nette Handvoll Erfahrungspunkte und erbeuteten jeder mehrere Bronzemünzen. Aber als sie an einer Truppe von etwa einem Dutzend vorbeikamen, die um ein großes Lagerfeuer herum saßen, schlichen sie so leise wie möglich daran vorbei und folgten dann still wieder ihrem Weg.

Oder zumindest so leise wie möglich, wenn man bedachte, dass Tags Version von Vorbeischleichen vergleichbar war mit Chloes Auf-und-ab-Gehüpfe auf ihren Schlafzimmerdielen, um ihre Geschwister zu verärgern.

»Verdammt, Tag. Kannst du nicht wenigstens ein bisschen leiser sein«, hatte sie gedrängt, als sie sich von den Goblins entfernt hatten – einige von ihnen waren schon aufgestanden, als sie den Lärm wahrnahmen. »Wie sollen wir es bis nach Oakston schaffen, wenn du nicht leise schleichen kannst?«

Tag streckte stolz seine Brust raus. »Die Talente eines Zwerges liegen in anderen Dingen. Und was macht es schon, wenn Feinde auf uns aufmerksam werden? Meine zähe Haut und meine unglaubliche Kraft werden uns vor jedem Raubtier schützen, dem wir begegnen.« Während er sprach, kreiste etwas Kleines, Schwarzes über ihm und fegte Zentimeter vor seinem Gesicht vorbei. Er machte einen Schritt zurück und ließ einen kleinen Schrei los. »Argh! Was war das denn?«

Ben rollte mit den Augen. »Entspannt euch, Unglaublicher. Es war nur eine Fledermaus.«

Tag richtete seine Kleidung und räusperte sich. »Ja. Natürlich.«

Sie machten den ganzen Tag über stetigen Fortschritt und hielten inne, als die Sonne am höchsten stand, um eine Pause in der Nähe eines Baches einzulegen. Hier setzte sich

Gideon ruhig hin, um seine Beschwörungen zu üben, während Ben und Tag im Wasser planschten und ihre Waffen reinigten.

Nach einem Mittagessen mit Kaninchen- und Fuchsfleisch legte Ben Schießübungen mit Pfeil und Bogen ein, dazu fand er einen breiten Stamm, in dessen Holz er einen Kreis schnitzte. Tag lag mit geschlossenen Augen in der Sonne, während Gideon im Schatten saß und Ben bei der Arbeit zusah. Chloe machte sich auf den Weg zu Gideon, setzte sich neben ihn und blickte kurz auf ihre Armschienen, die für eine Weile verdächtig still geblieben waren.

»Also … deine Freunde sind … interessant …« Sie stieß ihn spielerisch an seine Schulter.

Gideon nickte. »Ja. Sie sind solide Typen. Ich habe im Laufe der Jahre Dutzende von Spielen mit ihnen gespielt und sie waren immer für mich da. Wir haben zusammen viel durchgemacht. Sie spielen immer mit den gleichen Klassen und Rassen, Zwerge und Elfen kennen sie in- und auswendig.«

»Und was ist mit dir?«, fragte Chloe und spürte Gideons Anspannung. »Welche Klasse bist du normalerweise?«

Gideon schaute Chloe in die Augen, seine Lippen aufeinander gepresst. Nach einem Moment seufzte er und senkte den Kopf. »Woher weißt du das?«

»Sagen wir einfach, ich nehme an, dass jemand, der in *Dutzenden* von Spielen eine bestimmte Art von Klasse gespielt hat und so viele Fehler macht wie du, seine natürliche Begabung vielleicht nicht als Magier hat.«

Gideon errötete.

»Ich will nicht gemein zu dir sein«, versicherte Chloe ihm. »Wenn überhaupt, dann mag ich dich dadurch umso mehr. Wenigstens gibt es noch jemanden, der Talente so lernt wie ich, auf die harte Tour. Das Letzte, was ich will, ist, mich zwischen den Profis wie ein kompletter Moob zu fühlen.«

Gideon lachte spöttisch.

»Was?«, fragte Chloe gereizt.

»Wenn du Anfänger meinst, heißt das ›Noob‹, vom englischen ›Newbie‹, also Neuling.« Er lächelte und sah schon wieder freundlicher aus. »Ich habe immer eine Kriegerklasse gespielt. Ich liebe es, mein Schwert zu ziehen und in den Kampf zu stürmen, mitten ins Getümmel, weißt du?«

»Warum hast du dich dann nicht für einen Krieger entschieden? War es am Anfang nicht verfügbar oder so?«

Gideon seufzte wieder. »Es war die Schuld meines Bruders. Ein grausamer Streich, wirklich. Die Wahrheit ist, als Praxis mir mitteilte, dass sie wollten, dass ich in das Spiel einsteige, fiel eine hohe Gebühr an. Ich hatte nicht das Geld, um dafür zu bezahlen, also flehte ich meinen Bruder an, mir das Geld zu leihen. Er ist recht wohlhabend, ein halbprofessioneller Musiker, der in den New Yorker Clubs spielt. Ich glaube wirklich, dass er es eines Tages groß rauskommen wird.«

»Aber er ist ein Arsch, oder?«, hakte Chloe kichernd nach.

»Ja. Der größte Arsch der Welt. Er sagte mir, dass er mir das Geld nur leihen würde, wenn ich ihn meinen Charakter erschaffen lasse. Er hat sich sogar meine alten Livestreams angesehen, um herauszufinden was ich gerne gespielt habe, nur um sich einen Spaß daraus zu machen, mir das Gegenteil zu geben – alles von diesem lächerlichen Spitzbart über diese voluminösen, lilafarbenen Gewänder bis hin zu praktisch keiner Stärke und als Krönung hat er mir die Magierklasse ausgewählt. Das war alles er.«

»Aber du wolltest trotzdem spielen?«

»*So* sehr. Ich meine, komm schon!« Gideon deutete gestikulierend auf den Wald. »Sieh dir das an! Ich habe schon einige ziemlich krasse VR-Spiele gespielt, aber *das*? Das ist einfach noch eine Stufe weiter. Das ist die Art von Zeug, von dem ich geträumt habe, als ich noch ein Kind war und gespielt habe ein edler Krieger zu sein, der Königinnen beschützt. Die Gerüche, die Geräusche – es ist alles *so* verdammt echt. Wenn ich die Chance hätte, würde ich in so ein Spiel einsteigen und nie wieder aufhören.«

Chloe nickte und betrachtete die Umgebung. Sie fühlte eine Wärme in sich, als sie zusah, wie Ben seine Pfeile aus dem Stamm zog. Bei ein paar Dutzend Schüssen hatte er einige Male ins Schwarze getroffen. Tag schnarchte laut, dabei hob und senkte sich seine Brust. Sie hatte sich noch nicht entschieden, was sie tun würde, wenn sie das Dorf erreichten – ob sie bei der Gruppe bleiben würde, wenn sie sie überhaupt dabei haben wollten oder den Rest ihrer Reise alleine antreten würde – aber sie fühlte sich eigentlich recht wohl bei ihnen.

Und außerdem war es sehr viel einfacher Feinde gemeinsam als Team zu besiegen als noch bei ihren ersten, alleinigen und sehr erfolglosen Versuchen.

Als Tag schließlich aus dem Schlaf aufschreckte, packten sie ihre Sachen und machten sich erneut auf den Weg. Unterwegs hörten sie Geräusche im Wald, machten aber einen großen Bogen darum, um den Gefahren aus dem Weg zu gehen. Nur einmal hörten sie das Pfeifen eines Pfeils und sie schafften es, den Goblin-Bogenschützen auszuschalten, bevor er seine Gruppe auf ihre Anwesenheit aufmerksam machen konnte.

Die Bäume boten ausreichenden Schutz vor der Sonne, aber allzu früh begann es zu dämmern. Die Temperatur sank im Handumdrehen und schon bald schritten sie durch das Dickicht, praktisch Seite an Seite. Chloe lief vorweg, denn sie war dank ihres Talentes Nachtsicht die einzige von ihnen, die ohne zu stolpern einigermaßen vorankam.

Sie schaffte es, den Wurzeln und dem Gestrüpp im letzten Moment auszuweichen, konnte ihre Gefährten aber nicht mehr rechtzeitig warnen, sodass Ben sich mit seinem Fuß an einer Baumwurzel verfing und geradewegs auf sein Gesicht fiel.

»Wenn das so weitergeht, werde ich bald keine Trefferpunkte mehr haben!«, knurrte Ben, rieb sich die Nase und untersuchte die geschwärzte Blutung. »Kannst du uns nächstes Mal vielleicht etwas früher warnen, bitte?«

»Ich werde es versuchen«, seufzte Chloe und blinzelte in die Dunkelheit, wo die Blätter, Ranken und Sträucher alle wie ein unbestimmtes Durcheinander aussahen.

Das Talent wurde erhöht: Nachtsicht (Stufe 2)

Gefährten durch die Dunkelheit zu führen, ist eine großartige Möglichkeit, Erfahrung in dieser Fähigkeit zu sammeln. Entscheide dich nun, ob du deine Kräfte für das Gute oder das Böse einsetzen möchtest.

Warum versuchst du nicht, den kleinen Kerl noch mal stolpern zu lassen?

Boni: +2 Intelligenz, +3 ätherisches Potenzial

Chloe kicherte, als sie ihren Weg fortsetzte und entschied, dass sie ihre Kräfte wahrscheinlich eher für das Gute nutzen würde.

Zumindest zunächst.

Die Nacht ging weiter. Schon bald konnten sie zwischen den Ästen der Bäume einen flüchtigen Blick auf den Mond erhaschen. Die Ausdauer der Gruppe begann zu schwinden, und je länger sie weitergingen, desto mehr begann sich die Gruppe zu beschweren.

Nachdem Tag fast eine halbe Stunde gejammert hatte, drehte sich Chloe auf dem Absatz um und signalisierte ihnen anzuhalten.

»Hört mal, genug gejammert jetzt. Wir sind sicher fast da. Zeig uns die Karte.«

Ben rollte die Karte aus. Es war das erste Mal, dass Chloe sie sich direkt ansah und in dem Moment als ihr Blick darauf fiel, bemerkte sie eine blinkende Meldung.

Chloe rief ihre Anzeige auf und plötzlich sah sie ein klares Bild des ganzen Waldes, ein identisches Abbild von dem, was Ben in seinen Händen betrachtete. Chloe sah kleine Markierungen über Baumreihen und Wanderwegen sowie Namen und Titel von Flüssen und Bächen. Um den Waldrand herum war die Karte schwarz, aber hier konnte sie alle Ein- und Ausgänge sehen.

Als sie ihren Blick vom Papier wegnahm, verschwand die Karte.

»Nun, das ist eine praktische, kleine Funktion«, sinnierte sie und kehrte zur Karte zurück.

Nach den kleinen X-Markierungen auf dem Blatt zu urteilen, von denen sie annahmen, dass sie ihre kleine Gruppe darstellten, sah es so aus, als hätten sie noch mehrere Stunden zu Fuß vor sich.

Tag stöhnte und schmiss sich mit dem Arsch auf den Waldboden. Er sah erschöpft aus. »Ich gebe auf. Ich kann nicht mehr. Lasst uns bis zum Morgen warten.«

Ben hob eine Augenbraue. »Normalerweise gibst du nicht so schnell auf. Was ist denn los?« Er legte seine Hände auf die Knie und sprach, als würde er mit einem Baby reden. »Ruft Mami den kleinen Racker zum Happi-happi?«

Tag drehte sich weg und verschränkte die Arme. »Es gibt gebratenes Schweinefleisch.«

Ben, Gideon und Chloe brachen in Gelächter aus, taten aber ihr Bestes, den Lärm zu dämpfen, als sie etwas in der Wildnis heulen hörten.

Gideon wischte sich eine Träne von den Augen, sobald er sich zusammengerissen hatte und sagte schließlich: »Jetzt könnte ein guter Zeitpunkt sein, um sich auszuruhen. Schaut, hier sind wir recht gut geschützt und wir können uns mit Laub bedecken, um nicht entdeckt zu werden. Es mag zwar nicht bequem sein, aber immerhin besser als nichts. Wir können morgen weitermachen und die letzte Etappe der Reise zurücklegen.«

»Ja, vielleicht finden wir ja sogar etwas *Nützliches* im Wald.« Ben nahm neben Tag Platz.

Gideon folgte ihnen auf den Waldboden. »Kommst du auch zu uns, Chloe?«

Chloe, die in die Dunkelheit starrte und sicher war, dass sie etwas Schimmern gesehen hatte, wandte sich wieder den Jungs zu. »Nee, macht ihr nur. Ich werde Wache halten, während ihr euch ausruht.«

Tag murmelte anerkennend. »Danke.«

»Hast du denn in der realen Welt nichts zu tun, Chloe?«, fragte Ben, ließ sich nieder und baute sich aus Laub und Gras ein kleines Kissen.

Chloe lächelte schwach. »Nein, habe ich nicht. Ich bin sowieso mehr eine Nachteule und wenn ich meinen Teil dazu beitragen kann und auf euch aufpasse, bis ihr zurückkommt, bin ich mehr als glücklich euch zu helfen.«

»Halt sie dir warm«, sagte Tag, zwinkerte Gideon zu und gab ihm einen Stups mit dem Ellbogen.

Gideons Mund öffnete und schloss sich ein paar Mal wie ein Fisch, aber es kamen keine Worte heraus.

Bald schliefen sie und schnarchten sanft in der Dunkelheit. Chloe beobachtete sie, noch halb in Erwartung, dass ihre Avatare verschwinden würden, sobald sie ihre Augen schlossen.

Es schien eine seltsame Funktion des Spiels zu sein, dass die Charaktere genau dort bleiben würden, wo sie waren, auch wenn sie nicht kontrolliert wurden. Sie vermutete, dass es für die Spieler noch mehr Realismus brachte, denn Angriffe im Dunkeln konnten so die Leute überraschen. Obwohl sie sich vorstellte, dass es echt Scheiße wäre, herauszufinden, dass man gestorben war, während man abgemeldet war – und dann meilenweit weg von wo auch immer man gewesen war wiederbelebt wurde.

Chloe setze sich und kaute auf ihrer Wange herum. Sie fragte sich, wo der Wiederbelebungspunkt wäre, sollte ein Spieler während er abwesend war angegriffen werden.

(Un)glücklicherweise dauerte es nicht allzu lange, bis sie es herausfand.

Kapitel 13

Das erste Anzeichen dafür, dass etwas nicht stimmte, war eine Reihe gedämpfter Flüstertöne in der Dunkelheit. Das zweite war das Geräusch von Körpern, die sich durch das Unterholz bewegten.

Chloe schreckte aus dem Schlaf auf und konnte sich nicht daran erinnern, wann sie eingeschlafen war.

»Wach auf, Idiot!«, schrie KieraFreya und ließ mehrere dunkle Gestalten aufhorchen. Chloe erblickte silbernes Sternenlicht und das Funkeln von Augen überall um sie herum. Sie versuchte aufzustehen, fühlte aber Hände an ihren Beinen, die sie über den Boden zogen. Ihr Kopf schlug zurück und traf den weichen Waldboden.

»Lasst mich los!«, sagte Chloe mit knirschenden Zähnen. Sie zappelte und trat mit ihrem anderen Fuß während sie den Kopf drehte, um zu sehen, wie Gideons leblose Gestalt neben ihr entlang gezogen wurde.

Die Fremden ignorierten sie und festigten den Griff an ihrem Bein. Chloe schloss ihre Augen und begann, einen lila Feuerball zu beschwören.

Es gab alarmierte Schreie, als der Feuerball wuchs. Jetzt konnte sie ihre Gesichter sehen, schemenhaft in violettem Licht – einige wuchtige Männer und Frauen mit Masken, die die Hälfte ihrer Gesichter bedeckten. Sie sahen schrecklich aus. Stammes-Tattoos schmückten den sichtbaren Teil ihrer Haut.

Chloe schickte den Feuerball genau in dem Moment los, in dem ihr Bein fallen gelassen wurde. Durch den Stoß wurde ihr Feuerball in die falsche Richtung gelenkt und er erleuchtete seinen Weg durch die dunklen Bäume, bevor er den Bereich in Brand setzte.

Chloe nutzte die Gelegenheit, sich zu bewegen und sprang auf die Beine. Ein Mann stürzte sich auf sie, aber sie trat zur Seite und spürte bereits KieraFreyas Zug an ihrem Handgelenk, als sich ihre Hand auf ihr Messer zubewegte.

»Nein«, knurrte Chloe. »Sie sind nur Menschen. Wir können sie nicht einfach töten.«

KieraFreyas Stimme kam ihr in den Kopf. *Wenn du* sie *nicht tötest, wie lange wird es wohl dauern, bis sie* dich *töten*?

Chloe überdachte das für einen Moment. Dann konnte sie sehen, wie Ben und Tag weitergeschleppt wurden, ihre Silhouetten nur dank der lilafarbenen Flammen sichtbar. Mehrere Gestalten versuchten, das Feuer zu löschen, bevor es sich ausbreitete. Obwohl einige der Angreifer Schwerter trugen, hatten nur wenige sie auch gezogen.

Der Mann erhob sich vom Waldboden und packte Chloes Bein. Sie trat ihn weg und bekämpfte KieraFreya erneut, als diese ihre Kraft einsetzte, um Chloe dazu zu bringen, den Dolch zu ziehen. Bevor sie es verhindern konnte, war die Klinge in ihrer Hand.

Nein! dachte Chloe und schrie die Göttin in ihrem Kopf an. *Ich sagte NEIN!*

Als KieraFreya antwortete, war es mit einer Kraft, die Chloe noch nie zuvor gespürt hatte. Ein überwältigendes Gefühl der Stärke eilte durch sie hindurch. STERBLICHE*! Ich bin die Göttin der Vergeltung. Diese Dreckskerle haben deine Freunde entführt und dich in der Nacht belästigt. Die Vergeltung für ihre Taten ist fällig. Töte den Mann. Töte sie alle! Lasst Ehre und Tapferkeit in der Welt aufrecht stehen und die Schwachen brennen …*

Chloe fühlte, wie ihre Hand zu dem Mann heruntergezogen wurde, seine Augen funkelten im Mondlicht. Die Spitze ihrer Klinge bewegte sich nur langsam herunter, da Chloe sich immer noch widersetzte.

Als sie nur noch einen Zentimeter vom Augapfel des Mannes entfernt war, traf etwas Hartes Chloes Hinterkopf. Einen Moment später spürte sie, wie warmes Blut auf ihren Rücken tropfte.

Und dann wurde alles dunkel.

* * *

»Mylady ist nicht mehr mein
Mylady segelte über das Meer
Mylady kauft mir keinen Rotwein
Mylady schenkt mir kein Lorbeer
Doch ich habe eine Dame, die mich erquickt
Von Kopf bis Fuß getränkt in ihrer Sünde
Doch ich habe eine Dame, die mich –PIEPt–
Als wäre die Welt bald am Ende.«

Chloes Ohren lauschten der schönsten Stimme, die sie je gehört hatte. Zuerst war das Lied gedämpft, als sie aus ihrer Ohnmacht erwachte, aber als sie sich des Raumes um sie herum bewusst wurde, ließ sie ihre Augen zufallen und genoss die sinnlichen Töne des Sängers. Als der Sänger fortfuhr, kamen die lieblichen Töne einer Laute hinzu.

»Gebe mir einfach dein Kleingeld
Nein, wechseln kann ich nicht
Denn Damen tragen Hass abgekehrt von der Welt
Bis das Gewohnte wird merkwürdig
Aber ich habe eine Dame, die mich erquickt
So sehr sie es auch versucht abzustreiten

Denn die Damen, die es hassen dich zu lieben
Sind die besten darin, dich zu rei…«

»Das reicht jetzt!«

Vielen Dank, dachte Chloe, ihr Verstand jetzt wach genug, um tatsächlich den Text des Liedes zu verstehen.

Sie öffnete vorsichtig ihre Augen und fühlte eine Welle der Übelkeit, als sie feststellte, dass sie nicht am Boden lag, wie sie es erwartet hatte, sondern tatsächlich aufrecht war, die Arme weit gespreizt und an die Wand gefesselt. Sie blinzelte wiederholt, als das Feuerlicht ihre Augen blendete und erfasste mit ihrem Blick den Raum.

Chloe befand sich in einer Holzhütte, um sie herum hatten sich Menschen in einem Halbkreis versammelt. In der Mitte des Raumes loderte das kleine Feuer, das tanzende Schatten der versammelten Personen auf die Wände warf. Chloe beobachtet die Gruppe und sah, dass ihre Körper mit Stammeszeichen geschmückt waren, und sofort erinnerte sie sich an den Moment zurück, bevor alles dunkel geworden war.

»Wo sind sie?«, sagte sie schwach und zerrte an ihren Fesseln. »Wo sind meine Freunde?«

Chloe sah eine große Frau an, die sich in Mitte des Halbkreises befand. Sie war nackt bis auf einen Lendenschurz, der ihren intimen Bereich bedeckte. Ihr Haar war zu zwei Zöpfen geflochten, die über ihren Rücken fielen. Sie sah Chloe leer an und zeigte dann auf die Seite des Raumes.

»Wir sind hier«, sagte Tag unbeeindruckt, als wäre es die offensichtlichste Sache der Welt. »Hast du mein Lied nicht gehört?« Er saß auf einem Stuhl, erhöht über dem Rest der Gruppe.

Neben Tag waren Ben und Gideon. Ben saß im Schneidersitz neben dem Stuhl, während Gideon gegen die Wand lehnte und verwirrt aussah. Ein Stammesangehöriger mit einer tief angesetzten Stirn stand neben Tag, eine Laute in der Hand.

Chloe schüttelte den Kopf, dann zuckte sie, als die Kopfschmerzen ihr Gehirn erschütterten. »Was ist hier los?«

»Endlich erwacht sie!«, sagte eine Stimme zu ihrer Rechten. Ein Mann trat in ihr Blickfeld. Doppelt so groß wie die anderen und mit einem Körper, der vor Muskeln strotzte, wäre dieser Mann im wirklichen Leben ein Bild für die Götter gewesen – die Art von Mann, für den sie Zeitschriften durchsucht hätte, nur um einen Blick zu erhaschen. Sein Kiefer war markant, und sein Gesicht rau. Seine Gegenwart ließ sie erröten.

»Kriegermädchen«, dröhnte er und die Stimme hallte durch den Raum. »Du wurdest des versuchten Mordes an einem unserer Leute beschuldigt. Jetzt, da du in der Lage bist, auf diese Anschuldigungen zu reagieren, wie plädierst du?«

Chloe schloss die Augen und versuchte, die Situation zu verstehen.

»Mord? Aber ihr … *ihr* habt uns entführt. Ich meine …« Sie starrte verwirrt auf Gideon, Ben und Tag, »Ihr habt uns überfallen, und ich … Okay, was zum *-PIEP-* ist überhaupt los?«

Als der Piepton erklang, hielten sich alle Stammesangehörigen die Hände an die Ohren, ihre Augen waren schmerzverzerrt. Der größere Mann zeigte mit dem Finger auf sie.

»Diese Frau bedroht uns mit dem Tod und entehrt nun die Götter! Mögen sie sie auf der Stelle zerschmettern!«

Er griff an seine Seite, zog ein langes, glänzendes Schwert und holte damit zu einem Hieb aus.

Eine Sekunde später hatte Tag seinen Stuhl zurückgetreten und sprang durch den Raum, um sich dem Mann mit erhobenen Händen in den Weg zu stellen. »Woah! Warte, Kumpel. Sie ist kein Feind, das versichere ich dir.« Er blickte Chloe in die Augen und sah unbeholfener aus, als sie ihn je gesehen hatte. »Ehrlich, wir kennen sie. Wir sind zusammen durch den Wald gereist, und … sie ist … sie ist ein guter Mensch.«

Der Mann senkte langsam sein Schwert. »Ein guter Mensch?«

Ben erschien an Tags Seite. »Ja, ich kann für sie bürgen. Ein guter Mensch.«

Chloe beobachtete Gideon, der zögernd aufstand und hinübertrottete. Er konnte kaum laufen da seine Knie so stark aneinanderschlugen. »Ich bürge auch für sie.«

Der Mann drehte sich zur Menge um und begann, in einer unbekannten Sprache voller kehliger Klicklaute und schleimigen Geräuschen zu sprechen. Die Frau, die in ihrer Mitte saß, schwieg, während die anderen miteinander plauderten.

»Was zum Teufel ist hier los?«, flüsterte Chloe, gerade so laut, dass nur ihre Kameraden sie hören konnten.

Tag sprach aus dem Mundwinkel. »Halt einfach den Mund und wir holen dich hier raus. Hast du wirklich versucht, einen von ihnen zu töten?«

»Sie haben versucht, uns zu entführen«, atmete Chloe. »Ich habe versucht, uns zu beschützen. Wenn nur nicht Kier…« Sie hielt inne, als sie erkannte, dass sie im Begriff war, einen Fehler zu machen. »Ich habe nur versucht uns zu beschützen.«

Schließlich richtete der Mann seine Aufmerksamkeit zurück auf Chloe. Er deutete Gideon, Ben und Tag, zur Seite zu gehen. Der Mann starrte Chloe eine Weile an, dann schnippte er mit den Fingern. Daraufhin stand ein anderer Mann, viel dünner als der erste, in der Menge auf … Chloe erkannte ihn sofort.

»Mein Auge hat deine Klinge gesehen.« Der Mann sprach langsam, als ob jedes Wort aus einem dunklen Winkel seines Gehirns gezogen werden musste.

»Ihr habt meine Freunde entführt.«

»Wir beschützen sie«, sagte er. »Du und deine Freunde schlafen im Wald. Kein Schutz. Schlechte Idee.«

Chloe war bereit gewesen, zu antworten, aber jetzt schien alles zu passen. Nicht einmal hatte sie gesehen, wie einer ihrer Entführer ein Schwert gezogen hätte. Sie hatten nicht vor, der Gruppe Schaden zuzufügen. Die ganze Zeit über hatten sie versucht, sie zu *beschützen.*

Sicherlich hätte es einen besseren Weg geben können.

»Deine Freunde sind Gesegnete, oder?«, fragte der größere Mann.

Chloe legte die Stirn in Falten. »Gesegnete?«

»Diejenigen, die von den Sternen geboren wurden, gesegnet mit dem Licht der Götter. Sie schlafen einen tieferen Schlaf, haben aber eine endlose Anzahl von Leben. Diejenigen, die mit der Kraft der Wiedergeburt gesegnet sind, nachdem die endgültige Dunkelheit kommt? Das sind sie, oder?«

»Das nehme ich an.« Chloe zuckte mit den Schultern. »Wenn das der Fall ist, dann bin auch ich eine Gesegnete.«

Der Mann, den Chloe angegriffen hatte, schnaubte. »Nein, Mantari«, sagte er und bewegte sich auf den größeren Mann zu. »Dumme Frau versucht, uns zu täuschen. Uns wurden die Geschichten erzählt. Wir haben die Prophezeiungen der Gesegneten gesehen, die in unser Land kommen. Die

Gesegneten schlafen den tiefen Schlaf und sind dabei ungestört. Du warst wach, als unsere Leute kamen. Du bist nicht gesegnet. Du bist ein En-Es-Zeh wie wir alle. Dein Leben ist genauso zerbrechlich wie unser eigenes.«

Chloe brauchte eine Sekunde, um zu begreifen, dass er ›NSC‹ meinte. Der Stamm musste den Begriff von anderen Spielern aufgegriffen haben.

Der größere Mann – Mantari – türmte sich vor ihr auf. »Bruder Cijay hat recht. Es ist bewiesen, dass Du eine Lügnerin und Trickserin bist. Wir sind deiner Täuschung gegenüber nicht so blind, wie wir zu sein scheinen. Zum Wohle des Dorfes musst du der Erde zurückgegeben werden.«

Mantari zog sein Schwert erneut. Ben, Tag und Gideon versuchten einzugreifen, aber während sie geredet hatten, hatten sich einige weitere Stammesangehörige erhoben und hielten sie nun zurück. »Zum Wohle unseres Volkes verurteile ich diese Betrügerin zum endgültigen Tod.«

Chloes Augen weiteten sich, als sie gegen ihre Fesseln kämpfte. Sie fühlte, wie die Kraft von KieraFreya durch ihre Handgelenke vibrierte.

Tue etwas, Bitch*!*

»Nein! Ich versichere dir und deinem ganzen Volk, dass ich von den Gesegneten bin. Ich bin ein Kind des Himmels. Bitte, verschone mein Leben, und ich werde deine Gnade ehren, indem ich dein Volk beschütze.«

Mantari grinste böse. »Wenn das, was du sagst, wahr ist, dann wird dieser Tod nicht so sehr von Bedeutung sein. Wenn du lügst, dann haben wir unser Dorf vor einer großen Bedrohung bewahrt.«

Nach einem weiten Schwung seines Schwertes fühlte Chloe, wie der Schmerz in ihrem ganzen Körper tobte. Sie rang nach Luft und beobachtete, wie Blutströme über ihren Körper flossen, und keuchte, als kurz darauf eine Benachrichtigung erschien.

Toll gemacht. Du bist tot.

Wow, das hast du todsicher gemeistert da drin. War nur ein Scherz! Sie haben dich wirklich getötet. Vielleicht solltest du sicherstellen, dass du die Situation richtig begreifst, bevor du rumläufst und versuchst, Leute zu erstechen, was?

Du verlierst 50 mal n Erfahrungspunkte (wobei n gleich der Stufe deines Charakters ist)

Du verlierst die Hälfte deiner Ausrüstung

Wiederbelebungszeit: 2 Stunden

Kapitel 14

»Was zum Teufel *war* das?«, rief Chloe und warf frustriert ihre Arme in die Luft, als sie sich wieder in den Stuhl des weißen Zimmers fallen ließ. »Und diese Nachricht? Ich habe *nicht* versucht, jemanden zu töten. Das warst *Du* …« In der Mitte des Satzes hielt Chloe inne. Da, wo sie ihre Armschienen erwartet hatte, waren ihre Arme nun nackt.

»Oh.«

Sie sank auf ihrem Sitz zurück und versuchte, das Geschehene zu verarbeiten. Es war nicht ihre Schuld, dass sie fast einen Mann erstochen hatte. Sie hatte mit all ihrer Kraft gegen die Rüstung gekämpft, aber sie konnte definitiv verstehen, wie das auf die Menschen auf der anderen Seite hätte wirken können.

Ohne darüber nachzudenken, rieb sie sich die Handgelenke, überrascht von ihrer Geschmeidigkeit. »Diese verdammte … *Argh!*«, schrie Chloe frustriert. Sie wollte definitiv nicht weitere zwei Stunden warten, um wieder in die Welt zurückzukehren. Nach allem, was sie wusste, könnten noch vier, sechs oder acht Stunden im Spiel vergehen, bis sie wieder darin landete. In dieser Zeit könnten viele Dinge passieren. Die Jungs könnten ohne sie weitergehen. Der Stamm könnte die Jungs töten. Und *wo* zum Teufel würde sie wieder auftauchen?

Das Telefon klingelte und erschreckte Chloe halb zu Tode. Sie hatte vergessen, dass es überhaupt da war. Die Spielwelt kam ihr bereits realer vor, als sie es sich je hätte vorstellen können. Sie war erstaunt, wie sehr ihre Reise sie in ihren Bann zog. Chloe war nicht einmal sauer auf die Stammesangehörigen. Sie verstand ihren Standpunkt. Sie hätte ihnen nur gerne bewiesen, dass sie helfen konnte. Dass sie eine der Guten war.

Es war diese verdammte Göttin, die sich für ihre Taten verantworten musste.

Chloe hob das Telefon ab und ließ sich zwanzig Minuten über das gerade passierte aus, bevor sie der Person am anderen Ende der Leitung eine Chance gab zu sprechen. Als sie innehielt, um Luft zu holen, fragte Mia: »Bist du jetzt fertig?«

»Wo ist Demetri?«, fragte Chloe.

»Dir ist klar, dass er nicht dein ständiger Babysitter sein kann, oder? Er hat auch noch einen Job zu erledigen. Er kümmert sich um die Lagardes. Es kann nicht nur immer um dich gehen.« Ihre Worte waren spielerisch, es lag keine Bosheit in ihnen.

»Du hast ein verdammt beeindruckendes Spiel erschaffen«, sagte Chloe, lehnte sich in ihrem Stuhl zurück und schloss ihre Augen. Anstelle der Dunkelheit konnte sie den Stamm in diesem Raum sehen. Gideon, Ben und Tag. Die ganze Gruppe.

»Als wir sagten, dass es unser Ziel ist, dass die Spieler sich vollständig in das Spiel vertiefen, meinten wir das auch so. Hast du eine Ahnung wie viele Programmierstunden und Talente dieses Spiel benötigt hat?«

Mia driftete in ihre eigene Rede über die Mechanik des Spiels und die Entwicklungsgeschichte ab und vermittelte Bestandteile seiner Entstehung, während Chloe leise zuhörte und nur gelegentlich unterbrach, um Fragen zu stellen und Mia in bestimmte Richtungen zu lenken.

Als Mia allmählich verstummte, sagte Chloe: »Ich weiß, dass du in unserem ersten Gespräch erwähnt hast, dass du mir nicht helfen kannst, aber gibt es *irgendeine* Chance, dass du deine eigene Regel brichst und eine Frage für mich beantwortest?«

Am anderen Ende der Leitung war es ruhig. Mia dachte nach. »Es kommt darauf an, was diese Frage ist.«

»Nun, nachdem ich die Armschienen von KieraFreya gefunden habe, habe ich die Aufgabe erhalten, alle Teile ihrer Rüstung zu vereinen und sie wieder zu ihrem früheren Glanz zurückzuführen. Das einzige Problem ist, dass ich *keine* Ahnung habe, wo ich anfangen soll. Fällt dir *irgendetwas* ein, das mir auf dem Weg dorthin helfen könnte?«

Es dauerte einen Moment bis Mia ihre Gedanken sortiert hatte. »Willst du die gute oder die schlechte Nachricht zuerst hören?«

Chloe dachte nach. »Die Schlechte. Fang immer mit der Schlechten an. Das hat Mama immer gesagt.«

»Ich kann dir bei deiner Aufgabe nicht helfen. Ich bin vertraglich verpflichtet, nichts zu verraten, was die Aufgabe eines Abenteurers beeinflussen könnte, außerdem habe ich keine Ahnung. Die Künstliche Intelligenz des Spiels ist, nun, intelligent und in der Lage, nach Belieben eigene Aufgaben zu erstellen. Du hast es selbst gesehen, bei deiner und der des Zauberers.«

»Gideons.«

»Nimm die Feuerlösch-Herausforderung als Beispiel. Ihr habt unterschiedliche Aufgaben und Belohnungen erhalten. Selbst wenn ich eine Ahnung hätte, wäre die Wahrscheinlichkeit groß, dass sich die Welt während des Spiels um dich herum weiterentwickelt und sich damit auch die Zusammenhänge verändern würden.«

Chloe atmete laut aus und verschränkte die Arme. »Was sind dann die guten Nachrichten?«

Ohne Vorwarnung schaltete sich der Computerbildschirm auf dem Schreibtisch ein und wechselte zu einer Webseite, die eine Reihe von Bildern verschiedener Schreine und Altäre zeigte. Es gab Nahaufnahmen von zerbrochenen Ruinen und Schnitzereien mächtiger Männer und Frauen in Wolken und von seltsamen, sagenumwobenen, legendären Kreaturen.

»Cooler Trick«, sagte Chloe ehrfurchtsvoll.

»Danke.« Mia kicherte. »Die gute Nachricht ist, dass das Land Obsidian vollständig auf Legenden und Mythen basiert. Die meisten, wenn nicht sogar alle NSCs von Obsidian sind mit der Theologie vertraut, die die KI für sie entworfen hat. Über das Land verteilt befinden sich eine Anzahl von Schreinen und alten Bauwerken, die zu Ehren der Götter errichtet wurden. Mein erster Vorschlag wäre, dort anzufangen. Entdecke die Wahrheit hinter den Mythen und folge diesem Weg. Zumindest würde ich das tun.«

Am anderen Ende der Leitung klopfte es an der Tür.

»Oh, warte eine Minute«, sagte Mia, dann legte sie ihre Hand vor das Mikrofon. Sie hörte ein gedämpftes »Wer ist da?«, bevor Mia sich wieder an Chloe wandte. »Tut mir leid, Chloe. Die Pizza ist da. Ich muss los.«

Als Mia den Hörer wieder auflegte, war sich Chloe sicher, dass sie Demetris Stimme in der Ferne rufen gehört hatte.

Chloe versuchte zurückzurufen, erkannte aber schnell, dass sie keine Telefonnummer der beiden hatte.

Während die Countdown-Uhr auf ihren Wiederbelebungszeitpunkt herunterzählte, durchsuchte sie das Netz nach Hinweisen oder Tipps von Spielern, die jetzt im Spiel waren. Sie war erfreut darüber, erste Foren zu finden, in denen Spieler berichteten wie sie im Spiel angekommen waren und es geschafft hatten, sich umzubringen. Leider aber fand sie buchstäblich keine Hinweise auf den Namen ›KieraFreya‹ oder andere obsidianische Götter.

Chloe entspannte ihre Augen, während sie sich im Stuhl zurücklehnte. Sie fragte sich, warum Mia aufgelegt hatte, bevor Demetri mit ihr reden konnte und wie zum Teufel sie es schaffen sollte, diese verdammte, parasitäre Göttin zu kontrollieren.

Kapitel 15

Chloe wurde zu dem Geräusch von Schreien wiederbelebt.

Sie hatte erwartet, von den flüsternden Wäldern begrüßt zu werden, dem Rauschen des Windes und nichts als Grün, Grün und noch mehr Grün. Stattdessen fand sie sich wieder inmitten von Hütten, die überraschten Blicke der Stammesangehörigen auf sie gerichtet. Vor allem einige Männer warfen Chloe intensivere Blicke zu als sie es sich gewünscht hätte.

Sie blickte nach unten und spürte die kalte Luft an ihrem Bauch.

»Oh, verdammte … Nicht schon wieder«, fluchte sie und bemerkte, dass sie wieder einmal ohne Hemd dastand. Sie hob ihre Handgelenke an und war sowohl glücklich als auch ein wenig angepisst, dass die Armschienen von KieraFreya hingegen noch fest mit ihr verbunden waren.

Willkommen zurück, verehrte Herrin, säuselte KieraFreya. *Ich hatte nicht erwartet, so* viel *von dir wiederzusehen.*

Bevor Chloe antworten konnte, rief eine Frau, die Chloe von der Versammlung erkannte: »Die Gesegnete … sie ist zurückgekehrt! Jemand muss den Häuptling rufen.«

Chloe wurde von hinten gepackt und hatte keine Wahl als durch das Dorf zu einer Hütte zu marschieren, die mindestens dreimal so groß war wie die anderen. Das Dach war strohgedeckt und eine Rauchsäule stieg aus dem Schornstein. Sie machte sich gar nicht erst die Mühe, sich zu wehren.

Die Quartiere des Häuptlings waren bescheiden. Der größte Teil der Hütte wurde von einem Besprechungsraum mit Stühlen, Bänken und einem offenen Feuer eingenommen. Mantari saß stolz in einem großen Stuhl eine kurze Treppe hoch, tief im Gespräch mit einem Mann, der offene Kratzwunden, wie von Tierkrallen hinzugefügt, auf seiner Brust hatte.

Mantaris Sorge um den Mann verblasste in der Sekunde, als er Chloes Augen traf. Er stand plötzlich auf und murmelte etwas zu einem Berater, der den verletzten Mann wegführte. Er schritt zügig zu ihr und packte Chloe an den Schultern.

»Es ist also wahr. Du *bist* eine der Gesegneten. Es … Es tut mir so …«

»Du brauchst es gar nicht erst aussprechen«, sagte Chloe, Wut in ihren Augen. »Hast du eine Ahnung, welche Art von Schmerzen es bedeutet, in diesem dummen Reich zu sterben?«

Mantari ignorierte ihre Verachtung, gestikulierte und schnippte mit den Fingern in Richtung einiger Stammesangehöriger im hinteren Bereich der Hütte. Sie eilten ohne ein Wort aus dem Raum.

Er wies die Männer an, Chloe freizulassen und ging zur Tür hinaus. Er signalisierte ihr zu folgen.

Er führte sie durch das Dorf entlang festgetretener Pfade. Die Sonne begann gerade aufzugehen und färbte den Himmel in ein wunderschönes Orange. Der gesamte Ort strahlte vor Ruhe und Stille.

Mantari ging in einem zügigen Tempo und Chloe musste ich bemühen, um Schritt zu halten. Wenn er an Dorfbewohnern vorbeikam, nickte er und hob eine Hand. Schließlich sprach er zu Chloe.

»Ich entschuldige mich noch einmal, Gesegnete. Dieses Dorf besteht hier nun seit fast einem Dutzend Generationen. Was als eine bescheidene Hütte begann, entwickelte sich bald zu dem, was wir jetzt vor uns sehen.«

Mehrere kleine Kinder rannten durch das Dorf und verfolgten einen Schwarm von Schmetterlingen, ihr Kichern hallte ihnen entgegen. Mantari verwuschelte die Haare eines kleinen Mädchens, als es an ihnen vorbeilief.

»Wir vom Stamm der Oakston sind ein sanftes Volk. Wir leben im Wald, wir sterben im Wald. Wir halten unsere Existenz geheim und stellen sicher, dass unsere Grenzen beschützt sind. Es gibt Gefahren in dieser Welt, gegen die selbst wir nicht ankämpfen können, aber solange wir uns gegenseitig beschützen, kann unser kleiner Teil der Welt verborgen und sicher bleiben.«

Chloe lächelte, als sie sah wie eine große Frau mit dunklen Locken das zottelige Haar eines kleinen Jungen kämmte. Der Vater des Jungen tauchte aus ihrer Hütte auf und sie erkannte den Mann als den, den sie im Wald fast um ein Auge erleichtert hätte. Er grinste seine Familie an und küsste die Frau, bevor er die Seiten des Jungen kitzelte. Er stand auf und stockte, als seine Augen auf die von Chloe trafen, senkte sie dann wieder und verschwand im Inneren.

Mantari sah auf sie herab. »Ich weiß, dass es keine Möglichkeit gibt, den Tod zurückzunehmen und tausend Entschuldigungen werden den Schmerz, den wir dir zugefügt haben, nicht auslöschen, aber du musst die Bedrohung verstehen, die du für unser Volk darstelltest. Ich werde die Sicherheit meines Volkes immer über das Wort einer Fremden stellen und sollte die Situation sich wiederholen, würde ich es wieder tun. Ich frage mich, ob das etwas ist, das du verstehen kannst?«

Ihr Verstand blitzte zurück zu dem Bären und seinen Jungen. Hätte die Mutter nicht sie und Gideon angegriffen, hätte sie sie in Frieden gelassen. Manchmal wird dir ein Konflikt aufgezwungen, auch wenn du in keiner Weise beabsichtigt hast, ihn zu erzeugen.

Chloe nickte, ihr Blick noch immer auf den Eingang der Hütte fixiert.

Mantari legte eine Hand auf ihre Schulter und führte sie weiter. »Komm. Lass mich dir mehr zeigen.«

Das Dorf war viel größer, als Chloe zuerst angenommen hatte. Es mussten mindestens hundert einzelne Gebäude sein, die im Wald zusammengepfercht waren. Einige wurden in größeren Lichtungen gebündelt, während andere die Bäume als Teil ihrer Strukturen nutzten.

Es gab Orte, an denen man gesammelte Nahrung lagerte, rudimentäre Schmieden, eine Frau, die Heilkräuter und -praktiken studierte, Handelsgeschäfte mit provisorischen Marktständen und sogar einen Ort, an dem Tiere gehalten wurden.

Chloe und Mantari fanden schnell einen freundlichen Ton und sie konnte Fragen stellen über den Stamm und die Menschen, die sie auf ihrem Rundgang trafen. Obwohl sie noch einigen weiteren Männern begegnete, die sie anstarrten, bemerkte sie schnell, dass die Hälfte der Frauen hier selbst oben ohne war. Chloe realisierte, dass sie vermutlich nur als Fremde herausstach und weniger durch ihre Nacktheit. Ab einem gewissen Punkt begann sie, stolzer zu gehen, ihr Rücken gerade und Kinn hoch während sie Hände schüttelte und mit den Kindern sprach.

Gegen Ende ihrer Tour führte Mantari Chloe in einen Raum, den sie sofort an den an der Wand befestigten

Handschellen erkannte. Er nannte diesen Raum den ›Raum des Urteils‹. Chloe musste zugeben, Mantari hatte Stil.

Und da, an die Wand gelehnt, waren Chloes Hemd und Dolch. Sie hatte den Stock aus sentimentalen Gründen behalten, obwohl sie den Stauraum eigentlich nicht dafür nutzen wollte.

Auf dem Weg zurück nach draußen hörte sie eine Stimme, die sie erkannte. Chloe riss sich von einem lachenden Mantari los und stürmte in eine Hütte, die ein großes Feuer beherbergte und in der Dutzende von Stammesangehörigen damit beschäftigt waren, ihr Frühstück einzunehmen, eine Auswahl an gehackten Früchten und Trockenfleisch.

Sie wand sich durch die Menge, angezogen vom süßen Klang der Musik. Als sie die hintere Ecke erreicht hatte, verschränkte sie ihre Arme, ihr Gesicht streng.

Tag war völlig in den Moment vertieft, eine Hand auf der Brust, in der anderen ein Becher mit etwas Schaumigem, das mit jedem Schwung seines Armes überschwappte. Ben war neben ihm und kämpfte mit einer Laute, die klang, als wäre sie verstimmt und blickte gelegentlich zum Stammesangehörigen an seiner Seite, der mit geschlossenen Augen spielte.

Gideon saß im Schneidersitz und hatte eine Trommel im Schoß liegen. Er schlug die Trommel gelegentlich lustlos mit einem Stock.

Chloe hielt eine Hand an ihren Mund und sprach laut genug, um über dem Lärm gehört zu werden. »Seit wann sind die drei Musketiere zu den Jackson 5 mutiert?«

Tag hatte zwischen zwei Strophen den Krug angesetzt und verschluckte sich fast an seinem Getränk. »Du hast dir aber auch gut Zeit gelassen.«

»Nimmst du Liedwünsche entgegen?«

Tag lachte auf und sprang von der Bühne, um Chloe an sich zu drücken. »Wir haben dich vermisst, Mädel. Warum hast du so lange gebraucht?«

Ben beschloss, seine Bemühungen mit der Laute aufzugeben, stand auf und sprang fast geräuschlos herunter, um es ihnen nachzumachen Chloe zu umarmen. Gideon warf die Trommel zur Seite, ließ sich vorsichtig von der Bühne herunter und trat nervös vor Chloe.

Sie streckte die Arme aus, zog Gideon zu sich und wickelte ihn in ihre Arme, seine Ohren wurden rot. »Och, du alberner Idiot.« Sie zerzauste sein Haar mit ihrer Faust.

»Tag, was meinst du überhaupt mit ›so lange‹? Ich dachte, es würde noch viel länger dauern, den Weg hierher zu finden. Wusstest du schon, dass ich mitten in der Stadt wiederbelebt wurde?«

Ben nickte bedächtig. »Du hast also den Wiederbelebungsort gefunden?«

Sie machten sich auf den Weg zu einem freien Tisch, obwohl Tag voller Neid zurückblickte, als ein anderer aus dem Stamm die Bühne übernahm und zu singen begann.

Chloe runzelte die Stirn. »Wiederbelebungsort?«

Gideon nickte. »Ja. Die Stammesangehörigen müssen uns auf dem Weg ins Dorf zufällig über die Stelle geschleppt haben. Hast du nicht diesen seltsamen, dreischichtigen Stern bemerkt, der in den Boden geritzt ist?«

»Ich bin ehrlich, ich hatte größere Sorgen im Kopf«, konterte Chloe. »Falls du es nicht bemerkt hast, ich bin buchstäblich gestorben. Als ich wieder mitten im Dorf aufgetaucht bin, war mein erster Gedanke, ob meine Blase leer genug ist, dass ich mir wenigstens nicht in die Hosen pissen würde bevor sie alle auf mich losgehen und mich zurück in den weißen Raum schicken.«

»Und, haben sie das?«, fragte Gideon ernsthaft.

Chloe schnalzte mit der Zunge. »Sicher. Sie sind *alle* auf mich losgesprungen und ich befinde mich in dieser Sekunde im weißen Raum.«

Gideon schien zu verstehen, was er gesagt hatte und sah beschämt hinab auf den Tisch.

Die vier Abenteurer machten sich auf den Weg zurück nach draußen, um nach Mantari zu suchen. Als sie ihn fanden, war er mitten in einem Gespräch mit zwei kräftigen Männern, die große Schwerter an ihren Hüften trugen. Ihre Gesichter waren ernst.

»Gibt es ein Problem?«, fragte Chloe, die ihr Rudel anführte und neben den Männern stehenblieb.

Mantari beendete das Gespräch in ihrer Muttersprache und die beiden Männer verschwanden wieder. »Nichts, womit meine Krieger nicht klarkämen.«

Chloe hörte einen leisen Seufzer von Gideon.

Mantari breitete seine Arme weit aus. »Also, was hältst du von Oakston? Wie findest du unser bescheidenes, kleines Dorf?«

»Es ist ein bisschen einfach«, neckte Chloe. »Ich könnte wirklich eine Dusche und eine *Cosmo* gebrauchen, aber ich schätze, da ich keine einzige funktionierende Toilette in diesem Ort gesehen habe, hast du auch kein fließendes Wasser?«

»Oder einfaches Kabelfernsehen«, grummelte Tag hinter ihnen.

»Unsere Lebensweise ist bescheiden und unsere Leute sind fair. Wenn ihr eine Weile bleiben wollt, kann ich euch zum Häuptling bringen, um euch temporäre Unterkünfte zuzuweisen. Auch wenn wir manchmal Besuchern erlauben, in unserem Dorf zu rasten und sich zu erholen, müssen

Vollzeitbewohner ein Talent aus ihrer Gruppe auswählen und dies zum Dorf beitragen. Jeder arbeitet oder hat eine beitragende Fähigkeit in Oakston. So funktioniert unser Stamm.«

Chloe hob eine Augenbraue. »Warte mal. Du sagst mir, dass nicht du der Häuptling bist?«

Mantari schüttelte den Kopf, seine Augen freundlich. »Nicht ich.«

Ben und Tag warfen sich gegenseitig Blicke zu, Verwirrung in ihren Gesichtern. »Wer ist es dann?«

Mantari lachte leise. »Folgt mir.«

Der tuchbedeckte Eingang zu dem Häuptlingsquartier klappte hinter ihnen zu, als sie in den Raum traten, in dem Chloe ursprünglich Mantari gefunden hatte. Der Stuhl, in dem er gesessen hatte, war leer, aber das Feuer brannte immer noch. Es gab Wachen im ganzen Raum, regungslos wie Statuen.

»Hier entlang.« Mantari winkte sie in einen zur Seite liegenden Raum, aus dem sie das schwappende Geräusch von Wasser hören konnten. Als sie sich durch den Eingang duckten, war Chloes erster Instinkt loszulachen.

Sie drückte eine Hand vor ihren Mund und tat ihr Bestes, nicht Ben, Tag und Gideon anzuschauen, deren Münder nun alle weit geöffnet waren.

In der Mitte eines kleinen Raumes befand sich eine Art riesige Holzwanne. Fünf Frauen umgaben diese und hielten kleine Krüge, die sie ins Wasser tauchten und über eine der größten Frauen gossen, die Chloe je gesehen hatte. Sie erkannte sie sofort als die Frau, die in der Mitte des Halbkreises gesessen hatte, aber sie hatte nun die Augen geschlossen und schien tief in Gedanken zu sein, als die Frauen sie badeten. Wasser floss über ihre Haut und mischte sich mit der Waschlauge in der Wanne, als die Frauen sich wie hypnotisiert abwechselten und den Häuptling in einem seltsamen Tanz übergossen.

An der Wand montierte Fackeln erhellten den Raum mit einem seltsamen Leuchten und ließen die gesamte Situation noch mehr wie eine Trance wirken.

Mantari neigte den Kopf und äußerte eine sanfte Reihe von Klickgeräuschen und Vokalen.

Die Augen der Frau blieben geschlossen, ihr Körper bewegungslos. Kein Wort kam von ihr, aber irgendwie schien Mantari eine Botschaft zu erhalten.

Noch ein Nicken. Mehr gutturale Worte.

Mantari wandte sich wieder ihnen zu.

»Der Häuptling hat euren Aufenthalt genehmigt. Ich zeige euch das Quartier.«

Als sie sich dem kleinen Raum wieder abwendeten, verweilte Gideon eine Sekunde länger, so als könnte er seine Augen nicht von dem riesigen Häuptling abwenden.

Kapitel 16

Mantari ließ Chloe und den Jungs eine bescheidene Hütte herrichten. Auf dem Weg dahin erklärte Mantari, dass der Häuptling, Makkah, die letzte lebende Erbin der Dorfgründer war und Kräfte besaß, die nicht erklärt werden konnten.

Während er nicht genauer erläuterte, was genau das bedeutete, schienen Ben und Tag begierig darauf zu sein, mehr von dem Mann zu erfahren.

»Also kann sie Magie ausüben?«

»Kann sie Drachen beschwören?«

»Kann sie mir beibringen, wie man den Dougie tanzt?«

Mantari lachte nur und winkte ihre Fragen ab.

Ihre neuen Wohnräume befanden sich am Rande des Dorfes, sodass sie, dort angekommen, den Geräuschen des Waldes lauschen konnten. Obwohl er der Kleinste war, beanspruchte Tag schnell den größten Raum. Da sich niemand die Mühe machen wollte, zu streiten, wählten Ben, Gideon und Chloe Quartiere auf gegenüberliegenden Seiten des Flures. Chloe entschied sich für das Kleinste, da sie keinen größeren Raum benötigen würde, wenn man bedachte, dass sie kaum Ausrüstung hatte und nicht plante, das Schlafzimmer großartig zu benutzen.

Außerdem ist es am besten, seine Mitarbeiter bei Laune zu halten, bevor sie sich wieder auf die Reise begeben. Wir wollen ja, dass ihre Moral gestärkt bleibt und so weiter, dachte Chloe und nahm sich eine Sekunde Zeit, um sich hinzulegen und ihre Augen zu schließen.

Sie schoss im Bett aufrecht und sah plötzlich verärgert aus. *Wo kam* der *Gedanke jetzt her?*

»Hast du gerade deine Begleiter ›Mitarbeiter‹ genannt?«, fragte KieraFreya mit einer Stimme weich wie Seide und sprach damit zum ersten Mal seit Stunden.

»Großartiges Timing, oh weise Göttin. Ich dachte, ich hätte endlich mal Glück gehabt und dein Geist wäre aus meiner Rüstung geflohen.«

»Es ist *meine* Rüstung, erinnerst du dich?«, zischte KieraFreya. »Ich dachte vielmehr, das Letzte, was du gewollt hättest, wäre, tausend Fragen beantworten zu müssen, wie und wo ein Spieler mit einem so niedrigen Status wie du es geschafft hat, überhaupt eine verzauberte Rüstung zu finden. Du hättest bei deiner Ankunft im Dorf wohl nicht noch mehr Fragen beantwortet wollen, oh *Gesegnete.*«

Chloe merkte, dass KieraFreya versuchte, nicht zu lachen.

»Oh, leck mich«, sagte sie, dann kniff ihr etwas in den Arm. »Autsch!«

KieraFreya lachte. »Du hast es darauf angelegt!«

»Schau«, sagte Chloe und senkte ihre Stimme, als ihre Augen zu ihrer Tür flogen. Sie war sicher, dass sie vor ihrem Zimmer Schritte gehört hatte. »Ich bin immer noch sauer auf dich, wegen dem, was du da im Wald getan hast. Was hast du dir dabei *gedacht,* einen unschuldigen Mann ohne ersichtlichen Grund töten zu wollen?«

»Kein ersichtlicher Grund? Falls du es nicht bemerkt hast, sie haben dich und deine Freunde verschleppt. Die einzige Information, die wir in dieser Situation hatten, war, dass ihr alle in Gefahr zu sein schient. Manchmal muss man zuerst angreifen und später Fragen stellen. Diese Welt ist gefährlich und voll von Menschen, die bereit sind, dich ausbluten zu lassen, sobald sie dich ansehen.«

»Ich kenne Frauen, die das gerne mit Männern machen.« Chloe grinste.

»Wenn du nicht bereit und willens bist zu töten, um dich und deine Gefährten zu beschützen, wirst du es in Obsidian nicht sehr weit schaffen.«

Chloes Lächeln verblasste und ihre Stirn legte sich in Falten. »Nun, ich habe mich bisher ziemlich gut geschlagen. Ich habe es geschafft, dich zu finden, nicht wahr? Ich habe es geschafft, die anderen Jungs hierher zu führen. Ich habe es geschafft, mich bei den Dorfanführern beliebt zu machen.«

»Oh, ja«, sagte KieraFreya sarkastisch. »Du machst das ja sooo gut und gestorben bist du bis jetzt nur … wie oft war das jetzt schon? 5? 6? Werfen wir doch einen kurzen Blick auf dein Charakterblatt, ja?«

Biografie
Charaktername: Chloe ***(klicken Sie hier, um einen neuen Charakternamen auszuwählen)***
Stufe: 7
Klasse: Keine
Rasse: Mensch

Statistiken
Trefferpunkte: 220/220
Magiepunkte: 150/150
Ausdauerpunkte: 300/300
Aktive Effekte: Keine

Attribute
Stärke: 22 (+16)
Intelligenz: 6 (+4)
Geschicklichkeit: 20 (+9)

Ausdauer: 25 (+15)
Ätherisches Potenzial: 9 (+8)

Talente
Sprachen: menschlich
Akrobatik: Stufe 3
Bewaffneter Kampf: Stufe 1
Kreaturenidentifikation: Stufe 2
Nachtsicht: Stufe 2
Kampf mit zwei Waffen: Stufe 1
Schleichen: Stufe 3
Verwegenheit: Stufe 3
Verfügbare Punkte: 0

Chloe studierte das Blatt und versuchte sich zu erinnern, was anders war. »Hey! Meine verfügbaren Punkte sind weg!«

KieraFreya schnalzte mit der Zunge. »Du konntest nicht einmal zwei Minuten finden, um deine Punkte für bessere Attribute zu vergeben? Ich habe in meiner Zeit schon so einige unausgewogene Blätter gesehen, aber das ist lächerlich.«

Chloe sackte ein wenig in sich zusammen. »Ich wollte mehr Punkte in ätherisches Potenzial und Intelligenz investieren, damit ich anfangen kann, an meiner Magie zu arbeiten. Dann wollte ich mir genauer ansehen, was verfügbar ist.« Chloe machte eine mentale Notiz, sich in der Zukunft rechtzeitig darum zu kümmern, die Punkte zu verteilen. Sie fühlte sich vielleicht stärker, aber sie fühlte sich nicht weiser. »Warte mal, ich habe auch ein Level verloren?«

»Kommt mit dem Schmerz des Sterbens. Du verlierst Gegenstände *und* Erfahrung, Tittenmaus. Diese Welt ist hart, obwohl sie *alles* in ihrer Macht Stehende tut, um den Gesegneten zu helfen, das Sterben zu vermeiden. Aber du gehst immer wieder hin und bietest dich als menschliches Nadelkissen an. Wenn du meinen Rat willst, arbeite daran, mehr nützliche Gegenstände zu beschaffen und *meine Rüstung zu finden.*«

Chloe dachte über KieraFreyas Worte nach. Als sie das letzte Mal gestorben war, war sie mit kaum Erfahrung auf Stufe 1 gewesen, sodass sich die Strafen kaum wie Strafen anfühlten. Sie stellte nun fest, da sie in den Rängen aufstieg, dass wieder in der Stufe nach unten zu rutschen das Letzte war was sie wollte. Wenn sie vorankommen und sich durch das Spiel kämpfen wollte, müsste sie anfangen, sich an die Regeln zu halten.

»Na gut«, gab Chloe nach. »Nun die Millionen-Dollar-Frage: Was machen wir mit *dir*?«

»Was ist mit mir?«, fragte KieraFreya.

»Nun, wenn wir nach den Regeln spielen und versuchen, irgendeine Art von Fortschritt in Richtung deiner anderen Teile zu machen, musst du *mit* mir mitspielen.«

»Ich bin mir nicht sicher, ob ich verstehe, was du anzudeuten versuchst.«

Chloe schob ihre Hand über ihr Gesicht. »Ich meine, *du* musst *mir* zuhören, okay? Das Letzte, was ich brauche, wenn ich mitten in einem Kampf bin, ist, auch gegen *dich* kämpfen zu müssen.«

KieraFreya lachte humorlos. »Wann habe ich *jemals* …?«

»Außerhalb der Höhle, als ich den Bären angriff, mitten im Wald, als du versucht hast, jemandem ein Messer in die Augenhöhle zu schieben …«, warf Chloe ein.

»Punkt für dich.«

»Der *Punkt* ist, ich kann nicht weitermachen, wenn wir nicht als Team arbeiten. Du musst mir vertrauen und im Gegenzug werde ich dir vertrauen.« Chloes Ton wurde sanfter. »Du hast mir bei diesen Goblins wirklich geholfen, was großartig war und ich danke dir dafür, aber das ist *mein* Abenteuer. Also, was darf es sein?«

Chloe hätte schwören können, dass sie KieraFreya etwas murmeln hörte, das wie ›Sicher, wir werden sehen‹ klang. Aber als sie sie mit einem Finger anstieß, sagte die Göttin einfach: »Sicher. Einverstanden.«

Chloe lächelte ihre Armschienen an. Eine Sekunde später brannte ihre Wange heiß, als ihre eigene Hand sie über das Gesicht schlug.

KieraFreya brach in Gelächter aus. »Ein letztes Mal, um der alten Zeiten willen.«

Chloe öffnete ihren Mund, um etwas zu erwidern und entschied sich dann weise dagegen.

* * *

Das Dorf war den ganzen Tag über durchflutet von Bewegung und Lärm. Je höher die Sonne stand, desto mehr Menschen traten vor ihre Hütten und gingen ihren täglichen Aktivitäten nach. Chloe sah Menschen, die lange Holzspieße mit Fischen daran vorbeitrugen, Frauen, die einfache Äste zu Speeren schnitzten, Kinder, die tobten und durch die Straßen liefen und überall wurde gekocht und gewerkelt.

Chloe versuchte so gut wie möglich zu ihrem Ziel zu finden und musste eine Handvoll Male zugeben, sich verlaufen zu haben. Sie war noch nie mit dem besten Orientierungssinn gesegnet gewesen. Als sie also an einem großen, dünnen Mann vorbeikam, der damit beschäftigt war, etwas auf ein helles Stück Rinde zu zeichnen, hielt sie an und bat um Hilfe.

Der Mann zeigte in verschiedene Richtungen, sein Deutsch war nicht das beste der Welt.

Chloe hielt einen Moment inne und fragte sich, ob es richtig war, die Sprache in diesem Spiel ›Deutsch‹ zu nennen. Nach allem, was sie wusste, sprach sie Taiwanesisch und das Spiel wurde für sie übersetzt.

Nach kurzer Zeit bemerkte Chloe, dass der Mann stapelweise Schriftrollen und Skizzen in seinem Zelt hatte. Chloe entdeckte eine, die bemerkenswert kartenartig aussah und zeigte auf sie.

Der Mann ging hinüber, packte die Schriftrolle und winkte sie Chloe zu.

»Es tut mir leid, ich verstehe nicht?«

Quest freigeschaltet: Überwinde die Sprachbarriere

Es gibt viele im Dorf Oakston, die deine Sprache sprechen können. Es gibt aber auch viele, die es nicht können und das könnte für dich schnell ermüdend werden.

Schalte neue Quests und Interaktionen in Oakston frei, indem du entweder eine neue Sprache lernst oder einen Dolmetscher findest. Die Belohnungen, die du erhältst, basieren auf den Entscheidungen, die du triffst.

Schwierigkeitsgrad: 2/10

Belohnung (Dolmetscher): 100 Erfahrungspunkte

Belohnung (Lerne eine Sprache): 1.000 Erfahrungspunkte, +3 Intelligenz

Quest annehmen: [Ja/Nein]

Chloe seufzte tief und winkte den Mann ab. »Ich bin gleich wieder da«, sagte sie, las die Mitteilung erneut und ließ den verwirrten Mann zurück.

Eine zweigeteilte Quest. Jetzt musste Chloe eine Entscheidung treffen. Sie schlenderte durch das Dorf und dachte genau darüber nach, welchen Weg sie gehen sollte.

Einerseits könnte sie es sich leicht machen und einen Dolmetscher finden – Mantari vielleicht, aber Chloe befürchtete, dass Dolmetschen ein wenig unter seinem Niveau lag – aber es würde eine recht niedrige Belohnung erbringen.

Auf der anderen Seite, wenn es ihr gelang, die Sprache irgendwie zu *lernen*, würde sie ihre Erfahrung erweitern *und* zusätzliche Intelligenz gewinnen. In Anbetracht der Tatsache, dass die KI ihre Punkte automatisch zugewiesen hatte und ihren Durst nach mehr Intelligenz und ätherischem Potenzial ungestillt zurückließ, wäre die zusätzliche Arbeit vielleicht von Vorteil.

Du musst nachdenken, Chloe. Zeit ist Geld. Geld ist Zeit. Chloe blinzelte, als die Stimme ihres Vaters ungebeten in ihrem Kopf auftauchte. Sie stellte sich ihn vor, gelglattes, silbernes Haar, zurückgekämmt, an der Spitze des Tisches im Sitzungssaal. *Sicher, du könntest die zusätzlichen Erfahrungen und Attribute gewinnen, aber wäre es nicht besser, deine Zeit mit wichtigeren Quests zu verbringen, als mit niederem Volk zu reden? Du musst die Alternativen abwägen, um entscheiden zu können, welche die größten Dividenden zahlen wird.*

Chloe schüttelte den Kopf, um das Bild ihres Vaters loszuwerden. Sie war sich nicht sicher, ob sie sich mehr ärgerte, dass er uneingeladen erschienen war oder dass er recht hatte. Sie könnte Stunden oder vielleicht Tage damit verbringen, im Dorf zu jagen und die Sprache von Willigen zu lernen, aber wäre das wirklich der beste Nutzen ihrer Zeit?

Chloe durchkämmte das Dorf nach Mantari, aber er war nirgendwo zu finden. Gerade als sie die Suche aufgegeben hatte, lief sie um die Ecke einer Hütte und stieß auf jemanden, ihre Schulter kollidierte mit einer anderen.

Chloe drehte sich um die eigene Achse, überrascht zu sehen, dass es Cijay war. »Tut mir leid!«

Cijays Haut wurde hellrot, als er erkannte, auf wen er gestoßen war. Eine bunte Mischung der Gefühle strömte durch Chloe, als die Erinnerung an Cijay, der auf sie zeigte und eine Lügnerin nannte, zu ihr zurückkam. Jetzt, da er direkt vor ihr stand und sie mit weit geöffneten Augen ansah, erkannte sie etwas unglaublich Vertrautes.

»Du warst es!«, sagte sie plötzlich und zeigte auf seine Brust. »Du warst derjenige, der mich durch den Wald geschleppt hat.«

Cijay lachte unangenehm berührt und sah aus, als würde er abwägen, wie seine Chancen wären, wenn er in die Menge sprinten würde. Er entschied sich dagegen und sagte: »Oh Gesegnete, es tut mir so leid. Ich wollte nichts Böses. Ich beschütze Menschen.«

Zu ihrer Überraschung fiel Cijay auf die Knie, die Arme ausgestreckt und beide Hände um ihre Knöchel klammernd.

Eine Welle von Schuldgefühlen überflutete sie. Sie blickte mit Mitleid auf den Mann herab und fragte sich, wie sie in die Lage geraten war, diese große Angst in das Herz eines Menschen zu bringen, der nicht einmal wirklich existierte. Außerdem war sie überrascht, wie viel Schuld sie überhaupt in dieser ganzen Situation empfand. Sie. Chloe. Das Mädchen, das sich schon immer gefreut hatte, kleine Kinder beim Stolpern im Einkaufszentrum zu beobachten.

Chloe ging auf ein Knie und hob Cijays Kopf, indem sie sein Kinn sanft hochdrückte. »Es ist alles in Ordnung, Cijay. Ich vergebe dir. Du konntest es nicht wissen.«

KieraFreyas Stimme durchdrang ihre Gedanken. *Schneide ihm die Kehle durch. Töte ihn. Die Vergeltung muss unsere sein. Es ist* seine *Schuld, dass wir gestorben sind.*

Nein, sagte Chloe, die Augen für einen Moment geschlossen. Ich *bin gestorben. Es ging* dir *gut. Seine Ehre ist intakt, weil seine Absichten rein waren.*

Zu ihrem Ärger begann Chloes Hand zu zittern. Sie presste die Hand fest zur Faust und dachte: *Wir hatten einen Deal!*

Ihre Hand hörte auf zu zittern, obwohl es sich anfühlte, als hätte die Göttin nur widerwillig losgelassen.

»Danke«, sagte Chloe laut.

Cijay stand auf. »Nein, danke dir!« Das nächste, was Chloe wusste, war, dass seine Arme um ihre Schultern geschlungen waren. »Wenn ich etwas tun kann, um deine Freundlichkeit zurückzuzahlen, lass es mich bitte wissen.«

Chloe setzte an, seine Worte abzuwinken, da er genug getan hatte – dass ihrer beide Schulden bezahlt worden waren – als sie plötzlich eine Idee hatte.

»Cijay. Du sprichst meine Sprache!«

Cijay nickte. »Das meiste davon. Ich lerne noch.«

Chloe grinste. »In diesem Fall nehme ich nicht an, dass du bereit wärst, mir einen Gefallen zu tun? Du weißt schon, Auge um Auge?«

Cijays Hand erhob sich sofort zu seinen Augen. »Nein! Nein! Nein, nein, Gesegnete. *Alles* außer meine Augen.«

Chloe musste nach Luft schnappen, als sie erkannte, was sie gesagt hatte.

Kapitel 17

Chloe schloss Cijay sehr schnell ins Herz und entdeckte, dass der Schlüssel zum Freischalten von niedrigstufigen Quests und Missionen an diesem Ort darin lag, die Sprachbarriere zu überwinden.

Cijay verbrachte praktisch jeden Moment an Chloes Seite. Nachdem seine neue Aufgabe von Mantari und dem schweigenden Häuptling Mukkah abgesegnet worden war, arbeitete er nun ausschließlich als Dolmetscher und Berater für eine der Gesegneten.

Chloe absolvierte ihre Sprach-Quest und verdiente sich dadurch eine vollständige Karte des Dorfes von dem Stammesangehörigen, mit dem sie zuvor nicht hatte kommunizieren können. Sobald sie die Karte für eine einzige Bronzemünze gekauft hatte und offiziell besaß, konnte sie diese nun jederzeit aufrufen, ohne sie bei sich haben zu müssen. So wie Bens Karte in ihrem Blickfeld dargestellt worden war, konnte sie jede Straße und Hütte vor sich sehen, die das Dorf zu bieten hatte, beschriftet und betitelt mit Symbolen und nützlichen Dienstleistungen, die sie in Anspruch nehmen konnte.

In den nächsten Tagen versuchte sich Chloe an einer Quest nach der anderen, schaffte es, sich im Dorf zurechtzufinden und erwarb die Grundstufe einer Handvoll Talente, von denen sie hoffte, dass sie ihre Reise durch die Wildnis für die Rüstung von KieraFreya sehr erleichtern würden.

Von den schnitzenden Frauen lernte sie die Kunst Handwerk (Stufe 1) und half den Dorfbewohnern, eine Handvoll

Anfragen zu bearbeiten, die sich in den letzten Wochen angestaut hatten. Als Belohnung für ihre Arbeit trennte sich die leitende Handwerksfrau von ihrer kleinen Ledertasche (simpel), die Chloe sich über die Schulter warf. Sie war beeindruckt zu sehen, dass ihre Tragfähigkeit von 2 auf 16 Gegenstände angewachsen war.

Chloe folgte den Sammlern auf einer ihrer täglichen Wanderungen in die Wildnis und entdeckte einen Wasserfall und einen großen Teich mit Fischen. Dort erwarb sie ihre jeweils erste Stufe in Kräuteridentifikation, Schwimmen und Fischen, wobei ein bestimmter Sammler Chloe besonders mochte und ihr eine Angel schenkte (an dem Abend zurück im Dorf hatte Tag darüber gelacht, bis ihm die Tränen das Gesicht herunterflossen). Sie erwarb auch das Talent Kochen in dieser Nacht, als sie den Frauen half, den Fisch über einem Holzfeuer zuzubereiten.

Nicht nur das, Chloe schaffte es auch, ihren Status der Stufe 8 wiederzuerlangen. Sie strahlte, als das helle Licht und die Welle der Ekstase über sie hereinbrachen und vom Boden hoben.

Gelegentlich stieß sie auf Gideon, Ben und Tag (die praktisch unzertrennlich schienen), aber zum größten Teil war Chloe allein unterwegs. Sie schloss sich allerdings den Männern und einer Handvoll Dorfbewohnern an, als eines Abends ein Stammesangehöriger in die Essbaracke gelaufen kam und allen berichtete, dass ein Rudel Wölfe, das sich schon zuvor in der Gegend herumgetrieben hatte, nun beim Herumschnüffeln an den Grenzen des Dorfes entdeckt worden war.

Ohne zu zögern, sahen sich Chloe, Gideon, Ben und Tag an und ließen ihr Abendessen zurück. Chloe informierte Cijay, dass er an diesem Tag nicht mehr gebraucht würde und der Mann atmete einen tiefen Seufzer der Erleichterung aus.

»Danke, Chlo-E.«

Chloe zwinkerte ihm zu und musste ein wenig lachen darüber, dass selbst nach mehreren Versuchen, Cijay beizubringen, wie man ihren Namen richtig ausspricht, er immer noch nicht ganz die Nuancen ihrer Sprache verstand.

Die Wölfe wurden mit einer Leichtigkeit besiegt, die Chloe sich nicht hatte vorstellen können. Sie hatte fast vergessen, dass auch die Männer damit beschäftigt gewesen sein mussten, ihre Fähigkeiten zu verbessern und war beeindruckt, als Tag ein Horn herauszog und einen langen, stolzen Ton blies. Ein mystischer blauer Nebel umgab die Gruppe, die das Dorf verteidigte und eine Benachrichtigung erschien für alle beteiligten Spieler.

Ruf der Tapferkeit: Dein Kamerad hat den Ton der Schlacht geblasen, alle Kämpfer vereint und die Stimmung erhöht.

+2 Stärke, +2 Ausdauer

Verbleibende Zeit: 1 Minute 46 Sekunden

Ben jubelte laut, spannte seinen Bogen und schoss zwei Pfeile auf einmal, beide trafen einen der Wölfe in die Seite. Kurz hob er die Faust, spannte dann blitzschnell ein weiteres Paar Pfeile und schoss erneut, bevor er sich an Chloe wendete und sagte: »Hey! Chloe. Kannst du mich sehen?«

Chloe drehte sich nach Ben um, aber er war plötzlich nirgendwo zu sehen. Sie konnte ihn lachen hören, aber in der Dunkelheit des Waldes war er unsichtbar. Einen Moment später sah sie das Schimmern einer Bewegung am Stamm eines Baumes und warf einen Stein in diese Richtung.

»Autsch!«

»Beeindruckende Tarnung«, sagte Chloe und zeigte auf ihre Augen. »Nachtsicht, …« *Piiiep.*

Ben lachte und schüttelte den Kopf. »So ein dreckiges Mundwerk.«

Chloe brachte ihr Handgelenk zu ihrem Mund. »Okay, neuer Deal. Das nächste Mal, wenn ich fluchen will, musst du die Lücken für mich füllen. Ich habe diese Zensurgeschichte satt.«

In dem Moment schrie Gideon so laut er konnte und stürmte an allen Stammesangehörigen vorbei. Er warf sich auf einen Wolf, seine Hände mit Blitzen aufgeladen. Als sie auf die Haut des Wolfes trafen, stand das Fell der Kreatur in alle Richtungen, die Elektrizität arbeitete sich durch ihren ganzen Körper. Gideon schaffte nur ein kurzes »Wahoo!«, bevor der Blitz ihn selbst erreichte und seinen ganzen Körper erschütterte.

»Um Himmels willen, Gid«, rief Ben. »Wir haben es dir tausendmal gesagt, bleib weiter zurück. Du musst deine Kräfte auf Distanz nutzen. So spielt man doch keinen Magier!«

Gideon rutschte vom Wolf ab und fiel hart auf den Boden. Er zuckte weiter, als die Überreste der Elektrizität ihn durchflossen. Einen Moment später leuchteten seine Hände weiß, als sein Körper begann, sich selbst zu heilen.

»Ich will einfach nur da sein, wo die Action ist«, jammerte er und schrie, als ein Wolf auf ihn sprang und ihm in die Schulter biss. Für eine Sekunde leuchteten seine Hände lila.

»Wir haben gesagt kein Feuer, Gid! Es ist zu gefährlich im Wald.«

Gideon schnitt eine Grimasse, rollte auf den Rücken und hielt den Wolf auf Abstand. Sein Kiefer schnappte nach Gideons Gesicht, Speichel tropfte auf seine Wangen.

»Och, der kleine Welpe ist hungrig«, brüllte Tag, sprang aus überraschender Höhe aus den Büschen und schlug dem Wolf mit einem großen Hammer auf den Hinterkopf, eine neue Waffe, die er vom Schmied des Dorfes erworben hatte. Ein lautes, metallisches Geräusch ertönte im Wald und die restlichen beiden Wölfe kehrten um, um zu flüchten.

Einige Stammesangehörige rannten ihnen nach, aber sie waren erlegt, bevor sie sie erreichen konnten. Ben steckte ein paar Pfeile zurück in seinen Köcher und nickte Chloe zu. »Diese Nachtsicht ist großartig, was?«

»Wer hat das gesagt?« Chloe zwinkerte ihm zu.

Als die Morgendämmerung am sechsten Tag ihres Aufenthalts im Dorf einbrach, wurde Chloe durch ein Klopfen an ihrer Tür geweckt.

»Wer ist da?«

Nachdem keine Antwort kam, erhob sie sich von ihrem Bett und öffnete die Tür. Ein Junge, wahrscheinlich schon Teenager, hielt ihr eine Notiz entgegen und Chloe nahm sie.

Du wurdest herbeigerufen.

Du hast beim Häuptling von Oakston einen ziemlichen Eindruck hinterlassen. Treffe sie in ihrer Hütte an der anderen Seite des Dorfes, um eine feste Anstellung im Oakston-Stamm anzunehmen.

Chloe schaute von der Notiz auf. Der Junge war verschwunden. Eine Benachrichtigung blinkte ihr zu.

Quest freigeschaltet: Eine von uns

Der Häuptling hat dich in ihre Gemächer gerufen, um eine feste Stelle als Teil des Stammes anzunehmen. Die Stammesangehörigen von Oakston mögen einfach leben, aber du hast hier die Möglichkeit für Wachstum und Entwicklung. Lerne von lokalen Experten, verfeinere deine

Talente unter der Anleitung anderer und mache Oakston zu deinem Zuhause.

Schwierigkeitsgrad: 1/10

Belohnungen: 5.000 Erfahrungspunkte, Titel freischalten (Oakston-Stammesangehörige), neue Sprache (Stammessprache: Primitiv).

Chloe atmete tief durch.

Das war unerwartet. Sie hatte sich nur in der Hoffnung im Dorf niedergelassen, ihren Charakter weiterentwickeln zu können. So viel hatte geklappt, wofür sie unglaublich dankbar war – trotz des recht unangenehmen, ersten Treffens, das sie mit dem Stamm durchgemacht hatte.

Jetzt wollte der Häuptling, dass Chloe sich ihnen *anschloss*? Auf *Dauer?*

Sie war sich nicht einmal sicher, was das für die Spielmechanik hieß. Würde das bedeuten, dass sie einen Bluteid schwören, ihr Handgelenk über ein Feuer aufschneiden und sich für immer dem Stamm verpflichten musste? Würde sie überhaupt noch in der Lage sein, die Grenzen des Dorfes zu verlassen, ohne auf eine unsichtbare Mauer zu treffen oder schlimmer noch, einen automatischen Tod auszulösen?

Ein winziger Teil von Chloe wünschte sich, sie hätte Blakes Durchläufen von *Relic Hunter* mehr Aufmerksamkeit geschenkt. Vielleicht hätte sie dann eine Art Hinweis.

Chloe durchquerte den Flur und klopfte an die Tür der einzigen Person, der sie zu vertrauen gelernt hatte, seit sie in Obsidian gelandet war.

Gideons Augen weiteten sich überrascht, als er die Tür öffnete und Chloe hereinbat.

Chloe übergab ihm die Nachricht und ließ Gideon lesen.

»Nun, das ist ein Tritt ins Gesicht.« Gideon schnappte sich eine eigene Notiz, die herumlag und gab sie Chloe.

Deine Zeit ist fast abgelaufen.

Der Stamm der Oakston hat es in den letzten sechs Tagen genossen, dich und deine Gruppe zu beherbergen. Es war jedoch vereinbart, dass euer Besuch nur vorübergehend sein würde. Ihr müsst eure Zimmer räumen und morgen bis Sonnenuntergang das Dorf verlassen, besonders der kleine Kerl. Er hat die Nahrungsrationen von mehr als vier Menschen gegessen.

Chloe ließ die Notiz sinken und tat ihr Bestes, um einen neutralen Gesichtsausdruck zu behalten. Gideon war der Erste, der sich nicht mehr beherrschen konnte, laut loslachte und sich auf seine Bettkante setzen musste, bis Chloe sich ihm anschloss.

»Ehrlich jetzt? Du wirst eingeladen, für immer zu bleiben und wir alle bekommen unsere Ärsche auf den Bordstein getreten?«

Chloe zuckte mit den Schultern. »Wir haben doch immer gewusst, wer von uns der überlegende Spieler ist.«

Gideon schubste Chloe und sie fielen beide auf das Bett zurück. Sie blieben dort Seite an Seite liegen, Chloes Haare hinter ihrem Kopf aufgefächert.

Sie starrte an die Decke. »Was denkst du, was ich tun soll?«

»Was denkst *du*, was du tun solltest? Ich habe so ein Angebot noch nie in einem anderen Spiel gesehen. Ich habe keine Ahnung, was die Konsequenzen oder Boni wären, wenn du dich entscheiden würdest, zu bleiben.«

Das war weniger als hilfreich.

Chloe kaute die Innenseite ihrer Wange und erwog ihre beiden Optionen.

»Ich denke«, sinnierte Gideon, »was du berücksichtigen musst, ist, was du als nächstes tun willst. Ich, Ben und Tag waren sowieso dabei, unsere nächsten Schritte zu planen und Ben hat einen Berg auf seiner Karte identifiziert, gleich über dem Anstieg des Hügels im Norden, der aussieht, als ob er einige ziemlich ordentliche Schätze und Gegner beherbergen könnte. Dort liegt unsere Stärke, Krypten überfallen und Schätze ausgraben. Na ja, jedenfalls bevor ich … du weißt schon …«

»Eine …« *Piep* »… arme Entschuldigung für einen Magier geworden bin?«

»Du meinst ›verschissen‹«?

Chloes Augen weiteten sich, als KieraFreyas Stimme durch den stillen Raum hallte.

Gideon hob den Kopf. »Äh, was war das?«

»Nichts«, sagte Chloe schnell und legte ihre Hände unter ihren Rücken, sodass sie von der Matratze gedämpft würden. »Nichts. Ich, ähm, ich sagte …«

»Etwas hat gerade *im Spiel geflucht.*«

Chloe schüttelte den Kopf. »Nein, sei nicht albern. Du musst dich verhört haben. Ich sagte …«

Chloes Hand schoss hinter ihrem Rücken heraus. »Oh, ich muss mich entschuldigen. Habe ich etwa unangebracht gesprochen? Du *hast* mir gesagt, ich soll die Lücken das nächste Mal ausfüllen, wenn du fluchst. Das war unser Deal, nicht wahr? Willst du mir damit sagen, dass ich wieder einen Fehler gemacht habe, indem ich deinen Befehlen gefolgt bin, *Eure Hoheit?*« Unvorbereitet konnte Chloe nichts dagegen tun, dass sich ihre Handgelenke von selbst bewegten und sie begann, ihren eigenen Arsch zu versohlen. »War ich ein böses, böses Mädchen? Sollte ich *bestraft* werden?«

Mit einem großen Ausbruch von Willenskraft bewegte Chloe ihre Hände weg und schob sie in ihre Achselhöhlen. Dort krümmten sie sich weiter und gaben eine Reihe von gedämpften Äußerungen ab.

Gideon starrte, den Mund weit geöffnet und zeigte auf ihre Handgelenke. »Was zum …«

Chloe seufzte. »Es ist irgendwie eine lange Geschichte.«

Kapitel 18

Gideon atmete aus. »Was ist es nur mit deinem Glück in diesem sch… *Piep* …«

»KieraFreya, erweise uns doch die Ehre.«

»Ich bin doch nicht hier, um Kunststückchen für euch aufzuführen!«

»Erweise. Uns. Die. Ehre. Sonst gehst du zurück in meine Achseln.«

KieraFreya seufzte. »Scheiß Erpresserin.«

»Danke.« Chloe nickte. »Gid?«

»… Spiel? Das kann doch kaum ein glücklicher Zufall gewesen sein. Dir gegenüber müssen irgendwelche Götter gütig gestimmt sein.«

Chloe grinste. »Ja, so was in der Art.«

Sie hatte Gideon alles über KieraFreya erzählt. Wie sie über die Höhle gestolpert war, den versteckten Eingang gefunden hatte und von ihrer ersten Quest in Form des Todespfades. Sie hatte laut gelacht, als sie die Geschichte erzählte und erkannte nun, als sie in der komfortablen Sicherheit des Stammesdorfes war, wie lächerlich das alles klang. Ein Stufe 1 Spieler hatte eine hochstufige Quest bezwungen, überlebt und eine mythische Rüstung geerbt, die sprechen konnte und in ihren Sprachfähigkeiten vom System nicht beeinträchtigt wurde.

»Stufe 1 bis 8 in einer Mission.« Gideon seufzte. Er tat sich schwer damit, alles aufzunehmen. »Deine Attributpunkte müssen in keinem Verhältnis zu deiner Stufe stehen.«

»Was meinst du damit?«

Gideon erklärte, dass sich Spieler gewöhnlich einpendelten, ihren Spielstil fanden und dabei Gegenstände und Talente durch Quests erlangten, die ihren Charakter für jedes Level passend verbesserten. Chloe hatte jedoch 7 Stufen durch diese Quest übersprungen, während denen sie nur ein Paar Armschienen und einen rostigen Dolch erlangt hatte. Das bedeutete, dass ihre Attributfähigkeiten *viel* niedriger waren als bei jedem anderen, der auf traditionellem Weg Stufe 8 erlangen würde.

»Ich gehe davon aus, dass ich bis Stufe 8 einige meiner Fähigkeiten auf Stufe 5 oder 6 verfeinert habe, wobei meine Intelligenz und mein ätherisches Potenzial mit meinen Boni bei 60 oder 70 sein wollten. Wo bist du so?«

»Mein höchstes Attribut ist Ausdauer, das sind etwa 40 Punkte.«

»Tja, deshalb sind wir hier, schätze ich. Um Fehler im Spiel zu finden?«

»Ich stelle mir vor, dass es noch ein paar mehr Bugs zu finden gibt«, sagte Chloe, als die beiden entlang der Grenzen des Dorfes spazierten. Chloe hatte aus der kleinen Hütte herauskommen wollen, aus Angst, dass jemand ihr Gespräch hören könnte.

Gid fuhr fort, mehr zu sich selbst: »Ich meine, es gibt kleine Ungereimtheiten und dann gibt es vollständige Fehlerberichte. Ich dachte, ich hätte Glück, in der ersten Gruppe von Spielern gewesen zu sein, aber du bringst es auf eine ganz neue Ebene.« Seine Augen funkelten. »Ich frage mich, ob ich da draußen auch irgendwelche Fehler finden kann, die meine Stufe anheben und mir mythische Schätze geben?«

»Deine Trefferquote wäre aber dieselbe, du Genie«, sagte KieraFreya.

Gideon warf KieraFreya einen bösen Blick zu, ließ dann aber doch seinen Kopf hängen.

»Sie hat wahrscheinlich recht. Ich brauche die zusätzlichen Punkte.«

Chloe legte ihren Arm um Gideons Nacken und ihren Kopf auf seine Schulter. »Achte nicht auf sie. Sie mag *denken,* dass sie allwissend und mächtig ist, aber sie vergisst, dass sie an *mir* befestigt ist. Das nenn ich mal einen Sturz in Ungnade, was, KieraFreya?«

Die Armschienen kniffen Chloe in beide Handgelenke.

»Autsch! Na gut. Lass uns beide nett sein, okay?«

»Also, diese Quest. Du musst alle Teile von Kifarnas Rüstung vereinen, um die Anforderungen zu erfüllen?«

KieraFreya schnaubte, »Es ist Ki-era-Fre-ja. Weiches ›r‹, ein Wort, kein Leerzeichen. Vollidiot.«

»Ja. Das ist ungefähr der Plan. Das einzige Problem ist, dass ich keine wirkliche Ahnung habe, wo ich anfangen soll.« Chloe erinnerte sich an Mias Worte. »Meine einzige Hoffnung, soweit ich das beurteilen kann, ist die Suche nach einer Art Schrein oder Altar. Etwas, das mir bei meinen Nachforschungen über die Götter von Obsidian hilft.«

Gideon legte ein Finger an sein Kinn und dachte nach. »Schrein. Ein Schrein …« Seine Augen leuchteten auf. »Da ist eine Frau …oder ein Mann …oder …oder …ich weiß nicht, eins von beidem. Sie nennen ihn ›den Schamanen‹. Er wird von vielen im Stamm gefürchtet, deshalb hat er seine eigene kleine Hütte im Wald, etwas entfernt vom Rande des Dorfes.«

»Woher weißt du das?«, fragte Chloe.

Gideon grübelte für einen Moment. »Es ist nur etwas, was ich eines Nachts überhört habe, während Tag die Bühne für sich beanspruchte. Ich schlüpfte aus dem hinteren Teil des Zeltes, um etwas Luft zu schnappen und das Sternenlicht zu genießen, als ich ihn am Waldrand stehen sah, mit glitzernden Augen. Zuerst war ich bereit, Alarm zu schlagen, weil ich dachte, es wäre eine Art Kreatur, bis ich einige Dorfbewohner danach fragte und sie mich ganz schnell hineinschleppten.«

Gideon rieb sich nervös die Hände. »Anscheinend kann er mit den Göttern sprechen. Nutzt ihre Kräfte, um zu heilen und zu verfluchen.«

Chloe rief ihre Karte auf und tatsächlich gab es eine Markierung in der Baumgrenze um das Dorf herum. Sie wunderte sich nicht darüber, es zuvor übersehen zu haben, denn das Haus war nichts weiter als ein winziger Fleck mit einem seltsamen Zeichen darauf.

Sie packte Gideons Hand. »Komm schon!«, drängte sie aufgeregt.

Gideon ließ sich nicht mitziehen und befreite seine Hand von Chloes. »Ich kann nicht. Ich sollte wirklich zu den Jungs zurück. Wir haben versprochen, mit den Dorfbewohnern eine letzte Aufgabe zu erledigen, bevor wir nicht mehr willkommen sind, hier zu bleiben, weißt du? Ein bisschen Erfahrung sammeln, die für Raubzüge nützlich sein könnte.«

Chloe nickte. Sie verstand Gideon, fand es aber doch ein wenig traurig, ihn zurückzulassen, angesichts all dessen, was sie gerade geteilt hatte.

»Klar doch«, sagte Chloe. »Versprich mir nur etwas, ja?«

Gideon mimte, seine Lippen mit einem Reißverschluss zu schließen. »Von mir wird niemand etwas erfahren.«

Chloe strahlte und küsste seine Wange. »Ich weiß, ich kann mich auf dich verlassen.«

Damit verschwand sie im Wald.

Das Haus des Schamanen war verdammt schwer zu finden. Chloe navigierte sich durch den Wald und warf gelegentlich einen Blick auf ihre Karte, um ihren Fortschritt zu überprüfen und sicherzustellen, dass sie noch auf Kurs war. Die verdammte Markierung schien sich jedes Mal bewegt zu haben, wenn sie die Anzeige aufrief – entweder das oder der Wald veränderte sich um sie herum.

Als sie sich schließlich der Hütte näherte, ging sie fast geradewegs daran vorbei. Während die Oakston-Hütten so gebaut waren, dass sie aus nächster Nähe nicht zu übersehen waren, bestand das Äußere der Schamanenhütte aus einem kompletten Gewirr aus Blättern, Laub und Busch. Es war von oben nach unten bedeckt von Ranken und verschmolz perfekt mit den umliegenden Bäumen.

Als Chloe sich auf den Weg zum Eingang machte, fühlte sie eine seltsame Kälte, die über den Waldboden kroch und ihr eine Gänsehaut verschaffte.

»Was ist los? Du hast doch etwa keine *Angst?*«, höhnte KieraFreya.

Chloe richtete sich gerade auf, hielt ihr Kinn hoch und hob eine Hand, um an die Tür zu klopfen. Bevor sie das Holz berühren konnte, schwang die Tür auf.

»Effizient«, flüsterte KieraFreya.

»Halt die Klappe«, zischte Chloe.

Das Innere sah aus wie ein herrenloses Durcheinander, das die Außenseite der Hütte genau widerspiegelte. Es war schwer zu sagen, wo die Bepflanzung an den Wänden aufhörte und die Ranken an der Decke begannen. Mehrere Reben trugen blühende lilafarbene Blumen, die wie Glocken von der Decke hingen. Es waberte ein schrecklicher Gestank von Fäulnis um sie herum und Chloe zog ihr Hemd hoch, um ihre Nase zu bedecken, wobei sie erst bemerkte, wie schlimm sie selbst roch. Sie wählte das kleinere von zwei Übeln und behielt das Hemd über ihrem Gesicht.

»Hallo?«, rief sie und ging von Raum zu Raum. Es kam keine Antwort.

Seltsam, dachte Chloe und rief ihre Karte wieder auf. Sie zoomte hinein und tatsächlich war ihre eigene Markierung über dem Haus mit dem Siegel darauf. *Das hier muss es sein.*

»Du weißt, dass dir niemand gesagt hat, dass dies das Haus des Schamanen ist, oder?«, erinnerte KieraFreya sie und rief die Karte für Chloe erneut auf. »Siehst du? Der Schamane wird hier nirgendwo erwähnt. Du hast einfach angenommen, dass hier der richtige Ort sein würde und du weißt, was passiert, wenn du Dinge einfach annimmst, richtig? Es lässt dich dastehen wie ein …«

KieraFreya stockte, als eine Benachrichtigung aufblinkte. Chloe öffnete sie.

Quest freigeschaltet: Wo ist der Schamane?

Du hast eine recht neugierige Natur. Du hast das Haus des Schamanen gefunden, aber der Schamane ist nirgendwo zu sehen.

Nutze deinen Spürsinn, um den Schamanen ausfindig zu machen, bevor dich das giftige Gas der Todesglockenblume, das gerade deine Lunge füllt, in den letzten Schlaf schickt.

Schwierigkeitsgrad: 4/10

Belohnungen: 500 Erfahrungspunkte, Rezept für den Trank ›Letzter Schlaf‹

Instinktiv legte Chloe eine Hand um ihre Kehle. Sie konnte die Luft nun schmecken, die mit jedem Atemzug ihre Luftröhre hinunterglitt. Tatsächlich bemerkte sie bei der Untersuchung ihres Aktivitätsprotokolls, dass ihre Gesundheit vor wenigen Momenten mehrere große Schäden erlitten hatte. Es gab eine erste Benachrichtigung über das Gift, gefolgt von einer neuen Nachricht alle paar Sekunden, die Chloe informierte, dass sie mehr Gesundheit verloren hatte.

Oh-oh! Du wurdest vergiftet.

Du bist dem berüchtigten Duft der Todesglockenblume zum Opfer gefallen.

Effekt: Verringerte Trefferpunkte durch Gift. -5 Trefferpunkte für alle 10 Sekunden, in denen du es einatmest.

Dauer: Das Gift hält weitere 15 Minuten an, nachdem die giftige Umgebung verlassen wurde.

Oh-oh! Du wurdest vergiftet.

Verlasse die Umgebung oder finde ein Gegenmittel!

-10 Trefferpunkte

Oh-oh! Du wurdest vergiftet.

Verlasse die Umgebung oder finde ein Gegenmittel!

-10 Trefferpunkte

Oh-oh! Du wurdest vergiftet.

Verlasse die Umgebung oder finde ein Gegenmittel!

-10 Trefferpunkte

Oh-oh! Du wurdest vergiftet.

Verlasse die Umgebung oder finde ein Gegenmittel!

-10 Trefferpunkte

Oh-oh! Du wurdest vergiftet.

Verlasse die Umgebung oder finde ein Gegenmittel!

-10 Trefferpunkte

Oh-oh! Du wurdest vergiftet.

Verlasse die Umgebung oder finde ein Gegenmittel!

-10 Trefferpunkte

Oh-oh! Du wurdest vergiftet.
Verlasse die Umgebung oder finde ein Gegenmittel!
-10 Trefferpunkte

Chloe wählte ihr Charakterblatt aus und überprüfte ihren Zustand.

Biografie
Charaktername: Chloe
Stufe: 8
Klasse: Keine
Rasse: Mensch

Statistiken
Trefferpunkte: 150/220
Magiepunkte: 150/150
Ausdauerpunkte: 142/300
Aktive Effekte: Negativer Statuseffekt Gift (fortlaufend)

Attribute
Stärke: 22 (+16)
Intelligenz: 6 (+5)
Geschicklichkeit: 20 (+13)
Ausdauer: 25 (+15)
Ätherisches Potenzial: 9 (+8)

Talente
Sprachen: menschlich
Akrobatik: Stufe 3
Bewaffneter Kampf: Stufe 1
Kochen: Stufe 1
Handwerk: Stufe 1

Kreaturenidentifikation: Stufe 2
Nachtsicht: Stufe 2
Kampf mit zwei Waffen: Stufe 1
Fischen: Stufe 1
Kräuteridentifikation: Stufe 1
Schleichen: Stufe 3
Schwimmen: Stufe 1
Verwegenheit: Stufe 3
Verfügbare Punkte: 32

Chloe kramte ihr Schulwissen heraus, um auszurechnen, dass ihr mit 150 Trefferpunkte noch …

Oh-oh! Du wurdest vergiftet.
Verlasse die Umgebung oder finde ein Gegenmittel!
-10 Trefferpunkte

Schon gut! Mit 140 Trefferpunkten würden ihr noch knapp fünf Minuten verbleiben, um herauszufinden, was zum Teufel los war und um eine Art Gegenmittel zu finden, bevor sie an dem Gift starb. Wenn sie das Gegenmittel nicht finden würde, wäre es egal, wie schnell sie den Schamanen gefunden hätte. Mit den negativen Statuseffekten, die derzeit auf sie einwirkten, würde sie ums Überleben kämpfen müssen, selbst wenn sie die Umgebung räumen würde. Sie müsste darauf hoffen, dass entweder ein Dorfbewohner ihr helfen könnte oder sie genug Heiltränke finden würde, um das Gift zu überdauern.

Chloe drehte sich um die eigene Achse und suchte nach etwas – irgendetwas – das ein Indiz sein könnte. Als sie sich an ihr Talent Kräuteridentifikation erinnerte, konzentrierte sie sich auf die Blüten.

Todesglockenblume (Pflanze)

Verströmt ein Gift, das zu Tränken verarbeitet werden kann.

»Großartig. Was für ein unnützer …« Chloe stampfte mit dem Fuß auf.

»Was?«, blaffte KieraFreya. »Wolltest du, dass ich ›Scheißdreck‹ sage? Oder ›Bullshit‹? Oder wie wäre es mit ›Mumpitz‹? Seien wir ehrlich, diese Bauchrednerflucherei funktioniert nicht wirklich, oder?«

Chloe starrte ihre Armschienen an. »Na, dann vergiss halt das Fluchen. Irgendwelche Ideen, wie ich dieses Gift überleben könnte? Ich würde wirklich lieber nicht sterben, wenn es sich verhindern lässt.«

»Bist du sicher? Du bist doch sehr gut darin.«

Chloe ließ ihre Handgelenke fallen, rannte durch das Haus und tat ihr Bestes, die blinkenden Benachrichtigungen zu ignorieren, während ihre Trefferpunkte davonflossen.

Nach einem weiteren Rundgang drehte sie sich um die eigene Achse und blickte sehnsüchtig in Richtung Ausgang.

Dort war es, dass ihr endlich etwas ins Auge stach.

Hinter dem dicken Stamm einer Ranke sah Chloe Markierungen an der Wand. Ohne nachzudenken, zog sie ihr Messer, hackte durch die Pflanze und enthüllte eine Gruppe von Linien, die sich durch den Raum in alle Richtungen schlängelten. Sie folgte der ersten, zerhackte und zerschlug die Pflanzen, bis sich die Linie von den anderen löste und an den Wänden entlangwirbelte.

Chloe stöhnte genervt, als die Linie ins Nichts verlief.

Sie folgte der nächsten und verfolgte sie auf die gleiche Weise durch den halben Raum, bevor sie wiederum abbrach. Nach einem kurzen Schrei der Frustration ergab eine

Überprüfung ihres Charakterblattes, dass sie jetzt nur noch 60 Trefferpunkte hatte.

So schnell sie konnte, folgte sie zwei weiteren Spuren. Eine arbeitete sich in ein Loch im Boden, eindeutig als Irreführung eingerichtet – was Chloe erkannte, als eine Ratte ihren Kopf herausstreckte und in ihren Finger biss, womit ihr vier weitere Trefferpunkte genommen wurden. Die Zweite kreiste sofort wieder zum Anfang zurück, während Chloe sich immer benommener fühlte.

Chloe betrachtete die dutzenden, verbleibenden Pfade und rezitierte schließlich den Reim, den sie im Laufe der Jahre hunderte Male benutzt hatte, wenn sie sich nicht hatte entscheiden können.

»Ene mene miste, es rappelt in der Kiste. Ene mene meck und du …« Chloe zeigte auf eine dicke Linie, die mit Dornen verziert war. »Bist.« Eine weitere Linie, dünn und eben. »Weg!«, rief sie aus und ignorierte die Warnmeldung, dass sie fast keine Trefferpunkte mehr hatte. Sie rannte durch den Raum, zog das Messer an den Wänden entlang und stellte fest, dass der Weg durch die Tür in den nächsten Raum führte und in den nächsten.

Chloe wurde zu einer breiten, mit Ranken bewachsenen Wand geführt. Sie hustete in ihre Hand und ignorierte die kleinen Blutspritzer auf ihrer Handfläche. Ihre Augenlider waren schwer. KieraFreya sagte etwas, aber die Worte verpufften zu Wattebäuschen.

Mit einem letzten Energieschub schnitt Chloe die Reben ab, die ein schimmerndes, weißes Portal enthüllten. Ohne die bewusste Entscheidung zu treffen, schloss sie ihre Augen und fiel nach vorne. Ihr Körper verschwand in dem Teich voller fließendem, weißen Licht.

Kapitel 19

In dem Moment, als Chloes Kopf das Portal durchbrach, war ihr speiübel. Nicht dank der Vergiftung, sondern weil sich das ganze Haus buchstäblich neben ihr überschlug, bis sie auf der anderen Seite wieder auftauchte.

Chloe hielt ihre Hände vor sich und schaffte es, ihren Sturz abzufedern, bevor ihr Gesicht auf nacktes Holz treffen konnte. Hätte sie zu spät reagiert, hätte der Schaden sicherlich die letzten sechs Trefferpunkte, die ihr noch geblieben waren, aufgefressen.

Scheiße. Sechs Trefferpunkte übrig und immer noch vergiftet.

Chloe rappelte sich auf und stellte fest, dass sie von Kopf bis Fuß durchnässt war. Sie blinzelte durch das blendende Licht, das durch die offenen Fenster eindrang. Der Raum schwamm noch und sie war so desorientiert und verwirrt, dass sie sich für einen Moment nicht orientieren konnte.

Ein warmes Summen begrüßte ihre Ohren, als sie im Raum herumrannte und um Hilfe rief, während sie nach einer Art Gegenmittel suchte.

»Die Gesegnete sollte lernen, dass Panik der ultimative Nährboden für das Gift einer Todesglockenblume ist«, sang eine raue Stimme. »Gerät man in Panik, wird der Blutfluss schneller. Wenn das Blut schneller fließt, so tut es auch das Gift.«

»Wer ist da?«, rief Chloe. »Zeig dich!«

»Ich bin hier. Alles, was man tun muss, um sehen zu können, ist, sich zu beruhigen.«

Chloes Brust hob und senkte sich mit verzweifelten Atemzügen. Sie zwang sich stehenzubleiben, aber atmete noch immer schnell durch die Nase ein und durch den Mund aus. Die Wände waren hellweiß und erinnerten sie an den Raum, in dem sie landete, wenn sie starb. Nach ein paar weiteren Atemzügen begann ihr Herz *zu* langsam zu schlagen. Sicherlich hatte das Gift sie endgültig gekriegt und sie war nun wieder im weißen Zimmer?

Sie drehte sich um und suchte nach Telefon und Computer. Stattdessen erblickte sie einen seltsam aussehenden Mann, der im Schneidersitz auf dem Boden saß. Er hatte eine Wasserpfeife neben sich und das Mundstück hing in einem Mundwinkel, aus dem Rauch in violetten Spiralen aufstieg.

»Du hast gerade so überlebt, mein Kind.«

»Wer bist du?«, fragte Chloe. Sie versuchte nicht sein fettiges Haar anzustarren, das im Nacken zusammengebunden war. Sicherlich gab sie selbst momentan kein gutes Bild ab. Er trug die Stammestätowierungen der Dorfbewohner, nur waren seine stachelig und düster.

»Ich bin derjenige, den du suchtest, Chloe. Der Schamane des Dorfes Oakston. Sag mir, was du gedenkst zu finden?«

Er bedeutete ihr, sich zu nähern und sie nahm ihm gegenüber Platz.

Chloe erzählte dem Schamanen, dass sie wünschte, mehr über die Götter zu erfahren. Sie wollte einen gesegneten Weg gehen und sich mit den Obigen auf jede erdenkliche Weise verbinden. Der Schamane hörte die ganze Zeit geduldig zu und paffte gelegentlich an seiner Wasserpfeife.

Als Chloe fertig war, wartete auch sie geduldig auf eine Antwort. Sie schaute sich im Haus um und fragte sich, ob sie sich immer noch in demselben befand, das eben noch von oben bis unten mit Ranken bedeckt gewesen war. Der Schamane ließ sich Zeit mit seiner Antwort.

»Hier, Kind. Probiere dies.«

Der Schamane bot Chloe die Wasserpfeife an. Sie nahm das Mundstück entgegen. »Was wird das bewirken?«

Der Schamane starrte sie an, unbeweglich wie eine Statue.

Chloe nahm langsam die Pfeife in den Mund und nahm einen langen Zug des Rauchs. Er blieb ihr im Hals stecken und sie hustete.

Der Schamane lächelte. »Siehst du?«

Ungefragt öffnetet sich Chloes Menü zu ihrem Charakterblatt.

Biografie
Charaktername: ChloeStufe: 8
Klasse: Keine
Rasse: Mensch

Statistiken
Trefferpunkte: 36/220
Magiepunkte: 150/150
Ausdauerpunkte: 158/300
Aktive Effekte: Keine

Attribute
Stärke: 22 (+16)
Intelligenz: 6 (+5)
Geschicklichkeit: 20 (+13)
Ausdauer: 25 (+15)
Ätherisches Potenzial: 9 (+8)

Talente
Sprachen: menschlich
Akrobatik: Stufe 3
Bewaffneter Kampf: Stufe 1
Kochen: Stufe 1
Handwerk: Stufe 1
Kreaturenidentifikation: Stufe 2
Nachtsicht: Stufe 2
Kampf mit zwei Waffen: Stufe 1
Fischen: Stufe 1
Kräuteridentifikation: Stufe 1
Schleichen: Stufe 3
Schwimmen: Stufe 1
Verwegenheit: Stufe 3
Verfügbare Punkte: 32

»Du … du hast mich geheilt?«, sagte Chloe leise.

Der Schamane schüttelte den Kopf. »Vergiss nicht, mein Kind. Ich war derjenige, der dich überhaupt erst verletzte. Verzeihe nicht so leicht die Missetaten derer, die dir Leid gebracht haben.«

Sag ich doch, dachte KieraFreya.

Halt die Klappe.

»Aber warum die große Scharade? Warum musste ich diese Hürden nehmen, nur um hier mit dir sitzen zu dürfen?«

»Du hast es selbst gesagt, Kind. Du suchst nach dem, was jenseits aller Schwierigkeiten liegt, die du bisher kanntest. Um sicherzustellen, wie sehr du das, was du suchst, begehrst – ist es nicht klug, zunächst den Willen einer Person zu testen?«

Chloe vermutete, dass er recht hatte. Dieser seltsame Mann mit Kräften, die unvergleichbar waren zu dem, was ihr bisher in Obsidian begegnet war, musste sich wohl beschützen, um im Wald zu überleben und Anfragen von denen abwehren, die schwachen Willens waren.

»Nun, zu deiner Anfrage«, sagte der Schamane und schüttelte Chloe aus ihren Gedanken. Ihr Kopf fühlte sich leicht und nebelig an. »Zuerst musst du verstehen, dass jede Bitte einen Preis hat. Die Bezahlung muss erfolgen, bevor du deine Aufgabe erfüllen kannst.«

Chloe blickte auf und sah, dass der Schamane nicht mehr vor ihr saß, sondern nun verkehrt herum an der Decke hockte. Auch der Rauch bewegte sich in die entgegengesetzte Richtung zu dem, was die Schwerkraft hätte zulassen sollen. Er fiel von der Decke auf den Boden und kitzelte ihre Nase. Chloe nieste und fiel plötzlich gen Decke. Sie drehte sich in letzter Sekunde und schaffte es, auf ihre Seite zu prallen.

»Nun, das war unnötig«, keuchte sie. »Warum hast du das getan?«

Der Schamane kicherte und enthüllte sein verfaultes Gebiss. Er nahm einen weiteren Zug seiner Wasserpfeife und pustete den Rauch in Chloes Gesicht. »Sag mir, Kind. Welchen Preis bist du bereit, für dein Schicksal zu zahlen?«

* * *

Chloe war überrascht zu sehen, dass sich bereits eine Menschenmenge versammelt hatte, als sie durch den Stoff trat, der die Tür bedeckte und in der Hütte des Häuptlings stand.

Gesichter strahlten sie an. Gesichter, die sie von ihrer letzten Woche im Dorf erkannte. Gesichter der Männer, Frauen und Kinder, mit denen sie vertraut war und nun als Freunde betrachten würde. Die Stimmung war lebhaft.

Warm. Das Feuer in der Mitte war noch größer als sonst und die Atmosphäre in der Hütte ließ Chloe ihre Entscheidung fast überdenken.

»Ah, unser Ehrengast ist hier!«, sagte Mantari, erhob sich auf die Füße und öffnete seine Arme weit. »Lasst uns Schwester Chloe in unserer Mitte begrüßen!«

Chloe arbeitete sich durch die Menschen zur Vorderseite des Raumes und bemerkte, dass Gideon, Ben und Tag am Feuer saßen und ihre Hände wärmten. Da es ihre letzte Nacht im Dorf war, vermutete Chloe, dass sie den Luxus der Wärme ausnutzen wollten, bevor sie sich auf ihr nächstes Abenteuer begaben.

Chloe kniete vor Mukkah nieder, Mantari nahm seinen Platz an ihrer Seite ein.

Mukkah sah in diesem Moment besonders groß und mächtig aus. Chloe konnte ohne Problem verstehen, warum jeder der Bewohner ohne auch nur ein Wort von dem Häuptling auf sie hörte und sie verehrte, als wäre sie selbst ein Gott.

Mantari wendete sich an die Menge. Während er sprach, übersetzte Cijay seine Worte für diejenigen in der Gruppe, die nicht in der Lage waren, Chloes Sprache zu sprechen. »Schwester Chloe wurde eingeladen, sich unseren gnädigen Rängen im Dorf Oakston anzuschließen. Sie ist ein durchweg guter Mensch und hat diese Woche einen Platz in all unserer Herzen eingenommen und es ist uns eine Ehre, sie einzuladen, mit unserem Stamm eins zu werden. Obwohl Chloe sich noch auf keines ihrer Talente spezialisiert hat, bringt sie dem Volk der Oakston eine wahre Quelle der Geschenke und wir freuen uns darauf, zu sehen, wie sie sich in unseren mächtigen Reihen entwickeln könnte.«

»Sicher, sie passt hier rein, aber was ist mit der Person, die von Clevelands Lokalzeitung zur ›Stimme unserer

Generation‹ ernannt wurde? Ich schätze, hier ist einfach kein Platz für einen neuen Sänger«, grummelte Tag in seinen Krug.

»Euer Gnaden«, sagte Chloe und sprach den Häuptling direkt an. »Mit tiefer Anerkennung und Dank erhielt ich die Ehre einer Einladung, eine von euch zu werden. Erst vor einer Woche war ich verloren und allein im Wald, ohne Gemeinschaft und nun …«, sie deutete in die Menge, »nun bin ich mit Gesellschaft gesegnet, die meine kühnsten Träume übersteigt«.

Es gab eine Runde Applaus. Mantari strahlte Chloe an. Mukkah starrte einfach nur. Sie hätte genauso gut aus Stein sein können.

Für einen Moment war Chloe sicher, hinter Mukkahs Stuhl die glänzenden Augen des Schamanen sehen zu können, die im Schatten schwebten.

»Aber …«, fuhr Chloe fort und brachte Stille zurück über die Menge. Sie schluckte schwer, unsicher, was als Nächstes passieren würde. »Mit großem Bedauern muss ich euch mitteilen, dass ich mich entschieden habe, diese Ehre nicht anzunehmen. Ich habe mich dafür entschieden meine eigenen Abenteuer fortzusetzen und mehr von dem zu entdecken, was dieses große Reich zu bieten hat.«

Murmelnde Stimmen kräuselten sich über die Menge. Cijay zögerte, bevor er ihre Worte übersetzte, traf Chloes Blick und fuhr erst fort, nachdem sie ihm zunickte.

Mantari trat auf Chloe zu, noch immer das gleiche Lächeln auf seinem Gesicht. »Chloe, Chloe, Chloe! Bist du dir ganz sicher, dass du die richtige Entscheidung triffst? Denke daran, was wir dir hier anbieten.«

Er drehte Chloe herum und richtete ihren Blick auf einen Tisch an der anderen Seite des Raumes, den sie beim

Betreten übersehen hatte. Auf den Tisch verteilt lagen eine Auswahl an Gegenständen, die kunstvoll präsentiert und um ein silbern glänzendes Schwert herum zentriert waren. Dort lagen ein Kürass, eine Hose, ein paar Beinschienen und einiges mehr aus demselben wunderschönen Leder. Neben dem Tisch saß eine Frau mit einer Tattoonadel und einer Schale mit dunklem Pulver.

»Als Krieger unseres Stammes erhältst du die besten Kleider, um dich während deines Dienstes zu schützen. Du wirst in den Rang direkt unter mir berufen und unsere Leute beschützen. Nicht nur das«, hier schaute Mantari sich um, als hätte er vielleicht nicht sprechen dürfen, »Du erhältst alle Bewegungsfreiheiten. Du kannst die Grenzen des Dorfes für kurze Zeit verlassen und jede Nacht zurückkehren, wenn die Sonne am niedrigsten steht. Du wirst eine von uns sein, jetzt und für immer.«

Chloe wendete ihren Blick von den Gaben ab. »Ich danke euch tausendmal, Mantari. Mukkah. Meine Antwort ist immer noch nein.«

Tag stand unsicher auf. »Ich werde ihren Platz einnehmen!«

Ben zog Tag wieder herunter und rollte die Augen. »Nicht so schnell, Kleiner. Du gehörst immer noch zu unserem Team.« Um sie herum ertönte Gelächter.

Mantaris Gesicht wurde ernst. »In Ordnung. Wenn das deine endgültige Entscheidung ist, musst du dir sicher sein.« Seine Stimme wurde tief. Chloe bemerkte den Schmerz in seinen Augen, als ob er mit einem ungezogenen Kind sprechen würde. Der gleiche Blick, mit dem ihre Mutter und ihr Vater Chloe ansahen, wenn sie nach einer langen Freitagnacht am Fußende ihres Bettes saßen.

»Das ist deine Entscheidung?«, fragte Mantari erneut.

Es ertönten ein paar geflüsterte »Nein« aus der Menge, aber Chloe nickte. »Das ist meine Entscheidung.«

Chloe ignorierte die schnell blinkende Benachrichtigung, von der sie schon erwartet hatte, dass sie sofort aufblitzen würde – nun da sie an der Quest, dem Stamm beizutreten, gescheitert war. Sie beschloss, sie für später aufzubewahren.

»Na gut.« Mantari rief einige Männer herbei. »Dann ist es nun Zeit für unsere Gäste, sich schnellstmöglich auf den Weg zu machen.«

Die Männer erschienen um Chloe herum, aber ihr Blick blieb auf Mantari gerichtet. Sie hörte Tag protestieren, als mehr Männer kamen, um auch den anderen bei ihrer Abreise behilflich zu sein. Ben und Gideon taten ihr Bestes, ihn zum Schweigen zu bringen.

»Danke«, sagte Chloe. »Für alles.«

Als sie sich Richtung Ausgang begab, ging ein Aufruhr durch die Menge. Kurz bekam sie Angst, doch dann verstand Chloe, dass alle Augen auf den Häuptling hinter sie gerichtet waren. Als sie sich umdrehte, sah sie, dass sich die große Mukkah zu bewegen begonnen hatte.

Mukkah lehnte sich langsam vor, ihr Mund geöffnet. Als sie statt Worten nur ein trockenes Husten herausbekam, zeigte sie mit einem ruhigen Finger auf Chloe.

»Was wünscht Ihr?«, fragte Mantari, kniete an ihrer Seite und nahm Mukkahs Hand liebevoll in seine. Er schnippte mit den Fingern und eine Stammesangehörige erschien mit einem Becher Wasser.

Mukkah trank den Inhalt in einem Zug und atmete erleichtert. Sie schloss kurz die Augen, dann lehnte sie sich näher zu Mantari und flüsterte ihm ins Ohr.

Mantaris Augen wurden groß. »Häuptling Mukkah, das kann nicht Euer Ernst sein?«

Mukkah räusperte sich leise und flüsterte Mantari erneut etwas zu. Sein Blick traf auf Chloes und für lange Zeit war er still.

»Häuptling Mukkah möchte sich bei dir für deinen Dienst bedanken«, sagte Mantari und schien seinen eigenen Worten nicht ganz zu vertrauen, als er sich aufrichtete. »Als strahlendes Beispiel unter den Gesegneten und als Abenteurerin, die zum letzten Tod am Schwert verurteilt wurde und wieder zurückkehrte, ohne ein Zeichen von Wut oder Rachegefühl zu zeigen, segnen wir vom Stamm der Oakston *dich* mit dieser Ausrüstung der Kriegerin. Möge es als Erinnerung an uns dienen und dich auf deinen Reisen begleiten.«

Chloes Augen leuchteten auf, ihre Gelassenheit verflogen. »Das *kann* nicht euer Ernst sein?«

»Doch«, sagte Mantari und lächelte Chloe endlich an. »Es ist die größte Ehre, die der Stamm je verliehen hat. Kein anderer Krieger außerhalb unseres Stammes hat die Rüstung und Waffen je genutzt, um der Welt zu trotzen.«

Er näherte sich Chloe und legte seine warmen Hände auf ihre Schultern. »Mögest du ein Vertreter des Oakston-Stammes da draußen in der Wildnis sein und unserem Namen Ehre bringen.«

Chloe versuchte die Tränen zurückzuhalten, die in ihre Augen schossen.

Mantari lehnte sich zu ihr und flüsterte: »Und verrate bitte niemandem, wo unser Dorf ist.« Er zwinkerte.

Chloe ließ ihren Blick über die Menge schweifen, die nun auf den Beinen war und applaudierte. Tränen flossen. Schreie ertönten durch die Hütte. Umarmungen wurden verteilt. Chloe trat zu dem Tisch auf der anderen Seite des Raumes und berührte jeden einzelnen Gegenstand, ohne sich die Mühe zu machen, ihre Statistiken zu lesen. Sie strahlte einfach, als jeder Gegenstand verschwand und in ihrem Inventar verstaut wurde.

Der Stamm drängte zu ihr, umarmte sie in Massen und verabschiedete sich, während die Wachen geduldig darauf warteten, sie zu den Grenzen des Dorfes zu begleiten.

Chloe konnte nicht aufhören zu lächeln. Sie hatte sich in ihrem Leben noch nie so willkommen gefühlt wie hier. Für einen kurzen Moment fragte sie sich, ob sie die richtige Entscheidung getroffen hatte, doch dann fand sie Gideons Augen durch die Menge.

Sie nickte ihm zu.

Gideon fiel in den Applaus ein und nickte zurück.

Kapitel 20

Der Wald war dunkel, das Dorf Oakston nun lange hinter ihr gelassen. Chloe drehte sich nicht um, Entschlossenheit in jedem Schritt. Ihr letzter Abschied von der Gruppe verblasste hinter ihr.

Das war der schwierigste Teil – Abschied zu nehmen von dem Team, das ihr so schnell ans Herz gewachsen war. Sich von NSCs zu verabschieden war nicht vergleichbar gewesen mit den Spielern, die auch in der realen Welt existierten.

Während die Verabschiedungen von den NSCs ihre Emotionen geweckt hatten, riss ihr Abschied von Gideon, Ben und Tag fast ihr verdammtes Herz heraus.

»Bist du sicher, dass du nicht mit uns kommen willst, Chloe?«, fragte Tag schwankend, als er eine Reiseflasche voll aus dem Dorf geschmuggeltem was-auch-immer an den Mund hob. »Abenteuer und Schätze erwarten dich.«

»Wir könnten Talente wie deine gebrauchen«, fügte Ben hinzu. »Je mehr von uns, desto besser.«

Chloe lächelte, weigerte sich abermals und erklärte, dass sie ihrem eigenen Weg folgen müsse. Sie hatte ihre eigenen Pläne und Quests zu erfüllen, also musste sie solo weitermachen, auch wenn das bedeutete, sich allein durch die gefährliche Wildnis zu schlagen.

Sie umarmte jeden von ihnen und gab ihnen Küsse auf die Wangen. Als sie bei Gideon ankam, zog sie ihn von den anderen weg, zur Belustigung der anderen, die ihnen nachpfiffen und kicherten.

»Du passt auf sie auf, okay?«, befahl Chloe streng.

Gideon rollte mit den Augen, ein schwaches Lächeln auf seinem Gesicht. »Komm schon. Du weißt, dass sie auf mich aufpassen müssen, oder? Ich komm mit diesem Magiezeug einfach nicht klar. Ich bin ein Krieger.«

»Dann solltest du es *lernen*.« Chloe griff in ihre Tasche und zog einen mit Eselsohren versehenen Wälzer heraus, der so dick wie ihr Handgelenk war. Sie gab ihn Gideon.

»Was ist das?«

»Ein Geschenk des Schamanen. Kampfmagie aus vergangenen Zeiten. Ich habe es mir kurz angesehen, aber ich dachte, das könnte genau richtig für dich sein.«

»Von dem Schamanen?«, fragte Gideon, Ehrfurcht in seiner Stimme. »Ist es … ungefährlich?«

Chloe zuckte mit den Schultern. »Ich weiß es ehrlich gesagt nicht. Ich schätze, wir werden beide bald herausfinden, wie vertrauenswürdig das alte Monster ist, nicht wahr?«

Gideon lächelte, steckte das Buch ein und umarmte Chloe. Sie harrten für einen langen Moment so aus und genossen die Wärme ihrer Körper. KieraFreya, die in der Nähe von Gideons Ohr war, flüsterte: »Wenn du einer einzigen Seele von mir erzählst, werde ich dich finden und du wirst es bereuen.«

Sie trennten sich voneinander, Angst in Gideons Blick, als Chloe die Armschienen zurechtwies. »Ignoriere sie. Sie kann nichts tun, was ich nicht zulasse.«

»Das werden wir noch se…« KieraFreyas Stimme wurde abgeschnitten, jetzt in Chloes Achselhöhlen vergraben.

Sie lachten und sahen vorsichtig zu Ben und Tag herüber, um sich zu vergewissern, dass sie nichts gesehen oder gehört hatten, was sie nicht hätten sehen oder hören sollen. Ben war zu sehr damit beschäftigt, einen sehr betrunkenen Tag um die eigene Achse zu drehen wie einen Kreisel, um etwas zu bemerken.

»Melde dich mal«, sagte Gideon schließlich.

»Du auch.«

Gideon gestikulierte zu Chloe. »Nein, im Ernst. Melde dich. Ruf deine Benachrichtigungen auf.«

Chloe konzentrierte sich auf die Benachrichtigungen und eine Nachricht erschien.

Gideon Fleetwood möchte, dass du sein Freund wirst.

Du hast einen bleibenden Eindruck hinterlassen. Füge diesen Charakter zu deiner Liste der Leute hinzu, die bei deiner Beerdigung weinen werden.

Akzeptieren: [Ja/Nein]

»Jetzt musst du nur noch unsere Freundschaftseinstellungen anpassen und Nachrichten von mir erlauben und wir können uns jederzeit schreiben.« Gideon strahlte.

»Das ist … Gideon, das ist unglaublich.«

»Nun, es ist nicht *so* unglaublich«, sagte er bescheiden. »Fast jedes Spiel hat diese Funktion. Und glaube nicht, dass es wie ein Telefonat ist, denn das ist es nicht. Öffne einfach deine Benachrichtigungen und du wirst von Zeit zu Zeit Nachrichten von mir sehen.«

»Nice!« Chloe hob eine triumphale Faust in die Luft. »Was ist mit den anderen? Sollte ich mich auch mit denen anfreunden?«

Sie blickten auf das Paar zurück. Ben krümmte sich vor Lachen, während Tag sein Innerstes über den Boden verteilte.

Gideon hob eine Augenbraue. »Vielleicht nimmst du ihre Freundschaftsanfragen an und vergisst, ihre Nachrichten zu beantworten.«

Chloe nickte zustimmend.

Nun machte sich Chloe auf den Weg durch die dunklen Wälder, geleitet von einer kleinen, leuchtenden Kugel aus Licht. Sie war ein Geschenk des Schamanen gewesen, ein Leitfeuer, das sie zu ihrem nächsten Ziel führte. Aber als sie sich nun wieder einmal nur knapp davor retten konnte, in ein weiteres Moor zu fallen, begann sie, an den Absichten des Lichtes zu zweifeln.

»Alter? Könntest du mir nächstes Mal bitte eine kleine Warnung geben?«, sagte Chloe, ihr Fuß knapp über dem, was sie jetzt als bedrohliches, schwarzes Wasserloch erkannte. Das ganze Gebiet wimmelte von ihnen, mit nur schmalen Graswegen zwischen den Gewässern, auf denen man sicher war.

Das Licht schwebte geduldig und wartete. Chloe fühlte einen Anfall des Zweifels und fragte sich, ob sie das Richtige getan hatte, indem sie dem Schamanen und der Vision vertraute, die er in Chloes Kopf gesandt hatte.

»Du weißt schon, dass das alles eine Falle sein könnte, oder?«, meldete sich KieraFreya zu Wort. »Soweit du weißt, wird uns dieses Licht meilenweit vom Weg abbringen zu einem Wiederbelebungspunkt, umgeben von tausend unermesslichen Gefahren. Du wirst immer wieder sterben – und zwar schmerzhaft – bis du Obsidian satt hast und es schließlich verlässt.«

Chloe hielt inne und legte einen Finger an ihr Kinn. »Nun, ich schätze, ich werde es ertragen müssen, ein Fragment meiner selbst zu sein, umgeben von unermesslichen Gefahren, bis eine willensstarke, ermächtigte Frau mich schließlich tausend Jahre später findet und ich *sie* als Wirt benutze, um meine Aufgaben zu erfüllen. Kommt dir das bekannt vor?«

KieraFreya seufzte. »Mmhmm.«

»Du weißt, dass ich das alles nur für dich tue, oder?« Chloe sprang über eine kleine Pfütze und ihr Fuß verlor fast seinen Halt bei der Landung. Sie schaffte es, ihr Gleichgewicht wiederherzufinden. »Der Wald, der Bär, das Dorf, der Schamane, dieses verdammte … Würdest du mir die Ehre erweisen?«

»Scheiß Drecksloch?«

»Genau! Das ist alles für dich und deine Mission. Also denk vielleicht das nächste Mal darüber nach, wenn du vorhast, Gift zu spucken.«

KieraFreya dachte über ihre Worte nach. »Du bist eine Lügnerin.«

»*Ich bin eine* … Wie bitte?« Das Licht begann sich nach rechts zu drehen. In seinem schwachen Leuchten konnte Chloe die Schatten kriechender Ranken erkennen, die lose an großen Trauerweiden baumelten.

»Du hast mich richtig verstanden. Du sagst, dass du das alles für mich tust, aber das ist nicht wahr, oder? Wenn du diese Quest abschließt, tust du etwas, was noch nie zuvor getan wurde. Du wirst eine Menge Erfahrung sammeln und es gibt sicher zusätzliche Belohnungen. Denkst du, was du tust, ist selbstlos? Nun, Schätzchen, es ist die egoistischste Aktion, die ich je gesehen habe.«

Chloe blieb abrupt stehen, ihr Fuß spritzte Schlamm. »Ach ja?!«

»Ja!«

In einem Anfall von brennender Wut schob Chloe ihre Finger unter den Rand der Armschienen. Sie zerrte und zog, knirschte mit den Zähnen, aber das Metall gab nicht im Geringsten nach. Von Wut erfüllt gab sie das Zerren auf und schlug stattdessen das Metall ihrer Handgelenke zusammen, wobei der klirrende Lärm weit durch die Nacht hallte.

Während all dessen lachte KieraFreya nur und trieb Chloes Wut umso mehr an.

»Dummer Mensch. Nur weil mein Verstand hier drin gefangen ist, bedeutet das nicht, dass ich Schmerzen fühlen kann. Alles, was du erreichst, ist, dir selbst wehzutun.«

Chloe zwang sich, aufzuhören und senkte ihre Handgelenke. Sie rief ihr Aktivitätsprotokoll auf und sah, dass KieraFreya recht hatte. Ihr Ausdauerbalken hatte großen Schaden durch ihren Wutanfall erlitten.

»Es tut mir leid«, sagte Chloe und versuchte wieder zu Atem zu kommen. »Ich weiß nicht, was über mich kam.«

»Es sollte dir auch leidtun«, neckte KieraFreya.

Chloe warf ihre Hände in die Luft. »Du bist unmöglich, weißt du das?«

»Wieder einmal liegst du falsch. Nichts ist unmöglich in diesem Reich.« KieraFreya führte Chloes Hand und zeigte mit ihr auf das Wasser vor ihr. »Nimm die zum Beispiel.«

Chloes Gesicht entglitt ihr. In der Dunkelheit konnte sie die Silhouetten von Kreaturen sehen, die durch das Wasser glitten. Sie strengte sich an, durch die Nacht etwas zu erkennen und benutzte Kreaturenidentifikation.

Moorkrokodil (Stufe 7)
151 Trefferpunkte
Moorkrokodil (Stufe 6)
136 Trefferpunkte
Mutiertes Moorkrokodil (Stufe 9)
213 Trefferpunkte

Chloe war angenehm überrascht von den zusätzlichen Informationen. Sie öffnete ihr Menü und sah mehrere positive Nachrichten.

Herzlichen Glückwunsch! Indem du zwei Talente gleichzeitig eingesetzt hast, hast du zusätzliche Punkte für deine Talente erhalten.

Das Talent wurde erhöht: Kreaturenidentifikation (Stufe 4)

Du kannst nun die Trefferpunkte deiner Gegner sehen, indem du einfach das Talent einsetzt. Beobachte, wie ihre Lebenskraft in Form eines Fortschrittsbalkens sinkt, während du deinen Weg zum Sieg hackst und schlitzt.

Boni: +6 Intelligenz (HINWEIS: Erhöhungen des Talentes überschreiben alle vorherigen Boni, die durch das Talent gewonnen wurden).

Das Talent wurde erhöht: Nachtsicht (Stufe 4)

Die Nacht wird immer mehr zu deiner Geliebten. Dunkle Formen werden deutlicher, nächtliche Monster verlieren ihre Bedrohlichkeit und hach, die Streiche, die man spielen kann, wenn man sich in der Dunkelheit auflöst und seine Freunde in die Irre führt.

Boni: +5 Intelligenz, +8 Ätherisches Potenzial (HINWEIS: Erhöhungen des Talentes überschreiben alle vorherigen Boni, die durch das Talent gewonnen wurden).

Großartig! Immer praktisch, kurz vor einem Kampf einen Schub zu bekommen.

Chloe holte tief Luft und schloss ihre Augen. Sie konzentrierte ihren Willen auf den Zauber Lila Feuer und ein Feuerball erschien in ihren Händen. Sie grinste, froh, endlich wieder diesen Spruch üben zu können, nachdem sie das in den trockenen Wäldern rund um das Dorf nicht gekonnt hatte.

»Friss Feuer!«, rief Chloe und warf die lila Kugel auf die sich nähernden Krokodile. Der Ball flog direkt auf den größten Kerl in der Mitte zu, der sich im letzten Moment unter Wasser duckte. Der Feuerball zischte und dampfte, als das Wasser ihn löschte.

»Och, Mist.«

Das niedrigstufige Krokodil zu Chloes Linken kam an Land und schnappte hungrig mit dem Kiefer, begleitet von einem tiefen Knurren, das tief aus dem Magen kam. Chloe zog ihr Schwert und schlug nach dem Tier, sodass die Klinge die Spitze seiner Schnauze traf.

Es wich zurück vor Schmerzen. Chloe beobachtete mit einem zufriedenen Lächeln, wie der Gesundheitsbalken fiel und rund 10% verlor.

»Aha«, sagte sie triumphierend und übersah völlig das Krokodil, das auf der anderen Seite neben ihr aus dem Wasser gekrochen war und nun nach ihren Knöcheln schnappte.

Chloe sprang gerade noch rechtzeitig hoch und landete mit einem ekelhaften Knirschen auf der Schnauze des Krokodils. Sie stach ihre Klinge durch die Seite seines Schädels.

Das Reptil wand sich unter ihr und ließ sie nach hinten stürzen. Sie landete mit den Füßen im feuchten Schlamm und musste kämpfen, um aufrecht zu bleiben. Sie hörte das erste Krokodil von der anderen Seite auf sie zukommen und trat schnell ein paar Schritte zurück.

Sie suchte kurz nach dem dritten Krokodil – das, welches die Identifikation als mutiert bezeichnet hatte – aber es war nirgendwo zu finden.

Chloe entdeckte das zweite Krokodil und hob ihr Schwert zum Angriff, aber sie wurde von ihren Füßen gestoßen, als das erste sie von hinten anfiel.

Auf dem Boden musste sie nun darum kämpfen, den Überblick zu bewahren. Sie hob einen Arm und fühlte, wie ein Krokodil mit aller Kraft zubiss und seine Zähne an ihren Armschienen verfing. Sie hörte ein durchdringendes Klingeln in ihren Ohren, als das Krokodil brüllte und mehrere Zähne herausbrachen.

»Verdammt, Mädel. Du bist zäher, als ich dachte«, murmelte Chloe.

KieraFreya antwortete, »Kein Kommentar.«

Chloe atmete tief durch und rollte rückwärts, um etwas Abstand zwischen sich und die Krokodile zu bekommen. Sie warf ihnen einen bösen Blick zu, steckte ihr Schwert wieder in die Scheide und begann, ihre Hände zu bewegen.

Worte kamen über ihre Lippen, ohne dass sie sie selbst verstand. Sie ließ all ihre Willenskraft in den Zauber fließen, Strom sammelte sich um ihre Hände. Mit einem Triumphschrei schlug sie ihre Hände in den nassen Waldboden und schickte Blitze in alle Richtungen, sodass das Wasser die elektrische Ladung ableitete.

Sie beobachtete, wie der Gesundheitsbalken des Krokodils, auf das sie eingestochen hatte, auf 0 fiel, bevor sie selbst zu Boden ging. Die Pfütze, in der sie stand, hatte selbst eine angemessene Menge an Elektrizität erhalten. Sogar KieraFreya schrie auf.

Chloe brach den Zauber ab und zuckte für ein paar weitere Sekunden, so wie sie es bei Gideon im Kampf mit den Wölfen gesehen hatte. Sie hatte nicht wirklich erwartet, dass der Zauber wirken würde, da sie ihn nur einmal gesehen hatte. Obwohl die Schmerzen jetzt höllisch waren und ihr Gesundheitsbalken um gut … 40% gesunken, war sie beeindruckt von dem Schaden, den sie angerichtet hatte.

Sie hob ihren Kopf aus dem Schlamm und sah das zweite der niedrigstufigen Krokodile auf sie zukommen. Hinter dem Tier durchdrangen dunkle Blasen die Wasseroberfläche und das mutierte Krokodil tauchte wieder auf, Wut in den Augen, als es sich auf seine Hinterbeine aufrichtete.

Chloe zog schnell ihr Schwert. Mit dem Krokodil direkt auf ihr hatte sie keine Zeit, die Klinge in Position zu bringen, also gab sie dem Schädel einen kräftigen Hieb mit dem Griff und beobachtete, wie der Gesundheitsbalken auf 0 fiel.

»Tick tack«, murmelte Chloe.

Nun richtete Chloe ihre Aufmerksamkeit auf das aufrechtstehende Krokodil. Es gab ein rundum verstörendes Bild ab. Als Kind hatte sie Krokodile auf zwei Beinen in Trickfilmen laufen sehen, aber sie hatte nie darüber nachgedacht, wie verstörend es im wirklichen Leben aussehen würde.

Nicht im wirklichen Leben, Dummkopf. Das hier ist ein Spiel, erinnerst du dich?

Das Krokodil starrte finster über seine Schnauze, blieb aber auf Abstand im Wasser. Sein Körper war deformiert mit seltsamen Verwachsungen an allen möglichen Stellen. Unglaublich lange Krallen funkelten auf seinen Vorderpfoten und die Stacheln auf seinem Rücken waren viel länger, als sie hätten sein sollen.

Eine angenehme Überraschung war jedoch, dass der Riese bereits fast 30% seiner Gesundheit verloren hatte. Damit konnte Chloe arbeiten.

»Komm schon her, Kleiner«, drängte sie.

»Warum nehmen wir an, dass es ein Junge ist?«, antwortete KieraFreya. »Ich sehe keine Genitalien. Es könnte ein Mädchen sein. Sexistische Kuh.«

Ein unschuldiges Lächeln spielte auf Chloes Lippen, als sie sich dem Krokodil vorsichtig näherte. Ihr Gehirn bot eine Rückblende auf das erste Mal, dass sie im Kampf gegen die Goblins auf sich gestellt gewesen war und sie erwog, wie viel sich für sie jetzt verändert hatte. Sie fühlte sich zuversichtlich. Stark. In der Lage, sich dem zu stellen, was vor ihr stand.

Chloe hob ihr Schwert und holte weit aus und–

Das Krokodil glitt zurück ins Wasser. Chloe stand jetzt hüfthoch im ranzigen Wasser.

»Er hat uns reingelegt«, fluchte sie und drehte sich um, um auf das nächste Stück Land zurückzukehren.

»Nein, er hat *dich* hereingelegt«, sagte KieraFreya, gerade als sie hinter sich eine Bewegung im Wasser hörten. Im nächsten Moment hatte Chloe riesige Zähne in ihrem Bein.

Sie schrie vor Schmerzen auf und trat mit ihrem anderen Bein hinter sich. Obwohl sie sicher war, dass Krokodile nicht lächeln konnten, war sie sich sicher, dass sie ein Grinsen auf seiner Schnauze sehen konnte.

Das Krokodil zog sich zurück, als Chloe ihr Bein befreit hatte und rutschte zurück ins Wasser.

»Was soll ich tun?«, fragte Chloe und versuchte zu entscheiden, ob es besser wäre, zu fliehen oder den Kampf fortzusetzen. Sollte sie weglaufen, würde sie wertvolle Erfahrungspunkte verlieren. *Und* da Krokodile für diese Art von Landschaft gemacht waren, war sie sich nicht mal sicher, ob sie entkommen würde.

Ein flüchtiger Blick auf ihre Statistiken zeigte, dass Chloe 132 von 220 Trefferpunkten übrighatte sowie 78 von 150 Magiepunkten, nachdem sie Feuerball und Blitze geworfen hatte – *wow, das hat einen ganzen Batzen Magiepunkte gekostet* – und 111 von 300 Ausdauerpunkten. Sie musste sich zusammenreißen, wenn sie es aus dieser Sache herausschaffen wollte.

Chloe ließ einen Blick über ihre Talente schweifen und bekam plötzlich eine Idee. Sie griff in ihre Tasche und zog die Angel aus ihrer Tiefe heraus. Sie kam nicht darüber hinweg, wie ein so großer Gegenstand in einer so kleinen Tasche aufbewahrt werden konnte.

Sie arbeitete so schnell sie konnte, griff nach einem einfachen Köder, den die Sammler ihr gegeben hatten und warf die Angel aus. In angespannter Stille wartend, dauerte es nur wenige Sekunden, bis die Schnur sich spannte und sie etwas im Wasser ziehen spürte.

»Jetzt habe ich dich.« Chloe lachte während sie die Schnur einzog, verwirrt, als ein Silberglanz aus dem Wasser auftauchte und ein großer, flacher Schlammfisch an ihrem Köder zappelte.

»Ähhh …« war alles, was sie sagen konnte, bevor die viel größere Form des Krokodils auftauchte und unerwartet geschickt aus dem Wasser sprang. Der große Mond hinter ihm umriss seine plötzlich anmutige Gestalt. Seine Kiefer klemmten sich um den Schlammfisch fest. Chloe fühlte, wie ihre Schnur sich noch mehr spannte, als der Haken im Mund des Krokodils stecken blieb. Sie zog fest an der Angelrute und brachte das Krokodil um sein Gleichgewicht, sodass es kopfüber ins niedrige Wasser klatschte, nur wenige Meter vor ihr.

Chloe war noch nie so dankbar für Videospiellogik gewesen.

Sie hob triumphierend ihre Faust, als sie zusah, wie die Gesundheit des Krokodils um weitere 10% fiel. Ein kleiner, roter Tropfen erschien neben dem Balken, von dem Chloe annahm, dass er für eine Art blutenden Statuseffekt stand.

Sie machte einen Schritt in Richtung Krokodil, Angel wieder durch ihr Schwert ersetzt, um damit den ungeschützten Bauch des Krokodils …

Aber der Mutant war zu schnell. Wieder langte er zu, seine Zähne schlossen sich um die Rüstung an ihrer Taille.

Chloe fühlte, wie die Zähne in das Leder eindrangen, der Druck des sich schließenden Kiefers nahm ihr den Atem. Weiße Flecken blühten in ihrem Sichtfeld auf, als der fischige Gestank des Krokodilatems ihre Nase füllte.

Chloe schrie auf und kämpfte darum, ihr Schwert zu erheben. In einem verzweifelten Geistesblitz murmelte sie den Spruch und führte die Bewegungen mit einer Hand aus. Als kleine Blitze in ihrer Hand auftauchten, schlug sie sanft auf die Klinge ihres Schwertes und konzentrierte ihre Willenskraft darauf, die Blitze in sie hereinfließen zu lassen.

Das Schwert explodierte in einem Funkenregen, die Elektrizität nun in der Länge der Klinge enthalten. Chloes lächelte düster im glühenden, blauen Licht, als sich die Augen des Krokodils weiteten, sein Griff etwas von seinem Druck verloren und das Schwert seinen Weg in den Rücken des Biests fand.

Der Körper des Tieres wurde steif, als er mit Strom pulsierte. Chloe drückte ihre Augen zu, vorbereitet auf den Schmerz, der den Rest ihrer Gesundheit nehmen würde. Zu ihrer Überraschung blieb die Spannung jedoch größtenteils innerhalb der Klinge.

Chloe wurde freigelassen und ihr Körper kollabierte im Dreck. Sie landete auf ihrem verletzten Bein, sackte in sich zusammen und lag im nassen Schlamm, während sie den gurgelnden Sterbegeräuschen des Krokodils lauschte.

Chloe blieb eine Weile, wo sie war. Sie wollte den Körper der Krokodile nach Belohnungen durchsuchen, war aber nicht bereit, sich zu bewegen, bis sich ihre Ausdauer etwas erholt hatte. Sie beobachtete den Nachthimmel, als Sterne über sie hinweg zogen und Meteore ihn durchkreuzten. Schließlich rief sie ihre Benachrichtigungen auf und lächelte, als sie die aktuellen sah.

Neuer Zauber erworben: Volt-Schock (Stufe 1)

Was sagte schon Freddie Mercury? »Thunderbolts and lightning, very, very frightening!« Du kannst jetzt die Kraft der Elektrizität beschwören, um deinen Feinden Schaden zuzufügen. Finde kreative, einzigartige Wege, diese Fähigkeit zu nutzen, während du dich entwickelst und verbesserst.

Anforderungen: n × 30 Magiepunkte (wobei n gleich der Anzahl der Sekunden ist, die benötigt werden, um den Zauber zu wirken)

Monster besiegt: Moorkrokodil (Stufe 6)

+150 Erfahrungspunkte

Monster besiegt: Moorkrokodil (Stufe 7)

+150 Erfahrungspunkte

Das Talent wurde erhöht: Kampf mit zwei Waffen (Stufe 2)

Viele erkennen nicht die Vielfalt der Kampfstile, die der Kampf mit zwei Waffen zu bieten hat. Einige stolpern zufällig darüber. Wie du. Du scheinst mehr Glück als Verstand zu haben, was? Jetzt kannst du Magie und physischen Kampf kombinieren. Tick tack!

Boni: +2 Geschicklichkeit

Du hast ein neues (einzigartiges) Talent freigeschaltet: Experimentierfreudigkeit (Stufe 1)

Die Wege des Herrn sind unergründlich. Oder, in diesem Fall: Die Wege deines Gehirns. In der Hitze des Gefechts entscheidest du dich für Wege, die vorher wenig ... na ja, wenn man es genau betrachtet, einfach gar nicht bereist wurden. Wenn du weiter an diesem Talent arbeitest, werden deine Experimente immer erfolgreicher und mit jeder erreichten Stufe weniger wahrscheinlich, nach hinten loszugehen.

Boni: +1 Intelligenz, +1 Geschicklichkeit, +1 Ausdauer, +1 Ätherisches Potenzial

Monster besiegt: Mutiertes Moorkrokodil (Stufe 9)

+500 Erfahrungspunkte

Stufe erhöht! Du bist jetzt Stufe 9.

Glückwunsch! Durch Feuer und Wasser, Erde und Luft hast du genug Erfahrung gesammelt, um die nächste Stufe zu erlangen.

+4 Attributpunkte (Attributpunkte müssen innerhalb von 24 Stunden im Spiel vergeben werden. Wenn sie nach 24 Stunden nicht vergeben wurden, werden die verbleibenden Punkte zufällig vergeben.)

Chloe fühlte, wie sich ihr Körper hob und ein paar Zentimeter über dem Boden schwebte. Wärme und Licht durchfluteten sie, als die Schmerzen in ihrem Bein und ihrem Oberkörper fast sofort nachließen.

Sie lächelte selbstzufrieden, beobachtete die Sterne und lauschte den Geräuschen der Waldgeschöpfe einen kleinen Moment länger.

Kapitel 21

Obwohl ihr Kampf gegen den klebrigen Schlamm des Moores endlos erschien, konnte Chloe nicht aufhören, von einem Ohr zum anderen zu grinsen.

Mit ihrer Stufe 4 Nachtsicht konnte sie viel flüssiger navigieren, als sie es sich hätte vorstellen können. Selbst in der Dunkelheit konnte sie durch die Bäume vor ihr hindurchsehen und nach Gefahren Ausschau halten. Das Licht schwebte voraus, nachdem es unschuldigerweise kurz nach dem Kampf mit den Krokodilen erneut aufgetaucht war.

Chloe hatte das Licht scharf zurechtgewiesen, aber sie war sich nicht sicher, ob die schwebende Kugel ihre Worte verstanden hatte. Sie hatte die Krokodile geplündert und 2x Krokodilkrallen, 2x Krokodilfleisch und 1x mutiertes Krokodilfleisch erhalten. Der letzte Gegenstand war mit der Warnung versehen, dass der Konsum auf eigene Gefahr erfolgte.

Chloe entschied sich, das Fleisch trotzdem in die Tasche zu stecken und überprüfte ihre verfügbaren Slots. Sie war angenehm überrascht zu sehen, dass die Gegenstände, die sie mehrfach besaß, automatisch an einem Ort gestapelt wurden.

Ledertasche
Verbleibende Slots: 10/16
Verfügbare Gegenstände

2 × Krokodilkrallen
1 × Angel
2 × Krokodilfleisch
1 × Mutiertes Krokodilfleisch
1 × Rostiger Dolch
1 × Winziger Stock

Sie hatte dann das Inventar geschlossen und ihr Charakterblatt betrachtet, beeindruckt von ihrer eigenen Sammlung an Talenten und von den zusätzlichen Punkten, die mit ihrer neuen Stufe 9 einhergingen. Sie erinnerte sich daran, dass ihre Attribute bis Stufe 5 gesperrt gewesen waren und fragte sich, ob es ab Stufe 10 eine Art Upgrade geben könnte, das ihr das Leben erleichtern würde. KieraFreya bot, wenig überraschend, keine zusätzliche Hilfe in dieser Angelegenheit.

Biografie
Charaktername: Chloe
Stufe: 9
Klasse: Keine
Rasse: Mensch

Statistiken
Trefferpunkte: 250/250
Magiepunkte: 180/180
Ausdauerpunkte: 330/330
Aktive Effekte: Keine

Attribute
Stärke: 22 (+16)
Intelligenz: 6 (+13)
Geschicklichkeit: 20 (+15)

Ausdauer: 25 (+16)
Ätherisches Potenzial: 9 (+14)

Talente
Sprachen: menschlich
Akrobatik: Stufe 3
Bewaffneter Kampf: Stufe 1
Kochen: Stufe 1
Handwerk: Stufe 1
Kreaturenidentifikation: Stufe 4
Nachtsicht: Stufe 4
Kampf mit zwei Waffen: Stufe 2
Experimentierfreudigkeit: Stufe 1
Fischen: Stufe 1
Kräuteridentifikation: Stufe 1
Schleichen: Stufe 3
Schwimmen: Stufe 1
Verwegenheit: Stufe 3
Verfügbare Punkte: 4

Ihre Optionen abwägend warf Chloe zwei ihrer verfügbaren Punkte in die Intelligenz und fügte die restlichen zwei ihrem Ätherischen Potenzial hinzu. Sie wollte sich nicht groß Zeit lassen, um über die Entscheidung nachzudenken, aus Angst, sie könnte sich wieder im Spiel verlieren und ihr Charakterblatt vergessen. Es würde noch eine Weile dauern, bis sie das Ungleichgewicht ausgeglichen hatte, das die dummen Entscheidungen der automatischen Zuweisung angerichtet hatten, aber zumindest machte sie *einige* Fortschritte beim Ausgleich ihrer Attribute.

Dennoch, mit einer Stärke von 38 und Ausdauer von 41 vermutete Chloe, sie könnte wohl schlimmere Probleme haben. Wenigstens war sie nicht mehr derselbe Schwächling, der es geschafft hatte, sich von niedrigstufigen Goblins töten zu lassen.

Als die Nacht voranschritt und sich der Himmel aufzuhellen begann, veränderte sich der Boden von feuchtem, matschigem Moorland zu festerer Erde. Nach einer Weile bemerkte Chloe, dass der Boden anfing, sich zu neigen und als sie zurückblickte, erkannte sie, dass die Steigung immer weiter zunahm.

Das Licht zeigte stumm den Weg. Sogar KieraFreya blieb auf ihrer Reise uncharakteristisch still. Nach einem weiteren Waldabschnitt begann Chloe, sich benommen zu fühlen. Ihre Waden brannten langsam durch das ständige Klettern. Um sie herum erschienen Felsen und Felsbrocken, die das dichte Grün unterbrachen.

»Sind wir … bald … mal da?«, keuchte Chloe und wischte den Schweiß von ihrer Stirn. Sie konnte die Feuchtigkeit unter ihrer Rüstung spüren und bemitleidete KieraFreya ein wenig. Die Göttin konnte keinen Schmerz empfinden, aber den Schweiß spüren und riechen, der Chloes Körper bedeckte?

Schließlich wichen die Bäume einer kleinen Lichtung mit einem Felsvorsprung, der wie ein großes Regalbrett aus dem Hang ragte. Chloe kletterte weiter nach oben und setzte sich an den Rand des Felsens, von wo aus sie ihren Blick über den riesigen Wald schweifen lassen konnte und überprüfen, wie weit sie gekommen war. Eine sanfte Schicht Morgennebel hing über dem Blätterdach und ließ den Wald im rosa und orangefarbenen Sonnenaufgang in tausend magischen Scherben erleuchten.

Vögel flogen tief über die Bäume und verschwanden gelegentlich in den Blättern. Chloe hörte dem Krächzen und

Schreien der Morgentiere zu und fühlte sich fast benommen von der Aussicht.

So war es zu Hause sicherlich nie gewesen. Ihr ganzes Leben lang war Chloe eine Städterin gewesen, geboren und aufgewachsen mit dem Gewicht des Erbes ihrer Eltern auf den Schultern. Sie hatte in mehreren Häusern gelebt, war von Luxuswohnung zu Luxuswohnung gezogen und hatte immer gedacht, dass sie das Leben in der Stadt liebte. Die geschäftigen Straßen, die Neonschilder, das Nachtleben, Menschen von Wolkenkratzern und mehrstöckigen Restaurants beobachten zu können.

Aber jetzt …

Jetzt atmete Chloe tief durch die Nase. Der Sauerstoff füllte ihre Lungen und gab ihr Energie, von der sie nicht sicher war, ob sie sie jemals zuvor gefühlt hatte. All das vor ihr – es war *lebendig*. Es war magisch. Es gehörte alles der Natur. Wenn sie eine Momentaufnahme in ihrem Kopf davon speichern könnte, was Glück war, musste es das hier sein.

Nach einem kurzen Happen gekochtem Krokodilfleischs (mit freundlicher Hilfe ihres Lila Feuer-Zaubers) pulte Chloe die Essensreste aus ihren Zähnen und folgte dem Licht weiter die Felswand hoch.

Sie entdeckte mehrere Felsvorsprünge, ähnlich dem, auf dem sie gerastet und die Aussicht genossen hatte. Die Reise schien nun immer gefährlicher zu werden, je größer das Gefälle wurde. Ein paar Mal, als das Licht gemütlich nach oben schwebte, war Chloe gezwungen, mit Händen und Füßen zu klettern. Felsen lösten sich, als sie um ihren Halt kämpfte und bevor sie sich versah, begann das Weiterklettern wie eine unglaublich gefährliche Option zu erscheinen.

Auch wurde die Luft hier oben immer dünner. Chloe blinzelte hoch zur Lichtkugel, die inzwischen immer schwieriger zu sehen war. Als sie aufblickte, sah sie, wie sich der orange-rosa Himmel in Blau zu verwandeln begann.

»Wo zum Teufel bringt er uns hin?«, murmelte sie zu KieraFreya, als sie sich über einen besonders unsicheren Felsvorsprung schob und einen sicheren Platz zum Stehen fand.

KieraFreya ließ sich Zeit mit ihrer Antwort. »Warum nimmst du an, dass es ein ›er‹ ist?«

»Oh, nein. Nicht das schon wieder.«

»Ich sage nur, es zeigt deinen inhärenten Sexismus, wenn du nicht-geschlechtsspezifischen Entitäten ein Geschlecht zuweist.«

»Macht der Gewohnheit, okay?«, antwortete Chloe. »Wo ich herkomme, sprechen die Leute seit Jahren so. Autos und Boote sind ›sie‹, Wegweiser und Kellner sind im Allgemeinen ›er‹, sofern nicht anders spezifiziert. So ist es nun mal.«

»Was ist ein Auto?«

»Das spielt keine Rolle.«

KieraFreya schnaufte. »Nun, ich schätze, das zeigt nur, wie primitiv deine Heimat ist. Wir hier in Obsidian sind ziemlich progressiv.«

Chloe hielt inne und starrte ihre Armschienen ungläubig an. »Progressiv? Die Leute hier wischen sich den Arsch mit Blättern ab. Ich trage eine Lederrüstung. Die gesamte patriarchalische Struktur des Stammes der Oakston ist ein lächerliches allegorisches Schauspiel von dem, was *meine* Zivilisation seit Jahrhunderten versucht auszurotten, um Männern und Frauen gleiche Rechte zu gewähren.«

KieraFreya dachte für eine Weile nach. »Du weißt, dass es völlig undurchdacht ist, den *Stamm* der Oakston als repräsentativ für die gesamte Kultur Obsidians zu sehen? Ich bin sicher, es gibt Dutzende von Zivilisationen in deinem

Land, die so leben, wie die von Oakston es tut. Und ›Gleichberechtigung‹? Pah! Ich verweise dich zurück auf meinen ursprünglichen Punkt.«

Chloe dachte einen Moment darüber nach und knurrte schließlich. Sie hasste es, Unrecht zu haben und gegenüber eines verzauberten Stückes Rüstung umso mehr. Sie kletterte weiter und war froh zu sehen, dass ihre Ausdauer nach der kleinen Pause wieder einige Punkte zurückerlangt hatte.

»Es gibt hier also wirklich noch andere Städte?«, fragte Chloe und keuchte, als ein Steinvorsprung in ihrer Hand zerbröckelte und wegfiel. Sie griff nach einem anderen.

»Natürlich. Wenn du denkst, dass Oakston der Inbegriff des Lebens in Obsidian ist, hast du noch keine der großen Städte gefunden. Nauriel, Hammersworth, Killink View – dieses Land ist bis zum Rande gefüllt mit Zivilisation und Kultur. Nur weil du dich am Arsch der Welt befindest, bedeutet das nicht, dass das alles ist, was es gibt. Du solltest deine Weltanschauung erweitern, Süße. Du hast kaum an der Oberfläche gekratzt.«

Chloe stellte es sich vor – fantastische Städte wie die, die sie in Filmen gesehen hatte. Große Metropolen mit unzählig verschiedenen Kulturen und Kreaturen. Sie erinnerte sich daran, wie Blake früher Stunden um Stunden in den Städten von *Reliktjäger* verbracht hatte, nach Quests suchte, Kisten plünderte, Taschendieb spielte und seine Vorräte auffüllte. Es schien, als wären Städte die Orte, an denen man sein sollte, um schnell seine Stufe aufzubessern.

Chloe zog sich auf einen steilen Vorsprung und rollte dann auf ihren Rücken, um ihren Atem zu beruhigen. »Und wie findet man eine dieser Städte? Alles, was ich bisher gesehen habe, sind Bäume und Felsen. Oh und eine Höhle. Die Höhle darf man natürlich nicht vergessen.«

Als KieraFreya nicht reagierte, setzte sich Chloe auf und konnte kaum glauben, wie weit sie geklettert waren. Sie blickte auf ihre Arme und sagte: »Hey? Bist du noch da?«

Ihr Handgelenk hob sich von selbst, drehte ihren Körper und zeigte auf den Punkt, an dem die Lichtkugel vor einem hohen Steintor schwebte. Aufwendige Schnitzereien schmückten die Vorderseite und zeigten Szenen von Menschen, Licht, Krieg und Frieden. Direkt über dem Eingang befand sich eine bescheiden geschnitzte Statue von Händen im Gebet. Ein komplexes Armband aus Stein wand sich um die Handgelenke herum.

Chloe stand auf, der Mund vor Ehrfurcht geöffnet. Ihre müden Füße schlurften über den Boden, als sie sich langsam näher heranbewegte. Das Licht schwebte an der Tür auf sie zu und hielt direkt vor ihrem Gesicht an.

»Gerade als ich begann, an dir zu zweifeln.« Chloe griff nach vorne und versuchte, die Kugel zu tätscheln, aber ihre Hand glitt direkt durch sie hindurch. »Hoppla, Entschuldigung.«

Sie ging zur Tür und legte ihre Handfläche gegen den kalten Stein. Sie drückte sanft, aber sie gab nicht nach. Ein weiterer Schub, dann ein Stoß und es dauerte nicht lange, bis Chloe mit ihrem gesamten Körpergewicht gegen die Tür drückte, ihre Schulter gegen den Felsen, dann ihr Rücken, während ihre Füße auf dem Boden rutschten.

»Wie zum Teufel soll ich da reinkommen? Du hast uns nicht den *ganzen* Weg hierhergebracht, nur damit wir an der letzten Hürde scheitern, oder?«

Als ob sie ihre Worte verstand, schwebte die Kugel zu einem kleinen Becken hinüber, das Chloe nicht einmal bemerkt hatte. Der Boden des Beckens war dunkel, als hätte eine dunkle Flüssigkeit vor langer Zeit in der Schale Flecken hinterlassen.

Chloe sah zur Kugel und hoffte nach weiteren Erklärungen. Stattdessen schwebte die Kugel in die Schale, drehte sich mehrmals im Kreis und verschwand dann völlig.

»Hä?«

Chloe rief ihre Benachrichtigungen auf und bemerkte eine, die versucht hatte, ihre Aufmerksamkeit zu erregen.

Quest freigeschaltet: Spende dich selbst, um eintreten zu dürfen

Du hast den sagenumwobenen ›Sitz der Welt‹ erreicht. Die Legende besagt, dass man, um Zugang zu erhalten, zuerst ein Stück von sich selbst als Tribut an die Götter spenden muss.

Belohnungen: 50 Erfahrungspunkte, Eintritt in den Sitz der Welt

»Der Sitz der Welt, was?«, sagte Chloe nachdenklich. »Weißt du etwas über diesen Ort?«

Sie wartete auf eine Antwort, hörte aber nichts von KieraFreya.

»Man kann immer darauf vertrauen, dass du dann still bleibst, wenn man dich braucht.« Sie seufzte.

Sie fuhr mit der Hand über die Oberfläche der Schale und entschied, dass der Fleck eindeutig schon lange Zeit dort war. Sie suchte zur Vorsicht nach einem Hebel oder einer Art Knopf und versuchte sich schließlich noch einmal an der Tür, dann gab sie sich zufrieden damit, dass das Becken tatsächlich die einzige Lösung zu sein schien.

»Nun, wir sind schließlich den ganzen Weg hierhergekommen.« Chloe griff nach ihrem Schwert und führte die Klinge über ihre Handfläche. Sie zuckte, als sich die Haut öffnete und Blut tropfte. Sie drückte ihre Faust fest zusammen und mehrere Tropfen Blut fielen in die Schale.

Chloe trat zurück, bereit für etwas Dramatisches – dass sich die Türen von selbst aufschwangen, oder vielleicht eine Stimme ertönte, um sie herbeizurufen und in ihr Haus zu führen.

Als nichts passierte, kratzte sie sich am Kopf und ging zurück zum Becken.

»Du weißt, dass es kein Blut ist, um das sie bitten, oder?«, meldete KieraFreya sich schließlich. »Die Quest besagt, dass du ein Stück von dir selbst spenden sollst.«

»Ja, und?«

»Die Götter benötigen etwas Größeres.«

Chloes Haut wurde kalt. »Du meinst nicht …«

»Mmhmm«, bestätigte KieraFreya. »Ab damit, Tittenmaus.« Sie kicherte. »Entschuldige das Wortspiel.«

Chloe starrte zurück auf die Tür und zog schließlich voller Entschlossenheit ihr Schwert. Sie brachte die Klinge an ihre Hand. *Ein einziger Finger würde mir nicht fehlen, oder? Nur ein Finger. Würde den Göttern das reichen?*

Als sie ihre Augen schloss und sich darauf vorbereitete, die Klinge herunterzudrücken, hörte sie Stein über Stein schleifen. Sie bemerkte, dass das Blut aus dem Becken verschwunden war und dunkelrote Linien flossen nun durch die Schnitzereien auf dem Eingangstor, wodurch der Ort zum Leben erwachte. Die geschnitzten Hände wurden mit einem tiefen Schleifgeräusch auseinandergezogen und Staub rieselte auf den Boden. Sie drehten sich, bis die Handflächen ausgestreckt waren und auf das Tal zeigten.

Dann, so plötzlich, wie es begonnen hatte, hörte das Schauspiel wieder auf.

Chloe starrte in die Dunkelheit der Höhle. Sie spürte ihren Herzschlag bis zum Hals.

»Du hast mich fast dazu gebracht, meinen Finger abzuschneiden«, sagte sie leise, die Lippen kaum bewegend.

»Ich wollte sehen, wie weit du gehen würdest, um meine Mission zu erfüllen. Weiter als die meisten, stellte sich heraus. Ich bin beeindruckt. Und jetzt hopp, hopp, kleine Lady. Du hast noch einige Teile einer Göttin zu finden.«

Kapitel 22

Demetri lächelte in den dunklen Raum hinein und fühlte sich gelassener als ein Buddha in einem Kurort.

Die jahrelange Arbeit als Psychologe hatte den Mann nicht unberührt gelassen. Tag für Tag diskutierte er die Probleme seiner Patienten und half ihnen, praktische Lösungen zu finden. Wenn man dann noch bedachte, welche Zeit und Arbeit Demetri investieren musste, um die weltberühmte Lagarde Familie bei ihren ungewöhnlichen privaten Terminen im Gleichgewicht zu halten, war klar, dass wenig Zeit für sein eigenes Leben übrig blieb.

Sicher, er nutzte die Einrichtungen der Lagardes – den beheizten Pool, das Spa, das Fitnessstudio. Demetri konnte sogar die meisten seiner Ausgaben über die Konten der Familie abschreiben, sodass er mit dem, was er tat, ein ansehnliches Einkommen verdiente. Aber war es das wert, wenn er keine Zeit für ein soziales Leben hatte? Für einen Partner?

Ließ sein Beruf *irgendeinen* Platz für Liebe?

Demetri verstand, dass Liebe ein abstraktes Konzept war; er war immer noch Wissenschaftler. Er war sich auch bewusst, dass Veränderungen in der Bio- und Neurochemie die grundlegenden Gefühle und Wünsche hervorriefen, die viele als ›Liebe‹ identifizierten. Das alles hielt die Schmetterlinge nicht davon ab, durch seinen Magen zu flattern. Eine Voliere voller Gefühle und Emotionen, die seit Jahren nicht mehr aufgetaucht waren, hielt ihn wach, als er sie neben sich schlafend beobachtete, Augenlider flatternd auf diesem wunderschönen Gesicht.

Demetri lächelte, schloss die Augen und erinnerte sich an die Wärme ihres Körpers auf seinem. Erinnerte sich an den Geschmack von Whiskey auf ihren Lippen durch einen beschwipsten Nebel, ausgelöst von ihrem Trinkgelage, während sie Chloes Abenteuer auf dem Bildschirm gesehen hatten.

Das war das erste Mal gewesen, dass sie zusammen ins Bett gefallen waren. Chloe hatte das kleine Dorf, dessen Name Demetri jetzt nicht einfallen wollte, durchforstet, um ihre Erfahrungen und Fähigkeiten zu erweitern. Die Dorfbewohner hatten etwas davon gesagt, dass sie gesegnet wäre, aber er konnte sich kaum erinnern, was das bedeutete. Er war damals zu sehr in Mias weiche Haut eingehüllt gewesen. Ihr Atem an seinem Hals. Ihre Beine um seine Taille.

Und so war es für jeden wachen Moment, den er in letzter Zeit finden konnte. Demetris Tag bestand aus Terminen und Sex, Sex und Terminen. Jeder freie Moment wurde damit verbracht, entweder an Mia zu denken oder bei ihr zu sein. Sie aßen zusammen, sie schliefen zusammen, sie duschten zusammen. Ein paar Mal war Mia aus ihrer kleinen Wohnung entkommen und hatte Demetri vor dem Loft der Lagardes mit seinem Lieblingsessen überrascht.

Demetri stützte seinen Kopf auf den Arm und dachte an ihre Schulzeit zurück. Sie war damals genauso hübsch gewesen, er ein noch viel größerer Nerd, seine Brille am Ende der Nase hängend. Sie hatten einen Sommer zusammen im Ferienlager verbracht und sich so angenähert, wie es Teenager tun, wenn sie vom Schulhof und vertrauten Dingen entfernt sind. Er erkannte nun, dass sich die gesamte soziale Struktur in dem Moment verändert hatte, sobald die Schüler an einen neuen Ort gebracht wurden.

Das war es, was sein Interesse an der menschlichen Psyche ausgelöst hatte, vermutete er – zu beobachten, wie die beliebten Kinder sich mit den sozial Ausgestoßenen anfreundeten, nachdem sie herausfanden, dass sie sich ein Hochbett teilten. Zu sehen, wie die hübschen Mädchen mit den Versagern sprachen, als wären sie auch nur Menschen. Wäre das Sommerlager nicht gewesen, hätte Demetri nie mit Mia gesprochen.

Das bedeutete auch, dass Mia ihm nie das Herz gebrochen hätte.

Das war es, was es für Demetri zementiert hatte. Es waren nicht so sehr die sozialen Veränderungen und die Beobachtung, wie viel Spaß man außerhalb des Schulhofes haben konnte, sondern vielmehr die Wiedereinführung der Hierarchie nach dem Ende des Sommers und die Rückkehr in die Schule.

Die Tyrannen fanden zurück zu ihren typischen Opfern. Die Streber fanden ihre Verstecke. Sommerfreundschaften waren von einem Moment auf den anderen zerbrochen und Sommerromanzen lösten sich bald auf.

Alles, was es brauchte, war ein Kommentar, ein einziger Ruf von Julia Hendricks – Mias bester Freundin zu der Zeit. Sie musste nur diese einzelne Silbe sagen, die Teenager erschaudern ließ.

»*Oooooh!*«, hatte sie gerufen, als Demetri Mia am Wasserbrunnen zugewunken hatte.

Seine Augen trafen ihre.

Ihre Augen trafen seine.

Er winkte.

Sie drehte sich um.

Nichts mehr zu retten.

Nun jedoch …

Nun beobachtete er ihren Schlaf und hörte ihrem Schnarchen zu. Hätte Mia sich nicht bei ihm wegen der Gelegenheit für Obsidian gemeldet, würde sie jetzt hier liegen?

Das bezweifelte er sehr.

Interessierte es ihn in diesem Moment?

Nicht einen Deut.

* * *

Wasser tropfte von der Decke auf den Boden, gleichmäßige Tropfen, die innerhalb der Kammer ihre eigene Musik erzeugten.

Der Ort war größer, als er hätte sein sollen, eine große Kuppel ausgehöhlten Steins mit in die Wände gehauenen Mustern und Siegeln. Eine große Anzahl Fackeln säumte den runden Raum in perfekt verteilten Abständen und loderten mit Chloes violettem Feuer, das dem Raum ein mystisches Glühen verlieh.

In der Mitte des Raumes befand sich ein großer Thron, der ebenfalls direkt aus dem Felsen gehauen war. Der Boden war mit Staub und Spinnennetzen bedeckt. Die Kammer hallte bei jedem Schritt, den Chloe machte.

Sie stand vor dem Thron, eine Augenbraue gehoben.

»Es ist ein Stuhl.«

KieraFreya murmelte ihre Zustimmung. »Ein großer Stuhl.«

»Ein großer Stuhl aus Stein.«

Chloe durchsuchte den Raum und suchte nach Hinweisen, was sie tun sollte. Der Eingang in die Halle war nichts als ein langer Tunnel mit glatten Wänden. Es gab keine anderen Ein- oder Ausgänge, die Chloe sehen konnte. Es gab einfach einen großen Stuhl und eine Fülle an Wandkunst um sie herum.

»Cool«, sagte sie leise. »Es gibt wohl nur eine Sache zu tun, nehme ich an.«

Chloe setzte ihren Fuß auf die erste Stufe.

»Warte«, sagte KieraFreya und zog Chloe an ihrem Arm zurück.

»Och«, sagte Chloe und tätschelte ihre Armschienen. »Endlich hast du ein Gewissen entwickelt. Du *sorgst dich* um mich. Wie süß. Aber du musst dir keine Sorgen machen. Was ist das Schlimmste, was passieren kann?«

Ein weiterer Schritt und KieraFreya zerrte stärker. Sie stolperte auf den Boden hinunter.

»Was *machst* du da?«

»Ich will nur, dass du vorsichtig bist«, antwortete KieraFreya. »Wenn etwas zu einfach erscheint, gibt es wahrscheinlich einen Grund dafür. Haben dir das deine Eltern nie beigebracht?«

Chloe durchsuchte ihre Datenbank voller Elternsprüchen. »Es gibt immer einen Haken?«

»Richtig.«

»Nun, ich sehe keine andere Möglichkeit und wir sind schon so weit gekommen, also …«

Ein weiterer Schritt.

Ein weiterer Ruck.

Chloe schlug sich die Hand auf die Stirn und zog sie genervt über ihr Gesicht. »Sieh mal, selbst falls wir sterben sollten …«

»Landen wir wieder in diesem Dorf, erinnerst du dich?«, sagte KieraFreya jetzt schärfer.

Chloe erstarrte.

»Dort war dein letzter Wiederbelebungspunkt, *Prinzessin*«, fuhr KieraFreya fort. »Erinnerst du dich? Wenn du hier stirbst, wirst du kilometerweit durch den Wald zurückgeschickt und musst deine Reise von Neuem beginnen. Ist es das, was du willst?«

Chloe überdachte die Worte der Göttin. Das war das *Letzte*, was sie wollte. Nun, da sie das Gefühl hatte, dass sie tatsächlich gute Fortschritte auf ihr Ziel zu machte, wollte sie definitiv nicht den ganzen Weg zurück über die Karte geschleudert werden.

»Gut. Was schlägst du vor?«

KieraFreya überdachte die Situation für einen Moment und als sie keine Ideen hatte, seufzte sie. »Sei einfach … vorsichtig.«

»Das bin ich immer.« Chloe zwinkerte. »Ich muss zugeben, ich mag diese Seite an dir.«

»Gewöhne dich nicht dran«, knurrte KieraFreya.

Als Chloe die Treppe diesmal bestieg, bewegte sie sich langsamer. Ihre Ohren waren gespitzt, ihre Augen durchsuchten den Raum nach Gefahr. Oben angekommen untersuchte sie den Thron und fand nichts als glatten Stein. Sie setzte sich und schaute zurück zum Eingang …

Und wartete.

Und wartete.

Und wartete noch ein wenig mehr.

»›Der Sitz der Welt‹, was? Wie wäre es mit ›Der Sitz der …‹«

Chloes Worte wurden unterbrochen, als ein blendendes Licht von der Decke explodierte. Es war, als hätte sich ein Schiebedach geöffnet und ließ nun das Tageslicht die Höhle durchfluten. Chloe hielt eine Hand über die Augen und tat ihr Bestes, die Quelle des Lichtes zu erkennen, konnte aber ihren Blick nicht gen Decke fokussieren, ohne dass es zu schmerzhaft wurde.

Eine raumfüllende, dröhnende Stimme begann zu sprechen.

»O Sterbliche, die den großen Weg zu den Göttern entdeckt und beschworen hat, sage uns: Hast du eine Bitte?«

Chloes Haare flogen in ihr Gesicht und ihre Ohren schmerzten von der Lautstärke der Stimme. Sie fühlte plötzlich eine große Präsenz um sich herum, als ob riesige Wesen an den Rändern ihres Blickfeldes entlangrasten. Sie spürte Wolken und konnte neugierige, plappernde Stimmen im Hintergrund hören, aber vor allem war es die schiere *Kraft*, die sie überwältigte. Für einige flüchtige Sekunden hatte sie das Gefühl, dass sie nichts anderes als ein kleines Insekt in einem Land der Dinosaurier war.

»Verzeiht mir, Ihr o Großartigen?«, sagte Chloe schüchtern. »Ich fürchte, ich verstehe nicht, was Ihr von mir verlangt? Ich bin nur eine Reisende, die Abenteuer in diesem Reich sucht.«

»Du willst sagen, dass du unvorbereitet auf dein Vermächtnis gekommen bist? Sterbliche, die Götter werden weder wegen deiner Unentschlossenheit verharren, noch erscheinen wir nach Belieben. Als Strafe für deine Frechheit werden wir unser Angebot zurückziehen und dich mit einer Warnung versehen, als Zeitverschwendung und Ärgernis für die …«

»Oh, jetzt sei schon still, du Erbsenhirn!«, rief KieraFreya mit einer Wut in ihrer Stimme, die Chloe noch nie zuvor gehört hatte. »Du denkst, du bist *sooooo* hoch und mächtig da oben auf deinem güldenen Thron!«

Es gab einen Moment der Stille, in dem Chloe nichts vernahm, außer den Wesen, die außerhalb des Lichts entlang schossen.

Die Stimme kehrte zurück, diesmal weicher. *»KieraFreya? Bist du das?«*

»Leibhaftig … jedenfalls so ungefähr … du Hurensohn! Warum gibst du dieser ›*Sterblichen*‹ nicht eine Minute Zeit, um eine verdammte Frage zu stellen? Solltet ihr Götter nicht allliebend und freundlich sein? Oh, Moment, ich vergaß. Das gilt nur für alle außerhalb deiner Familie, oder?«

Chloe starrte ungläubig auf ihre Armschienen. *Hatte sie das wirklich gerade zu einem Gott gesagt?* Sie hoffte, dass es nicht so eine große Sache war, da KieraFreya selbst eine Göttin war. Dennoch waren ihre Worte erschreckend giftig.

»*KieraFreya, ich habe so lange darauf gewartet, von dir zu hören …*«

»Spar dir das, o Scharmbärtiger. Ich will es nicht hören. Erfülle dieser Vollidiotin ihre Bitte und lass uns weiterziehen. Ich will die Leitung nicht länger als nötig besetzen.«

Eine weitere Pause, diese schwerer und viel länger. Schließlich sagte die Stimme: »*Wie du willst.*«

Chloe drehte Daumen und wartete auf eine Art Anweisung. Als nichts kam, sagte sie: »Oh. Äh, okay. Ich brauche etwas Hilfe bei der Erfüllung einer Quest und … nun, ich habe keine …«

»*So soll es sein.*«

Chloe atmete tief ein und ihre Welt wurde schwarz. Eine Sekunde später blickte sie aus der Vogelperspektive auf die Landschaft, schwebte durch Wolken, tauchte über Berge, fegte über die Ozeane. Die Bilder erschienen in kurzen Blitzen.

Eine blühende Stadt mit Menschen. Ein Turm aus grauem Marmor, der bis in den Himmel ragte. Ein weit offener Ozean mit großen Eis- und Schneeblöcken. Lava, die aus einem Vulkan in eine ascheschwarze Landschaft floss. Ein Feld Wildblumen, die einen Brunnen hinunterwuchsen zu den Höhlen tief in der Erde, die Wände schimmerten wie tausend Sterne …

Bild für Bild griff sie fast körperlich an. Das Licht umrahmte ihr Sichtfeld. Sie spürte die Anwesenheit von

KieraFreya an ihrem Handgelenk. Sie fühlte, wie die Armschienen vibrierten, als die nächste Flut von Bildern kam.

Ein Brustpanzer, der vor Smaragden und Gold glänzte. Metallene Handschuhe, die sich drehend in einem Funkenregen schwebten. Ein Armschutz. Beinschienen. Die Liste ging weiter und weiter, einzelne Komponenten der Rüstung im gleichen kunstvollen Stil wie der, der Chloes Handgelenke verzierte. Schneebedeckte Berge, Höhlen und Vulkane bildeten den Hintergrund.

Die Vision drehte sich. Jetzt konnte Chloe sie alle sehen – die Monster von Obsidian. Sekundenaufnahmen von riesigen Trollen, Drachen, großen Biestern mit vielen Armen und Beinen, Tentakeln, Feuerwesen, Krypten, Dolchen, Sprengfallen und mehr.

So plötzlich, wie die Visionen kamen, verschwand das Licht wieder. Chloe fiel zurück auf den großen Thron, ihre Ohren klingelten. Die Stille des Raumes stand im krassen Gegensatz zu dem, was sie gerade erlebt hatte.

Chloe zog eine Armschiene hoch zu ihrem Gesicht und keuchte leicht. »Ein Freund von dir?«

»Ich will nicht darüber reden«, krächzte KieraFreya zurück.

Chloe hatte das Gefühl, dass jetzt ein guter Zeitpunkt sein könnte, um sich mit dem Piesacken zurückzuhalten und KieraFreyas Wünsche zu respektieren. Chloe öffnete ihre Benachrichtigungen und sah etwas, die ihre Augenbrauen hochschießen ließ.

»Huch?«

Karte aktualisiert: Zum Öffnen anklicken

Chloe öffnete die Karte. Sie hatte erwartet, dass wie zuvor das Dorf Oakston in all seiner Pracht erscheinen würde, entdeckte aber stattdessen, dass sie auf eine große Fläche von Land starrte, das hauptsächlich in Schwarz gehalten war. Dünne Golddetails definierten verschiedene Regionen und Länder und im unteren Westquadranten befand sich ein winziger Bereich, der zur genaueren Ansicht zur Verfügung stand.

Chloe konzentrierte sich auf dieses Gebiet und die Karte zoomte hinein und enthüllte das Dorf Oakston. Sie konzentrierte sich erneut und die Karte wurde verkleinert.

Chloe strahlte. »*Nice!* Das ist die gesamte Karte von Obsidian von einer Seite zur nächsten.«

Sie inspizierte die Karte gründlich und konnte nur die grundlegendsten Informationen einsehen. Sie konnte kleine, pyramidenartige Zeichnungen sehen, die die Gebirgszüge repräsentierten. Es gab dünne Linien, die aussahen, als wären sie Flüsse oder Straßen. Auf die Karte verteilt waren kleine Symbole von Händen im Gebet.

Chloe zoomte auf ein solches Symbol zu und sah die Worte QUEST: EINE GEFALLENE GÖTTIN in winzigen Buchstaben darüber geschrieben.

Chloe hielt eine Hand vor ihren Mund, als ihr endlich eine Erkenntnis dämmerte. Obwohl sie ihre Anfrage an den Gott gar nicht hatte zu Ende aussprechen können, hatte er ihr genau das geliefert, nach dem sie gesucht hatte.

»Du weißt, was das bedeutet, oder?«, fragte sie und klatschte aufgeregt in die Hände.

Sogar KieraFreya schien zufrieden zu sein. »Wir haben einen Ausgangspunkt.«

Dann erst begannen die Erde und die Felsen um sie herum zu bröckeln.

Kapitel 23

Oh, warum können wir nicht wenigstens *eine* Reise machen, ohne in Lebensgefahr zu geraten?«, jammerte Chloe und suchte überall nach einem Fluchtweg. Der Tunnel, der sie in die Höhle geführt hatte, war schon eingestürzt.

»Da!« KieraFreya zeigte auf eine dunkle Stelle, wo sich in der Wand einige Felsen gelöst hatten.

Chloe sprintete auf das Loch zu, die Hände zum Schutz über ihrem Kopf. Sie spuckte Staub aus, die Partikel stachen in ihren Augen. KieraFreya schrie über ihr auf.

Chloe trat zur Seite, als ein riesiger Felsbrocken herabstürzte und sie fast zerquetschte. Sie blieb nicht stehen, sprintete weiter, duckte sich und rutschte schließlich über den Boden, perfekt in die kleine Höhle, gerade als der Eingang blockiert wurde. Sie wurde in völliger Dunkelheit zurückgelassen.

In der Halle konnte Chloe weiter Felsen einstürzen hören. Sie warteten eine Weile in der Dunkelheit, bevor der letzte Stein gefallen war und alles stillstand.

»Großartiger Plan, Genie«, ätzte KieraFreya. »Und jetzt?«

Chloe konzentrierte sich auf ihre Nachtsicht, konnte aber kaum etwas anderes erkennen als einen winzigen Tunnel hinter ihnen. Er war so klein, dass man auf dem Bauch kriechen musste, um eine Chance zu haben, hindurchzupassen.

Chloe testete den Felsen, der den Eingang blockierte, aber er rührte sich nicht.

»Ich schätze, wir gehen hier lang.«

KieraFreya protestierte, aber Chloe ignorierte sie und schaffte es, sich auf den Bauch zu legen. Sie begann, im Regenwurm-Stil über den Boden zu kriechen.

Der Tunnel dehnte sich gefühlt meilenweit aus. Irgendwann gelang es Chloe, KieraFreyas Schimpfen auszublenden und sich auf ihren schmerzhaft langsamen Fortschritt zu konzentrieren. Ihre Ausdauerpunkte begannen zu sinken, als sie kroch, aber sie war sich sicher, der Tunnel würde *irgendwo* hinführen. Warum sollte er sonst existieren?

Die Zeit dehnte sich wie Kaugummi. Die Dunkelheit umhüllte sie. Chloe kam die Idee in den Kopf, mit ihrem Lila Feuer-Zauber Licht zu machen, aber mit den Armen an den Seiten waren die dazugehörigen Bewegungen unmöglich. Sie war sich nicht sicher, was passieren würde, sollte man einen Zauber falsch ausführen. Aber sie wollte es sicher nicht herausfinden, während sie durch einen winzigen Tunnel kroch.

An einem Punkt auf dem Weg, kurz nachdem KieraFreyas Tiraden endlich zu ermüden schienen, traf Chloe auf eine Weggabelung. Sie hielt inne, schloss die Augen und atmete tief durch. Ein sanfter Luftstrom kam von irgendwo her und als sie ihr Gesicht auf die Gabelung richtete, fühlte sie, wie er ihre rechte Wange küsste.

Auf nach rechts also!

Als sie sich in den neuen Tunnel begab, sah Chloe eine Benachrichtigung aufblinken. Sie öffnete ihr Menü und sah eine Nachricht von Gideon.

Hey, Chloe! Wie geht es voran? Ich wette, du bist irgendwo da draußen und gewinnst einen Kampf nach dem anderen!

Ich und die Jungs haben die krasseste Höhle gefunden. Wir haben mindestens eine kleine Armee an Skeletten zerstört und massiv Punkte verdient. Im Moment machen wir eine kurze Pause in der Hauptkammer. Ich sitze auf dem Skelett-Oberherrn! Lol.

Wie auch immer, ich dachte, ich frag mal nach dir. Ich vermisse es, dich bei uns zu haben.

Mach dein Ding.

Gid

Chloe wurde warm ums Herz. Sie klickte auf ›Antwort‹, starrte für ein paar Minuten auf die Anzeige und fragte sich, wie zur Hölle man in diesem Spiel tippen sollte. Sie dachte an eine Tastatur, aber es erschien keine. Dann bekam sie eine weitere Nachricht von Gideon.

Oh! Falls du dich das fragst, man tippt einfach, indem man spricht. Es gibt keine Anleitung dazu. Könnte ein Fehler sein, der später noch ausgebügelt wird.

Chloe rollte die Augen und machte eine mentale Notiz, das Mia gegenüber zu erwähnen, wenn sie das nächste Mal die Chance hatte.

Hey, Gid! Schön, von dir zu hören. Diese Nachrichtenfunktion ist ziemlich klasse. Ich kann nicht glauben, dass ich die nicht schon früher entdeckt habe. Nicht, dass ich irgendwelche Freunde hinzuzufügen hatte. LOL!

Ich kann nicht glauben, dass du bereits ganze Armeen vernichtest. Du solltest das Zauberbuch nach Besitz- oder Auferstehungszaubern durchsuchen und die Skelette für dich kämpfen lassen. Das wäre MEGA!

Meine Reise läuft gut. Du weißt schon, Schreine finden, mit einem Gott sprechen, bla bla, jetzt im kleinsten, dunkelsten Tunnel der Welt auf dem Boden kriechen.

Ein Tag wie jeder andere, was?

Schreib mir, wenn du aus dem Verlies raus bist und halte mich über deine Fortschritte auf dem Laufenden. Wenn wir jemals in der Nähe voneinander landen und du es mir nicht sagst und ich das herausfinde, bring ich dich um.

(Im wirklichen Leben, nicht im Spiel. Ich weiß, wo du wohnst.)

(Oder doch nicht?)

Chloe

Chloe blinzelte den Nachrichtenbildschirm weg und nahm eine Verschnaufpause, sodass ihre Ausdauer sich etwas regenerieren konnte. Sie schloss die Augen und ließ sich schlafen, wachte kurz darauf auf und freute sich zu sehen, dass ihre Ausdauer wieder auf rund 80% gestiegen war.

Mit einem tiefen Seufzer kroch Chloe weiter.

Es fühlte sich an, als würde der Tunnel nie enden. Bei jedem Schlurfen über den harten Boden fühlte sie sich, als würde sie in den Bauch des Berges gezwungen. Ihre Muskeln schmerzten und ihre Haut wurde langsam wund. Aber schließlich, als sie sich wie der große Furz eines vergessenen Tieres fühlte, rutschte sie aus dem Tunnel heraus und landete auf kaltem Steinboden.

Chloe stöhnte. »Sie sollten wirklich daran arbeiten, die Felsen in diesem Spiel viel weicher zu machen, wenn sie schon *echte* Spieler haben wollen, die *alles* fühlen.«

»Weicher Stein.« KieraFreya kicherte. »Der war gut.«

Chloe stand auf, streckte sich gähnend und staubte sich ab. Es fühlte sich unglaublich an, wieder zu stehen. Mehrere Knochen knackten und sprangen an ihren Platz, als sie sich aufrichtete.

»Jetzt müssen wir nur noch herausfinden, wo zur Hölle wir sind.«

»Wo ist diese ›Hölle‹, von der du ständig redest?«, fragte KieraFreya. »Ich nehme an, es ist etwas Schlimmes?«

Chloe schüttelte den Kopf. Sie hatte vergessen, dass Idiome und Orte aus ihrer eigenen Welt in Obsidian nicht unbedingt Sinn ergaben. Sie aktivierte Lila Feuer und hielt den Zauber in der Hand, als sie die Höhle erleuchtete und zu laufen begann.

»Es ist ein schlechter Ort. Im Grunde glauben manche meiner Leute, dass man, wenn man stirbt, einen von zwei Wegen gehen kann, je nachdem, ob man ein gutes oder ein schlechtes Leben geführt hat. Wenn du gut warst, landest du bei Gott im Himmel. Wenn du böse warst, verbringst du dein Leben mit dem Teufel in der Hölle.«

»Nur zwei Götter? Das Leben muss für dich *super* einfach sein.«

»So ungefähr«, antwortete Chloe und grummelte, als sie sah, wie schnell ihre Magiepunkte verschwanden, während sie den Zauber beibehielt. »Es steckt viel mehr dahinter.«

»Sprich weiter.«

Chloe merkte sich, wohin sie gerade ging, löschte ihren violetten Feuerball aus und entschied, sich größtenteils auf ihre Nachtsicht zu verlassen, während sie die Umgebung erkundete.

Sie erklärte KieraFreya, dass es in ihrer Welt mehr als ein Glaubenssystem gab. Sie sprach über Christentum und Buddhismus, Judentum und Islam. Chloe sprach vor allem über ihre eigenen Erfahrungen mit katholischen Freunden und darüber, wie viele in ihrer Welt sich entschieden hatten, ihre eigene Moralvorstellung auf der Grundlage von Reue zu definieren. Dass es einige gab, die böse Leben mit moralischen Absichten führten und andere, die ohne Moralregeln lebten, aber eigentlich irgendwie gut waren.

Auf die Frage, wie viele Götter es in allen Glaubenssystemen gab, zuckte Chloe mit den Achseln.

»Dutzende. Hunderte. Ich weiß nicht.«

KieraFreya lachte düster. »Deine Welt klingt dumm.«

»Nun, wie viele Götter gibt es hier?«

»Denkst du, ich habe nichts Besseres zu tun, als die Götter zu zählen? Es gibt viele von uns, aber wir unterscheiden uns in unseren Stärken. Wir haben Götter des Friedens, der Liebe, der Musik, des Krieges, der Vergeltung – um meine Wenigkeit zu erwähnen – und so weiter. Dann gibt es diejenigen, die den dunkleren Zwecken dienen. Tod, Geister, Unfug, Krankheit und so weiter. Unsere dunklen Götter dienen im Reich der Finsternis und die ersteren leben im Reich des Lichts.«

»Klingt faszinierend«, kommentierte Chloe zerstreut und entdeckte Lichtkegel vor sich. Sie lief weiter und achtete darauf, nicht zu schnell über den feuchten Boden zu rennen, um nicht auszurutschen.

»Immer schön, mich mit dir zu unterhalten«, meckerte KieraFreya.

»Es tut mir leid, aber schau …«

Sie befanden sich in einer riesigen Höhle, deren Wände so weit auseinander lagen, dass Chloe sie nicht sehen konnte. Die Decke war hoch, nur zu erkennen, wenn man das Auge auf einen der vielen verstreuten Sonnenstrahlen richtete, die sich bis zum Boden erstreckten, Staubmassen beleuchteten und sie tanzen ließ, als wären sie Glühwürmchen.

Chloe rannte ein Stück und hielt unter einem dicken Lichtstrahl inne. Sie fühlte die Wärme auf ihrer Haut und erkannte erst jetzt, wie tief in ihren Knochen die Kälte und Feuchtigkeit steckte.

»Was ist das hier für ein Ort?«

Chloe öffnete ihre Karte. Sie fand ihren winzigen Avatar auf der Karte ein wenig entfernt von der Stelle, an der ihr letzter Reisepunkt markiert war. Sie überlegte für einen Moment zurückzureisen, bevor sie den Kopf schüttelte und realisierte, dass es keine echte Möglichkeit dafür gab, jetzt da der Saal eingestürzt war. Was, wenn sie dorthin ging und feststellte, dass sie für immer in diesem Raum gefangen war?

Zu ihrem Entsetzen, obwohl es sich angefühlt hatte, als ob sie für eine Ewigkeit durch diesen Tunnel gekrochen war, war der Sitz der Götter nicht allzu weit entfernt. Sie hatte sich kaum bewegt und natürlich zeigte die Karte keine Tiefe, sodass sie keine Ahnung hatte, wie weit sie unter dem Berg war.

Nun, abgesehen vom Sonnenlicht da oben. Aber selbst dadurch konnte sie nicht sicher sein.

Chloe schaute sich in der Höhle um und wollte nicht die geringe Wärme zurücklassen, die sie hier gefunden hatte. Sie sah die nächste Lichtsäule etwa 20 Meter entfernt und joggte hinüber, hielt dort inne, um nach etwas anderem zu suchen als den Stalaktiten und Stalagmiten, die sich zueinander dehnten und streckten, um sich gegenseitig zu erreichen.

Ein paar weitere Hüpfer zum nächsten Lichtstrahl. Nichts.

Nach einigen Minuten dieses seltsamen Hüpfspiels blieb Chloe stehen und spitzte die Ohren. Sie vernahm ein Rumpeln irgendwo tief in der Höhle.

Sie ging auf den Klang zu, angetrieben von ihrer unersättlichen Neugierde.

»Oh, sicher«, meldete sich KieraFreya. »Geh direkt auf die seltsamen Geräusche *zu*, die du in der Mitte eines Berges findest. Warum solltest du in die andere Richtung gehen, wenn sich eine mögliche Gefahr ergibt?«

»Halt die Klappe«, zischte Chloe und ignorierte die Worte der Göttin. Sie wollte mehr erfahren.

Schließlich erreichte sie die Höhlenwand und fand einen Durchgang, der von Spinnweben gesäumt war, die jahrelang scheinbar ungestört gewesen waren. Mit ihrem Schwert schlug sie leise auf die Spinnennetze ein und versuchte, nicht vor Abscheu zu stöhnen, als sich die klebrigen Fäden um ihre Klinge wickelten. Ein paar Mal musste sie mit den Händen einige verirrte Fäden von sich schieben, die hartnäckig versuchten, ihren Weg in ihr Haar zu finden.

»Igitt …«, flüsterte sie. Das Rumpeln war jetzt lauter und ein Teil der Spinnenweben klebte an ihrem Haar. »Mann, wie soll ich das ohne Shampoo rausbekommen?«

»Das gibt es bei uns«, informierte KieraFreya Chloe leise.

»Wirklich?«

»Ja. *Schampu*, die Göttin der Schönheit.«

»Was?«

»Ich verarsch dich nur. Bleib bei der Sache. Wir haben's fast.«

Chloe blinzelte und öffnete ihre Nachrichten.

»Was *machst* du da?«, zischte KieraFreya.

Chloe ignorierte sie.

Yo! Gid!

Kleine Anmerkung. Nun, eine Art Anfrage. Wenn ihr es schafft, auf eurer Reise Reinigungsprodukte zu finden, lasst es mich wissen. Ich habe klebriges, weißes Zeug in meinen Haaren und ich bin mir nicht sicher, wie ich es schaffen soll, das alles rauszubekommen.

Peace!

Chloe las die Nachricht erneut und erkannte plötzlich den Fehler, den sie damit gemacht hatte, so eine Formulierung an *diese Jungs* zu schicken.

Spinnweben! Ich wollte hinzufügen, dass das klebrige, weiße Zeug … oh, egal.

KieraFreya lachte. »Wirklich sehr elegant gelöst.«

»Achselhöhle?«

Ein Seufzer. »Nein, danke.«

Als Chloe das Ende des von Spinnennetzen befallenen Tunnels erreichte, schob sie vorsichtig ihren Kopf um die Ecke. Sie war froh zu sehen, dass es auch hier einige Lichtstrahlen gab. Ihr Herz rutschte aber in die Hose, als sie sah, dass die Wände des vor ihr liegenden Tunnels so weit sie blicken konnte mit offenen und geschlossenen Särgen gesäumt waren.

Einige hatten ihre Deckel halb geöffnet, andere waren nach Jahren des Verfalls eingerissen. Es gab eine Reihe von Skeletten zu sehen, die mit den Händen auf der Brust und Goldmünzen über den Augen zur Ruhe gelegt wurden. Das Rumpeln war lauter und Chloe erkannte nun die Töne und den Rhythmus eines lauten Schnarchens.

»Was glaubst du, was es ist?«, fragte sie ihre Armschienen. »Welche Art von Kreatur macht so viel Lärm, wenn sie schnarcht?«

»Hast du dich selbst gehört, wenn du schläfst?«

»Nicht hilfreich.«

»Ich habe wenig Ambitionen in dieser Hinsicht.«

Chloe trat aus dem Tunnel und war sich bewusst, dass jeder Schritt, trotz ihres Schleichens auf Stufe 3 genug Lärm machte, um den Gang hinunter und zu ihr zurück zu hallen. Sie trat so leicht wie möglich auf, ein erdrückendes Gefühl in ihrem Bauch, dass sie nun beobachtet wurde. Auf Höhe der ersten Särge angekommen war sie sicher, ein Knacken um sich herum zu hören. Als sie sich umschaute, lagen die Toten unbeweglich in ihren Särgen.

Noch ein paar Schritte und sie stand auf Höhe des zweiten Satzes Särge. Diese waren größtenteils offen, mit einem Paar Skeletten auf beiden Seiten. Das Gold der Münzen funkelte.

KieraFreya, kannst du mich hören?

Diese Frage scheint ein wenig überflüssig zu sein. Du weißt, dass wir schon einmal so gesprochen haben, oder?

Nur zur Kontrolle. Was ist der Wert einer Goldmünze?

KieraFreya dachte für einen Moment nach. *Ein Goldstück ist mehr wert als dein Leben.*

Chloe starrte auf die beiden Münzen, die ihr aus den Augen des Skeletts zuzwinkerten. *Ganz schön wertvoll, was?*

Chloe kaute auf ihrer Lippe und führte einen inneren Kampf. Sie wollte ihren Weg aus dieser stinkenden Höhle finden, aber wenn sie unterwegs ein paar Münzen verdienen könnte, würde ihr das sicher später im Spiel helfen. Sie stellte sich vor, mit mehreren Dutzend Goldmünzen in der ersten Stadt anzukommen, sofort eine Unterkunft bezahlen zu können, die größten Waffen zu kaufen und großen Einfluss auf die Entwicklung der Stadt ausüben zu können.

Vielleicht könnte sie einige der Münzen in der örtlichen Bank deponieren oder eine Reihe von kleinen Unternehmen finden, die sie finanzieren und durch sie Zinsen verdienen könnte, um die Stadt kontrolliert weiterzuentwickeln. Sicherlich hatte sie genug Wissen aus ihrem Leben in der realen Welt, um mit den mittelalterlichen Gegebenheiten von Obsidian arbeiten zu können?

Chloe schüttelte den Kopf und erkannte wieder einmal, dass sie in den Lagarde-Modus gefallen war. Es war ein wirklich seltsames Gefühl. Nicht einmal in der realen Welt hatte sie jemals erwogen, ihr Geld sinnvoll einzusetzen, zu investieren und Risikokapitalgeberin zu werden. Was *war* es an diesem Spiel, das sie dazu brachte, nicht mehr untätig sein zu wollen?

Nun, wer nicht wagt, der nicht …

Chloe streckte die Hand aus und griff nach den beiden Münzen. Der Schädel des Skeletts war trocken. Flockig. Der Staub war unterbrochen, wo ihre Finger ihn berührt hatten.

»Igittigitt«, murmelte Chloe und rieb den Skelettstaub an ihrem Lederoberteil ab. Sie zögerte einen Moment länger und beobachtete das Skelett nach Anzeichen von Bewegung.

Als nichts kam, atmete Chloe erleichtert auf.

Sie drehte sich schnell um und versuchte, einen kleinen Schrei loszulassen, stellte aber fest, dass er in ihrem Hals erstickte, als sie in das tote Gesicht eines anderen Skeletts starrte.

Chloes Herz sank, als sie zusah, wie mehrere weitere Skelette aus ihren Betten aufstiegen. Ihre Knochen knackend, als sie auf sie zukamen.

Kapitel 24

Chloe stellte schnell fest, dass Feuer der Elektrizität weit überlegen war, wenn es um den Tod ging.

»Nimm das … und *das*!« Ein weiterer Feuerball sprang aus ihrer Hand und fand sein Ziel im Brustkorb eines Skeletts.

Um sie herum sah sie nur lila. Die ersten Feuerbälle hatten Chloe geholfen, den Klauen der Skelette zu entkommen, die sie festgehalten hatten. Ihr Hals pochte immer noch und als sie die schmerzhafte Stelle rieb, stellte sie fest, dass eine Hand noch daran befestigt war.

»Das meinte ich nicht, als ich sagte, ich brauche eine helfende Hand«, murmelte Chloe, beschwor einen neuen Feuerball und setzte ein weiteres Skelett in Flammen.

Der größte Schock war gewesen, als Chloe einen Feuerball werfen wollte, nur um ein weiteres Skelett hinter sich zu finden. Die Arme griffen um sie herum, packten ihren Körper und drehten sie gerade um, als sie den Ball warf.

Der Feuerball hatte sein Ziel verfehlt, fand aber einen großen Knotenpunkt von Spinnennetzen weit oben an der Wand. Innerhalb von Sekunden waren die Flammen den Gang hinauf und hinunter geflogen, auf mehrere alte Fackeln getroffen und hatten diese entzündet. Das Feuer kletterte weiter die Wände entlang in eine unbekannte Tiefe.

Chloe duckte sich unter einem weiteren Paar Arme hindurch, ihr Atem kam in schnellen Schüben, ihr Gesicht von Schmutz gestreift. Sie sprintete zur anderen Seite des Ganges und versuchte, schnell durchzuzählen. Sie kam bis sieben, bevor sie sich wieder bewegen musste und den Fackeln entlang den Gang hinauflief.

»All das für ein paar Goldmünzen. Jetzt weiß ich, wie sich Aladdin gefühlt hat.«

»Einer deiner Ex-Freunde?«, fragte KieraFreya.

»Vergiss es.«

Der Gang war lang, die Wände mit noch mehr Särgen gesäumt. Skelette erwachten, als Chloe an ihnen vorbeikam und je weiter sie rannte, desto sicherer war sie sich, dass sie Stimmen hören konnte, genauer gesagt, *eine* Stimme, die mehrmals im Tunnel widerhallte. Erst als sie um eine Ecke kam, entdeckte sie die Quelle des Geräuschs.

Der Durchgang öffnete sich zu einem kleinen Raum. Erhöhte Stufen führten zu einem Podium, wo eine Kapuzenfigur vor einem Rednerpult stand. Ihre Arme waren auf beiden Seiten erhoben und rhythmische Worte flossen aus dem Mund. Ein weißes Glühen leuchtete um jede Hand herum. Die Figur stand über die staubigen Seiten eines alten Wälzers gelehnt.

»Ahoi!«, rief Chloe, unsicher, was sie sonst tun sollte. Die Skelette würden hinter ihr bald die Stufen hochklettern.

»Ahoi?« Was denkst du was du bist, die Kapitänin eines Schiffes?

Die Figur blickte auf und zog die Falten ihrer Kapuze zurück, um ein Gesicht zu enthüllen, das so alt und verfault war, dass es Chloe den Atem raubte. Sie führte eine schnelle Kreaturenidentifikation durch.

Untoter Schwarzmagier (Stufe 15)
496 Trefferpunkte

Chloe atmete aus, ihre Schultern sanken. Ihre Magiepunkte waren niedrig und ihre Gesundheit hatte einen Schlag erlitten. Sie fühlte auch die Auswirkungen des Sprints den Gang hinunter, da ihre Ausdauer zeigte, dass wieder ein großer Brocken fehlte.

»Irgendwelche Ideen?«, fragte Chloe verzweifelt.

»Werfe mit Feuer nach ihm? Das scheint gerade der einzige Pfeil in deinem Köcher zu sein.«

Piep »… dich.«

Die Augen des schwarzen Magiers trafen auf ihre und Chloe spürte seine Kraft. Sie konzentrierte sich auf ihren eigenen Zauber, beschwor einen weiteren Feuerball zwischen ihren Händen und warf nach ihm. Ihr Herz sank, als der Magier mit den Armen winkte und der Feuerball in nichts als Dampf aufging, der von einem Kraftfeld um ihn herum abperlte.

»Nun, ich schätze, es ist wieder der gute, alte, physische Kampf«, sagte Chloe und zog ihr Schwert.

Sie stürmte auf den Magier zu, der sie mit seinem verrottenden Kiefer nur anstarrte. Der Magier murmelte einige neue Worte, die Hände verwandelten sich in ein fauliges Grün. Das nächste, das Chloe bemerkte, war, dass die Wände des Raumes zerbröckelten, als knöcherne Arme durch den Felsen stießen und weitere Skelette herauskrochen.

Chloe seufzte. Sie mochte ihre Chancen hier nicht. Sie entschied sich, die letzten ihrer Magiepunkte aufzubrauchen und legte ihre Handfläche flach gegen ihr Schwert, sodass die Klinge in violetten Flammen aufging. Ein zufriedenes Lächeln stahl sich auf ihr Gesicht. Sie war sich nicht sicher gewesen, ob das ebenso funktionieren würde wie die Elektrizität im Sumpf.

Chloe schaute sich die Situation an, jetzt, da die anderen aus dem Tunnel sie eingeholt hatten. Sie war von allen Seiten von den Toten umgeben.

»Ist das alles? Schick ruhig noch den Rest deiner Männer.«

KieraFreya hustete. »Sexist.«

»Halt die Klappe.«

Mit einem mächtigen Gebrüll hob Chloe ihr Schwert und hackte auf das erste Skelett ein, das ihr in den Weg kam. Sie traf seinen Hals im rechten Winkel, die Kreatur brach zusammen und kam in einem Knochenhaufen auf dem Boden zum Liegen.

Sie nutzte ihren Schwung, blieb auf der Stelle stehen, streckte das Schwert mit beiden Armen aus und drehte sich. Die Klinge wirbelte durch den Raum und hinterließ eine helle Spur an violetten Flammen, als das Schwert Skelett für Skelett traf. Sie kamen in Wellen und Chloe schaffte es, mehrere Dutzend zu zerstören, bevor ihr so schwindlig wurde, dass sie aufhören musste.

Der Raum wirbelte um sie herum. Sie versuchte, sich zu sammeln und zu zielen, aber jetzt stellte sie fest, dass jeder Schwung ihres Schwertes *gerade* sein Ziel verfehlte. Dummerweise ging ihr Verstand zu Gideons Nachricht über seinen Sieg gegen seine Skelettarmee. Sie stellte sich vor, wie es wäre, wenn Gid, Ben und Tag gerade hier wären.

Ein Lächeln spielte auf ihrem Gesicht.

Das würde sicher viel mehr Spaß machen als das hier.

Chloe blinzelte und versuchte ihr Bestes, den Schwindel zu bekämpfen. Obwohl sie die Skelettpopulation um einiges verkleinert hatte, galt es immer noch rund ein Dutzend zu besiegen – ganz zu schweigen von dem Magier.

Der Magier!

Der Puppenspieler.

Sicherlich war das die Lösung, um die Toten zu besiegen? Die Skelette hinter der Wand waren erst aufgestiegen, als der Magier getan hatte … was auch immer er getan hatte.

Chloe ließ sich auf den Boden fallen, als mehrere Skelette nach ihrer Kehle griffen. Sie kroch so schnell wie möglich, duckte sich durch ihre Beine hindurch und tauchte an einer der zerbröckelten Wände auf. Sie hielt die Luft an, schlich an den verwirrten Skeletten vorbei und fand ihren Weg zum Podium, erfreut zu sehen, dass der Magier mit Kapuze seinen Fokus nicht geändert hatte und sie nun hinter den Falten seiner Kapuze außer Sichtweite war.

Chloe atmete ruhig durch, hob ihr Schwert und stürzte sich auf den Magier. Ihre Zähne entblößt gab sie einen großen Schrei von sich und stellte sich vor, wie sie das Schwert durch die Gewänder und in den Rücken des Magiers stoßen würde.

Sie war nur wenige Zentimeter entfernt, als sie plötzlich in der Luft erstarrte. Der Magier reichte mit glühenden Händen nach seiner Kapuze und nahm sie ab, der Hals drehte einen Halbkreis auf seiner Wirbelsäule, Augen hell mit ätherischer Kraft.

»Äh, wie wäre es mit unentschieden?«, lachte Chloe nervös.

Ohne ein weiteres Wort warf der Magier seine Hände in Chloes Richtung. Die volle Kraft seiner Explosion traf irgendwo in ihrer Magengegend, als sie zur Wand zurückgedrängt wurde.

Chloe hob einen hämmernden Kopf und starrte in die leuchtenden Augen des Magiers. Irgendwo tief in ihr loderte ein Schmerz und ihr Schwert fiel schlaff zu ihrer Seite.

Der Magier näherte sich ihr, die Hände erhoben. Die verbliebenen Skelette kamen ebenso auf sie zu. Sie war von allen Seiten umzingelt.

Bis auf eine …

Chloe schaffte es, sich auf ihre wackeligen Füße zu ziehen. Sie redete sich selbst gut zu, bereitete sich auf den Sprint vor, bereit, einen Sprung durch die einzige Öffnung zwischen den Skeletten zu machen. Wenn sie einfach zurückkehren würde, woher sie gekommen war, könnte sie sicher einen anderen Ausweg finden? Sie konnte sie alle überdauern. Sich verstecken. Einen Weg finden, sich selbst zu heilen, bevor sie sie wiederfanden. Sie hatte es aus schwierigeren Situationen als dieser geschafft, oder?

In diesem Moment fiel Chloe das kleine Nachrichtensymbol in der Ecke ihres Blickfeldes auf. Eine kleine Nachricht von Gideon, die nur darauf wartete, von ihr geöffnet zu werden. Sie fühlte die vertraute Wärme in ihr anschwellen, als sie an ihre Kameraden dachte und sich vorstellte, jetzt bei ihnen zu sein. Tag, der die Skelette wie Kegel umpflügen würde, während Ben den Magier aus der Ferne mit seinen Pfeilen ablenkte. Gideon wäre mitten im Kampf gefangen, die Hände glühend. Er würde es dem schwarzen Magier alles andere als leicht machen.

Es würde diese ganze Situation völlig auf den Kopf stellen. Die Skelette würden umfallen wie die Fliegen, der Magier wäre schnell geröstet und sie würden alle lachen, während sie sich gegenseitig die Wunden heilten, die Toten plünderten und den Schatz fänden.

Chloe wusste plötzlich, was zu tun war. Es war alles so klar und einfach. Obsidian, dieses … Spiel, wurde darum herum entwickelt, neue Stufen zu erreichen und in einem Team zu arbeiten. Es war auf Multiplayer-Abenteuer ausgelegt und hier versuchte Chloe wieder mal, die Welt allein zu erobern.

Sie hatte sich schon immer einsam gefühlt. War schon immer die Seltsame gewesen. Sogar bei ihren perfekt schönen und eindimensionalen Freunden hatte Chloe nie ganz hineingepasst. Das hatte besonders ihre Familie hervorgehoben, wann immer sie konnte.

Der Magier rückte auf Chloe vor, die Lücke zwischen den Skeletten schloss sich.

Chloe wollte ihre Freunde jetzt neben sich haben. Sie *brauchte* sie. Es war alles so klar. Wenn sie eine Chance haben wollte, sich durch dieses Spiel zu kämpfen und die legendäre Quest zu erfüllen, die ihr aufgebürdet wurde, musste sie mit anderen zusammenarbeiten. Sie musste sich geschlagen geben und um Hilfe bitten, um die schwierigeren Situationen zu überstehen, die dieses Spiel bieten würde.

Aber wie sollte sie sie jetzt finden? Sie waren auf ihr eigenes Abenteuer aufgebrochen. Sie hatten sich von Oakston aus auf den Weg gemacht und--

Chloe starrte an die Decke und atmete aus. Wenn es eine Möglichkeit gab, ihren Weg zurück zu ihnen zu finden, dann war es wahrscheinlich dieser. Sie würde sie nicht finden, wenn sie sich versteckte. Sie würde sie nicht finden, indem sie vor der Gefahr davonlief. Es gab nur einen Weg zurück und so riskant es auch war, war es die einzige Möglichkeit, die Chloe sehen konnte.

Chloe knirschte mit den Zähnen, bereitete sich auf das Schlimmste vor und starrte in die leuchtenden Augen des Magiers. Sie senkte ihren Kopf, stürzte sich durch die Menge der Skelette und bahnte sich einen Weg zu ihm. Ihre Kampfschreie hallten durch den Raum.

Als Chloe nur wenige Meter entfernt war, pulsierten die Hände des Magiers wieder. Er hob Chloe in die Luft, warf sie ein letztes Mal gegen die Wand und nahm die letzte von ihrer Gesundheit, als ihr lebloser Körper auf den Boden fiel.

Toll gemacht. Du bist tot.

Herzlichen Glückwunsch. Du hast versucht, der großen, dunklen Welt von Obsidian allein zu trotzen. Nur wenige

Alleinreisende kommen dort gut zurecht oder riskieren, in ihrer Einsamkeit Höhlen zu erobern, aber du? Tja, schau, wozu das geführt hat.

Du verlierst 50 × n Erfahrungspunkte (wobei n der Stufe deines Charakters entspricht)

Du verlierst die Hälfte der Ausrüstung

Wiederbelebungszeit: 2 Stunden

Kapitel 25

Demetri war bereits wach, als er die leise Benachrichtigung vom Monitor im anderen Raum hörte.

Er zögerte, bevor er sich erhob, sein Arm gefangen unter Mias Hals. Ihre Haut war weich und ihre Brust hob und senkte sich langsam im Mondlicht. Er überlegte, sie zu wecken, entschied sich dann dagegen und bewunderte, wie friedlich sie aussah, wenn sie schlief. Schlafen war etwas, das sie selten zu tun schien.

In der kurzen Zeit, seit sie sich wiedergetroffen hatten, war Mia immer wach gewesen, als er nach Hause kam und war fast immer wach, bevor er ans Aufstehen dachte. Sie hatte nicht die Unruhe eines Schlaflosen, aber sie schien es vorzuziehen zu schlafen, wenn der Rest der Wohnung ruhig war.

Da Chloe in letzter Zeit so gut im Spiel klargekommen war, hatte es wenig gegeben, das die beiden hätte unterbrechen können, während sie über die verlorenen Jahrzehnte lachten, kuschelten, küssten und in Erinnerungen schwelgten.

Tatsächlich war Chloe im Spiel *so* gut klargekommen – laut Mia jedenfalls – dass Demetri in den letzten Tagen wenig Sorgen gehabt hatte. Seine Zeit verbrachte er mit seinen Patienten, dann mit Mia, wann immer er entkommen konnte.

Zuerst war er um Chloes Wohlergehen besorgt gewesen in diesem experimentellen Spiel, das viel härter zu sein schien als alles, was er zuvor gesehen hatte. Aber jetzt, da sie Freunde hatte und Zeit damit verbrachte, im Dorf möglichst viele Punkte zu sammeln, hatte er wenig Bedenken. Sie schien glücklich und ihr Verstand arbeitete hart, um die Schwierigkeiten ihres früheren Lebens zu überwinden. Als sie zur vorbeugenden Pflege in ihre Kapsel gingen, lächelte ihr echter Körper und ihre Augenlider flackerten, als ob sie in einem tiefen Schlaf wäre.

Er nahm an, dass sie das auf eine Art war.

Demetri befreite seinen Arm vorsichtig und Mia drehte sich nur ein wenig durch die Störung. Er schlich sich in das Wohnzimmer und nahm Platz vor dem Monitor. Der Bildschirm schmerzte seine Augen – helles weißes Licht in einem dunklen Raum – und es dauerte einige Sekunden, bis er sich daran gewöhnt hatte.

»Chloe!«, sagte er in einem gedämpften Flüstern, das Telefon zwischen Kinn und Schulter geklemmt. »Was führt dich zurück ins Land der Lebenden?«

»Du machst Witze, oder?«, antwortete Chloe, ein ungläubiger Blick auf ihrem Gesicht. Er beobachtete sie auf dem Bildschirm, zurückgelehnt im Stuhl, wie üblich die Füße auf dem Schreibtisch.

Es war seltsam, mit Chloe über den Monitor zu sprechen, wenn er sich selbst daran erinnerte, dass ihr Körper nur wenige Meter entfernt im anderen Raum war.

»Nein?«

»Du meinst, du hast nicht gerade zugesehen, wie ich von einem Magier beschossen und von Skeletten zerfleischt wurde?«

Demetri fand einen Schokoriegel auf dem Schreibtisch und öffnete die Verpackung, schob die Süßigkeit ganz in seinen Mund. »Wovon redest du?«

Chloe erklärte die gesamte Situation während Demetris Augenbrauen immer höher stiegen. Sie gab sehr spezifische Details über die Skelette und ihr verrottendes Aussehen und er rümpfte seine Nase, als sie ihren Geruch beschrieb.

»Klingt ekelhaft«, antwortete er. »Wie weit ist diese Höhle dann vom Dorf entfernt? Oaks…ville?«

»Du meinst ›Oakston‹, Doc. Ich war seit gut einem Tag oder so nicht mehr im Dorf. Die haben mich rausgeschmissen.«

»Warum? Sie *liebten* dich? Sie nannten dich ›die Gesegnete‹!« Demetri durchforstete sein Gehirn und erinnerte sich an Mias Erzählung darüber, was im Spiel geschehen war. Das Letzte, an das er sich erinnern konnte, war, dass sie in diesem seltsamen Raum gewesen war, in dem sich die Dorfbewohner um sie versammelt hatten.

»Liebten mich? Irgendwann taten sie es«, spottete Chloe. »Ich werde ihnen trotzdem nie verzeihen, dass sie mich getötet haben. Nicht wirklich.«

»Oh.«

Etwas in Demetris Ton musste ihn verraten haben, denn Chloe erklärte: »Doc, sie haben meinen Bauch aufgeschlitzt, um zu testen, ob ich die Wahrheit darüber sage, wer ich bin. Ich starb und kam in dieses Zimmer zurück. Ich hatte ein Gespräch mit Mia. Sie riet mir, dass ich nach Schreinen oder heiligen Stätten suchen sollte, um meine Quest richtig zu beginnen. Hat sie dir das nicht gesagt?«

Demetri durchsuchte seine Erinnerungen und versuchte, sich an irgendeine Kleinigkeit zu erinnern, die er vielleicht übersehen hatte. Vielleicht hatte Mia es ihm gesagt und er hatte es einfach vergessen. Das musste sie getan haben. Sicherlich irgendwo zwischen ihren täglichen Ausflügen ins Schlafzimmer (nun, es war nicht immer das Schlafzimmer), musste sie etwas davon erwähnt haben, dass Chloe einen weiteren Tod erlitten und sie miteinander gesprochen hatten.

Demetri kniff die Augen zu, schweigend in der Leitung. Sosehr er sich auch anstrengte, er erinnerte sich an nichts. Ein kleines Kribbeln des Zweifels erschien in seinem Hinterkopf. Sicherlich, wenn sie es ihm erzählt *hätte, würde* er sich daran erinnern. Chloe war die Tochter seines größten Kunden. Hugo und Helen Lagarde hatten Demetri das Leben und Wohlbefinden ihrer Tochter anvertraut. So etwas hätte er nicht vergessen.

Was die Frage aufkommen ließ, warum zum Teufel Mia das nicht erwähnt hatte?

»Doc? Bist du noch da?«

Demetri erschrak. »Ja, tut mir leid. Es ist spät hier und ich bin nicht ganz wach.«

»Alles in Ordnung bei euch beiden?«, fragte Chloe.

»Sicher. Ich habe mich gerade daran erinnert, dass Mia es mir erzählt hat. Ja.«

»Doc?«

Demetri brachte Freude in seine Stimme und sprach ein wenig zu laut. »Ja, nichts, worüber man sich Sorgen machen müsste. Konzentriere dich einfach weiter auf dich selbst. Eigentlich ist es ja schön, dass wir in letzter Zeit nicht so viel geredet haben. Du hattest in den letzten Tagen einen ziemlichen Lauf.« Er hörte Mia sich im anderen Raum umdrehen und senkte seine Stimme wieder. »Habe ich recht, wenn ich denke, dass die Behandlung anschlägt?«

Chloe zögerte, bevor sie antwortete. Ihr Abbild auf dem Monitor hob eine Augenbraue. Sie dachte über die Frage nach, dann verfiel sie in eine Diskussion mit Demetri darüber, wie lebendig sie sich fühlte (nun, technisch gesehen vielleicht nicht in exakt diesem Moment). Darüber, wie real und schön die Welt war und wie sie sich zum ersten Mal in ihrem Leben *frei* fühlte.

»Im Ernst, wenn du nicht vorsichtig bist, werde ich nie wieder zurückkommen.« Sie lachte und hörte, wie der Timer ankündigte, dass sie noch eine Stunde bis zum Wiederbeleben hatte.

»Oh, du wirst zurückkommen, vertrau mir. Es ist mehr als meinen Job wert, dass du in diesem … Spiel vertieft bleibst.« Demetri lachte.

Chloe lehnte ihren Kopf auf die Lehne des Stuhls. Demetri folgte diesem Beispiel. Es war schön, von Chloe zu hören, wie alte Freunde zu reden. Er hatte sie heimlich schon immer besser leiden können als die anderen Lagarde-Kinder und jetzt, da sie Zeit miteinander außerhalb seines Büros verbrachten, stellte er fest, dass er sich in ihrer Nähe entspannen konnte. Sie war lustig, lebhaft und ehrlich. Sie plauderten weiter, bis der Timer Chloes Abflug zurück ins Spiel ankündigte.

In den letzten Minuten hatte Chloe noch einmal gefragt: »Doc, bist du sicher, dass bei dir alles in Ordnung ist?«

Demetris Lippen strafften sich. Er drehte den Kopf halb um, als erste Zeichen der Morgendämmerung durch die Lamellenjalousien der Wohnung kamen. Er war fast zwei Jahrzehnte lang als Psychologe tätig gewesen, erkannte, wann andere Probleme hatten und bügelte sie aus mit gesundem Menschenverstand und einem objektiven Blick. Jetzt jedoch …

Hat er sich erlaubt, genau das zu tun, was er stillschweigend bei anderen im Laufe der Jahre so oft verurteilt hatte?

»Alles ist in Ordnung«, sagte er trocken. »Konzentriere dich einfach auf dich selbst, Chloe. Ich drücke dir die Daumen.«

Er beobachtete ein letztes Flackern der Besorgnis auf Chloes Gesicht, bevor sie nickte und sich verabschiedete. Der Bildschirm blitzte hellweiß auf und kündigte ihre Abreise zurück nach Obsidian an.

Demetri legte den Empfänger zurück auf die Gabel, lehnte seinen Kopf wieder zurück und schloss die Augen.

Er wusste nicht, dass hinter ihm in der Tür eine schweigende Mia stand, einen traurigen Ausdruck auf ihrem Gesicht.

Kapitel 26

Chloe hatte sich auf das Schlimmste vorbereitet und befürchtet, sie würde sich auf dem Gipfel des Berges am Schrein wiederfinden. Da sie keine Ahnung hatte, was der Unterschied zwischen einem Schnellreisepunkt und einem Wiederbelebungsort war, war es ein großes Risiko gewesen, sich für den Tod zu entscheiden. Als sie aber ihre Augen öffnete und mehrere Dutzend geschockte Gesichter sah, die sie anstarrten, atmete sie erleichtert auf.

Sie ignorierte die verblüfften Dorfbewohner, tastete ihre Taschen ab und rollte die Augen, als sie bemerkte, dass … Jap, wieder einmal war die obere Hälfte ihrer Kleidung als Teil der Strafe fürs Sterben beschlagnahmt worden.

»Im Ernst?«, seufzte sie. Wenigstens war die Kultur hier sehr gelassen, was Nacktheit anging.

Als sie sich erinnerte, dass sie ja eine ganze Hälfte ihrer Gegenstände verloren haben musste, öffnete sie ihr Inventar und entdeckte, dass ihr rostiger Dolch, das Krokodilfleisch und …

»Nein! Nicht mein kleiner Stock!«

Tatsächlich, Chloes erste Waffe hier in Obsidian fehlte. Eigentlich meinte sie ihren eigenen Aufschrei nur scherzhaft, aber sie erkannte schnell, dass darin auch ein Hauch von echter Traurigkeit steckte. Obwohl der Stock fast nutzlos gewesen war, hatte er sie daran erinnert, wo sie im Spiel begonnen hatte – ein mentaler Kontrollpunkt, um ihr zu zeigen, wie weit sie gekommen war.

Dennoch, zumindest hast du dein Geld, sagte KieraFreya in ihrem Kopf, als Chloe mit leichter Freude sah, dass die Hälfte der Münzen, die sie aus den Skeletten gestohlen hatte, noch in ihrem Besitz war.

Chloe rieb sich eine Hand über das Gesicht und beschloss, einen angemessenen Schutz zu finden. Sie sah in die beunruhigten Gesichter um sich herum und erinnerte sich plötzlich daran, dass sie die Gastfreundschaft in diesem Dorf erschöpft hatte.

»Vielleicht solltet ihr keinen Wiederbelebungspunkt im Zentrum eurer Stadt anbringen, wenn ihr nicht wollt, dass plötzlich aus dem Nichts Gesegnete erscheinen«, sagte sie ihnen.

Chloe drehte sich um die eigene Achse und beschloss, einen ruhigen Ort zu finden, an dem sie ihre Gedanken sammeln und planen konnte, wie sie neue Kleider beschaffen würde.

Aber nicht bevor sie ihr Menü aufgerufen und Gideons Nachricht gelesen hatte.

Wow ... so eine Nachricht hatte ich gerade nicht erwartet!

Ich habe mich gerade wieder eingeloggt. Meine Mutter dreht durch, weil ich so viel Zeit im Spiel verbringe und hat obendrauf einen Anfall über die Tatsache, dass mein Bruder alles bezahlt hat.

Ich habe in diesem Spiel schon einen Haufen weiterer Fehler gefunden. Wir müssen wirklich eine Art Bericht zusammenstellen, um ihn an Praxis zu schicken, aber ich kann die Option nirgendwo finden. Falls sie das jetzt lesen:

KÖNNT IHR ES SO MACHEN, DASS FEINDE NICHT ANGREIFEN, WENN MAN ABGEMELDET IST?

Ich verstehe, dass man sichere Orte finden soll, genau wie in der realen Welt. Aber im Ernst, ich habe so viele

Insektenstiche, dass ich aussehe, als wäre ich durch ein Feld Brennnesseln gerollt. Es juckt wie ...

Wie auch immer. Wir haben keine Hygieneartikel in den Bergen gefunden, aber du solltest auf jeden Fall bei diesen Spinnen achtgeben. Sie scheinen echt ... aufgeregt zu werden, wenn sie Frauen sehen!

Ich hoffe, du hast diese Höhle für dich erobert.

Gid

P.S.: Grüß KF von mir ;)

Chloe konnte nicht anders, als zu lächeln, als sie seine Worte las. Sie starrte ein wenig zu lange auf das Postskript und fragte sich, wer KF war, bis sie hörte, wie KieraFreya ihr sagte, sie solle weiter nach Deckung suchen. Das ergab Sinn.

Chloe wählte ›Antworten‹ in der Hoffnung, dass ihre Nachricht ihr helfen würde, das zu erreichen, was sie nun erstrebte.

* * *

Chloe durchquerte das Dorf so heimlich sie konnte. Es war ein seltsames Gefühl, sich zuvor in diesem Dorf so willkommen gefühlt zu haben und dann zuzusehen, wie die Stadt sie und ihre Freunde zurück in den Wald schickte.

Jetzt, als Chloe herumschlich, hinter Hütten auswich und sich in die Dunkelheit drückte, fragte sie sich, was passieren würde, wenn Mantari oder Mukkah entdeckten, dass sie wieder im Dorf war. Sicherlich hätte sich die Nachricht von ihrer Rückkehr verbreitet. Würden sie sie mit offenen Armen willkommen heißen? Ihr mehr Ausrüstung zur Verfügung stellen?

Oder würden sie sie ohne einen weiteren Gedanken wieder in die Wildnis stoßen?

Chloe wog die beiden Optionen ab. In der realen Welt würde sie erwarten, dass sie freundlich, einladend und offen sein würden. Aber angesichts Chloes Erfahrungen mit NSCs in diesem Spiel waren sie unberechenbar, kehrten ihr plötzlich den Rücken zu und änderten ihre Haltung. Wenn es eine Sache gab, die sie bisher gelernt hatte, dann war es, nicht allem zu vertrauen, was sie sah und glaubte. Das Letzte, was sie tun wollte, war, von den Leitern rausgeschmissen zu werden, bevor sie die Chance hatte, sich richtig anzukleiden.

Nicht nur das, mit jeder übertriebenen Anstrengung, Stammesangehörigen aus dem Weg zu gehen, fühlte Chloe, dass sie Punkte für ihr Talent Schleichen bekam.

Das Talent wurde erhöht: Schleichen (Stufe 4)

Ob du dich vor Freund oder Feind versteckst, du wirst eins mit den Schatten. Spring weiter über die Pfützen der Dunkelheit und schon bald bist du bestimmt so unsichtbar wie ... tja, eine unsichtbare Person.

Boni: +4 Geschicklichkeit (HINWEIS: Erhöhungen des Talentes überschreiben alle vorherigen Boni, die durch das Talent gewonnen wurden).

Chloe hob leise ihre Faust und duckte sich schnell hinter einem Stapel von Kisten, als eine Frau, die einen mit Wasser gefüllten Krug auf dem Kopf trug, ihren Weg kreuzte.

Sie blinzelte ein paar Mal, dann stahl sie sich über die Straße und wartete einen Moment, bis sich der Fußgängerverkehr auflöste. Es wurde jetzt dunkel, die Schatten erstreckten sich über den Boden. Chloe nutzte dies zu ihrem Vorteil, schlich leise um die letzte Hütte und fand sich am Eingang zur Hütte der Weberinnen wieder.

Eine stämmige Frau mit strengem Gesicht, die Chloe von ihren Lehrtagen erkannte, saß im Schneidersitz und nähte Stoff zusammen, während sie leise vor sich hin summte. Es gab ein kleines Feuer und die Hütte war von Kisten und Stoffbahnen umgeben.

Chloe erwog, durch die Kisten zu wühlen und einfach so etwas Kleidung für sich selbst zu finden. Die Idee, sich einfach zu nehmen, was sie wollte und dann zu verschwinden klang ein wenig verlockend.

Nachdem sie die Frau noch ein wenig länger beobachtet hatte, erkannte sie, dass sie das nicht tun konnte. Sie waren vor nicht allzu langer Zeit gut zu ihr gewesen. Sie schuldete ihnen, wenigstens fair zu sein und Bezahlung für ihre Dienste anzubieten.

Chloes Form tauchte aus dem Schatten hervor. Sie stand da und wartete einen langen Moment ab, bevor sie erkannte, dass die Frau so sehr auf ihre Arbeit fokussiert war, dass sie sie nicht bemerkt hatte.

Chloe räusperte sich.

Die Frau blickte auf, ihre Augen weiteten sich, als sie sah, wer vor ihr stand.

»Du? Die Gesegnete ist zurückgekehrt?«

Chloe nickte.

Die Frau atmete tief ein, hob ihren Kopf und schrie: »Die Gesegnete ist …!«

Ihre Stimme wurde abgeschnitten, als Chloes Arme, geführt von KieraFreya, sich um den Kopf der Frau wickelten. Ihre Armschienen bedeckten den Mund der Frau, die sich unter ihr wehrte.

Wie kommt es, dass du jedes Mal, wenn ich versuche, höflich zu diesen Leuten zu sein, sie angreifst?, fragte Chloe in ihren Gedanken.

Weil du nie bereit bist, das Nötige zu tun, um in dieser Welt zu überleben.

Chloe dachte darüber nach und versuchte die Frau zu beruhigen, die langsam aufhörte zu kämpfen und sie mit verängstigten Augen anstarrte.

»Bitte«, drängte Chloe. »Trotz allem … bin ich nicht hier, um Ärger zu machen. Schau, wenn ich meine Arme senke, *versprichst du mir*, nicht wieder zu schreien?«

Die Frau nickte.

Vorsichtig nahm Chloe ihre Hände vom Gesicht der Frau. Die Frau atmete tief durch und Chloe war sich sicher, dass ein weiterer Schrei folgen würde. Stattdessen wartete sie geduldig und beobachtete Chloe nüchtern.

»Danke«, sagte Chloe leise. »Ich weiß, wie das aussehen mag, aber ich bin wirklich nicht hier, um Ärger zu machen. Die Wahrheit ist, dass ich … nun, ich bin gestorben und habe den Weg hierher zurückgefunden. Es gibt buchstäblich nichts, was ich hätte dagegen tun können, aber jetzt, wie du sehen kannst, habe ich ein Problem.«

Chloe wartete darauf, dass die Frau verstand, dass Chloe unmöglich ohne Oberteil weiterreisen wollte. Stattdessen sah die Weberin sie mit demselben ausdruckslosen, jetzt ein wenig verwirrtem, Blick an.

Natürlich, du Vollidiot, tadelte sich Chloe selbst. *Das ist hier einfach die Norm.*

Chloe schüttelte den Kopf. »Wie auch immer, wenn du mir bitte einfach etwas verkaufen könntest, womit ich meine obere Hälfte bedecken kann und das auch eine Art Schutz bietet, wäre ich dir sehr dankbar.«

Die Frau starrte weiter.

»Ich habe Geld.« Chloe zog mehrere glänzende Goldmünzen aus ihrer Tasche.

Da war es. Die Augen der Frau wurden so weit, dass Chloe sicher war, ihre Augäpfel würden herausspringen und über den Boden rollen. Eine Sekunde später erhielt Chloe eine Benachrichtigung.

Junita hat dir einen Handel angeboten!
Akzeptieren: [Ja/Nein]

Chloe wählte Ja und ein Fenster tauchte auf, nicht unähnlich ihrem eigenen Inventarfenster. Die linke Hälfte bildete eine Liste von Junitas Waren ab, die rechte ihre eigene traurige Ausrede einer Ausrüstung.

Chloe durchsuchte die Ware, während Junita geduldig wartete. Sie hatte eine interessante Auswahl. Tuniken, Jacken, Kürasse, Handschuhe, Hosen und mehr. Nichts von der Qualität oder dem Schutzniveau, das Chloes Oakston Leder-Oberteil geboten hatte, aber sie hatte gewusst, welches Risiko sie eingehen würde, als sie ihren Tod erzwang.

Chloe kaufte eine Baumwoll-Tunika und eine Lederweste, die mit zusätzlichen Taschen ausgestattet war. Sie war sich nicht sicher, wofür sie diese verwenden würde, aber sie dachte, dass sie nützlich sein könnten, um ihren kleinen Dolch oder andere Gegenstände, die sie vielleicht schnell erreichen müsste, zu verstauen.

Sie kaufte auch einen Wasserschlauch und einen Beutel mit getrockneten Beeren, deren Anblick Chloe daran erinnerte, dass es eine Chance gab, dass sie heute Abend keine warme Mahlzeit aus der Stadt bekommen würde.

Als sie fertig war, blinzelte sie die Handelskarte weg und überreichte zwei ihrer acht Goldmünzen.

Junitas Atem stockte und ihre Hände konnten sich erst gar nicht heben, um die Zahlung zu akzeptieren.

»Was ist los?«, fragte Chloe und betrachtete die Münzen in ihrer Hand. »Oh! Entschuldigung, zu viel? Hier.«

Sie nahm Junitas Hände in ihre und öffnete sie vorsichtig, ließ eine Goldmünze in ihre Handfläche fallen und schloss sie fest.

»Behalte den Rest.«

Junita nickte begeistert. Chloe war sich sicher, dass sie lange nicht aufhörte, nachdem sie sich aus der Hütte geduckt hatte und wieder mit der Dunkelheit verschmolzen war.

Chloe schlich entlang der Grenzen des Dorfes und passierte einige Stammesangehörige auf ihrem Weg. An einem Punkt sah sie Mantari durch eine Lücke zwischen den Gebäuden. Er stand an einem offenen Feuer und führte eine verzweifelte Diskussion mit zwei der Wachen des Häuptlings. Der riesige Mann sah sich um und seine Augen fanden für eine Sekunde ihre.

Chloe löste sich wieder im Schatten auf und machte sich auf den Weg zu ihrem nächsten Ziel. Es gab noch eine weitere Person, die sie besuchen wollte, bevor sie sich wieder auf den Weg machte.

Kapitel 27

Der Wald war tödlich ruhig, als Chloe sich der Hütte des Schamanen näherte. Es war, als ob ihr Kopf beim Überschreiten der Grenze, an der die Bäume die Hütten ablösten, unter Wasser getaucht war. Alles, was sie nun wahrnahm, war ihr eigenes Atmen.

Kein einziges Licht schien aus dem Haus, doch Chloe wusste jetzt, dass das nichts zu bedeuten hatte. Das Haus des Schamanen war ein Labyrinth aus Tricks und Betrug, ein echtes Spiegelkabinett. Sicher, es mochte verlassen und leer für den zufälligen Beobachter aussehen, aber Chloes Magen drehte sich, wenn sie sich an das mulmige Gefühl erinnerte, als sie das letzte Mal durch das Portal gefallen war.

Die Tür war unverschlossen.

Natürlich war sie das.

Chloe atmete tief durch und bereitete sich auf den Test vor, den der Schamane diesmal ausgeheckt hatte. Ein weiterer Giftblumenangriff? Wie wäre es mit Treibsand? Vielleicht würde sie in ein lebendiges Haus treten, das Magensaft durch die Türen spritzte und sie verdaute, ohne vorher zu kauen?

Chloe trat ein. In der Sekunde, als sich die Tür schloss, schmolzen die Wände weg, der Schmutz auf dem Boden machte Platz für das gleiche, vertraute Weiß, das sie zuvor erlebt hatte. Das Licht war so blendend, dass es schwer zu glauben war, dass es mitten in der Nacht war.

In der Mitte des Raumes saß der Schamane. Wieder saß er im Schneidersitz und paffte die vertraute Wasserpfeife.

»Es kommt nicht oft vor, dass ich Stammkunden bekomme«, sang er, die Stimme so seidig und weich wie der lila Rauch, der aus seinem Mund strich.

»Ich bin nicht überrascht. Mein letzter Besuch ließ mich fast diesen Boden mit meinem Erbrochenen beflecken.«

Der Schamane grinste. Chloe erkannte, dass er einen oder zwei Zentimeter über dem Boden schwebte.

»Du schwebst?«

»Jeder kann schweben«, antwortete der Schamane.

»Nicht wirklich.«

»Schweben ist nichts anderes als eine Illusion des Geistes, ein Zustand der Wahrnehmung, der sich aus deinen eigenen Vorurteilen und Erfahrungen ergibt, die deine Vision trüben. Du empfindest mich als schwebend, doch ich weiß, dass ich bequem auf dem Boden sitze, tief in meinen Gedanken versunken.«

Chloe studierte den Schamanen misstrauisch und kniete sich auf den Boden, um ihn besser sehen zu können. Tatsächlich konnte sie direkt zur anderen Seite des Raumes durchschauen.

»Du *schwebst.*«

Der Schamane kicherte. »Oder denkst du das nur?«

Renn weg, dachte KieraFreya. *Der Typ ist absolut verrückt. Verschwinde hier, solange du noch kannst!*

Chloe schnaubte genervt und blickte nach unten. Ihr Gesicht entglitt, als sie erkannte, dass auch sie jetzt im Schneidersitz war und mehrere Meter über dem Boden schwebte.

»Argh! Lass mich runter«, beschwerte sie sich.

Chloe fühlte, wie der Boden ihren Arsch traf, als sie auf den Boden schlug. Sie krümmte ihren Rücken, griff nach hinten und rieb sich den Hintern. »Musste das sein?«

Aber der Schamane war nicht mehr da. Als er jetzt sprach, hörte Chloe seine Worte in ihrem Kopf.

Du hast bekommen, wonach du mich batest. Ist es nicht das, worauf du hier hoffst? Dass ich dir die Gaben gebe, die du suchst?

»Ich meine, ja, aber das tat weh«, beschwerte sich Chloe.

Nicht alle Bitten führen zu positiven Gefühlen. Einige erfordern Strafe und Schmerz, um die gewünschte Handlung zu erzeugen.

KieraFreya schnaubte. *Schau dir diesen verrückten Heinz an. Raucht irgendein Kraut und denkt plötzlich, dass er ein Prophet ist. Komm schon, Chloe, verschwinde hier, bevor er dich wieder vergiftet oder auf eine weitere Kamikaze-Mission schickt.*

Was meinst du damit?, dachte Chloe.

Was glaubst du, wer den Schrein zerbröckeln ließ, nachdem uns die Karte gegeben wurde? Denkst du nicht, dass es ein wenig verdächtig ist, dass ein Einsiedler mitten im Wald, der von den Stadtbewohnern gemieden wird, dich auf eine Reise zu einem Schrein durch ein von Krokodil befallenes Moorland schickt? Und wenn wir schließlich unser Ziel erreichen, beben die Felsen und lassen uns in einem alten Tunnel feststecken?

Oh, komm schon, ›Einsiedler‹ ist ein bisschen zu sanft. Ich betrachte mich selbst gerne als einen sozial Ausgestoßenen.

Es folgte Stille. Chloe lief ein kalter Schauer über den Rücken. »Du kannst sie hören?«

Der Schamane tauchte wieder auf und saß, wie schon einmal, verkehrt herum an der Decke. Chloe bereitete sich auf einen weiteren Sturz auf den neuen Boden vor, aber diesmal schwebte er nach unten, um sie zu treffen. »Ich höre sehr viele Dinge. Viele hören nicht auf die Rufe und das Flüstern der Alten Welt, aber wenn man eine Frau mit deiner Stufe und einer *solchen* Rüstung sieht, ist es für jene Aufmerksamen offensichtlich, dass es sich hier um große Magie handelt.«

Chloe war sich nicht sicher, wie sie das aufnehmen sollte. Sie war so *vorsichtig* gewesen, niemanden über die Göttin in ihrer Rüstung zu informieren, aber hier hatte es ein Schamane einfach *gewusst.* Wenn das passieren konnte, wie hoch war die Wahrscheinlichkeit, dass andere Menschen auf ihrer Reise ebenso erkennen würden, wonach sie suchte?

»Übertreibe nicht, Kind«, beruhigte er Chloe. »Dein Geheimnis wird vor der Welt um dich herum bewahrt werden … für den Moment.«

Chloe nahm die angebotene Wasserpfeife und atmete tief ein.

Die Welt drehte sich unter ihr. Sie schwebte jetzt. Schwebte *wirklich*, die sanfte Pracht einer lila Wolke unter ihr. Sie starrte auf die Gestalt einer Frau, die fast zehn Meter groß war. Ein helles Licht erhellte sie von hinten und ihr Zopf wehte triumphierend im Wind.

Chloe keuchte, als die Figur klarer zu erkennen war. Sie erkannte sich selbst, wie sie jetzt war. Smaragdgrüne und goldene Armschienen, Tunika und Weste. Doch je länger sie starrte, desto mehr änderte sich das Bild. Rüstungsteile erschienen aus dem Nebel wie Puzzleteile, die ihren Platz an ihrem Körper fanden.

»Während deine Reise weitergeht, wird deine Kraft wachsen«, dröhnte die Stimme des Schamanen aus dem Nichts. »Jedes Stück Rüstung wird Talente und Attribute direkt von den Göttern mit sich bringen. Zwei, dann drei, dann vier und du wirst auf dem besten Weg zu Schutz und Stärke sein, wie sie keiner hier in Obsidian kennt. Du wirst eine große

Menge Freunde und Freiwillige finden, die bereit sind, dir zu folgen. Du wirst dir Feinde machen.«

Chloe beobachtete in Ehrfurcht, wie sich weitere Rüstungsteile um die Riesin wanden. Arm- und Beinschienen, der Brustpanzer, alle glänzend und mit kunstvollen Symbolen verziert, die mit einer kraftvollen Aura funkelten und leuchteten.

»Mit dieser großen Macht wird große Gefahr einhergehen, während du lernst, die Kräfte der Göttin zu nutzen.«

Chloe blickte auf ihre Armschienen und erwartete eine Art Witz oder Antwort von KieraFreya. Als nichts kam, sah sie, wie sich etwas in ihrem Augenwinkel bewegte.

Etwas weiter weg, die Wolken unter ihr schwärzer als die tiefsten Schatten, saß eine Frau in Ketten, der Mund mit einem schwarzen Tuch bedeckt. Chloe war sich nicht sicher, woher sie es wusste, aber sie rief ihren Namen fast unfreiwillig, als Panik in ihr aufstieg: »KieraFreya?«

»Sie kann dich im Moment nicht hören. Sie kann nicht sprechen. Achte diese Warnung, Kind, denn sie wird dir dabei helfen, Vorsicht auf deiner Reise zu lernen.«

Das Tuch vervielfachte sich, ein Teil des Stoffes riss ab und flog wie ein Aal durch die Luft. Es fand seinen Weg unter der Kleidung der riesigen Chloe her, schlang sich um ihren Mund und band einen Knoten ordentlichen hinter ihrem Kopf.

»Du trägst ungeahnte Größe in dir, Chloe. Macht, mit der du die wahrhaftigsten Stärken von Obsidian zu deinen Gunsten nutzen könntest.« Die Stimme des Schamanen nahm einen düsteren Ton an. »Lass nicht zu, dass die Stimme der Vergeltung das Gute in dir trübt.«

Chloe drehte sich noch einmal um, um nach KieraFreya zu suchen, aber sie war verschwunden. Sie studierte die riesige Version von sich selbst, die triumphierend wie ein Sieger auf dem Olymp stand. Dann hörte sie ein Klicken und die Vision löste sich auf.

Als Chloe ihre Augen öffnete, saß sie auf der dichten Schicht Ranken, die die Decke der Schamanenhütte überwucherte. Eine Schweißschicht trocknete auf ihrem Gesicht. Sie stand schnell auf, schwankte leicht und klopfte vorsichtig an ihren Armschienen. »Kiera? KieraFreya?«

»Hey! Was soll das?«, kam die Antwort von KieraFreya.

Chloe lächelte, ihr Herz schlug immer noch bis zum Hals. »Nichts. Es ist nichts.« Sie sah sich im Raum um. »Wo ist der Schamane hin?«

KieraFreya bewegte Chloes Hand und zeigte in die Ecke des Raumes, wo ein Lichtball gemütlich schwebte. Chloe näherte sich der Kugel und streckte die Hand aus, um sie zu berühren.

Sie flog um sie herum und zerbarst in grellen Lichtstrahlen, als die Form des Schamanen wieder auftauchte.

Chloe keuchte. »*Du* warst es? Du warst das Irrlicht?«

Der Schamane lachte, ein seltsames Geräusch, wie Finger, die man durch Kies zog. »In der Tat. Hilfe kann in diesem Reich viele Formen annehmen. Es hat mich geehrt, eine gute Abenteurerin auf ihrem Weg zu Großem begleiten zu können.« Das Lächeln des Schamanen verblasste, als er sich dem Fenster zuwandte. »Du bist zu mir gekommen, um mich zu bitten, eine Magie auszuführen, die größer ist, als du denkst. Ist das nicht wahr?«

Chloe blinzelte dümmlich, die Überreste der Vision des Schamanen waren in ihrem Kopf noch sehr klar. Seine Worte brodelten in ihren Gedanken, als sie sich fragte, was das alles zu bedeuten hatte.

»Komm schon, Mädchen. Wir haben nicht die ganze Nacht Zeit«, sagte KieraFreya und legte alle Bemühungen ab, still zu sein, jetzt, da der Schamane eh von ihr wusste.

Chloe nickte. »Ich wollte wissen, ob es einen schnellen Weg gibt, sich mit meinen Freunden Gideon, Ben und Tag wieder zu vereinen. Sie sind vielleicht schon weit gereist. Was ihr Ziel ist, weiß ich nicht. Ich weiß nur, dass sie am Leben sind und die Höhlen irgendwo in den umliegenden Hügeln durchqueren.«

»Das erfordert starke Magie«, sagte der Schamane. »Und ich sehe, dass du jetzt selbst ein Schüler der ätherischen Kunst bist. Sage mir, wärst du bereit, die Wege des Schamanen zu lernen, im Tausch gegen eine kleine Bitte?«

Traue ihm nicht …

»Halt die Klappe«, unterbrach Chloe sie und hielt ihre Hand in Richtung des Schamanen. »Nicht du. Ich meine sie. Was benötigst du im Gegenzug?«

»Dich noch einmal auf deinen Reisen begleiten zu dürfen. Ich habe einen großen Teil meiner Jahre am Rande dieses Dorfes verbracht und auf eine Gesegnete wie dich gewartet, mit der ich die Welt bereisen kann. Es gibt große Magien zu lernen, die weit über meine Fähigkeiten hinausgehen und genau diese möchte ich suchen.«

»Dich in unsere Reisegruppe aufnehmen? Ist das wirklich alles, was ich tun muss?«

Der Schamane nickte. »Ich werde dich begleiten, so weit ich will. Vielleicht ist es gar nicht weit oder ich folge dir bis ans Ende des Universums. Ich werde die Form eines Irrlichts annehmen und du wirst mit niemandem über mich sprechen. Das sind meine einzigen Bedingungen.«

Chloe seufzte. Ein *weiteres* Geheimnis? Was würden die Leute denken, wenn man sie mit ihrer verzauberten Rüstung und der Lichtkugel sehen würde, die die ganze Zeit um sie herum schwebte? *Konnte* sie in beiden Fällen schweigen und die Verantwortung für diese zwei Personen übernehmen?

Chloe atmete aus. »Und im Gegenzug wirst du mir meinen Wunsch erfüllen?«

»Ich werde dich mit deinen Freunden wiedervereinigen, ja.«

Der Deal war unmöglich abzulehnen. Ohne fremde Hilfe war nicht abzusehen, wie lange es dauern würde, die anderen zu finden. Was wäre, wenn sie bereits einen neuen Wiederbelebungspunkt in der Wildnis gefunden hatten? Würden sie jemals nach Oakston zurückkehren, um sie zu finden? Wahrscheinlich nicht. Es gab sicherlich viel schlimmere Dinge, die passieren könnten, als den Schamanen per Anhalter auf Chloes Reise mitzunehmen.

Und außerdem, was würde es schaden, einen zusätzlichen (kompetenten) Zauberer um sich zu haben, jemanden, der sie unterrichten und auf dem Weg beraten könnte?

Schamane Decaru bittet darum, deiner Gruppe beitreten zu dürfen.

Akzeptieren: [Ja/Nein]

Chloe seufzte, wählte Ja und schüttelte die Hand des Schamanen.

KieraFreya grummelte: »Ich traue ihm nicht.«

Sicher, dachte Chloe. *Frag nur nicht, was er von dir hält.*

Kapitel 28

Chloe streckte ihren Kopf um eine Hütte herum. Fackeln gaben ein geisterhaftes Glühen ab und ließen die Schatten der Stammesangehörigen tanzen und schwanken.

Es waren jetzt viel mehr von ihnen unterwegs. Mantari war einen Kopf größer als der Rest von ihnen, die in kleinen Gruppen von zwei oder drei Personen zu ihm kamen und wieder auf den Weg geschickt wurden. Chloe konnte nicht anders, als sich ein wenig verletzt zu fühlen davon, wie dringend sie nach ihr suchten. Was wollten sie tun, falls sie sie wiederfanden?

Wenn sie dich wiederfinden, berichtigte KieraFreya.

Denn das würden sie sicherlich tun. Dieser Plan war lächerlich.

Chloe spürte die Anwesenheit des Schamanen um sie herum, konnte aber keine Anzeichen des seltsamen Mannes oder des Lichtes mehr sehen. Die leuchtend weiße Kugel hätte ihnen viel zu viel Aufmerksamkeit gebracht, also hatte Chloe zugestimmt, dass der Schamane sich in ihrer Tasche verstecken durfte.

Ein weiterer Fehler, den ich melden muss, dachte Chloe und betrachtete die seltsame Verzerrung von Zellen und Blöcken in dem Fach ihrer Tasche, das das Irrlicht beherbergte. Es zeigte einige Zeilen Fehlercode an, die in den Stauraum um ihn herum hineinliefen. Sie fragte sich, ob sie an diesem Punkt den Schamanen überhaupt wieder herausbekommen würde oder ob er jetzt in ungesunden Zeilen von Nullen und Einsen gefangen war, bis jemand das nötige Wissen hatte, ihre Tasche umzuprogrammieren.

Chloe schlich weiter und näherte sich der Gruppe von Menschen im Zentrum der Stadt so weit sie es wagte. Hinter ihnen in der Dunkelheit konnte Chloe die Form einer großen Statue sehen, vielleicht ein Symbol der Stammesangehörigen, an dem sie sich zusammenfinden sollten. Etwas näher und sie sah den Wiederbelebungspunkt, Sterne, die in den Boden geschlagen worden waren. Ihr Ziel. Ihr Zeichen.

Das Knurren einer Kreatur erklang in der Ferne. Mehrere Stammesangehörige zogen ihre Waffen und verschwanden. Mantari gab Anweisungen an andere, die in die entgegengesetzte Richtung gingen.

Jetzt war ihre Chance.

Chloe sprang schnell über die Schatten und bewegte sich auf ein näheres Gebäude zu. Eine weitere Reihe an Manövern und sie war in Sprintdistanz. Gerade hinter Mantaris Rücken.

Chloe nahm eine Reihe von ruhigen Atemzügen und erinnerte sich an den Plan des Schamanen.

Okay, los geht's …

Chloe riss ihre Tasche auf und das Irrlicht sprang heraus. Wie ein Wirbelsturm peitschte die Kugel in einem weiten Kreis um den Wiederbelebungspunkt, schnappte sich das Licht von den Fackeln und stürzte die Dorfbewohner in Dunkelheit.

Chloe nutzte die Deckung und stürmte zum Wiederbelebungspunkt, hockte sich darauf. Sie hörte Alarmschreie, als Figuren auf die Lichtung stürzten. Mantaris dunkle Silhouette wirbelte herum und folgte der lodernden Spur des weißen Lichts.

»Jetzt!«, rief Chloe und die Kugel kehrte zu ihr zurück, um mit dem Boden zu verschmelzen. Das Licht war grell unter ihr und Mantaris Gesicht wandelte sich von Wut über Angst zu Unglauben.

»Chloe? Du bist zurückgekehrt?«

Er klang fast … glücklich. Vielleicht sogar erleichtert. Chloe war sich nicht sicher gewesen, was sie erwarten würde, wenn sie sich zeigte. Im Nachhinein hätte sie erahnen können, dass Mantari sich freuen würde. Sein Lächeln erhellte sein Gesicht, wenn auch nur für eine Sekunde, bevor es von Sorge getrübt wurde.

»Chloe? Was passiert mit dir?«

Der Stern leuchtete Weiß und Blau und pulsierte im Licht, das wie Flammen aussah. Chloe fühlte, wie sie aus dieser Realität herausgezogen wurde. Doch nun, da sie Mantari und die anderen gesehen hatte, brauchte sie einen Moment, um sich zu erklären. Um zu klären, was gerade passierte.

»Ich war mir nicht sicher, ob ich noch willkommen wäre«, schrie Chloe, als die Flammen anfingen, sie mit sich zu nehmen. »Du hast uns weggeschickt. Sie sagten uns, dass wir eure Ressourcen verbrauchen.«

Mantari lachte, schüttelte mit dem Kopf. »Du bist mehr als willkommen, wann immer du willst, gesegnete Chloe. Nur dein dicker, kleiner Freund soll uns nicht mehr die Haare vom Kopf fressen.«

Chloe fühlte Tränen auf ihren Wangen, als die Hitze der Flammen stieg. Das Irrlicht begann, unergründliche Worte in den Boden zu singen. Sie konnte sogar hören, wie KieraFreya unter der Kraft des Ganzen fluchte.

Mantari griff nach ihr.

»Nein!«, rief Chloe. »Dies ist es, was ich will. Das ist der Weg, den ich gehen muss.«

»Um wohin zu gehen?«

Chloe dachte darüber nach und kämpfte darum, ihre Gedanken zu ordnen, als der Druck stieg. »Nirgendwo. Nach Hause. Es ist ein und dasselbe. Du kannst deine Männer jetzt zurückrufen. Wir sind bald weg.«

»Meine Männer zurück … Wir waren auf der Jagd, Chloe«, sagte Mantari, das Grinsen auf sein Gesicht zurückgekehrt. »Es gibt Tiere im Wald, die beängstigender sind als du.«

»Du hast mich noch nicht gesehen, wenn ich wütend bin.« Chloe zwinkerte.

Dann passierte es. Die singende Stimme erreichte ein Crescendo, die Stimme schien ein Chor von tausend Personen zu sein. Das Feuer brach in mystische Flammen aus Rot, Blau, Violett, Schwarz und Grün aus. Chloe beobachtete, wie das Dorf Oakston unter ihren Füßen weggerissen wurde, Mantaris Gesicht zu nichts schmolz. Was Chloe für eine Statue gehalten hatte, blinzelte ihr mit leuchtenden Augen zu und Chloe wusste plötzlich, dass Mukkah schon die ganze Zeit den Schamanen erkannt und ihnen nun Unterstützung für eine sichere Reise geboten hatte. Das Gesicht der riesenhaften Frau zeigte ein leichtes Lächeln im ätherischen Glühen der Flammen.

Chloe fühlte, wie das Feuer über sie hereinbrach. Ihre Haut kribbelte, aber sie brannte nicht. Ihr Haar peitschte um sie herum, sie knirschte mit den Zähnen und hielt verzweifelt an dem fest, was ihr von der Welt übrigblieb. Sie wünschte und hoffte, dass alles zu ihr zurückkehren und sie nicht den sengenden Schmerz des Todes spüren würde, wenn sie …

Chloe zuckte zusammen, als der Boden unter ihr wieder fest wurde. Die Flammen erloschen, der tosende Klang der Magie verschwand.

Sie keuchte, als sie sich vom Boden aufrappelte. »Nun, das war dramatisch. Du hättest mich warnen können.«

»Hättest du es durchgezogen, wenn ich es getan hätte?«, fragte das Irrlicht und nahm wieder die Form des Schamanen an.

KieraFreya lachte trocken. »Ich verstehe das Problem nicht. Ein kleines Feuer hat noch nie jemandem wehgetan. Du hättest dich selbst hören sollen: *Arrrgh! Ohhhhhh! Nein, nein! Hilf mir! Ich bin ein armes, wehrloses Mädchen, das die Hitze nicht ertragen kann!*«

»Das habe ich *nicht* gesagt«, knurrte Chloe und verschränkte ihre Arme.

»Das hättest du genauso gut sagen können.«

Chloe schnaufte, entschied sich, KieraFreya zu ignorieren und versuchte zum ersten Mal, genau zu verstehen, wo sie waren.

Sie standen in einem Raum, der aus grauem Felsen gehauen war. Für eine Sekunde geriet Chloe in Panik und erwartete, den Sitz der Welt in der Mitte zu sehen und eingestürzte Felswände auf beiden Seiten.

Stattdessen sah sie Wände, die entlang ihrer Länge mit verrottenden Bücherschränken gesäumt waren. Staubige, bröckelnde Bände standen in seltsamen Winkeln in den Regalen, sanft umschlossen von Spinnweben. Sie sah Werkbänke mit seltsamen, leeren Fläschchen und Kolben und in der Mitte des Raumes befand sich das sternförmige Symbol einer Wiederbelebungsstelle, die nun in einem schwachen Weiß leuchtete.

»Du kannst dich entscheiden, dich an diesen Ort zu binden, wenn du das wünscht«, erklärte der Schamane. »Bindungspunkte sind Siegel, die mit Magie geladen sind, mit dessen Hilfe Gesegnete automatisch an dem Punkt wiederauferstehen können, den sie gewählt haben. So wie ich es verstehe, ist Oakston als dein aktueller Bindungspunkt festgelegt. Dies war der erste Ort, den du entdeckt hast, an dem es Sicherheit und Leben gab. Jetzt, da du einen ausgewählt hast, kannst du eine beliebige Anzahl an anderen auswählen, wenn du sie findest. Obwohl du gewarnt sein solltest, dass es keine Möglichkeit gibt, einen deaktivierten Wiederbelebungspunkt erneut auszuwählen. Es sei denn, du befindest dich in physischer Nähe der Markierung.«

»Aber der Reisepunkt am Schrein sagte mir, dass ich jederzeit schnell dahin reisen könnte. Du meinst, das kann ich hier nicht machen?«

KieraFreya seufzte, offensichtlich ermüdet davon, Chloe alles erklären zu müssen. »Wiederbelebungspunkte und Schnellreisepunkte sind völlig unterschiedlich. Der erstere ist ein Ort, an dem du erzwungen wiederbelebt wirst, der letztere kann genutzt werden, wann immer du willst.«

»Och, Mann«, stöhnte Chloe. »Es wäre viel praktischer, wenn sie beide gleich funktionieren würden.«

Der Schamane nickte und wischte mit dem Finger über einen staubigen Werktisch. »In der Tat, das wäre es. Schnellreisen sind ein Geschenk, das nur von den Göttern gewährt wird. Man muss ein Opfer bringen und ihren Segen bekommen, um die Funktion nutzen zu können.«

Chloe starrte KieraFreya an und erinnerte sich, dass sie dank ihr erwogen hatte, sich einen Finger abzuhacken.

Chloe schüttelte den Kopf. »Also, wo sind wir jetzt?«

Es war eine rhetorische Frage. Chloe zog ihre Karte hoch und entdeckte ihr Zeichen neben einem kleinen Schriftzug, der ›Grotte von Kingsholme‹ besagte.

»Großartig. Eine weitere Höhle. Genau das, was wir brauchen«, beschwerte sich KieraFreya. »Warte ein paar

Minuten und wir werden wieder in Skeletten schwimmen. Hey, Chloe! Daran erinnerst du dich, oder? Als du dich entschieden hast, Selbstmord zu begehen, anstatt uns in Sicherheit zu bringen. Ich würde es persönlich nehmen und denken, du suchst nur Ausreden, um mich loszuwerden. Aber, weißt du, du kommst immer wieder zurück, also kann ich wohl nicht so schlimm sein.«

»Ich glaube nicht, dass wir uns diesmal um Skelette sorgen müssen«, mutmaßte Chloe und zeigte auf eine offene Tür, wo stapelweise menschliche Knochen herumlagen. Sie blickte mit fragenden Augen zu dem Schamanen.

Er nickte zurück, genug Bestätigung für Chloe, um vorauszulaufen.

»Hey! Langsam! Du weißt nicht, welche Gefahren vor dir liegen«, rief KieraFreya. »Weißt du, wie *langweilig* es ist, darauf zu warten, dass dein Arsch wieder auftaucht, während ich nur irgendwo im Nichts schwebe? *Lächerlich* langweilig! Und dann tauchst du einfach wieder auf, als ob nie etwas passiert wäre …«

KieraFreyas Worte wurden von ihren Schritten übertönt, als Chloe rannte, angeheizt von Vorfreude. Sie folgte einer Reihe von Fackeln, die entlang der Tunnelwand angezündet waren und bemerkte nebenbei, dass das Irrlicht ihr nun schnell folgte und sein eigenes Licht hinzufügte. Sie nahm verschiedene Tunnel, versuchte nicht auf dem Felsboden auszurutschen und folgte den Spuren der Toten, bis sie ein großes Steintor erreichte, das leicht offenstand.

»Was ist in dich gefahren?«, fragte KieraFreya, die selbst irgendwie außer Atem klang.

Chloe drückte sich durch den Spalt in der Tür und fand sich in einer großen Halle wieder. Eine Treppe verlief entlang der gegenüberliegenden Wand, die zu einer Empore führte, die den ganzen Raum umgab. Überall waren Grüften, die aufgeschlagen worden waren und Knochen bedeckten den Boden.

Chloe schritt voran, lächelnd, als sie die Brandspuren an den Wänden erkannte – kürzlich geschwärzt durch die Asche von Feuerbällen. Sie waren hier genau richtig.

Oben auf der Treppe angelangt, schauten sie sich um und entdeckten eine Tür im oberen Stockwerk mit schwarzen Schnitzereien. Chloe trat durch sie hindurch in eine Nebenkammer, deren Wände mit glühenden, grünen Pilzen überwuchert waren. Die riesigen Gewächse sorgten für ein kränkliches Leuchten. In der Mitte dieses größeren Raumes befand sich eine große Schatzkiste, deren Deckel bereits offenstand und deren Inhalt geplündert worden war, aber etwas anderes fiel Chloe mehr ins Auge.

»Sie haben es tatsächlich getan«, murmelte sie und staunte über die verrottende Leiche dessen, von dem sie annahm, dass es der Oberherr der Skelette gewesen war. Er trug einen dunklen, dünnen Helm und eine rudimentäre Rüstung, die die anderen als nicht plünderungswürdig angesehen haben mussten. Chloe trat näher und bemerkte eine Beule in der Mitte der Brustmitte, wo irgendwann jemand gesessen haben musste.

Die Jungs und ich haben die krasseste Höhle gefunden. Wir haben mindestens eine kleine Armee an Skeletten zerstört und massiv Punkte verdient. Im Moment machen wir eine kurze Pause in der Hauptkammer. Ich sitze auf dem Skelett-Oberherrn! Lol.

Die Nachricht kehrte ungebeten in ihre Erinnerung zurück. Die Worte hatte Gideon ihr vor kurzem gesendet. Sie fragte sich, ob er ihre Nachricht bereits erhalten hatte oder ob sie ihn während einer seiner Abmeldezeiten erwischt hatte. Wenn es ihn erreicht *hätte,* wäre er sicher hier und würde in diesem Raum auf sie warten.

Es sei denn, seine Freunde wollten nicht ihren ganzen Weg zurückverfolgen – für eine Frau, die gedacht hatte, sie wäre allein besser dran.

Chloe schüttelte den Kopf, nicht ganz sicher, ob das ihre Gedanken oder die von KieraFreya gewesen waren.

»Nun, sie sind nicht hier.« Sie seufzte und stieß das Skelett mit der Fußspitze an. »Sieht aus, als hätten sie einen tollen Job gemacht, diese Höhle zu räumen.«

Es gab einen kleinen Lichtblitz, als das Irrlicht wieder zur Schamanenform zurückkehrte. »Und was lässt dich glauben, dass diese Höhle komplett geräumt wurde?«

»Ähm, vielleicht die ganzen Knochenhaufen und der Anführer hier, der uns gerade zu Füßen liegt?«

Der Schamane lachte ohne Humor. »Der Oberherr ist nur ein Kontrollpunkt auf dem Weg zur Fertigstellung dieser Herausforderung. Dein Wissen beginnt und endet damit, was dein Freund dir erzählt hat. Erwarte das Unerwartete und bereite dich auf einen Kampf vor. Es könnte noch einiges auf uns zukommen.«

Chloe seufzte tief und ging auf den Durchgang am anderen Ende des Raumes zu. Sie stieß die schwere Tür an, öffnete sie ein wenig weiter und entdeckte mehr Fackeln, die den abgedunkelten Flur beleuchteten.

Mann, warum kann jeder *meine Gedanken lesen? Ist hier gar keine Privatsphäre mehr zu finden?*

Für Privatsphäre musst du eine Pro-Mitgliedschaft kaufen, lachte KieraFreya.

Weißt du überhaupt, was das bedeutet?

Nein, aber es kam mir lustig vor.

Chloe tat ihr Bestes, ihre Gedanken zu leeren und machte sich auf den Weg in die Dunkelheit.

Kapitel 29

»Weißt du, ich hatte etwas viel Glamouröseres als das hier erwartet«, jammerte Chloe. Der Schleim von den Felswänden blieb an ihrer Haut haften, als sie sich durch einen Spalt zwängte.

Sie waren gefühlt stundenlang in Stille gelaufen. Jetzt aber hatte Chloe aufgegeben, so zu tun, als würde sie sich nicht zurücksehnen zu faulen Nachmittagen, die sie mit Blake kuschelnd auf dem Sofa verbracht hatte. Na ja – während sich das ignorante Schwein mehr auf die Figuren im Spiel konzentriert hatte, als darauf, ihr Zuneigung zu zeigen.

»Wovon redest du nur?«, erwiderte KieraFreya. »Was ist hieran nicht glamourös? Du strahlst praktisch. Wer hätte gedacht, dass das Geheimnis der Schönheit direkt vor uns liegt: Schweiß, Steinschleim und für eine Woche nicht baden?«

Chloe schnüffelte an ihrer Achsel und zuckte fast zusammen. *Verdammt, sie hatte recht. Wo zum Teufel badet man an einem Ort wie diesem?*

»Als Blake gespielt hat, verbrachte er Zeit in Städten unter *normalen* Leuten. Wo ist hier die Höflichkeit? Wo ist die Häuslichkeit? Bisher habe ich es nur geschafft, von Wald zu Moor zu Berg zu reisen. Ich habe gegen Feinde gekämpft. Ich bin gestorben und ich habe Zaubersprüche gelernt, aber eigentlich will ich nur ein schönes, warmes Bad und ein paar Stunden in einer Taverne sitzen mit einem ver…« *Piep* »… Cosmo«.

»Was ist ein Cosmo?«, fragte KieraFreya.

Chloe erklärte die köstliche Süße eines Cosmopolitan und die Auswirkungen des Alkohols auf ihren Körper.

»Klingt nach einer guten Möglichkeit, deine Probleme zu unterdrücken«, sagte KieraFreya, als Chloe fertig war. Hinter ihnen schwebte das Irrlicht hin und her wie eine Boje über Wellen. »Sich selbst zu betäuben und alle Erinnerungen an die Nacht davor zu löschen.«

Chloe seufzte und sah ihre Armschienen misstrauisch an. »Hat der Doc dich dazu angestiftet?«

»Im Ernst, wer ist der Doc?«, antwortete KieraFreya. »Warum nimmst du immer wieder an, dass ich Dinge aus deiner Welt kenne? Viel wichtiger, warum nimmst du an, dass es mich interessiert?«

Sie näherten sich einem weiteren abfallenden Gang im Tunnel. Diesmal wand sich der Weg im Kreis hinab in unbekanntes Terrain. Chloe legte ihre Hände gegen die Wand und schritt langsam voran. Sie hatte aus ihrem vorherigen Fehler gelernt, bei dem sie ein wenig zu eifrig gelaufen war, nur um festzustellen, dass ein stetiger Tropfen Wasser, das durch den Felsen gefiltert wurde, den Boden rutschig gemacht hatte.

Chloe war auf ihren Hintern geschlagen, hatte vor Schmerz eine Grimasse geschnitten und einige Sekunden gebraucht, um sich zu erholen, nachdem sie ein paar Meter weiter den Hang hinunterrutschte. Der Stein war eiskalt an ihrem Hintern gewesen.

KieraFreya hatte gelacht.

Der Schamane nicht.

»Aber im Ernst«, fuhr Chloe fort und ignorierte KieraFreya, als sie sich voran arbeitete und den Körper einer weiteren großen Ratte passierte, die unbeweglich auf dem

Boden lag. »Es muss mehr in diesem Spiel geben, als nur von Höhle zu Höhle zu springen und unseren eigenen Schwanz zu jagen. Sag es mir, Meister Irrlicht. Du musst doch von den Städten wissen?«

Die Stimme des Schamanen erschien in ihrem Kopf. *Ich kenne die Städte, aber ich habe noch keine von ihnen besucht. Ich habe immer bei den Menschen von Oakston gelebt und die Grenze meiner Abenteuer waren die Wälder und dunklen Orte, die unser Land umgaben.*

»Verdammt. Was ist mit dir, KF? Sicherlich musst du etwas über die Städte wissen, nachdem du sie jahrelang von oben in deinem Elfenbeinturm in den Wolken beobachtet hast?«

»Okay, zuallererst einmal, ›KF‹?«

Chloe zuckte mit den Schultern. »Ich probiere nur etwas aus. KieraFreya … na ja, das ist ein ganz schöner Brocken, weißt du?«

»Es ist mein Name.«

»Und?«

»Es ist der Name einer *Göttin*.«

»*Und*? Die Menschen geben den Göttern in meiner Welt die ganze Zeit Spitznamen. Jesus zum Beispiel. Ich habe schon alle möglichen Versionen seines Namens gehört. ›Der Sohn‹, ›Christus‹, ›JayCee‹. Du gibst den Menschen, die du liebst, immer Spitznamen.«

Chloe entschied sich bewusst, ihre Armschienen nicht anzusehen, falls KieraFreya das Flimmern in ihren Augen entdeckte. Musste sie es wirklich erfahren, wenn Chloe eine kleine, harmlose Lüge erzählte?

»Du sagst, dass du mich *liebst*?«, wiederholte KieraFreya, Ekel klar in ihrer Stimme.

Chloe biss sich auf die Lippe. »Ich meine, ich *schätze* schon. Sosehr man jemanden lieben kann, mit dem man in einem Reich festsitzt, in das man mehr oder weniger freiwillig hineingeworfen wurde. Du *bist* eine meiner engsten Freunde, sowohl im wörtlichen als auch im übertragenen Sinne und wir haben bereits viel Kram durchgemacht. Also, ja, ich schätze, auf irgendeiner Ebene liebe ich dich.«

Chloe fühlte, wie ihre Armschienen an ihren Handgelenken erschauderten.

»Hey!«

»Zweitens«, sagte KieraFreya, bevor Chloe weitersprechen konnte, »warum denkst du, dass ich nichts Besseres zu tun hätte, als den Menschen in Obsidian bei ihrem Alltag zuzusehen? Sicher, ich warf von Zeit zu Zeit einen Blick auf sie, aber es gibt genauso viel Drama bei den Göttern wie bei den einfachen Leuten. Denkst du, du hast hier unten Drama beobachtet? Warte nur, bis du siehst, was die Götter zu bieten haben. Sie mögen sich versteckt und außerhalb deiner Reichweite halten, aber trotzdem beherrschen sie eine ganz andere Ebene der Theatralik.«

Sie erreichten schließlich den niedrigsten Punkt der Spirale. Chloe öffnete ihren Mund, um KieraFreya zu antworten, stockte aber. Blutspritzer glitzerten auf dem goldenen Tor, das vor ihr lag.

In der Mitte der Türen befand sich ein großes Schloss in Form einer Flamme. Chloe war beeindruckt zu sehen, dass ein dekoratives Objekt der gleichen Form bereits in die Tür eingebettet war, ein Schlüssel, den die anderen auf ihren Reisen gefunden haben mussten.

Chloe legte ihr Ohr an die Tür. Sie konnte Stimmen auf der anderen Seite reden hören, gedämpfte Worte durch den Felsen. Ihr Herz überschlug sich.

Mit einem Lächeln zwinkerte Chloe dem Irrlicht zu und schob die Tür in einem Schwung auf.

»Keine Sorge, Jungs. Jetzt kann die Party losgehen! *Ähh …*«

Chloes Atem stockte, als sie die monströse Kreatur in der Mitte des Raumes liegen sah.

Der Troll war riesig. Sogar auf dem Rücken liegend war er doppelt so groß wie Chloe. Sein Schädel war groß genug, dass Chloe seinen Mund wie eine Höhle hätte betreten können, aus deren Unterkiefer zwei Stoßzähne herausragten. Es lag eine Keule außerhalb seiner Reichweite, die so groß war wie ein kleiner Baum.

Chloes erinnerte sich schlagartig an ihre erste Begegnung mit diesen Kreaturen. Die beiden hatten sich ihr auf dem Todesweg in den Weg gestellt und mit Felsbrocken geworfen, als ob sie wenig mehr als Kieselsteine wogen.

»… lebt er noch?«, murmelte Chloe zu KieraFreya und bemerkte dann die Blutspritzer, die den Stein um den Troll herum befleckten.

»Siehst du ihn atmen?«, antwortete KieraFreya.

Tatsächlich konnte sie das nicht. Der Troll lag leblos da, so unbeweglich wie der Fels um ihn herum. Chloe war sich sicher, dass, wenn sie den Raum aus einem anderen Blickwinkel betrachten würde und keine Ahnung hätte, was ein Troll war, sie ihn völlig übersehen hätte. Sie näherte sich vorsichtig und sah kleine Schnitte und blaue Flecken auf der Haut des Trolls. Kleine Bereiche, die verkohlt und verbrannt waren. Chloe war ein wenig stolz.

Ihre Freunde hatten diesen Troll besiegt. Drei Novizen im Kampf mit einer Kreatur, die die Götter für würdig befunden hatten, einen mythischen Schatz zu beschützen. Das Lächeln kehrte auf ihr Gesicht zurück und sie fragte sich, wo die Männer sich jetzt befanden.

Wie eine Antwort hörte Chloe ein zischendes Flüstern. »Pssst. Wer ist da?«

»Halt die Klappe, Tag. Es könnte jeder sein. Willst du *wirklich* die Aufmerksamkeit auf dich ziehen?«

»*Irgendetwas* müssen wir tun«, antwortete Tags Stimme.

Chloe grinste und lief vorbei an dem riesigen Körper des Trolls. Ihre Augen weiteten sich, als sie zur Rückseite des Raumes rannte und dort ihre Freunde eingesperrt in drei einzelnen Zellen vorfand, die in den Felsen eingelassen waren.

»Chloe?«, fragte Gideon verblüfft, der Unglaube in seiner Stimme deutlich. Er erhob sich aus einer abgedunkelten Ecke seiner Zelle und griff nach den Stäben. »Was machst du … Wie kannst du …?« Gideon sammelte seine Gedanken. »Was machst du hier? Hast du meine Nachricht erhalten?«

Chloe griff durch die Gitterstäbe und umarmte ihn. »Sicher. Wie geht es dem Ausschlag? Hast du *meine* Nachricht erhalten?«

Gideon drückte Chloe fest an sich. Als sie zurücktrat, sah er sie seltsam an. »Nein, meine andere Nachricht. Ich habe geantwortet, nachdem ich mich wieder eingeloggt und deine Anfrage gesehen hatte. Ich fand es ironisch, dass du uns sagtest wir sollen dort bleiben, wo wir waren, weil wir schon hier drin gefangen waren und uns schlecht wegbewegen konnten.«

Chloe durchsuchte ihr Gedächtnis, konnte aber keinen Schimmer von Erinnerung daran finden, wovon Gid sprach. Sie öffnete ihr Menü und tatsächlich, Gids Nachricht sagte ihr, dass sie in einem der Kerker eingeschlossen wurden und keine Möglichkeit hatten, sich ohne irgendeinen Schlüssel zu befreien.

»Es tut mir leid, die letzten Stunden waren ein bisschen verwirrend. Ich hatte noch keine Gelegenheit, meine Nachrichten zu überprüfen. Geht es euch gut? Was ist passiert?«

Gideon, Ben und Tag erzählten abwechselnd ihr Abenteuer. Wie erfolgreich und spaßig alles gewesen war. Wie sie zufällig die Höhle entdeckt und ihr Glück versucht hatten.

»Du verbesserst nie deine Stufe, es sei denn du … scharrst mit dem … Hufe?« Tags Stimme stolperte zum Stillstand.

Ben rollte mit den Augen. »Ich dachte, du kannst gut reimen?«

»Sicher, solange es nicht *meine* Reime sind …«

Sie hatten sich recht problemlos durch die Skelettarmee gekämpft, perfekt aufeinander eingespielt wie immer. Sogar Gideon hatte Spaß daran gehabt, Skelette mit seinen Feuerbällen niederzureißen, während Ben sie von Weitem abschoss, bevor sie überhaupt die Chance hatten, sie alle zu erreichen.

Dann war der Skelett-Oberherr aufgetaucht. Ein Skelett mit erhöhter Verteidigung, erhöhten Trefferpunkten und regenerativer Magie.

»Das war härter«, sagte Ben. »Er brach aus seinem Grab aus, als wir noch mit den anderen Skeletten beschäftigt waren.«

»Ja, hätte sich ein gewisser *jemand* bloß ein wenig länger damit zurückgehalten, den Schatz zu plündern.« Gideon starrte Tag an.

»*Hey!* Ich war neugierig, okay? Da hätte etwas Nützliches für den Kampf drin sein können.« Tag verschränkte seine Arme.

»Du hättest eine Minute länger warten können!«, beschwerte sich Ben. »Das wäre *mehr* als genug gewesen, um den letzten Abschaum zu beseitigen. Aber *nein*, du musstest die Truhe öffnen und den Oberherrn wiederauferstehen lassen.«

»Woher sollte ich wissen, dass das passieren würde?«

Gideon zog an seinen Haaren. »Weil die Truhe *neben einem riesigen Steinsarg* stand! Wie oft haben wir sowas schon gemacht? Wenn eine Schatzkiste in der Mitte des Raumes steht und es eine Menge Orte um ihn herum gibt, wo sich Gegner verstecken könnten, *ist die Schatzkiste der Auslöser.*«

Tag schnaubte und verstummte.

»War da wenigstens ein guter Schatz drin?«, fragte Chloe.

Tag schaute auf seine Füße. »Ein paar Münzen und eine Streitaxt.«

»Nun, das ist schon etwas, oder?«, sagte Chloe, um die Situation so weit wie möglich zu entschärfen und Tag zu helfen.

»Naja«, antwortete er. »Ihr Angriffswert war niedriger als von der, die ich in Oakston beschafft habe. Sie war es nicht wirklich wert, also ließ ich sie in der Kiste, nahm die Münzen und löste den Angriff aus.«

»Das ist das erste Mal, dass *wir* von den Münzen hören«, sagte Gideon.

»Nun, es *tut mir leid*. Verzeiht mir, dass ich mich auf den Job konzentriert habe«, antwortete Tag. »Falls du es noch nicht bemerkt hast, ein riesiger Troll hält uns gefangen.«

Chloe drehte sich um. »Er *lebt*?«

»Natürlich lebt er. Glaubst du, wir sind freiwillig hier drin?«, fragte Ben mit einem Hauch von Ironie in der Stimme.

Chloe betrachtete den Troll und fand buchstäblich kein Anzeichen dafür, dass sich das Monster bewegte. »Bist du sicher, dass er nicht tot ist?«

Die Drei streckten ihre Hälse und versuchten, etwas durch die Gitterstäbe zu sehen.

»Ich weiß nicht.« Gideon zuckte mit den Schultern. »Er sieht tatsächlich nicht sehr lebendig aus.«

»Einen Moment«, sagte Chloe und drehte sich zurück, um sie ansehen zu können. »Wie zum Teufel hat euch ein *Troll* in diesen Zellen eingesperrt? Seine Hände sind riesig. Diese Schlösser sind winzig klein.«

»Da war dieser Magier …«, sagte Ben.

Chloe warf ihre Hände in die Luft. »Oh, *natürlich* war da ein Magier. Warum gibt es *immer* einen Magier?« Ihr Verstand füllte sich mit den leuchtenden Augen und der Wut des schwarzen Magiers, der sie vor nicht einmal einem halben Tag getötet hatte.

»Wow, welchem Magier bist *du* denn begegnet?«, fragte Tag.

Chloe erklärte kurz die Situation, schilderte, was am Schrein passiert war und erklärte ihren neuen, leuchtenden Gefährten, nachdem die Jungs schließlich das Irrlicht entdeckt hatten.

Chloes Magen drehte sich, als die Jungs dann erklärten, dass der Magier, kombiniert mit dem Troll, sie alle mühelos besiegt hatten. Selbst mit Gideons Magie, Bens Bogenschießen und Tags Trefferpunkten waren sie deutlich unterlegen gewesen. Der Magier hatte die Aufmerksamkeit des Trolls auf sie gelenkt und die drei gelähmt, während der Troll mit seiner Keule wild um sich schlug. Tag hatte den meisten Schaden abbekommen und versucht zu fliehen, getränkt in sein eigenes Blut, bevor er von der Macht des Magiers zurückgeschleppt wurde und dabei die Tür befleckte.

Am Ende hatten sich die drei dem Magier in einem verzweifelten Versuch, ihren Freund nicht zu verlieren, ergeben. Nachdem er in der Zelle eingesperrt worden war, hatte Gideon den Zauber Heilende Hände auf Tag angewendet und seine Trefferpunkte wieder aufgefüllt. Der Magier war mit einem dunklen Lächeln verschwunden, ein anderes Ziel trieb ihn weiter.

»Also muss ich allein los, um den Schlüssel zu holen, der euch rettet?«, stöhnte Chloe.

»Nicht ganz«, sagte Gid und nickte dem Troll zu. »Der Magier hat den Schlüssel nicht genommen. Er ließ ihn an einem Ort zurück, von dem er dachte, dass er gut bewacht wäre.«

Chloe schaute verzweifelt vom Troll zu ihren Freunden.

»Dieses …« *Piep* »…spiel.«

Kapitel 30

Chloe rümpfte ihre Nase. Aus der Nähe roch der Troll schlimmer, als sie befürchtet hatte. Sie trat um das Biest herum zu dem schmutzigen Stoff seines Lendentuchs, von dem der Gestank in physischen Wellen zu pulsieren schien.

»Muss das wirklich sein?«, flüsterte Chloe durch den Raum. Obwohl sich der Troll nicht bewegt hatte, als sie bei höchster Lautstärke sprachen, wollte sie nun, da sie näher war, nichts riskieren.

Gideon und Ben nickten. Chloe hasste Tag für das selbstgefällige Lächeln auf seinem Gesicht.

Chloe stellte sich auf ihre Zehenspitzen und streckte ihren Hals, um den Schlüssel sehen zu können. Sie griff in die Tasche des Lendentuchs und grub ihre Hand so weit hinein, wie sie es wagte. Ihr Arm verschwand bis zu ihrem Ellenbogen, aber sie war bei Weitem nicht tief genug.

Sie zog ihren Arm schnell hinaus und versuchte, den Gestank von ihrer Haut zu wischen.

Es ging nicht anders. Sie lief zur Schulter des Trolls, zog sich daran hoch, fluchte, sosehr das Spiel es ihr erlaubte und erklomm schließlich den riesigen Körper.

Chloe stand unsicher auf. Sie wackelte leicht, als sie spürte, wie die Lungen des Trolls sich fast unmerklich hoben.

Sie kniete sanft auf seinem Bauch und hob das Material der Tasche an. Eine dicke Welle des Gestanks traf sie und Chloe musste ein Würgen unterdrücken. Sie drehte sich weg und nahm ein paar ruhige Atemzüge, dann stürzte sie sich kopfüber in die Tasche. Aus der Ferne musste sie wie eine Katze ausgesehen haben, die unter einer Bettdecke spielt. Chloe kroch so schnell sie konnte und tauchte eine Sekunde später auf, wachsartig und blass.

»Kein Glück gehabt?«, rief Ben.

Chloe schüttelte den Kopf, unfähig, Worte zu bilden.

»Oh, das ist richtig«, sagte Tag und schlug sich an die Stirn. »Es war die *andere* Tasche.«

Chloe starrte Tag an und zwang ihren Würgereiz zurück. Sie kroch langsam über den Riesen, wiederholte den gleichen Vorgang und tauchte einige Sekunden später mit einem großen, silbernen Schlüssel auf.

Sie vergeudete keine Zeit, bevor sie vom Troll rutschte und die Zellen öffnete. Sie hob sich Tag für den Schluss auf und ließ ihn schwitzen, als sie für einen Moment so tat, als würde sie ihn einfach dortlassen. Es wäre eine sehr zufriedenstellende Rache für die Schlüsselaktion.

»Komm schon, schließ einfach die Zelle auf. Es tut mir leid, okay?«

»Dreh dich dreimal auf der Stelle und belle wie ein Hund«, sagte Chloe.

Tag hustete. »Das ist nicht dein Ernst?«

»Was denkt ihr, Leute? Ist das mein Ernst?«

Ben kicherte, ein kindliches Glitzern in seinen Augen. »Ich habe dich noch nie scherzen gehört, Chloe.« Er streckte seine Arme in die Höhe und knackte seine Wirbelsäule. »Tu besser, was sie sagt, Kumpel. Freiheit fühlt sich *gut* an.«

Chloe krümmte sich vor Lachen. Sogar Gideon lachte mit ihnen. Sie atmete tief durch, versuchte, ihre schmerzende Lunge mit Sauerstoff zu füllen und vernahm eine leichte Spur von etwas Abgestandenem, Verunreinigtem.

Sie blickte in die hintere Ecke von Tags Zelle, wo die Wand dunkel war und ein kleines Rinnsal von etwas Gelbem über den Boden lief.

»Oh, mein Gott«, sagte Chloe. »Ist das …«

Tags Augen weiteten sich. In einer hektischen Bewegung drehte er sich dreimal so schnell, dass er fast hinfiel.

»*Wuff wuff. Wuff, wuff, wuff!* «

Chloe, Ben und Gid lachten wieder los. Chloes Sicht verschwamm vor ihr, als sie kicherte und ihr Bestes tat, das Schloss durch Lachtränen zu treffen. Sie fand es schließlich und drehte den Schlüssel um.

»*Wuff wuff. Wuff …wuff?* «

»Was ist los, Lassie? Was ist los, Junge?«, lachte Ben und schlug sich auf die Schenkel.

Tag japste und bereitete seinen Hammer vor, als er hinter sie alle zeigte, wo sie hörten, wie sich etwas Gigantisches bewegte.

»Och, Mann!« Chloe seufzte und drehte sich langsam um, wo sie sah, wie sich der Troll aufrappelte, ein hungriger Blick auf seinem Gesicht. Große Speichelfäden tropften an seinem Kinn herunter und fanden ihren Weg in die Risse und Falten seines Körpers.

Chloe blickte zu Gideon und bereitete einen Feuerball vor. Er tat es ihr mit zitternden Händen nach, die Augen hoch auf die Kreatur gerichtet. Sie nutzte ihre Kreaturenidentifikation und las die Informationen.

Bergtroll (Stufe 15)
982 Trefferpunkte

982 verdammte Trefferpunkte? Der schwarze Magier war auf derselben Stufe und hatte weit *weniger als das,* dachte

Chloe, nahm ihre Kampfhaltung ein und schloss sich Gideon und Ben an, als sie die ersten magischen und physischen Projektile auf den Troll feuerten. Der Troll zuckte zusammen und seine Gesundheit sank um etwa 3%.

Die Stimme des Schamanen erschien, als Chloe einen weiteren Feuerball formte und nach links ging. Ihre Vierergruppe teilte sich in mehrere Richtungen auf, um den Troll zu verwirren. *Denke daran, jede Kreatur ist anders, Chloe. Ein Wolf mag schnell sein, doch eine Schildkröte ist langsam. Ein Elefant ist riesig, doch ein Pferd kann unter dem Schwert zerfallen.*

Einen Moment, sagte Chloe, zog ihr Schwert und zielte damit auf die Knie des Trolls, als sie auf ihn zu sprintete. Das Schwert traf die Haut, blieb aber hartnäckig nah an der Oberfläche und hinterließ einen erbärmlichen Schnitt, von dem Blut tropfte, bevor es schnell gerann. *Du willst mir sagen, dass es Elefanten in Obsidian gibt*?

Sicher. Ich habe von ihrer Existenz in den östlichen Ebenen gehört, draußen in Richtung Narlath, wo das Land trockener und die Regenfälle spärlich sind.

Genug von dem Biologieunterricht, bitte, schimpfte KieraFreya. *Vielleicht hast du einige nützliche Informationen über den Troll, der derzeit versucht, uns zu Gelee zu verarbeiten?*

Chloe nickte, stählte sich für den Angriff und stürzte durch die großen Beine durch, wo sie auf seinen Rücken zielte. Diesmal hatte das Schwert noch weniger Wirkung, das Metall prallte scheinbar einfach von der Haut des Trolls ab.

Chloe wich dem Troll nur knapp aus, als er seinen Schläger in Tags Richtung schwang. Dieser sprintete so schnell, wie seine kleinen Beine ihn tragen konnten. Er hielt einen provisorischen Schild über sich, der aussah, als wäre er aus einfachem Holz.

»Komm und hol mich!«, schrie Tag und rannte an einer dunklen Stelle in der Höhlenwand vorbei, wo Chloe nur die Blitze von Pfeilen erkennen konnte, die wie aus dem Nichts erschienen. Offensichtlich hatte Ben an seinem Schleich-Talent gearbeitet und nutzte nun den kleinen, dunklen Ort, um langsam an den Trefferpunkten des Trolls zu nagen.

Gideon hatte indessen den Schutz der Zelle gesucht und blätterte durch das Buch des Schamanen, das Chloe ihm als Abschiedsgeschenk gegeben hatte. Er blätterte fieberhaft durch die Seiten, schüttelte den Kopf und blickte nach oben, als Tag mit einem »Was zum *Teufel* machst du da, Kleiner?« an seiner Zelle vorbeikam, kurz bevor die Keule die Metallstäbe traf und sie beim Aufprall eindrückte.

Chloe fragte sich ebenfalls, was zur Hölle Gideon tat und ob er wirklich erwartete, nicht zerquetscht zu werden, wenn er ein unbewegliches Ziel blieb. Bei dem Gedanken fiel Chloe auf, dass sie für ein oder zwei Augenblicke nur dagestanden und die Geschehnisse beobachtet hatte, während Tag durch den Raum flitzte und der Troll nur Augen für ihn hatte.

Sie verstand plötzlich. Der Troll versuchte, seinen Job zu beenden. Gid und Ben hatten es selbst gesagt, Tag war fast zu Tode gequetscht worden. Sicherlich musste ein *fast* toter Zwerg den Troll wirklich angepisst haben, besonders, als er gesehen hatte, wie sein Opfer wieder zum Leben erwachte, als ob nichts geschehen wäre.

Als ob er Chloes Theorie weiter zu bestätigen versuchte, machte Tag sich immer lauter über den Troll lustig und tauchte gelegentlich durch seine Beine hindurch, wie Chloe es getan hatte. Ein paar Mal prügelte er mit seinem Hammer auf die Trollzehen und ließ ihn aufschreien.

Chloe schaute nach der Gesundheit des Trolls. 793 Trefferpunkte. Ihre Bemühungen hatten schon etwas bewirkt, aber es würde sicher nicht lange dauern, bis Tags Ausdauerpunkte dieses Tempo nicht mehr mitmachten.

»Wann immer einer von euch bereit ist, einzuspringen, wäre das *wirklich* nett!«, rief Tag, rutschte dann aber aus, als er auf loses Geröll trat und stieß gegen die Wand. Er schlug mit dem Kopf auf und blinzelte verwirrt. Der Troll tauchte über ihm auf, ein unangenehm triumphierendes Grinsen auf seinem Gesicht.

Die Keule hob sich, schwang dann nach unten. Chloe rannte zu Tag, warf ihren Körper über ihn und hoffte trotz aller Logik, dass das Talent Verwegenheit ihr einen Vorteil verschaffen würde oder die Götter vielleicht wieder Mitleid haben würden. Sie kniff ihre Augen zusammen, als sie auf den Schlag wartete.

Ein paar Sekunden vergingen.

Es kam kein Schmerz.

Aber der Geruch von verbranntem Fleisch tat es.

Chloe schälte sich von Tag, ihre Augen trafen auf die des grummeligen Zwerges. »Danke, Mädel«, sagte er ungeschickt und rieb sich den Kopf, als sie voneinander wegrollten.

Der Troll war wie eingefroren. Unbeweglich wie eine Statue.

Nun, nicht ganz so unbeweglich wie eine Statue. Er bewegte sich immer noch, die Keule senkte sich mit unendlich langsamer Geschwindigkeit, während etwas hinter ihm laut brutzelte. Chloe hörte das Geräusch von bratendem Speck und blickte um den Troll herum, wo sie sah, wie Gideon seine Hände aneinander rieb, als wären sie Defibrillatoren. Alle paar Sekunden entfernte er sie von dem Troll und lud den Strom wieder auf, dann drückte er seine mit Blitzen geladene Handflächen in die riesigen Kniekehlen.

»Du weißt, dass du uns hungrig machst, oder?«, bemerkte Chloe trocken. Gideon warf ihr einen flüchtigen Blick zu, als er seinen verzweifelten Versuch fortsetzte, den Troll um seine Trefferpunkte zu erleichtern.

»Zeitlupenfluch«, keuchte er zwischen schnellen Atemzügen. »Hätte nicht gedacht, dass das funktionieren würde. Scheint ziemlich nützlich zu sein.«

Chloe blickte auf die Gesundheit des Trolls und war angenehm überrascht, dass sie nun bei 547 Trefferpunkte lag. Einen großen Teil hatten sie ihm durch Tags Herumgelaufe, Bens Pfeile und Chloes Schwertstöße genommen. Sie konnte sehen, dass Gideon jedes Mal mehr Schaden anrichtete, wenn die Beine des Trolls unter seinen Händen zappelten.

Tag brachte möglichst viel Platz zwischen sich und den Arm des Trolls, der noch immer die Keule hielt. Er fand Zuflucht bei Ben, der aus dem Schatten getreten war. »Wie lange haben wir noch?«

Gideon zuckte mit den Schultern. »Keine Ahnung. Deshalb verbrauche ich gerade meine Magiepunkte mit diesen Angriffen. Es könnte Sekunden dauern. Es könnte Minuten dauern. Tage.«

»Wie viel Magiepunkte hast du noch?«, fragte Chloe.

»Nicht genug«, sagte Gid, rieb seine Hände und produzierte nichts als ein paar Funken. »F…« *Piep.*

»Dann lass mich dich ablösen«, sagte Chloe, zog ihr Schwert und legte eine Handfläche auf die Klinge. Sie murmelte die Worte, die jetzt in ihrem Gedächtnis verankert waren und schickte Strompulse in ihr Schwert. Sie nahm den Platz neben Gideon ein und hackte und schlug zu. Es hatte kleine Brandspuren gegeben, wo Gids Hände den Troll getroffen hatten, aber Chloe sah mit Bestürzung, dass ihr Schwert keine Spuren hinterließ.

Sie trat zurück und konzentrierte sich auf den Zauber, um erneut ein-, zwei-, dreimal zu zuzuschlagen. Immer noch kein Effekt, obwohl sie bemerkte, dass die Gesundheit des Trolls einen signifikanten Teil einbüßte.

»Was zur Hölle? Wieso hat das keine Wirkung?«, fragte Gideon.

»Es *hat* eine Wirkung«, antwortete Chloe. »Schau!«

Gideon schaute angestrengt dahin, wo Chloe auf die Gesundheitsleiste des Trolls zeigte. Er blinzelte und blinzelte. »Was soll ich da sehen?«

Chloe seufzte. »Richtig. Du hast keine Kreaturenidentifikation, oder? Die Trefferpunkte des Trolls sinken. Er hat noch etwa 30% übrig. Regeneriere deine Magiepunkte so gut du kannst. Tag, ruhe dich aus und iss schnell etwas, um deine Gesundheit wiederherzustellen. Ben, schieß weiter.«

»Mir sind die Pfeile ausgegangen«, antwortete Ben, zog die schlechte Entschuldigung eines Schwertes und hielt es in Chloes Richtung. »Das könnte funktionieren.«

»Mach schon«, antwortete Chloe. »Gid, wie schnell steigen deine Magiepunkte?«

»Langsam erholen sie sich. Ich brauche noch ein paar Minuten.«

Gerade dann sah Chloe etwas, das ihre Augen weiten ließ. »Ich glaube nicht, dass wir so lange Zeit haben.«

»Woher weißt du das?«

Chloe zeigte auf die Rückseite eines der Trollbeine. Wo sie mit ihrer Blitzklinge auf die Haut geschlagen hatte, entstanden nun langsam dünne Linien. Die Haut öffnete sich entlang deren Länge, schmerzhaft langsam, als dickes, rotes Blut zu fallen begann und dann immer mehr hervorsprudelte. Der Troll begann sich spürbar vorwärts zu bewegen, die Zeit begann aufzuholen. Sie hörten das Knurren des Trolls wie in Zeitlupe.

»Weg hier«, rief Chloe und rannte zusammen mit Ben und Tag zur Nische in der Wand. Gideon war der letzte, der sich anschloss und gerade noch rechtzeitig aus dem Weg sprang, als der Troll wieder zur Normalgeschwindigkeit zurückkehrte. Die Auswirkungen der Angriffe von Gideon und Chloe sammelten sich nun, als die Zeit darum kämpfte, die Realität aufzuholen.

Die Haut an den Beinen des Trolls schälte sich, Blut sprudelte heraus. Der Troll wurde von einer unsichtbaren Kraft nach vorne geschoben, sein Schläger rutschte aus der Hand, als er dort gegen die Wand schlug, wo Tag und Chloe gewesen waren. Sein Kopf schlug hart in die Ecke der Höhlenwand und sie hörten ein hallendes Knacken, als Knochen brach.

Chloe beobachtete mit grauenhafter Faszination, wie die Gesundheit des Trolls in einer Sekunde auf 0 abrutschte. Der letzte Aufprall gegen die Wand war genug gewesen, um das Leben der Kreatur zu beenden.

Monster besiegt: Bergtroll (Stufe 15)
+590 Erfahrungspunkte

Licht strömte über Gideon und Ben und sie jubelten, als sie in die Luft gehoben wurden.

Tag grinste und stand da, als ob er auch jeden Moment zu schweben beginnen würde. Als nichts passierte, maulte er: »Hey! Was? Ich spiele den lebendigen Köder, aber der Zauberer und der Bogenschütze bekommen die Punkte?«

Gideon und Ben lachten und zuckten mit den Achseln.

»Bei mir ist auch nichts passiert, falls das hilft«, sagte Chloe und öffnete ihr Charakterblatt, um nachzusehen, wie weit sie noch von Level 10 entfernt sein würde.

Biografie
Charaktername: Chloe
Stufe: 9
Klasse: Keine
Rasse: Mensch

Statistiken
Trefferpunkte: 250/250
Magiepunkte: 180/180
Ausdauerpunkte: 330/330
Aktive Effekte: Keine

Attribute
Stärke: 22 (+19)
Intelligenz: 6 (+13)
Geschicklichkeit: 20 (+16)
Ausdauer: 25 (+18)
Ätherisches Potenzial: 9 (+14)

Talente
Sprachen: menschlich
Akrobatik: Stufe 3
Bewaffneter Kampf: Stufe 1
Kochen: Stufe 1
Handwerk: Stufe 1
Kreaturenidentifikation: Stufe 4
Nachtsicht: Stufe 4
Kampf mit zwei Waffen: Stufe 2

Experimentierfreudigkeit: Stufe 1
Fischen: Stufe 1
Kräuteridentifikation: Stufe 1
Schleichen: Stufe 4
Schwimmen: Stufe 1
Verwegenheit: Stufe 4
Verfügbare Punkte: 0

»Hey! *Etwas* ist doch passiert«, sagte Chloe und bemerkte eine kleine Steigerung ihrer Kraft und Ausdauer. »Wow. Verwegenheit Stufe 4!«

Sie hörte Tag hinter sich grummeln, als sie die dazugehörige Benachrichtigung aufrief.

Das Talent wurde erhöht: Verwegenheit (Stufe 4)

Hast du dich wirklich gerade selbst als Schutzschild über einen Zwerg geworfen, als wäre er eine Landmine? Das ist ja mal ... einzigartig ... dumm. Hier, nimm einen Bonus.

Boni: +13 Stärke, +7 Ausdauer (HINWEIS: Erhöhungen des Talentes überschreiben alle vorherigen Boni, die durch das Talent gewonnen wurden).

»Sagt mal, ist eure KI auch super frech mit ihren Nachrichten? In einem Moment sind sie super nüchtern, im nächsten fühle ich mich, als hätte mein Bruder mich wieder dabei erwischt, wie ich die Schokolade aus seinem Adventskalender gestohlen hab.«

»Ja, das hatte ich auch schon ein paar Mal«, bestätigte Ben, schlenderte durch den Raum und suchte seine Pfeile zusammen. »Ich dachte, die KI versucht einfach, lustig zu sein. Du weißt schon, um sicherzustellen, dass das Spiel kinderfreundlich ist.«

»Das Spiel ist ab 18, Ben«, sagte Gideon.

»Das wird die minderjährigen Kinder nicht davon abhalten, es zu spielen«, antwortete Ben. »Du weißt, dass mein Bruder Spiele ab 18 gespielt hat, als er gerade 11 geworden war. Unserer Mutter war es halt egal, was er gespielt hat, solange es ihn ruhig hielt und ich musste ertragen, wie er für eine Woche jeden Abend um Ecken gesprungen kam und so tat, als würde er mich aufschlitzen.«

Chloe schloss ihre Benachrichtigungen und nahm einen Schluck Wasser aus ihrer Reiseflasche. »Trotzdem ist das vielleicht noch etwas, das man dem Team von Praxis berichten sollte. Ein bisschen Konsistenz wäre doch sehr angenehm.« Sie bot Gideon ihr Wasser an, der dankend annahm.

Ben setzte sich an die Wand, atmete tief durch und wischte den Schweiß von seiner Stirn. »Kannst du glauben, dass wir das *überlebt* haben?« Er lachte. »Was stellen wir als Nächstes mit unserem fröhlichen Vierertrupp an?«

Gideon nickte der offenen Tür zu. »Falls du es vergessen hast, wir haben noch einen Magier zu fangen.«

»Okay«, sagte Chloe, ein entschlossener Ausdruck auf ihrem Gesicht. »Aber zuerst plündern wie diesen Hu…«

Sie verstummte, als Asche durch die Luft flog und der Troll zu zerfallen begann. Sie drehten sich alle um und sahen, wie Tag hinter der verschwindenden Masse des Trolls auftauchte, der einen ordentlichen Stapel Schätze hinterließ.

»Äh …«, sagte Tag mit einem schuldigen Lächeln auf seinem Gesicht. »Halbe-halbe?«

Kapitel 31

Sie versuchten für eine Weile, dem Tunnel leise zu folgen. Chloe war immer mehr von ihrem Talent Schleichen beeindruckt und bemerkte, wie leichtfüßig sie jetzt ging im Vergleich zu den Schwierigkeiten, die sie in der Goblinhöhle gehabt hatte. Mit jedem Punkt, den sie für ihre Talente dazuverdiente, fühlte sie sich auf eine Weise stärker, die sie in der realen Welt nicht für möglich gehalten hätte.

Sie fragte sich, wie es wäre, wenn sie die Logik des Spiels zu Hause anwenden könnte. Welche Talente würden ihre Brüder und Schwestern haben? Wäre es möglich, ihre eigenen Talente in Charisma, Geschäft, Arbeitsmoral und Verhandlung zu verbessern, um die Götter ihres eigenen Lebens einzuholen? Diejenigen, die in ihren schwarzen Anzügen von Podesten auf sie herabschauten?

Ihre Mutter und ihr Vater wären König und Königin, hoch oben auf ihren Thronen. Ihre sechs Brüder und Schwestern wären die Lords und Ladies und Chloe die Ausgestoßene. Der Narr der Familie, der seinen Arsch abarbeitete, um irgendwann die Größe der anderen zu erreichen.

War das zu diesem Zeitpunkt überhaupt noch möglich?

»Ich bin wirklich froh, dass du den Weg zurück zu uns gefunden hast«, sagte Gideon und unterbrach Chloes Gedankengang. »Die anderen werden es nicht aussprechen, aber sie haben dich auch vermisst. Wir sind ein gutes Team, findest du nicht?«

Chloe lächelte. Tag und Ben gingen eine kurze Strecke voraus und beleuchteten den Weg mit einer Fackel, die sie von der Wand genommen hatten.

»Ja. Ja, das sind wir.«

»Ich hoffe es macht dir nichts aus, aber mich würde schon interessieren, was dich zu uns zurückgebracht hat. Wenn ich das richtig verstanden habe, wolltest du dich auf deine Solo-Quest begeben, oder? Ich dachte du wärst für Größeres bestimmt, als mit uns dreien eine Höhle zu plündern?«

Chloe lachte. »So in der Art. Ich schätze, ich habe gerade erst verstanden, dass diese Welt nicht gut zu denen ist, die sie allein bereisen. Besonders zu denen mit niedrigeren Stufen als die Monster, die da draußen rumrennen. Ich hatte die Wahl, mich weiter allein durchkämpfen und langsam aufstufen oder mich drei tapferen Abenteurern anschließen, die ich mag und denen ich vertraue, damit wir uns gegenseitig helfen können?«

»Wenn du es so formulierst, war die Entscheidung ziemlich klar.«

»Meine Rede.«

»Du weißt, dass du dich uns nicht einfach nur anschließen wirst, oder?«

»Was meinst du damit?«, fragte Chloe, als sie sich unter einem Stück tiefhängendem Felsen hindurchduckten.

»Ich meine, jede Gruppe braucht einen Anführer, Chloe. Jede Gruppe braucht jemanden, der die Verantwortung in Situationen übernimmt und die Gruppe zum Wohle aller anweist. Als wir Drei früher andere Spiele spielten, war das in der Regel meine Aufgabe. Der Krieger übernimmt normalerweise die Hauptverantwortung, wirft sich mitten in die Schlacht und führt den Rest seiner Männer …«, Chloe warf Gideon einen Blick zu, »und Frauen zum Sieg«.

»Dann kannst du das auch wieder tun«, sagte Chloe und legte eine Hand auf Gideons Schulter. »Tu einfach, was du normalerweise tust und bring uns alle zum Sieg.«

Gid lächelte und schüttelte den Kopf. »Nicht in diesem Körper. Falls du es noch nicht bemerkt hast, mein Selbstvertrauen ist futsch. Ich habe Jahre damit verbracht, die Spielweise eines Kriegers zu studieren, den Kampf, die Strategie von Schlacht und Krieg aus dem Blickwinkel von jemandem mit Schwert und Schild zu lernen. Und jetzt?« Er hob seine Hände. »Jetzt liegt meine Macht in denen hier und obwohl ich zugeben muss, dass das alles ziemlich cool ist, habe ich noch einen langen Weg vor mir, bis ich wieder für andere die Verantwortung übernehmen kann. Hast du mich nicht in dem alten Haus gesehen? Bei den Bären? Im Wald mit den Wölfen? Welche Gruppe wird einem ungeschickten, unerfahrenen Magier in die Schlacht folgen?«

»Welche Gruppe wird einem verwirrten Mädchen mit kaum Erfahrung in Spielmechanik folgen?«

Gideon betrachtete Chloe mit einem wissenden Blick.

»Was?«, fragte sie.

»Du siehst es gar nicht, oder?« Er nickte zu den anderen beiden, die in ihr eigenes Gespräch vertieft waren. »Das sind sie bereits. Hast du dich da hinten mit dem Troll nicht gehört? Du hast das *gerockt*. Du hast die Befehle gegeben und sie haben sie ohne weiteres befolgt.«

Chloe lachte trocken. »Ja, sicher. Es braucht einen großen Anführer, um einen Troll zu wecken und Leuten zuzuschreien, dass sie irgendetwas tun sollen.«

Gideon lächelte. »Nein. Ein großer Anführer wird im Kampf angehört und seine Befehle *bereitwillig* befolgt. Das zeichnet einen großen Anführer aus. Das war es, was ich heute gesehen habe.«

Chloe dachte darüber nach, während sie weitergingen. Sie, eine Anführerin? Seitdem sie in dieses Spiel geworfen worden war, hatte sie sich wie eine schlechte Ausrede einer Spielerin gefühlt, die zufällig über eine große Chance gestolpert war.

Und jetzt?

Jetzt wurde ihr wieder einmal gesagt, dass etwas in ihr steckte. Der Schamane hatte von einer Größe in ihr gesprochen. Gideon glaubte an ihre Fähigkeit, diese Gruppe anzuleiten. Der Schamane war ihr sogar gefolgt und vertraute Chloe an, dass sie ihn auf seinem ersten wahren Abenteuer weit weg von dem Dorf, in dem er sein ganzes Leben verbracht hatte, beschützen würde.

Könnte das wahr sein? Könnte es wirklich etwas in mir geben, das dazu bestimmt ist, den Weg anderer zu leiten?

Nein, steuerte KieraFreya bei.

»Oh, halt die Klappe«, murmelte Chloe. Als Gideon sie ansah, fügte sie hinzu: »Nicht du, *sie.*«

Gideons Augen fanden die Armschienen und er nickte.

Als sie endlich zum Stehen kamen, war es am Anfang einer Treppe, die in einen dunklen Abgrund führte, in dem die Gruppe nichts erkennen konnte.

»Konzentration, Leute«, murmelte Tag. »Bosskampf voraus.«

»Woher weißt du das?«, fragte Chloe.

»Normalerweise würde hier die typische Kampfmusik einsetzen«, sagte Tag. »Du weißt schon, wie *da-nah-nah-nah-nah-nah-na-na-na-na-na-na-na-na-na-na-na-na-na-na … boom. Da-nah-nah-nah-nah-nah-na-na-na-na …wuuuhsch.*«

Gid und Chloe lachten.

Bens Gesicht blieb ernst. »Aber hier kann man es einfach … fühlen. Du nicht auch?«

Chloe schloss ihre Augen und tatsächlich fühlte sie … *etwas*. Eine Spannung in der Luft. Druck. Endgültigkeit.

»Haben sich alle erholt und sind bereit, gegen dieses Ding zu kämpfen?«, fragte Chloe und blickte in die Gruppe. »Gid, wie geht es deinen Magiepunkten?«

»So voll wie sie in diesem Zeitrahmen sein werden. Normalerweise hätte ich gerne ein paar Tränke zur Unterstützung, bevor wir angreifen, aber leider scheint dieses Spiel noch nicht viele davon zu verteilen.«

»Wo findet man die normalerweise?«, fragte Chloe.

»Für gewöhnlich in Städten«, antwortete Ben. »Oder manchmal tief in Höhlen versteckt. Ich schätze aber, dass der Magier alles geplündert hat, was uns nützlich sein könnte, nur für den Fall, dass wir ihm folgen.«

Chloe nickte. »Und niemand hier hat eine Ahnung, warum dieser Magier vor einer Gruppe von Abenteurern her durch einen Kerker latscht?«

Die anderen drei schüttelten den Kopf.

»Und niemand hat eine Ahnung von möglichen Gefahren, die vor uns liegen?«

Noch ein Kopfschütteln.

»Und ihr drei habt eure Zungen verloren und könnt mir nicht mehr mit echten Worten antworten?« Chloe grinste.

Ein weiteres Kopfschütteln, diesmal begleitet von drei lächelnden Gesichtern.

»Ihr könnt mich mal. Lasst uns das einfach hinter uns bringen. Hey, Irrlicht, willst du uns etwas von deinem Licht leihen?«

Die Kugel vibrierte, als liefe ein Schauer durch ihren Körper. Sie schwebte voran, glitt die Treppe hinunter und erhellte den Weg mit geisterhafter Blässe. Unten angekommen hielt sie an.

Chloe und Tag liefen voran, Tags Fackel spendete zusätzliches Licht. Gideon und Ben bereiteten sich hinter ihnen vor, Bens Pfeile bereits angelegt. Gideons Hände hatten ihre typische Haltung angenommen, bereit, bei Bedarf Magie zu erschaffen.

Alles war tödlich still. Chloe duckte sich und versuchte irgendwie zu erkennen, was auf dem Boden am Ende der Stufen auf sie wartete. Die Treppe ging immer weiter und schlängelte sich leicht in Richtung des Glühens des Schamanen. Alles, was außerhalb der Reichweite des Lichts lag, befand sich in völliger Dunkelheit, aber die Spannung in der Luft, die Chloe am oberen Ende der Treppe gespürt hatte, verstärkte sich nur.

Auf halbem Weg die Treppe hinunter hörten sie das erste Anzeichen von Bewegung.

Es war schwer zu ignorieren.

»*Igne iudicii!*« Die Worte wurden durch die Dunkelheit gebrüllt und ein heller Ball aus smaragdgrünem Feuer wurde wie aus dem Nichts auf sie zugeschleudert. Der Feuerball schlug gegen die Treppe und ließ sie laut auseinanderbrechen und zerbröckeln.

»Lauft!«, rief Chloe, schubste Tag vor sich her und sprang so schnell wie möglich über die fallenden Felsen. Gideon und Ben sprangen ihr nach, schafften es, sich über die Trümmer zu kämpfen und sprinteten den Rest der Treppenlänge.

Ein sanftes Lachen hallte durch den Raum, als die Dunkelheit sie wieder umhüllte.

»Gideon, Lila Feuer, jetzt! Feuer in die Dunkelheit, um ihn zu finden!«

Zusammen riefen sie ihre eigenen Feuerbälle herbei und warfen sie in die Schatten vor ihnen. Die Kugeln folgten einer geraden Flugbahn, vorbei an riesigen, geschnitzten, mit rustikalen Runen verzierten Säulen. Das Licht verblasste, umso weiter es sich entfernte und enthüllte nichts anderes als Luft und Staub, bis es schließlich erlosch.

Sie warfen so schnell wie möglich ein paar weitere Feuerbälle. Immer noch nichts.

»Spar deine Magiepunkte«, sagte Chloe und fühlte sich ein wenig atemlos.

»Was machen wir jetzt?«, flüsterte Ben, der seinen gespannten Bogen durch die Dunkelheit schwang.

»Kommt schon, lasst uns einfach den Kampf zu ihm bringen!«, rief Tag und stieß seinen Schlachtruf aus, dessen Macht durch ihre Vierergruppe strömte. »Komm her, du dreckiger …« *Piep.*

Bevor Chloe etwas sagen konnte sprintete Tag in die Dunkelheit. Sein Körper verschmolz mit den Schatten und sie konnten nichts als seine Füße herumstampfen hören. Sein Hammer machte laute, zischende Geräusche, als er durch die Luft schnitt. An einem Punkt sahen sie ein sanftes Leuchten, das Tag und eine in Schwarz gehüllte Gestalt erhellte, bevor ein Schmerzensschrei ertönte. Tag tauchte wieder in ihrer Lichtkugel auf, als er auf seinem Rücken über den Höhlenboden gerutscht kam.

»Nun, das hat wenig Spaß gemacht«, sagte er. »Ihr wolltet wohl nicht dazuspringen und helfen, Leute?«

»Wir wollten dir wirklich nicht wehtun«, antwortete Chloe.

»Klingt wie ein schlechtes Radiolied«, sagte Tag. »Mann, was vermisse ich Radios.«

In der Dunkelheit wurden Worte gemurmelt.

»Konzentriert euch!«, sagte Chloe und zog Tag zurück auf die Beine. »Weiter geht's!«

»*Meus mortuus est surge et vivorum DOMINETUR!*«

»Spricht zufällig einer von euch Latein?«, fragte Tag lässig, als ein unheimliches Leuchten aus der Dunkelheit auftauchte.

Ben feuerte, die Pfeile flogen in hohem Bogen und einer von ihnen fand sein Ziel. Der Magier schrie kurz vor Schmerz auf, drehte seine leuchtend blauen Augen weg und verschwand.

Das geisterhafte Glühen blieb jedoch bestehen, als ein stetiger Nebelstrom aus dem Boden trat. Etwas knackte, das Geräusch von harten Dingen, die über harte Dinge liefen. Chloe erkannte dieses Geräusch sofort und atmete tief durch.

»Macht euch bereit, Leute. Sieht so aus, als wäre wieder Skelettzeit.«

Ben grinste nur und feuerte bereits dahin, wo die Skelette aus der Dunkelheit auftauchten.

Chloe entzündete ihre Klinge mit lilafarbenem Feuer und warf damit ein wenig mehr Licht auf die Situation. »Irrlicht, kreise durch den Raum und blende die Skelette. Zeige uns, wo sie sind und wir folgen dir.«

Wie ein pflichtbewusster Hund schleppte sich das Irrlicht in die Dunkelheit. Sein schwaches Glühen warf einen gruseligen Schein über die Skelette. Es gab Dutzende von ihnen, ein ganzes Meer von Untoten, so weit Chloe sehen konnte.

Sie sag Tag an und nickte. Tag nickte zurück.

Sie sprangen auf die Skelette zu, Waffen erhoben. Chloe fühlte sich lebendig, erreichte das erste Skelett und erledigte es mit einem einfachen Schlag. Es musste eine niedrige Stufe gehabt haben, dachte sie, unfähig, sich zu konzentrieren und lange genug stillzustehen, um die Kreaturenidentifikation zu nutzen.

Ein weiteres Skelett landete auf dem Boden, dann noch eins. Chloe fühlte, wie sich eine knöcherne Hand in ihre

Schulter krallte und drehte sich. Der üble Gestank des Skeletts ließ sie zurückweichen. Bevor sie ihr Schwert wieder heben konnte, zerfiel das Skelett in tausend Stücke. Tag blinzelte Chloe zu, sein Hammer wieder in der Hand.

»Ich gebe dir Rückendeckung, Mädel.«

»Buchstäblich.« Chloe lächelte. »Aber wer tut dasselbe für dich?«

Tags Augen weiteten sich, als zwei Skelette ihre Arme um seinen Hals legten. »Hilfe!«, schrie er, als er nach hinten gezogen wurde.

Pfeile flogen durch die Luft und landeten in der Brust eines der Skelette, etwas über Tags Schulter. Ein weiterer pfeifender Pfeil und auch das nächste Skelett war zusammengebrochen.

»Vielleicht schießt du nächstes Mal noch ein bisschen knapper an mir vorbei?«, schrie Tag Ben an, der ein paar Stufen hinaufgegangen war, um den Vorteil der Höhe zu nutzen. »Du hast mich fast erwischt, Dummkopf!«

Tag verstummte, als ein neuer Pfeil direkt auf ihn zukam. Er kratzte gerade noch das Leder an seiner Schulter, bevor er ein Skelett hinter ihm ausschaltete, das Tag nicht bemerkt hatte.

»Konzentration«, sagte Ben und kehrte zu seinen eigenen Problemen zurück. Obwohl er am laufenden Band auf die Skelette um ihn herum feuerte, machte die Armee Fortschritte und umgab ihn bald von allen Seiten. Gideon blieb bei ihm, schoss Blitze aus seinen Händen und stieß wellenweise Skelette um.

»Guter Einsatz von Magiepunkten, Gid!«, rief Chloe.

»Ich habe eine neue Stufe erreicht! Ich kann jetzt ihre Flugbahn wählen«, rief Gid zwischen zwei tiefen Atemzügen.

»Klasse!«

Chloe wandte ihre Aufmerksamkeit wieder auf das anstehende Problem und fegte mit ihrem violett flammenden Schwert durch die Dunkelheit. Ihr Körper war wie frisch aufgeladen und sie fühlte ihr eigenes, riesiges Lächeln auf dem Gesicht, als sie Skelett für Skelett zerlegte. Die Knochen stapelten sich um ihre Füße und sie fragte sich, welche Schätze sie in diesen Skeletten finden würde, sobald es darum ging, die Körper zu plündern.

»Chloe, hier lang«, rief Tag, zerschmetterte den Schädel eines Skeletts und deutete in die Dunkelheit, wo der Magier schwebte. Das Irrlicht umkreiste und erhellte ihn jetzt wie ein Kerzenlicht.

»Gute Arbeit, Decaru!«, rief Chloe. »Bleib an ihm dran!«

»Decaru?«, fragte Tag.

Chloe sah Tag an, als wollte sie sagen: »Du willst, dass ich dir das *jetzt* erkläre?«

Sie kämpften sich in die Nähe des Magiers, der Ort nun vom Irrlicht beleuchtet. Chloe und Tag wirbelten umeinander, Ben und Gideon verdünnten die Menge um sie herum, als ihre Defensive zur Offensive wurde und Feuerbälle zwischen die Skelette flogen.

Lila Flammen erhellten bald die große Höhle und Chloe war schockiert zu sehen, wie viele Skelette es gab. Sie blickte über ihre Köpfe, um zu sehen, woher sie kamen und sah den dunklen Blick des Magiers mit seinen leuchtenden Händen, die die Knochen ihrer besiegten Feinde wieder magisch zusammenbauten. Die Toten standen wieder auf und wurden zu…lebenden Toten?

»Wir müssen ihn ausschalten. Er ist die Quelle von allem. Sie werden immer wieder zurückkommen, wenn wir ihn nicht zur Strecke bringen können!«, rief Chloe, ihre Stimme über den Lärm schwer zu hören.

»Guter Plan, Mädel«, stimmte Tag zwischen seinen Angriffen zu. Er nahm den Schaft seines Hammers in beide Hände und schwang im Kreis. Nach mehreren Umdrehungen rief er wieder seinen Schlachtruf und der bekannte, mystische, blaue Schleier kehrte auf das Schlachtfeld zurück. Tag lachte, als er plötzlich in helles Licht gehüllt und sein Körper vom Boden gehoben wurde.

»Ha! Endlich!«, schrie er. »Stufe 7! Woo!«

Chloe fühlte die Kraft des Rufs der Tapferkeit, ihr Körper erwärmt von den temporären Stärkungen, die Tag ihnen allen verliehen hatte. Chloe ließ Tag voranstürmen, folgte ihm und nahm sich alle Skelette vor, die irgendwie den Zorn seines Hammers überlebt hatten.

»Nur noch ein bisschen«, keuchte Tag, Entschlossenheit im Gesicht.

Sie machten schnelle Fortschritte, jetzt nur noch in geringer Entfernung vom Magier. Als sie sich in Angriffsnähe befanden, rief Chloe Tag zu, er solle sich hocken. Sie sprintete auf ihn zu, benutzte seinen Rücken als Sprungbrett und sprang in die Luft, wo ihr Schwert eine lodernde Spur von Indigo zurückließ.

»Nimm das, du Hu…« *Piep*!

Als der Piepton durch die Höhle tönte, lächelte Chloe triumphierend und bereitete sich darauf vor, dass ihr Schwert das Fleisch des Magiers traf. Sie lachte für einen Moment, bis der Magier in einem Blitz aus blendendem Licht verschwand. Chloe fiel direkt hindurch, wo sein Körper hätte sein sollen und stolperte ungeschickt, als sie sich auf dem Boden wiederfand.

Skelette stürzten auf sie zu und ihr Mund öffnete sich in Panik. Irgendwo weit weg, durch den Gestank von Verwesung und Tod, konnte sie Tags Schreie hören, der sich seinen Weg zu ihr bahnte. Auch Gideon und Ben brüllten irgendwo jenseits des Lärms.

Chloe konnte es nicht glauben. Sie war *so nah dran* gewesen. Sie hatte ihn fast gehabt. Einen Zentimeter näher und er läge jetzt tot auf dem Boden, Chloe hätte seinen Körper als Landeplatz benutzen können, anstatt hilflos zu zappeln, während ihr Schwert erlosch. Sie fühlte, wie die Skelette ihren Körper umklammerten und an ihr kratzten.

Nicht jetzt, dachte Chloe. Panik stieg in ihr auf. *Bitte, nicht jetzt.*

KieraFreya seufzte. *Beruhig dich, du Flasche.* Chloes Arme begannen sich von selbst zu bewegen und blockierten viele der Angriffe – aber nicht alle.

Chloe beobachtete, wie ihre Gesundheit zu sinken begann und fühlte den Schmerz wie Dolche in ihrer Seite. Sie schloss die Augen und dachte an ihren letzten Tod zurück. Wie sie ganz allein in einer Höhle gewesen war. Die Anstrengungen, die sie unternommen hatte, um sich wieder mit ihrer Gruppe zu vereinen. Sie konnte das nicht alles noch einmal durchmachen. Sie konnte nicht verlieren, nicht jetzt. Diesmal nicht.

Block für Block, Kratzer für Kratzer. Chloes Wut stieg. Tief in ihr war ein Zorn, eine Entschlossenheit, die sie noch nie zuvor empfunden hatte. Sie hatte hier eine Bestimmung. Diese Männer brauchten sie. Ohne Chloe würden sie alle dem Zorn des Magiers erliegen.

Ein Geräusch begann aus Chloes Rachen hervor zu kratzen – das Brüllen tief aus dem Bauch eines Tieres, das lauter wurde, je länger sie schrie. Die Wut sprudelte tief aus ihr heraus und fand einen Weg aus ihrem Körper als triumphales Gebrüll, das die Skelette bei ihren Angriffen innehalten ließ. In diesem Moment war sie nicht mehr Chloe, sondern eine andere. Jemand größeres. Chloe winkelte ihre Arme an, schloss die Augen und schrie, bis ihre Lungen brannten.

Dann veränderte sich schlagartig alles.

Kapitel 32

Für einen Moment wusste Chloe nur, dass alles weiß geworden war. Jeder Zentimeter ihres Blickfeldes war so leer wie eine frische Leinwand und ihr Körper bewegte sich ohne ihr Zutun.

Sie wurde auf einen allmächtigen Schrei aufmerksam und bekam Angst, dass ihre Kehle durch die Anstrengung heiser werden könnte. Sie erkannte schließlich, dass es gar nicht ihr eigener Schrei war. Das Geräusch entstand irgendwo vor ihr.

Chloe versuchte, irgendetwas zu erkennen, ihr Blickfeld ein verwaschener Schleier. Das grelle Licht um sie herum strahlte aus ihren eigenen Händen, als KieraFreya pure Magie in Form einer weißen Lichtsäule aus ihnen herauspulsieren lies. Sie löschte Skelette der Reihe nach aus, die den Weg blockierten.

Was … was machst du da?, fragte Chloe.

KieraFreya hatte Mühe zu reden. *Uns …hier …rausholen.*

Chloe richtete sich auf, ihre Kraft kehrte zu ihr zurück, als die Kontrolle über die Magie langsam von KieraFreya zu ihr überging. Wo Chloe zuvor *gegen* KieraFreya und ihre Macht gekämpft hatte, fühlte es sich diesmal so an, als würde ihr etwas Wertvolles anvertraut. Jeder falsche Schritt würde ihnen beiden schaden. Die Machtübergabe war getränkt in Mitgefühl und Fürsorge. Chloe nahm sie ohne Angst entgegen, stemmte ihre Füße fest in den Boden und schwang die Lichtsäule in einem Bogen durch den Raum.

»Ducken!«, rief sie Tag zu, der ohne zu zögern gehorchte.

Die Skelette zerfielen in dem Moment, in dem sie berührt wurden, das Licht stark genug, um durch den ganzen Raum zu reichen. Der Magier schwebte irgendwo in der Ferne, eine Spur von Angst auf seinem Gesicht.

Chloe fing an, auf ihn zuzulaufen und machte sich und den anderen einen Weg frei.

»Gid, *jetzt!*«, schrie sie und wartete nicht. Gideon zuckte überrascht zusammen und sprintete auch durch den Raum.

»Lasst mich nicht einfach hier stehen!«, rief Ben und jagte ihnen nach, bis alle vier wieder in der Mitte des Raumes vereint waren.

Chloe stolperte, als sie anhielt und fühlte, wie ihre Magiepunkte ausgingen. Das Licht erlosch und der Magier starrte sie an, jetzt nur noch vom Irrlicht beleuchtet.

»Tag, halte die Skelette in Schach«, befahl Chloe. »Ben, hilf Tag.« Sie lächelte ihm zu, »Du weißt, was zu tun ist.«

Sie alle gehorchten. Ben, Tag und Chloe hielten ihre Feinde auf Abstand, während Gideon auf die Knie sank und anfing komplizierte Formeln aufzusagen, seine Konzentration gänzlich auf die anstehende Aufgabe gerichtet. Chloe wirbelte ihr Schwert um sie herum, hielt ihre Augen so weit wie möglich auf den Magier gerichtet, beobachtete, wie er sie mit großem Interesse beobachtete. Sie konnte klar Achtung in seinem Blick lesen.

Während Chloe kämpfte, sah sie dabei zu, wie sich ihre Magiepunkte regenerierten. *Nicht schnell genug,* beschwerte sie sich. *Nicht schnell genug.* Dank KieraFreyas Unterstützung, so stellte sie fest, war der Kampf einfacher als je zuvor.

Der Magier belebte die Armee noch einmal und Chloes Schultern sackten herab, als sie das Gewicht dessen, was ihnen bevorstand, in ihrer Magengrube spürte. Die Skelette waren ihnen fast 100 zu 1 überlegen. Wenn sie das nicht schaffen sollten, wären sie aufgeschmissen. All diese Kämpfe wären umsonst gewesen. Sie würden sich in Oakston wiederfinden, mit nichts anderem als der Erinnerung an eine verlorene Schlacht.

Es sei denn, die anderen haben den Eingang der Höhle als Wiederbelebungspunkt festgelegt, dachte Chloe traurig. Sie hatte den Punkt nicht bestätigt, als sie noch nicht gewusst hatte, ob sie die anderen in der Höhle finden würde oder nicht. Immer wieder meilenweit entfernt von Vertrautem wiederbelebt zu werden war das Letzte gewesen, was sie gewollt hatte.

Chloes Magiepunkte wurden um bescheidene 25% regeneriert. Sie blickte zu Gideon, seine Hände aufgeladen mit Macht.

»Wann immer du bereit bist, Gid«, rief sie.

Gideon nickte, stand dann auf und formte die Magie, die durch seine Hände floss. »Ich bin mir nicht sicher, ob ich genug habe, Chloe.«

»Versuch es einfach!«, beschwor Chloe verzweifelt. »*Versuch* es einfach!«

Gideon versuchte, seinen Zauber zu feuern, aber die Magie zerstreute sich, sobald sie seine Hände verließ.

»Komm schon, Gid!«, rief Chloe. Ihre Magie vibrierte in ihren Händen, KieraFreya schnaubte wieder vor Anstrengung.

Gideon versuchte es noch einmal, seine Augen geschlossen in Konzentration. Der Zauber verlangte jedes Gramm Magie in ihm, um beschworen zu werden. Gideon formte seine Hände, während Ben und Tag die Flut an Skeletten abwehrten, um den beiden Magiern genügend Platz zu geben.

»Gid, *JETZT*!«

Mit einer plötzlichen Bewegung warf Gideon seine Beschwörung auf den Magier, während Chloe ungeachtet ihren eigenen Zauber aussprach und eine Lichtsäule direkt auf seine Brust warf.

Der Mund des Magiers öffnete sich weit und erstarrte dann. Das Licht traf den Magier genau im selben Moment, in dem der Magier in Zeitlupe verfiel. Er schwebte in der Luft, sein Gewand floss mit kleinsten Bewegungen, als wäre er in einem Behälter mit Sirup gefangen.

Jetzt kam Chloes Moment. Ben und Tag schlugen den Weg zu ihrem endgültigen Sieg frei, damit Chloe erneut ihr Schwert packen konnte, lossprang und endlich den Magier mit der Klinge traf. Ihr Schwert glänzte im Schein des Irrlichtes und in den Augen des Magiers schien ein Hauch von Angst. Chloe schlug immer und immer wieder zu und fragte sich, wie lange der verlangsamende Zauber den Magier still halten würde.

Sie landete sicher auf beiden Füßen und spürte, wie sehr ihre Ausdauer und ihre Magiepunkte gelitten hatten. Hinter ihr kniete Gideon auf dem Boden, sein Atem kam in kurzen Zügen, als die Skelette sich näherten.

Dennoch blieb der Magier gefroren. Skelette stürzten sich auf Chloe, als sie zu den anderen zurückkehrte, ihr Schwert schwingend, das Schädel zerbrach und den Weg für ihre Rückkehr freimachte.

»Wie lange wird dieser Zauber halten?«, fragte Chloe Gideon.

Gideon antwortete nicht, seine Kapuze verhüllte sein Gesicht. Er keuchte und versuchte, sich zu erholen.

»Wenn er noch lange andauert, werden wir überrannt«, rief Ben. »Wir können nicht weiterkämpfen, unsere Punkte lassen es nicht zu.«

Chloes Blick flackerte zurück zum Magier, wo dünne Schlitze in seinen Roben zu erscheinen begannen, die sich langsam tiefer in seine Haut bewegten, als die Zeit versuchte, mit dem, was Chloe getan hatte, Schritt zu halten.

Noch ein Skelett fiel. Noch eines. Chloe blieb an Gideons Seite, beschützte und behütete ihn vor Skeletten, die ihn angriffen. »Gid? Jetzt wäre ein guter Zeitpunkt, um aufzustehen und uns zu helfen.«

Gideons Augen waren unscharf, sein Gesicht schmerzverzogen. »Brauche … Minute …«, bekam er mit einiger Mühe heraus.

Chloe wandte sich noch einmal dem Magier zu. Die Schnitte begannen nun in langsamen Tropfen zu bluten, die an seinem Körper hinabliefen. Seine Augen weiteten sich so langsam, dass Chloe es sich vielleicht nur einbildete.

Eine Skeletthand umfing Chloes Knöchel und zog an ihr, brachte sie um ihr Gleichgewicht und ließ sie zu Boden stürzen. Sie trat nach dem Skelett, während ihr Schwert sein Bestes tat, um die anderen Toten, die über sie herfielen, zu Fall zu bringen.

Piep »… euch!«, schrie Chloe, trat und schlug, ihr Verstand reiste zurück zu ihrem letzten Tod, als Skelette auf ihr gestapelt lagen und sie in Stücke gerissen hatten, bevor sie sich in dem weißen Raum mit dem Doc wiederfand.

Chloe fühlte einen heißen, brennenden Schmerz in ihrem Bein, als die Finger eines Skeletts ihre Haut packten …

Dann war alles vorbei.

Chloe beobachtete mit grauenhafter Faszination, wie die Skelette um sie herum plötzlich zerfielen und sich knochenweise auf dem Boden stapelten, als hätten sie einfach nur den Anschein von Leben aufgegeben, das sie einst hatten.

Über ihnen wurde dem Magier der kürzeste Schmerzensschrei gewährt, bevor die Zeit ihn einholte und Chloes Lichtsäule auf ihn traf, die seinen Körper in ein blendendes Schauspiel aus weißem Feuerwerk verwandelte. Die Schnitte und Schläge von Chloes Schwert ließen ihn in tausend kleine Stücke zerfallen.

Ein großer Puls von purer Macht brach in Stoßwellen aus dem Magier heraus. Chloe und die anderen wurden auf den Boden zu den Skeletten geworfen. Tags Lachen erfüllte den Raum, als er fiel.

Eine Woge der Ruhe schwappte durch den Raum. Das einzige Geräusch kam von den violetten Feuern, die an verschiedenen Stellen im Raum knisterten.

»Wir haben es geschafft.« Chloe lächelte, starrte an die Decke und ließ sich ausruhen. »Wir haben es verdammt nochmal geschafft.«

Ein Hauch von goldenem Licht strömte über sie alle, als sie in die Luft gehoben wurden. Chloe, die sich langsam an dieses Gefühl des Ruhmes gewöhnt hatte, strahlte, als ihr Haar um sie herumwirbelte und sie spürte, wie die Kraft in ihr um eine Stufe wuchs. Hinter sich hörte sie Tag und Ben lachen. Neben ihr lebte Gideon wieder auf, als sich seine Werte wieder vervollständigten und sein Lachen sich dem klingenden Geräusch dieser Zeremonie anschloss.

Nachdem sie zu Boden zurückgekehrt und das Licht verschwunden war, hob Tag seine Faust in die Luft und ließ ein schwaches »Woo!« aus, das sie alle wieder zum Lachen brachte. Das Irrlicht schwebte über ihnen und eine seltsame Wärme, die ihnen Kraft gab, ging von seinem Licht aus.

»Wow«, rief Tag aus. »Ratet mal, wer schon wieder eine neue Stufe erreicht hat?«

Sie alle überprüften ihre neuen Punkte und Ben rief aus, dass er zwei weitere Stufen gestiegen sei, während Gideon ebenfalls eine weitere erreicht habe.

Chloes Erinnerung zufolge würde das Tag, Ben und Gideon sogar auf Stufe 9 bringen.

Chloe öffnete ihr eigenes Charakterblatt und strahlte, als sie die Zahl 10 neben ihrer Stufe sah.

Biografie
Charaktername: Chloe
Stufe: 10
Klasse: ***Klicken Sie hier, um weitere Informationen zur Auswahl einer Charakterklasse zu erhalten***.
Rasse: Mensch

Statistiken
Trefferpunkte: 275/275
Magiepunkte: 200/200/200
Ausdauerpunkte: 345/345
Aktive Effekte: Keine

Attribute
Stärke: 22 (+19)
Intelligenz: 6 (+13)
Geschicklichkeit: 20 (+16)
Ausdauer: 25 (+18)
Ätherisches Potenzial: 9 (+21)

Talente
Sprachen: menschlich
Akrobatik: Stufe 3
Bewaffneter Kampf: Stufe 1

Kochen: Stufe 1
Handwerk: Stufe 1
Kreaturenidentifikation: Stufe 4
Nachtsicht: Stufe 4
Kampf mit zwei Waffen: Stufe 2
Experimentierfreudigkeit: Stufe 1
Fischen: Stufe 1
Hand der Götter: Stufe 1
Kräuteridentifikation: Stufe 1
Schleichen: Stufe 4
Schwimmen: Stufe 1
Verwegenheit: Stufe 4
Verfügbare Punkte: 4

»Ha! Stufe 10!«, feierte Chloe. »Wow, ich habe Klassen freigeschaltet?«

Gideon, Tag und Ben sahen neiderfüllt zu Chloe auf.

»Machst du Witze?«, fragte Tag.

»Ich hab's doch gesagt!« Ben stoß Tag lächelnd einen Ellbogen in die Seite. »Klassen sind stufenbasiert, wie bei *Arcane Hunter IV*. Ich wusste, dass es so etwas sein musste.«

Chloe warf ihnen einen fragenden Blick zu.

Ben übernahm die Erklärung. »In jedem Online-Rollenspiel kann ein Spieler eine Klasse für seinen Charakter auswählen, wie zum Beispiel Krieger, Magier, Priester oder Dieb.«

»In einigen Spielen kann man von Anfang an unter allen Klassen auswählen«, unterbrach Tag, »was bedeutet, dass du deine Spielerfahrung nach deinen Wünschen formen kannst, bevor du überhaupt die Welt betreten hast.«

»Wohingegen die meisten modernen Online-Rollenspiele«, fuhr Ben fort und übernahm wieder die Erklärung,

»dich herausfinden lassen, was du am liebsten im Spiel machst, bevor sie dir Klassenoptionen präsentieren. Ich dachte, ich hätte das Zeug dazu, in *Relict Hunter* ein Tank zu sein–« Auf Chloes fragenden Blick erklärte er: »Jemand, der möglichst viele Trefferpunkte hat und Schaden aufsaugen soll, um andere in seinem Team zu schützen – aber als ich meinen ersten Pfeil und Bogen in die Hand nahm, verliebte ich mich in den Fernkampf.«

»Ich wollte einen Barden spielen«, erzählte Tag, »bis ich bemerkte, wie sehr ich es liebe, in den Kampf zu stürmen und Dinge zu zerstören. Dazu komme ich zu Hause nicht oft.«

»Keiner von uns tut das«, stimmte Ben zu und klopfte Tag liebevoll auf den Kopf.

Chloe wandte sich zu Gideon. »Das bedeutet also, dass du einfach ein Schwert nehmen und Krieger werden *könntest*, oder? Vergiss, was dein Bruder sagt. Ändere einfach jetzt deinen Spielstil und wähle die Kriegerklasse.«

Gideon starrte auf seine Fußspitzen. »Ich fürchte nicht. Mein Bruder beobachtet, was ich tue, wenn ich zu Hause bin. Er droht immer noch, den Stecker zu ziehen, wenn ich nicht tue, was er mir sagt.«

Ben und Tag lachten. »Dumm gelaufen, mein Freund.«

»Hey!«, sagte Chloe streng. »So redet man nicht mit seinem Teamkollegen. Wir stecken jetzt alle zusammen hier drin. Wenn einer von uns leidet, leiden wir alle, verstanden?«

Beide nickten.

»Also dann«, fuhr Chloe fort, ihre Aufmerksamkeit zurück auf ihrem Aktivitätsprotokoll. »Wie zum Teufel haben wir so viele neue Stufen erreicht?«

Chloe öffnete ihr Aktivitätsprotokoll.

Monster besiegt: Skelett (Stufe 2)

+20 Erfahrungspunkte
Monster besiegt: Skelett (Stufe 2)
+20 Erfahrungspunkte
Monster besiegt: Skelett (Stufe 2)
+20 Erfahrungspunkte
Monster besiegt: Skelett (Stufe 2)
+20 Erfahrungspunkte
Monster besiegt: Skelett (Stufe 2)
+20 Erfahrungspunkte

Okay, lass uns ein paar Nachrichten überspringen, dachte Chloe, als Dutzende weitere Benachrichtigungen über skelettale Niederlagen an ihr vorbeiscrollten. *Ah! Hier haben wir's.*

Du hast ein neues (einzigartiges) Talent freigeschaltet: Hand der Götter (Stufe 1)

Nun, lieber Sterblicher, du hast dir die Gunst der Götter verdient. Indem sie deine Hände führen, können die Götter schreckliche und wunderbare Dinge tun. Verwende dieses Talent, wenn du in einer aussichtslosen Situation bist und die Götter werden dir Hilfe gewähren. Resultate dieses Talentes können variieren.

Boni: +7 Ätherisches Potenzial

Neuen Zauber erlernt: Himmlisches Licht (Stufe 1)

Dank der Götter wurdest du mit Himmlischem Licht ausgestattet. Nutze diesen Zauber, um eine mächtige Lichtsäule zu beschwören, die jene Feinde vertreibt, die sich mit der Dunkelheit identifizieren.

Anforderungen: n × 100 Magiepunkte (wobei n gleich der Anzahl der Sekunden ist, die benötigt werden, um den Zauber zu wirken)

Reihenweise Benachrichtigungen über Skelett-Niederlagen und dann:

Monster besiegt: Magier (Stufe 16)
+1.300 Erfahrungspunkte
Monster besiegt: Skelett (Stufe 2)
+20 Erfahrungspunkte
Monster besiegt: Skelett (Stufe 2)
+20 Erfahrungspunkte
Monster besiegt: Skelett (Stufe 2)
+20 Erfahrungspunkte

Oh, um Himmels willen, sagte Chloe und scrollte durch weitere Benachrichtigungen. Sie hielt an, als sie fand, wonach sie suchte.

Stufe erhöht! Du bist jetzt Stufe 10.

Glückwunsch! Du hast dich als wahrer Abenteurer Obsidians erwiesen. Zusammen mit deiner neuen Stufe 10 hast du eine Auswahl neuer Klassen für deinen Charakter freigeschaltet. Klicke auf das Info-Symbol, um mehr zu erfahren.

+4 Attributpunkte (Attributpunkte müssen innerhalb von 24 Stunden im Spiel vergeben werden. Wenn sie nach 24 Stunden nicht vergeben werden, werden die verbleibenden Punkte zufällig vergeben.)

Chloe klickte auf das Symbol, ihre Augen gierig, als sie sich die neuen Informationen durchlas.

Kapitel 33

Neue Klassen verfügbar! Jetzt, da du die Standardstufe eines Abenteurers erreicht hast, der bereit ist, vom Krabbeln zum Gehen überzugehen und seinen Mut im Reich Obsidian zu testen, hast du eine Reihe von Klassen freigeschaltet. Sie werden deinen Charakter weiter verbessern und dir dabei helfen, dich zu spezialisieren und deinen wahren Weg zu finden. HINWEIS: Eine Klasse kann nach der Auswahl nicht mehr geändert werden.

Klasse freigeschaltet: Kriegerin

Du hast bewiesen, dass du mit einer Klinge umgehen kannst. Erklimme nun neue Höhen, indem du deine Kraft nutzt, dich im Kampf trainierst und an der Spitze jeder Schlacht kämpfst. Krieger haben die Möglichkeit, sich der königlichen Garde anzuschließen oder sich als gemietete Beschützer zu verkaufen und werden in bevölkerten Gemeinden oft verehrt.

Vorteile: Die Kriegerklasse verschafft dir Gunst in Städten, indem sie deinem Charakter Verhandlungstalent und Charisma gewährt. Krieger sind oft die Ersten, die in einer Taverne neue Quests erhalten und profitieren dort von Rabatten.

+10 Stärke, +10 Ausdauer

Klasse freigeschaltet: Magier

Du hast dich also in der Kunst des Ätherischen versucht. Du hast mit dem Mystischen und Unerklärten gespielt. Nutze jetzt die Gelegenheit, die Realität selbst zu verformen. Magier haben die Fähigkeit, ihre Magie innerhalb dreier Unterkategorien weiter zu spezialisieren: mystisch, destruktiv und restaurativ. Magier werden jedoch von denen, die die Wege des Ätherischen nicht verstehen, oft als dunkle Bedrohungen angesehen. Ein Wort zur Vorsicht: Magier machen sich schneller Feinde als die meisten anderen.

Vorteile: Magier können sich an der Mystischen Akademie weiterbilden lassen und werden feststellen, dass sich ein Platz in den magischen Gilden für sie öffnet. Magier profitieren von Rabatten in lokalen Apotheken und Geschäften, die Tränke und Zutaten verkaufen.

+10 Intelligenz, +10 Ätherisches Potenzial

Klasse freigeschaltet (einmalig): Berserker

Dank deiner eisernen Entschlossenheit, leichtsinnig zu handeln, hast du diese einzigartige Klasse freigeschaltet. Berserker ähneln den Kriegern, neigen aber dazu, sich zu vergessen und ohne bewusstes Nachdenken in den Kampf zu gehen. Deine für die Öffentlichkeit sichtbare Klasse wird auf Krieger gesetzt, da dein Berserker-Status privat ist.

Dadurch erhältst du alle Vorteile der Kriegerklasse. Wenn der rote Nebel jedoch deine Sicht bedeckt, kannst du deinen Charakter für eine begrenzte Zeit nicht kontrollieren. Jeder, der während dieser Roten Wut Berserker beobachtet, wird auf deine wahre Klasse aufmerksam werden.

Vorteile: Berserker erhalten das Talent Endstand. Wenn ihr Gesundheitszustand kritisch ist, wird ihnen ein plötzliche Kraftzuwachs gewährt und die Spieler werden durch eine Rote Wut gestärkt. Sie werden auch als begehrenswerter für romantisch Interessierte angesehen und haben aufgrund ihres verruchten Rufes Einfluss auf potenzielle Liebhaber.

+15 Stärke, +10 Ausdauer

Klasse freigeschaltet (einmalig): Kampfmagier

Du hast die Grundlagen des Kampfes gelernt. Du hast gelernt, Zaubersprüche zu verwenden. Du kannst dich nicht entscheiden, welchen Weg du gehen sollst. Dann ist Kampfmagier genau das Richtige für dich.

Kampfmagier sind Experten des Kampfes mit zwei Waffen und der Fähigkeit, destruktive Magie mit der Kunst des Kampfes zu kombinieren. Kampfmagier sind in der Lage, sowohl den Wegen des Magiers als auch des Kriegers zu folgen. Jedoch sind sie in beiden Disziplinen im Nachteil, da sie als minderwertiger als ihre reinen Formen angesehen werden. Sie leiden auch unter einem Mangel an Rabatten, sowohl in Tavernen als auch in Apotheken.

Vorteile: Kampfmagier sind eine experimentierfreudige Klasse, die keine Angst davor hat, neue Kombinationen von Magie und Waffen auszuprobieren. Sie profitieren auch von erhöhter Intelligenz und sind in der Lage, einzigartige und versteckte Zauber zu nutzen.

+15% Glück bei experimentellen Zaubern

+15 Intelligenz, +10 ätherisches Potenzial

Klasse freigeschaltet: Kleriker

Du wurdest von den Händen der Götter berührt. Widme nun dein Leben ihrem Zweck und erhöhe ihre Gunst unter den Sterblichen.

Kleriker werden in allen Bereichen hoch angesehen, können sich kostenlos in Städten niederlassen und profitieren von Vorteilen im Studium der restaurativen Magie. Als

Kleriker wird dir ohne Frage von den Bürgern Obsidians vertraut, sodass du die Geheimnisse der Welt um dich herum kennenlernen kannst.

Vorteile: Erhöhtes Vertrauen unter allen Menschen, bessere regenerative Magie, die Fähigkeit, mit Göttern durch das Gebet zu sprechen.

+15 ätherisches Potenzial, +5 Intelligenz

Chloe kaute auf ihrer Wange, als sie die Klassenoptionen noch einmal durchlas. Dann noch einmal. Ihre Aufmerksamkeit wurde schließlich abgelenkt, als Tag sie fragte: »Erweist du uns die Ehre?«

Chloe schüttelte den Kopf und schloss das Menü. Ihr Verstand war voll mit den Möglichkeiten, die ihr plötzlich zur Verfügung standen. Sie wollte eine Klasse auswählen, die ihr am meisten nützen würde, aber jetzt war nicht die richtige Zeit. Vom Klang her war die Klassenwahl einer Person eine große Entscheidung und das Letzte, was Chloe tun wollte war, irgendetwas zu überstürzen.

Chloe lachte in sich hinein. Sie klang wie damals, als sie 18 Jahre alt geworden war und zugestimmt hatte, legal von der Firma ihrer Mutter und ihres Vaters eingestellt zu werden.

»Das könnte ich nicht«, sagte sie zu Tag, der auf die Leiche des Magiers zeigte. »Der Sieg gehört *uns*. Wir sollten es gemeinsam tun.«

Sie nickten, Gideon noch etwas unsicher auf den Beinen. Alle zusammen hockten sie sich um den Körper des Magiers und berührten ihn, wodurch der Plünderungsprozess aktiviert wurde. Seine Haut schmolz zu Asche, die in die Luft flog und die Kleidung des Magiers hinterließ, daneben eine Auswahl an Münzen und zwei kleine Schriftrollen, die mit rotem Band zusammengebunden waren.

»Sechs Kupfer und fünf Silber«, zählte Tag, sammelte die Münzen ein und versuchte sich im Kopfrechnen. »Geteilt durch vier, das ist … ähm, okay, also einer im Sinn. Jeder eine und das sind … zwei übrig gebliebene. Ich weiß noch nicht, wie viele Kupfer in einem Silber sind in diesem Spiel, also sagen wir mal … ähm …«

Ben riss dem Zwerg die Münzen aus der Hand und verteilte mit einem Lächeln jeweils ein Silber und ein Kupfer an alle. Die restlichen zwei Kupfer und ein Silber gab er Tag zurück. »Hier. Für deine harte Arbeit.«

Tag grinste. »Angeberei. Nur weil meine Intelligenz in diesem Spiel furchtbar ist …«

»Richtig«, sagte Ben. »Nur in *diesem* Spiel.«

Chloe inspizierte die Schriftrollen, löste die Bänder und schnappte nach Luft, als sie den Text durchlas.

Schriftrolle: Zauber der Wiederbelebung

Neuen Zauber erlernt: Wiederbelebung (Stufe 1)

In diesem Reich wirken sehr viele Kräfte. Obwohl viele sich dafür entscheiden, den Weg des Lichts zu gehen, kann Magie auch auf dem Weg der Dunkelheit gefunden werden. Obwohl das Leben gesucht und mit eisernen Klauen festgehalten wird, ist der Tod die Unvermeidlichkeit, die jeden einholt.

So scheint es zumindest.

Beschwöre die Kräfte dieses Zaubers, um die Toten wieder zum Leben zu erwecken. Höhere Stufen dieses Zaubers ermöglichen die Kontrolle über die dunklen Kräfte der Toten, während niedrigere Stufen das Wiederbeleben gefallener Kameraden ermöglichen.

Eine Warnung: Es gibt diejenigen im Reich Obsidians, die die dunklen Künste missbilligen. Achte auf deine Umgebung, bevor du mit den Göttern der Dunkelheit spielst.

Anforderungen: 100% der Magiepunkte des Spielers
(HINWEIS: Der Zauber der Wiederbelebung kann nur einmal innerhalb von 48 Stunden verwendet werden. Spieler müssen mindestens Stufe 10 mit einer Spezialisierung als magischer Benutzer sein, um diesen Zauber verwenden zu können.)

»Was ist das?«, fragte Gideon, schaute Chloe über die Schulter und las die Schriftrolle.

»Wow«, rief er aus. »Das ist ja mega.«

»Du hast den Zauber jetzt auch?«, fragte Chloe.

Gideon nickte.

»Was? Was ist das?«, fragte Tag, schob Ben zur Seite und hüpfte auf und ab, um zu versuchen, die Schriftrolle in, Chloes Händen zu lesen.

Chloe senkte das Papier und präsentierte es Tag. Ben las es auch und ihre beiden Münder klappten auf.

»Klingt nach dunkler Magie«, sagte Ben. »Aber wie funktioniert es? Gibt es irgendwelche Worte, die du kennen musst, um die Macht zu beschwören?«

Gideon und Chloe sahen sich an. »Nein? Hast du nicht gerade auch die Nachricht bekommen, dass du einen neuen Zauber erworben hast?«

Tags Blick verschwamm für eine Sekunde, als er seine Benachrichtigungen durchsah. »Nein. Nichts.« Dann, wie zu sich selbst, »Blöde Magier«.

Chloe lächelte, rollte das Papier wieder ein und legte die Schriftrolle zurück, wo der Körper des Magiers gewesen war. Sie entfaltete die zweite Schriftrolle und las den Text.

Grinyada,

Es ist mit einer großen Dringlichkeit, dass ich Euch mit dieser Aufgabe belasten muss. Ein Störenfried ist in der

Wildnis von Obsidian aufgetreten, ein Störer des Friedens auf einer Mission, das einzufordern, was nach allen Gesetzen mein Schatz ist.

Sucht das Mädchen, das die mythischen Armschienen erhalten hat und treibt sie in den Ruin. Kehrt mit den Armschienen zu meinem Herrenhaus in Nauriel zurück, um Eure nicht unerhebliche Belohnung zu erhalten. Meine Spione behaupten, dass sie zuletzt unter dem Volk von Oakston gesichtet wurde, begleitet von drei der Gesegneten. Entfernt diese aus der Gleichung, um Eure Aufgabe zu erleichtern.

Aber denkt daran, verschwendet Eure Zeit nicht mit ihrem Tod. Die Gesegneten kehren nur zurück.

Tohken.

P.S. Erzählt niemandem von dieser Bitte.

»Heilige …«, sagte Chloe, nicht ganz in der Lage zu glauben, was sie las. Sie zeigte den Brief Gideon und den anderen, die unisono ihre Augenbrauen hoben, als sie das Ende der Botschaft erreichten.

»Oh«, sagte Tag.

Gideon nickte. »Ich weiß.«

»Das ist … *großartig!*«, brüllte Tag, dessen Stimme durch die Höhle hallte.

»Was meinst du mit ›großartig‹?«, fragte Chloe ungläubig. »Was ist daran so großartig? Hast du die Nachricht nicht gelesen? Jemand versucht, mich zu *töten*!«

Ben stupste Tag in die Seite. »Hör dir das an. Die Frau, die öfter gestorben ist, als wir an einer Hand zählen können, macht sich Sorgen um den Tod.«

Chloe konnte nicht glauben, was sie hörte. Die Notiz war in ihrer Hand, die Worte in Tinte geschrieben, um jemandem zu sagen, er solle sie jagen und töten und diese Typen … *lachten?*

»Schau«, sagte Ben und legte einen Arm um Chloes Schulter. »So etwas passiert bei solchen Spielen dauernd. Du verärgerst jemanden, er ist hinter dir her. Du zeigst außergewöhnliches Talent, jemand wird eifersüchtig. Alles, was wir tun müssen, ist, den Kerl aufzuspüren, der diese Nachricht geschickt hat und wir werden einen netten, kleinen Schub für unsere Erfahrungspunkte bekommen. Wenn ich raten sollte, würde ich wetten, dass wir bereits eine Benachrichtigung haben.«

»Ja!«, rief Tag. »Hier: »Eine recht blutige Bitte.«

Chloe öffnete ihre Benachrichtigungen. Tatsächlich, da war sie.

Quest freigeschaltet: Eine recht blutige Bitte

Jemand hat es auf dich abgesehen. Finde den Absender dieses Todesurteils in Nauriel und erfahre, was wirklich hinter dieser Bitte steckt.

Schwierigkeitsgrad: 3/10

Belohnungen: 2.000 Erfahrungspunkte

Quest annehmen: [Ja/Nein]

Ohne zu zögern akzeptierten sie alle die Quest. Ben bat darum, die Notiz erneut zu lesen, um nach Hinweisen zu suchen.

»Scheint seltsam, dass es jemand auf dich abgesehen hat, nur um einen Satz Armschienen zu bekommen«, sagte er. »Ich dachte, das wären normale Rüstungsteile?«

Chloe fuhr ein kalter Schauer durch den ganzen Körper. Sie hatte nicht an die Auswirkungen davon gedacht, den anderen die Schriftrolle zu zeigen. Sie hatte nur gehofft, dass sie Klarheit über die Situation bringen würden. Wenn jemand darauf aus war, sie zu töten, brauchte sie Hilfe.

Nun aber standen sie und ihre magische Rüstung im Mittelpunkt. Sie warf einen Blick auf Gideon, der nur seine Füße anstarrte.

»Ich weiß nicht«, sagte Chloe und tat verwirrt, so gut sie konnte. »Ich habe sie einfach in einer Höhle gefunden. Sie geben mir einen netten Bonus in meiner Statistik, aber ansonsten wüsste ich nicht, was das Problem wäre.«

Tags Gesicht erhellte sich vor Aufregung. »Oh, Mann! Ich liebe ein gutes Rätsel.« Er rieb seine Hände aneinander. »Vielleicht haben sie eine versteckte Geschichte, von der wir nichts wissen?«

»Vielleicht gehörten sie zu einer hochrangigen Familie und wurden vor Jahren bei einem Unfall verloren und jetzt ist der lang verlorene Erbe auf einer Mission, sie wiederzufinden«, schlug Ben vor.

Chloe wandte sich noch einmal an Gideon, diesmal fing ihr Blick seinen ein. Währenddessen stellten sich Tag und Ben weiter Szenarien vor und versuchten zu erraten, was dieser Tohken-Typ mit so etwas recht unscheinbarem wollte.

Sie sind an dir dran, flüsterte KieraFreya in Chloes Kopf, als sie ihre Schritte zum Eingang der Höhle zurückverfolgten und dabei so viele Skelette wie möglich plünderten.

Nein. Sie sind an uns *dran, schon vergessen? Wir sind ein Team.*

KieraFreya seufzte. *Erinnere mich nicht daran.*

Chloe ließ die anderen spekulieren und folgte mit einigen Schritten Abstand, während sie versuchte, alles zu verarbeiten, was sie gerade gelernt hatte – die Klassen, die Zaubersprüche, den Brief.

Kapitel 34

Regen prasselte leicht gegen das Fenster. Draußen nahm der Wind zu und kündigte einen Sturm an. In den Gebäuden ringsherum wohnten die Menschen in ihren warmen Wohnungen und freuten sich über ihre geschützte, kleine Existenz, während die Welt draußen vorbeiflog.

Mia stand ans Fenster gelehnt, Kondenswasser sammelte sich und kroch ihren Arm herunter. Es war vor Stromausfällen gewarnt worden, solange der Wind durch die Stadt wehte. Sie blickte zu Chloe und fragte sich, ob die Notfallsicherung funktionieren würde. Chloes Kapsel war die erste ihrer Art, die anderen waren nach diesem Modell nachgebaut und produziert worden. Falls etwas passieren sollte, würde dann alles glattlaufen?

Die Haustür öffnete sich. Demetri meckerte, als er eintrat und seinen Regenschirm senkte, sein Haar klatschnass.

»Man sollte nicht meinen, dass man mit einem Regenschirm so nass wird«, sagte Mia stumpf.

Demetri schüttelte den Kopf, feine Tropfen sprühten um ihn herum. »Das verdammte Ding hat sich auf dem Weg aus der U-Bahn verklemmt. Ich musste wie verrückt kämpfen, um ihn zu öffnen. Ich wünschte, ich hätte es gar nicht erst versucht. Es hat keinen Unterschied mehr gemacht.«

Mia lachte leise.

Demetri zog seine nasse Jacke aus, stellte seinen Regenschirm zum Abtropfen in das Waschbecken und setzte sich an seinen Platz vor dem Fernseher. Das war jetzt seine normale Routine. Seit dieser Nacht hatte er Chloe wie ein Falke beobachtet, von ihren Abenteuern angezogen und dabei einen permanenten Arschabdruck in Mias Sessel hinterlassen.

»Wie geht es ihr?«, fragte Demetri.

»Gut.«

Der Bildschirm zeigte Chloe, wie sie einen Berg hinunterging. Sie zog ihr Schwert, als ein Rudel Wölfe auf die Abenteurer zukam. Etwas Großes und Gefiedertes flog zufällig vorbei und schloss sich dem Rudel an. Demetri lächelte über Chloe, die etwas völlig Unangemessenes sagte, als das schwebende Tier auf sie herabtauchte und nur ein *Piep* aus den Lautsprechern ertönte.

Mia beobachtete Demetri mit einer krankhaften Art von Faszination. Seit jenem verdammten Morgen hatte er sich ihr gegenüber verändert, sich anders verhalten. Nicht kalt, nicht wirklich jedenfalls, sondern eher verschlossen, klinisch. Der Psychologe, da war sie sich sicher, den seine Patienten kannten.

Es gab kein Küssen mehr.

Keinen Sex.

Sie hatten nichts anderes getan als Chloes Abenteuer zu beobachten, schweigend Seite an Seite sitzend, wartend, bis die Zeit zum Schlafen kam und sie schließlich früh aufwachten, um weiter zu beobachten. Demetri verschwand zu seinen Sitzungen und kehrte zurück, wenn die Stadt dunkel wurde.

Mia fragte sich, ob er an seiner Stelle einen Assistenten schicken würde, wenn er die Möglichkeit hätte. Das war sicher alles, wofür er im Moment herkam, oder?

Sie schüttelte den Gedanken von sich. Demetri kümmerte sich mehr um Chloe, als er wahrscheinlich sollte. Sie stand unter seinem Schutz und er behütete sie vor allem, was schief gehen könnte, während sie in ihrer VR-Welt eingesperrt war.

Mia trat weg von dem Fenster und fand ihren Platz neben Demetri, wo sie den Deckel einer Flasche Cola abschraubte, aus der längst die Kohlensäure verschwunden war. Sie nahm einen Schluck und versuchte, Demetris Blick aufzufangen. Als er sie ignorierte, sagte sie: »Demetri, wir müssen reden.«

Demetris Lippen strafften sich und sein Ausdruck wurde ernst. Er griff nach seiner eigenen alten Flasche Cola und trank einen Schluck. »*Jetzt* willst du reden?«

Es erschien Mia seltsam, wie kalt Demetri in diesem Moment zu sein schien. So berechnend. Vor allem, weil die Dinge vor so kurzer Zeit noch großartig gewesen waren, andererseits war Demetri nur ein Mensch. Konnte man ihm vorwerfen, dass er unter solchen Umständen seinem eigenen beruflichen Wissen nicht folgte?

»Ich …«, begann Mia, genervt von der Schwäche in ihrer eigenen Stimme und wütend auf *ihn*, weil er schuld war an diesem Gefühl.

»Was ist mit dir?«

»Es tut mir leid«, brachte Mia endlich heraus.

Die Worte hingen wie eine Dampfwolke um sie herum. Das Licht vom Fernsehbildschirm war hell im abgedunkelten Raum, das Einzige, was flackerte oder irgendeine Art von Bewegung zeigte.

»Okay«, sagte Demetri, gab Mia ein winziges Nicken und drehte sich zum Bildschirm zurück.

Mia fühlte dumme Wut in sich aufstiegen. Wut und diese seltsame Mischung aus allem, was sie vermieden hatte, seit sie in das Herz der Großstadt gezogen war und diese Karriere verfolgte. Die Gefühle, die sie all die Jahre vor der

Wiedervereinigung mit Demetri in sich verschlossen hatte, die aber trotzdem ans Tageslicht kamen. Diese Gefühle …

Diese *verdammten* Gefühle.

»Es tut mir leid«, sagte sie und drehte sich jetzt scharf. *Befahl* seine Aufmerksamkeit. »Es tut mir leid, okay? Ich wollte dir nicht verschweigen, dass Chloe gestorben ist und wir uns unterhalten haben. Ich wollte es nie vor dir geheim halten. Ich weiß, wie viel du in diese Aktion investiert hast, also verstehe ich, warum du sauer bist, okay? Wenn du mich hassen willst, dann hasse mich. Das war aber nicht wirklich *ich*. Ich war nicht die, die ich normalerweise bin.«

Sie packte seine Hand mit ihren und etwas tief in ihr drin schmerzte, als er sie herauszog und zurück in seinen Schoß legte.

»Warum hast du es dann getan?«, fragte Demetri. »Warum hast du es getan und warum hast du deswegen *gelogen*?«

Mia biss sich auf die Lippe. Die Frage traf sie mit scheinbar körperlicher Wucht. Sie hatte keine Ahnung, warum; das war die Wahrheit. Als Demetri sie am Morgen befragt hatte, sich mit einem steinernen Gesichtsausdruck zu ihr im Bett umgedreht hatte, warum hatte sie gelogen? Noch viel mehr, warum hatte sie an der Lüge festgehalten, bis sie sich gegenseitig angeschrien hatten? Bis sie rot im Gesicht gewesen waren und nicht mehr atmen konnten?

Die Antwort war einfach. Es war nur eine Antwort, die sie nicht zugeben wollte. Sie konnte es nicht zugeben.

Sie *musste* es zugeben.

Mia schloss die Augen, als sie die Worte aussprach und kämpfte gegen die Tränen, die sich in ihren Augenwinkeln sammelten.

»Weil …, weil ich dich mag, okay?«

Demetri erstarrte, sein strenger Ausdruck schmolz wie Eiszapfen an einem heißen Tag.

»Das ist deine Ausrede? Du ›magst‹ mich?«

Mia rollte mit den Augen. Sie war hin- und hergerissen, wie viel sie preisgeben wollte. Konnte. Aber sie musste ihm mehr bieten als das und sobald sie begann, flog es einfach aus ihr heraus. »Nein. Ich meine, ich *mag*-mag dich. Ich meine, sehr, es ist nur … Diese ganze Sache ist neu für mich. Ich *tue* das nicht. Ich verliebe mich nicht in Männer, denke die ganze Zeit an sie oder lasse ihre Anwesenheit meine Arbeit vernebeln. Ich lasse mich nicht von den Dingen ablenken, die ich liebe. Ich arbeite in einem von Männern dominierten Beruf und ich habe mich nie von einem Mann davon ablenken lassen, worauf ich mich konzentrieren wollte.«

Mia starrte Demetri direkt in die Augen. »Und dann traf ich dich wieder.«

Demetris Gesicht löste sich nun vollständig in etwas Weiches auf und sein Blick fiel auf den Boden.

»Ist das dein Ernst?«, fragte er endlich. Er nahm ihre Hand.

Mia nickte. »Es tut mir leid, dass ich gelogen habe. Ich schätze, ein Teil von mir wollte dich ganz für mich allein und obwohl sie im Videospiel festsitzt, war es für mich schwer, dass sie deine Aufmerksamkeit die ganze Zeit auf sich zog. Ich wollte aber auch dir helfen. Du sahst so müde und gestresst aus und … wir wissen, wie man Stress gut abbaut, richtig?«

Demetri errötete und beide lachten.

»Ich mag dich auch«, gab Demetri zu. »Nachdem ich Jahre damit verbracht habe, Paare und Einzelpersonen zu analysieren und ihre Fehler auszubügeln und Insider-Informationen darüber zu erhalten, wie Paare funktionieren, sollte man denken, dass ich es eher verstanden haben müsste, oder? Ich weiß, wie schwer es ist, zuzugeben, dass man jemanden mag. Es ist nicht das, wofür ich ursprünglich hergekommen bin, aber dich in diesem Café zu sehen und die ganze Zeit zusammen zu verbringen? Diese Sache hat sich wie ein Traum angefühlt.«

»Ein guter Traum, hoffe ich?« Mia zwinkerte.

Sie lächelten sich an, Mia fand ihren Weg auf Demetris Schoß, als sie sich weiter entschuldigten und küssten, bis alles besser war. Nach einer Weile bot Demetri an, ihnen beiden etwas Tee zu machen. Als der Wasserkocher brodelte, legte er seine Hände auf die Arbeitsfläche in der Küchennische und beobachtete Mia, wie sie sich aufsetzte und ihre Augen wischte.

Sie drehte sich um und lehnte sich an den Arm des Sessels, während er in der Küche beschäftigt war und den Tee bereitete. Er kam zurück und sie stand auf, damit er sich wieder hinsetzen konnte, bevor sie wieder ihren Platz auf seinem Schoß einnahm, ihre Arme um seinen Hals.

Demetri starrte ihr lange Zeit in die Augen, bevor er das prickelnde Gefühl erkannte, dass Mia noch mehr zu erzählen hatte.

»Was?«, sagte sie und lehnte sich ein wenig zurück, um sein ganzes Gesicht zu betrachten.

»Es gibt etwas, was du mir nicht sagst, oder?«

Mia atmete aus. »Es ist beängstigend, wie gut du mich durchschauen kannst, Doc.«

»Ich habe dir doch gesagt, nenn mich nicht Doc.« Demetri grinste. »Das Letzte, was ich tun will, wenn ich tue was wir … tun, ist, an die Tochter einer der wohlhabendsten Familien des Landes zu denken, während sie durch ein VR-Spiel frohlockt.«

»Ich dachte, du stehst drauf.« Mia zwinkerte.

Demetris Gesicht blieb ernst.

»Okay, aber vielleicht gefällt es dir nicht.«

»Ich bin ein großer Junge, ich kann damit umgehen.«

Mia lehnte sich zurück und atmete tief durch. »Ich habe eine gute und eine schlechte Nachricht. Die gute Nachricht ist, dass die Fehlerberichte vom Entwicklerteam eingesehen wurden und sie Fortschritte bei der Behebung aller Probleme machen, die Chloe und die anderen angesprochen haben. Schon bald werden sie einen Patch laufen lassen und sie werden in der Lage sein, ihr Aussehen während des Spiels zu ändern. Niedrigstufige Spieler werden nicht mehr dank der Intervention der Götter mythische Waffen und Zauber entdecken oder nutzen können und wenn ein Spieler abgemeldet ist, wird, solange er sich an einem sicheren Ort befindet, seine Figur keinen Schaden erleiden.«

»Das sind tolle Neuigkeiten. Das bedeutet, dass der Beta-Test funktioniert, oder?«, fragte Demetri. »Heißt das auch keine Schmerzen mehr für die Spieler?«

»Siehst du, das ist ein kleines Problem. Da Chloe unsere erste Testerin ist und die einzige Spielerin im völlig immersiven VR, bedeutet das, dass wir den Patch für sie nicht ausführen können, bis ihre Zeit abgelaufen ist. Die Jungs werden die Vorteile erhalten, aber Chloe nicht.«

»Also wird Chloe immer noch Schmerzen spüren, aber alle um sie herum nicht?«

»Oh, nein. Die anderen werden es auch«, erklärte Mia. »Aber eine stark reduzierte Variante davon. Nichts weiter als ein Kratzer oder Kitzeln.«

Demetri atmete langsam aus. »Ich weiß nicht, wie ich ihr das sagen soll, wenn sie das nächste Mal unermessliche Schmerzen erleidet und stirbt.«

Mia nickte mitfühlend. »Du solltest vielleicht zwei Fliegen mit einer Klappe schlagen und gleich hinzufügen, dass Praxis Games aufgrund des Erfolgs der ersten Testwochen die nationale Premiere des Spiels vorantreibt. Schon bald wird das Spiel mit einer Menge neuer Spieler zum Leben erwachen.«

»Das sind gute Nachrichten, oder?«

Mia seufzte. »Damit schalten sie die öffentlichen Live-Streaming-Kanäle an. Man wird jeden Spieler finden und beobachten können. Schon bald werden Chloe Lagardes Abenteuer sehr viel öffentlicher werden.«

ENDE

Chloe und KieraFreya kehren zurück in:
»Die Chroniken von KieraFreya 02«

–

Wie hat Dir das Buch gefallen? Schreib uns eine Rezension oder bewerte uns mit Sternen bei Amazon. Dafür musst Du einfach ganz bis zum Ende dieses Buches gehen, dann sollte Dich Dein Kindle nach einer Bewertung fragen.

Als Indie-Verlag, der den Ertrag weitestgehend in die Übersetzung neuer Serien steckt, haben wir von LMBPN International nicht die Möglichkeit große Werbekampagnen zu starten. Daher sind konstruktive Rezensionen und Sterne-Bewertungen bei Amazon für uns sehr wertvoll, denn damit kannst Du die Sichtbarkeit dieses Buches massiv für neue Leser, die unsere Buchreihen noch nicht kennen, erhöhen. Du ermöglichst uns damit,

weitere neue Serien parallel in die deutsche Übersetzung zu nehmen.

Am Endes dieses Buches findest Du eine Liste aller unserer Bücher. Vielleicht ist ja noch ein andere Serie für Dich dabei. Ebenso findest Du da die Adresse unseres Newsletters und unserer Facebook-Seite und Fangruppe – dann verpasst Du kein neues, deutsches Buch von LMBPN International mehr.

Über LitRPG

Vielen Dank für das Lesen unseres LitRPG-Buches. Wir hoffen, es hat dir gefallen und dass du noch auf viele weitere Teile von Chloes Abenteuern gespannt bist. Wenn es dir gefallen hat, würden wir uns über eine Rezension bei Amazon sehr freuen, denn das ist die beste Möglichkeit für uns Indie-Verlage, Werbung für unsere Bücher zu machen. Wenn dir das Buch nicht gefallen hat, freuen wir uns natürlich auch über eine konstruktive Rezension. Wir schauen vor allem die krtischen Rezensionen immer sehr aufmerksam durch und wenn da Sachen angesprochen werden, die wir ändern können, dann machen wir das auch.

Da das Genre LitRPG/GameLit im deutschen Sprachraum noch sehr jung ist, möchten wir dabei helfen, dass es in Deutschland weiter bekannt wird. Ein Ort, dies zu tun, ist eine Facebookgruppe , die sich dem Thema verschrieben hat: https://www.facebook.com/groups/deutsche.litrpg/

Das Team von LMBPN International unterstützt diese Gruppe, auch wenn du dann höchstwahrscheinlich auch Bücher anderer Verlage finden und lesen wirst. Das ist aber überhaupt nicht schlimm, denn gemeinsam mit den anderen Verlagen werden wir das Genre wachsen lassen. Und seien wir mal ehrlich, selbst zusammen mit unseren fleißigen Kollegen werden wir es wahrscheinlich nicht schaffen, deinen Lesedurst durchgehend zu stillen, oder?

Wenn du unser Verlagsprogramm noch nicht kennst, findest du nach dem Glossar noch unsere Buchliste und Links zu unserem Newsletter und unserer Facebook-Seite.

Jens Schulze für das Team von LMBPN International

Charakterdaten & Übersicht

Charakterblatt

Biografie
Charaktername: Chloe
Stufe: 10
Klasse: nicht ausgewählt
Rasse: Mensch
Trefferpunkte: 275/275
Magiepunkte: 200/200/200
Ausdauerpunkte: 345/345
Aktive Effekte: Keine

Attribute
Stärke: 22 (+19)
Intelligenz: 6 (+13)
Geschicklichkeit: 20 (+16)
Ausdauer: 25 (+18)
Ätherisches Potenzial: 9 (+21)

Talente
Sprachen: menschlich
Akrobatik: Stufe 3
Bewaffneter Kampf: Stufe 1
Kochen: Stufe 1
Handwerk: Stufe 1
Kreaturenidentifikation: Stufe 4

Nachtsicht: Stufe 4
Kampf mit zwei Waffen: Stufe 2
Experimentierfreudigkeit: Stufe 1
Fischen: Stufe 1
Hand der Götter: Stufe 1
Kräuteridentifikation: Stufe 1
Schleichen: Stufe 4
Schwimmen: Stufe 1
Verwegenheit: Stufe 4
Verfügbare Punkte: 4

Talente-Index

Akrobatik (Stufe 3)

Herzlichen Glückwunsch zu einem dreifachen Überschlag während des Fallens. Überschläge kommen beim Publikum gut an. Es gibt einige, die ehrliches Geld damit verdienen, Tricks vorzuführen. Wie Hofnarren und akrobatische Vagabunden. Willkommen in ihren Reihen.

Boni: +5 Geschicklichkeit

Angeln (Stufe 1)

Siehst du die Dinger im Wasser? Das sind Fische. Du kannst sie fangen. Gut gemacht.

Anforderungen: Fange deinen ersten Fisch

Boni: +1 Fingerfertigkeit

Bewaffneter Kampf (Stufe 1)

Gute Arbeit. Du kannst jetzt Dinge bekämpfen. Du weißt schon, wenn sie schwach und wehrlos sind, wie Hasen und so. Lasst die Kämpfe beginnen!

Anforderungen: Erwerb der ersten Waffe
Boni: +1 Stärke

Duales Schwingen (Stufe 2)

Viele verstehen nicht die Vielfalt des Kampfstils, die das Dual-Fielding zu bieten hat. Einige stolpern zufällig darüber. Wie du. Du bist eine Chance, oder? Jetzt kannst du Magie und Körperlichkeit im Kampf kombinieren. Boop!

Boni: +2 Geschicklichkeit

Dunkle Sicht (Stufe 4)

Die Nacht wird immer schneller zu deiner Geliebten. Dunkle Formen werden raffinierter, Nachtschrecken verlieren ihre Fusseln und oh die Streiche, die man spielen kann, während man sich in der Dunkelheit auflöst und seine Freunde in die Irre führt.

Boni: +5 Intelligenz, +8 ätherisches Potential

Experimentell (Stufe 1)

Dein Verstand arbeitet auf mysteriöse Weise. In der Hitze des Gefechts entscheidest du dich dafür, den Weg weniger zu gehen ... naja, nie bereist. Arbeite weiter an dieser Fertigkeit und deine Experimente werden erfolgreicher und unwahrscheinlicher, dass sie mit jeder erreichten Stufe nach hinten losgehen.

Boni: +1 Intelligenz, +1 Geschicklichkeit, +1 Ausdauer, +1 ätherisches Potential

Hand der Götter (Stufe 1)

Nun, lieber Sterblicher, du hast dir die Gunst der Götter verdient. Indem sie deine Hände führen, können die Götter schreckliche und wunderbare Dinge tun. Verwende dieses Talent, wenn du in einer aussichtslosen Situation bist und die Götter werden dir Hilfe gewähren. Resultate dieses Talentes können variieren.

Boni: +7 Ätherisches Potenzial

Handwerk (Stufe 1)

Diejenigen, die handwerklich tätig sein können, erhalten einen fairen Vorteil im Obsidian. Erstelle deine eigene Rüstung aus Leder. Baue deine eigenen Waffen. Oder bezahle weiterhin andere dafür, denn auf dieser Stufe sind deine Chancen noch relativ gering.

Anforderungen: Erstelle deinen ersten Gegenstand

Boni: +1 Fingerfertigkeit

Kampf mit zwei Waffen (Stufe 2)

Viele erkennen nicht die Vielfalt der Kampfstile, die der Kampf mit zwei Waffen zu bieten hat. Einige stolpern zufällig darüber. Wie du. Du scheinst mehr Glück als Verstand zu haben, was? Jetzt kannst du Magie und physischen Kampf kombinieren. Tick tack!

Boni: +2 Geschicklichkeit

Kochen (Stufe 1)

Reiße ein paar Kräuter heraus, schieb etwas Fleisch rein, füge etwas Feuer hinzu und schon geht's los! Jetzt kannst du Grundrezepte kochen, mit einer geringeren Chance, das verdammte Ding in Brand zu setzen. Auf geht's!

Anforderungen: Koche deine erste Mahlzeit

Boni: +1 Fingerfertigkeit

Kräuteridentifikation (Stufe 1)

Kein Herumlaufen mehr und Werfen des Ersten, was man findet, in den Mund. Die Welt ist voll von gefährlichen

Pflanzen und Sträuchern. Identifizieren Sie sie mit einem einfachen Blick.

Anforderungen: Lernen Sie die Kräuterkunde von einem Praktizierenden.

Boni: +1 Intelligenz

Kreaturenidentifikation (Stufe 4)

Du kannst nun die Trefferpunkte deiner Gegner sehen, indem du einfach das Talent einsetzt. Beobachte, wie ihre Lebenskraft in Form eines Fortschrittsbalkens sinkt, während du deinen Weg zum Sieg hackst und schlitzt.

Boni: +6 Intelligenz

Rücksichtslos (Stufe 4)

Hast du wirklich gerade deinen Körper über einen Zwerg geworfen, als wäre er eine Landmine? Ich kann nicht sagen, dass wir das schon mal gesehen haben. Hier, nimm einen Bonus.

Boni: +13 Stärke, +7 Ausdauer

Schleichen (Stufe 4)

Ob du dich vor einem Freund oder Feind versteckst, du wirst eins mit den Schatten. Spring weiter über die Pfützen der Dunkelheit und schon bald bist du sicher, dass du so unsichtbar bist wie ... nun, eine unsichtbare Person.

Boni: +4 Geschicklichkeit

Schwimmen (Stufe 1)

Das Wasser ist in Ordnung, komm rein! Schwimmen ist eine große Fähigkeit, die man in Obsidian haben kann und die einem den Zugang zu vielen der verborgenen Pfade des Reiches ermöglichen kann. Nicht ein Level 1, wohlgemerkt. Du hast noch einen Weg vor dir. Lerne zu üben.

Anforderungen: Ein Bad im Wasser nehmen
Boni: +1 Fingerfertigkeit

Quest-Index

Offene Questen

Eine gefallene Göttin

Die Göttin der Vergeltung, KieraFreya, ist in Ungnade gefallen. Ihre Form wurde geteilt und über das Land Obsidian verstreut. Seit Äonen wartet sie auf einen Abenteurer, der mutig genug und stark genug ist, um die Teile ihrer Rüstung wieder zu vereinen und KieraFreya zu ihrem früheren Glanz zurückzugeben.

Finde alle [x] Stücke von KieraFreya und bringe sie zu den Göttern zurück.

Schwierigkeitsgrad: 10/10

Belohnungen: 100.000 Erfahrungspunkte, seltene Gegenstände (gesperrt).

Eine sehr blutige Bitte

Jemand hat es auf dich abgesehen. Finden Sie den Absender der Sterbeurkunde in Nauriel und erfahren Sie, was wirklich hinter dieser Bitte steckt.

Schwierigkeitsgrad: 3/10

Belohnung: 2.000 Erfahrungspunkte

Abgeschlossene Questen

Den Todesweg der Götter gehen

Du hast es geschafft! Du hast die Trolle überlistet, durch das Reich des Feuers getrampelt, den unerbittlichen See geschwommen und bist durch das fraktale Labyrinth des Todes siegreich geworden. Du hast dich wirklich selbst bewiesen.

#ERROR404

-ein Champion unter den Champions -

MISSING_SEQ

REBOOT_POPUP

-Machen Sie weiter, Abenteurer Ohne Titel und steigen Sie in immer größere Höhen auf!

Belohnungen: 10.000 Erfahrungspunkte, Armschienen von KieraFreya

Wir haben das Feuer nicht gelegt

Ein Idiot hat die Kontrolle über seine Flammen verloren. Hilf ihm, das Feuer zu löschen, bevor das ganze Haus zu Asche verbrannt wird.

Schwierigkeitsgrad: 1/10

Belohnung: 50 Erfahrungspunkte

Überwindung der Sprachbarriere

Es gibt viele im Dorf Oakston, die Ihre Sprache sprechen können. Es gibt aber auch viele, die es nicht können und das könnte für dich lästig werden.

Schalte neue Aufgaben und Interaktionen in Oakston frei, indem du entweder eine neue Sprache lernst oder einen Dolmetscher findest. Die Belohnungen, die Sie erhalten, basieren auf den Entscheidungen, die Sie treffen.

Schwierigkeitsgrad: 2/10

Belohnung (Dolmetscher): 100 Erfahrungspunkte

Belohnung (Eine Sprache lernen): VERLETZT

Wo ist der Schamane?

Du hast eine recht neugierige Natur. Du hast das Haus des Schamanen gefunden, aber der Schamane ist nirgendwo zu sehen.

Nutze deinen Spürsinn, um den Schamanen ausfindig zu machen, bevor dich das giftige Gas der Todesglockenblume, das gerade deine Lunge füllt, in den letzten Schlaf schickt.

Schwierigkeitsgrad: 4/10

Belohnungen: 500 Erfahrungspunkte, Rezept für den Trank ›Letzter Schlaf‹

Fehlgeschlagene Questen

Eine von uns

Der Häuptling hat dich in ihre Gemächer gerufen, um eine feste Stelle als Teil des Stammes anzunehmen. Die Stammesangehörigen von Oakston mögen einfach leben, aber du hast hier die Möglichkeit für Wachstum und Entwicklung. Lerne von lokalen Experten, verfeinere deine Talente unter der Anleitung anderer und mache Oakston zu deinem Zuhause.

Schwierigkeitsgrad: 1/10

Belohnungen: 5.000 Erfahrungspunkte, Titel freischalten (Oakston-Stammesangehörige), neue Sprache (Stammessprache: Primitiv).

Zauberindex

Himmlisches Licht (Stufe 1)

Dank der Götter wurdest du mit Himmlischem Licht ausgestattet. Nutze diesen Zauber, um eine mächtige

Lichtsäule zu beschwören, die jene Feinde vertreibt, die sich mit der Dunkelheit identifizieren.

Anforderungen: n × 100 Magiepunkte (wobei n gleich der Anzahl der Sekunden ist, die benötigt werden, um den Zauber zu wirken)

Lila Feuer (Stufe 1)

Herzlichen Glückwunsch zum Erlernen deines ersten Zaubers! Nun, da du deinen ersten Ausflug in das Reich des Ätherischen unternommen hast, kannst du auf das Mystische und Rätselhafte zurückgreifen, um dir in der Hitze des Gefechts zu helfen.

Anforderungen: n × 20 Magiepunkte (wobei n gleich der Anzahl der Sekunden ist, die benötigt werden, um den Zauber zu wirken)

Wiederbelebung (Stufe 1)

In diesem Reich wirken sehr viele Kräfte. Obwohl viele sich dafür entscheiden, den Weg des Lichts zu gehen, kann Magie auch auf dem Weg der Dunkelheit gefunden werden. Obwohl das Leben gesucht und mit eisernen Klauen festgehalten wird, ist der Tod die Unvermeidlichkeit, die jeden einholt.

So scheint es zumindest.

Beschwöre die Kräfte dieses Zaubers, um die Toten wieder zum Leben zu erwecken. Höhere Stufen dieses Zaubers ermöglichen die Kontrolle über die dunklen Kräfte der Toten, während niedrigere Stufen das Wiederbeleben gefallener Kameraden ermöglichen.

Eine Warnung: Es gibt diejenigen im Reich Obsidians, die die dunklen Künste missbilligen. Achte auf deine Umgebung, bevor du mit den Göttern der Dunkelheit spielst.

Anforderungen: 100% der Magiepunkte des Spielers

(HINWEIS: Der Zauber der Wiederbelebung kann nur einmal innerhalb von 48 Stunden verwendet werden. Spieler müssen mindestens Stufe 10 mit einer Spezialisierung als magischer Benutzer sein, um diesen Zauber verwenden zu können.)

Volt-Schock (Stufe 1)

Was sagte schon Freddie Mercury? »Thunderbolts and lightning, very, very frightening!« Du kannst jetzt die Kraft der Elektrizität beschwören, um deinen Feinden Schaden zuzufügen. Finde kreative, einzigartige Wege, diese Fähigkeit zu nutzen, während du dich entwickelst und verbesserst.

Anforderungen: n × 30 Magiepunkte (wobei n gleich der Anzahl der Sekunden ist, die benötigt werden, um den Zauber zu wirken)

SOZIALE MEDIEN

Möchtest Du mehr?

Abonnier unseren Newsletter, dann bist Du bei neuen Büchern, die veröffentlicht werden, immer auf dem Laufenden:
http://kurtherianbooks.com/deutscher-newsletter/

Tritt der Facebook-Gruppe und der Fanseite hier bei:

https://www.facebook.com/groups/ZeitalterderExpansion/
(Facebook-Gruppe)
https://www.facebook.com/DasKurtherianischeGambit/
(Facebook-Fanseite)

Die E-Mail-Liste verschickt sporadische E-Mails bei neuen Veröffentlichungen, die Facebook-Gruppe ist für Veröffentlichungen und ‚hinter den Kulissen'-Informationen über das Schreiben der nächsten Geschichten. Sich über die Geschichten zu unterhalten ist sehr erwünscht.

Da ich nicht zusichern kann, dass alles was ich durch mein deutsches Team auf Facebook schreiben lasse, auch bei Dir ankommt, brauche ich die E-Mail-Liste, um alle Fans zu benachrichtigen wenn ein größeres Update erfolgt oder neue Bücher veröffentlicht werden.

Ich hoffe Dir gefallen unsere Buchserien, ich freue mich immer über konstruktive Rezensionen, denn die sorgen für die weitere Sichtbarkeit unserer Bücher und ist für unabhängige Verlage wie unseren die beste Werbung!

Jens Schulze für das Team von LMBPN International

DEUTSCHE BÜCHER VON LMBPN PUBLISHING

Das kurtherianische Gambit (Michael Anderle – Science Fiction)

Erster Zyklus:

Mutter der Nacht (01) · Queen Bitch – Das königliche Biest (02) · Verlorene Liebe (03) · Scheiß drauf! (04) · Niemals aufgegeben (05) · Zu Staub zertreten (06) · Knien oder Sterben (07)

Zweiter Zyklus:

Neue Horizonte (08) · Eine höllisch harte Wahl (09) · Entfesselt die Hunde des Krieges (10) · Nackte Verzweiflung (11) · Unerwünschte Besucher (12) · Eiskalte Überraschung (13) · Mit harten Bandagen (14)

Dritter Zyklus:

Schritt über den Abgrund (15) · Bis zum bitteren Ende (16) · Ewige Feindschaft (17)

Kurzgeschichten:

Frank Kurns – Geschichten aus der Unbekannten Welt

In Vorbereitung:

...die restlichen Bücher bis Band 21

Der unglaubliche Mr. Brownstone (Michael Anderle – Urban Fantasy)

Von der Hölle gefürchtet (01) · Vom Himmel verschmäht (02) · Auge um Auge (03) · Zahn um Zahn (04) · Die Witwenmacherin (05)

In Vorbereitung sind die restlichen Bücher der Serie

Die Chroniken des Komplettisten
(Dakota Krout – LitRPG)
Ritualist (01) · Regizid (02)
In Vorbereitung sind die derzeit verfügbaren Teile

Stahldrache
(Kevin McLaughlin & Michael Anderle – Urban Fantasy)
Drachenhaut (01) · Drachenaura (02) · Drachenschwingen (03) · Drachenerbe (04) · Dracheneid (05) · Drachenrecht (06)
In Vorbereitung sind die restlichen Bücher bis Band 15

Animus
(Joshua & Michael Anderle – Science Fiction)
Novize (01) · Koop (02) · Deathmatch (03) · Fortschritt (04)
In Vorbereitung sind die restlichen Bücher bis Band 12

Das zweite Dunkle Zeitalter
(Michael Anderle & Ell Leigh Clarke – Science Fiction)
Der Dunkle Messias (01)
In Vorbereitung sind die restlichen Bücher bis Band 4 aus dem Kurtherian-Gambit-Universum

Aufstieg der Magie
(CM Raymond, LE Barbant & Michael Anderle – Fantasy)
Unterdrückung (01)
In Vorbereitung sind die restlichen Bücher bis Band 12 aus dem Kurtherian-Gambit-Universum

Unzähmbare Liv Beaufont
(Sarah Noffke & Michael Anderle – Urban Fantasy)
Die rebellische Schwester (01)
Die eigensinnige Kriegerin (02)
Die aufsässige Magierin (03)
Die triumphierende Tochter (04)
Die loyale Freundin (05)
Die dickköpfige Fürsprecherin (06)
Die unbeugsame Kämpferin (07)
Die außergewöhnliche Kraft (08)
Die leidenschaftliche Delegierte (09)
In Vorbereitung sind die restlichen Bücher bis Band 12

Die Geburt von Heavy Metal
(Michael Anderle – Science Fiction)
Er war nicht vorbereitet (01)
Sie war seine Zeugin (02)
In Vorbereitung sind die restlichen Bücher bis Band 8

Die Chroniken von KieraFreya
(Michael Anderle – LitRPG)
Newbie (01)
In Vorbereitung sind die restlichen Bücher bis Band 6

Opus X
(Michael Anderle – Science Fiction)
Der Obsidian-Detective (01)
In Vorbereitung sind die restlichen Bücher bis Band 12

Printed in Poland
by Amazon Fulfillment
Poland Sp. z o.o., Wrocław

70325602R00214